ASUKA LIONERA

ILLUMINATED HEARTS

NACHTTRÄGER

DARK
DIAMONDS

Asuka Lionera wurde 1987 in einer thüringischen Kleinstadt geboren und begann als Jugendliche nicht nur Fan-Fiction zu ihren Lieblingsserien zu schreiben, sondern entwickelte auch kleine RPG-Spiele für den PC. Ihre Leidenschaft machte sie nach ein paar Umwegen zu ihrem Beruf und ist heute eine erfolgreiche Autorin, die mit ihrem Mann und ihren vierbeinigen Kindern in einem kleinen Dorf in Hessen wohnt, das mehr Kühe als Einwohner hat.

KAPITEL 1

Shadow

Irgendwann höre ich auf, die Minuten zu zählen, die seit Felicitys Aufbruch zur Party von diesem Justin verstrichen sind. Wenn mich nicht alles täuscht, müssen inzwischen mehr als drei Stunden vergangen sein, doch ich weigere mich, auf die große Uhr zu schauen, die im Wohnzimmer an der Wand hängt und mit einem rücksichtslosen Ticken jede verdammte Sekunde verlauten lässt, die ich hier herumsitze.

Wahrscheinlich habe ich einen so mitleiderregenden Anblick geboten, dass sogar Zac und Cal, Felis ältere Brüder, sich dazu herabgelassen haben, sich mit mir abzugeben, nachdem ich von einem kurzen Abstecher in die Stadt zurückgekehrt bin. Ich hoffe nur, dass sich mein Vorhaben dann noch lohnen wird ...

Zu dritt sitzen wir nun um den dunkelbraunen, antik wirkenden Tisch, der in der Mitte des Zimmers steht. Felis Brüder haben je ein Glas Whiskey vor sich, und ich wünsche mir, dass Alkohol auch bei mir funktionieren würde. Ich kann ihn zwar trinken, ohne dass mir etwas geschieht, doch er hat keinerlei Wirkung auf mich.

In solchen und ähnlichen Fällen verfluche ich den Umstand, dass ich nichts weiter als ein Familiar, ein Elementarwesen aus einer anderen Welt, bin.

»Irgendwas Neues?«, brummt Zac – gefühlt jede Viertelstunde in das Glas, das er sich, sobald es leer ist, wieder nachfüllt.

Cal seufzt und wirft zum x-ten Mal einen Blick auf sein Handy. »Nein.«

Ich weiß nicht, was sie erwarten. Feli wird nicht auf ihre Nachrichten antworten, ganz gleich wie viele sie ihr schreiben. Sie ist auf einer Party und hat Spaß und ... wird wahrscheinlich gerade von jedem anwesenden Kerl begafft und mit Blicken ausgezogen werden. Mir gelingt es nicht, das Grollen, das sich bei diesem Gedanken in der Kehle bildet, vollends zu unterdrücken. Um es zu überspielen, verschränke ich die Arme vor mir auf dem Tisch und bette den Kopf darauf, doch ich gehe jede Wette ein, dass Zac und Cal es gehört haben.

Ich habe keinen Grund zu schmollen, schließlich hätte ich sie aufhalten oder ihr zumindest sagen können, wie ich mich dabei fühle, wenn sie zu dieser Party geht. Aber Feli wirkte so glücklich ... Zum ersten Mal in ihrem Leben ist es ihr möglich, sich unter Gleichaltrige zu mischen, ohne ständig ihre Gabe im Hinterkopf zu haben.

Anders als bei den meisten Magiebegabten manifestiert sich Felicitys Gabe nicht in Elementen, die sie beherrschen kann, sondern in einem Glimmen, das nur sie sieht – ein Leuchten der Herzen. Zwei ungleiche Glimmen stoßen sich gegenseitig ab und verursachen Feli physische Schmerzen allein dadurch, dass sie in ihrer Nähe sind. Um dem entgegenzuwirken, hat sie mich. Ich bin ihr Familiar und sie ist meine Trägerin. Ich ernähre mich von dem Magieüberschuss in ihrem Körper und kann dadurch die Auswirkungen ihrer Gabe abschwächen.

»Ich würde mich besser fühlen, wenn ich wüsste, dass Felicity und Katie wenigstens gut angekommen sind«, murmelt Zac. »Was ist, wenn das Taxi einen Unfall hatte? Wir würden es erst erfahren, wenn es zu spät ist! Oder wenn ihr jemand was ins Getränk mischt? Feli ist doch so gutgläubig ...«

»Zur Hölle, warst du auch so drauf, als ich zum ersten Mal um die Häuser gezogen bin?«, knurrt Cal und ich bin ihm dankbar dafür, dass er dadurch Zacs desaströse Visionen unterbricht. Ansonsten hätte ich es gleich getan – mit Gewalt. »Du verhältst dich schlimmer als eine verdammte Glucke! Krieg dich wieder ein! Ihr geht es garantiert gut und sie hat nur gerade andere Dinge zu tun, als sich bei ihren großen überfürsorglichen Brüdern zu melden.«

»Du meinst, sie ist wegen eines Jungen dort?«, hakt Zac nach.

Cal stößt die Luft mit einem verächtlichen Schnauben aus. »Du hast sie doch vorhin auch gesehen, oder? Glaubst du etwa, sie hat das Kleid aus Jux und Tollerei getragen und sich so herausgeputzt?«

»Wahrscheinlich nicht …« Zac trinkt einen kräftigen Schluck und greift sofort wieder nach der mittlerweile halb leeren Whiskey-Flasche.

»Selbstverständlich ist da ein Typ im Spiel! Gut möglich, dass sie jetzt in diesem Moment von irgendeinem Kerl flachgelegt …«

Mein Kopf ruckt nach oben, bevor Cal in der Lage ist, den Satz zu beenden. Mit gebleckten Zähnen grolle ich ihn an.

Cal blinzelt verdutzt, dann knurrt er: »Suchst du Streit, Familiar?«

»Ich wäre dir sehr verbunden, wenn du einfach deine Klappe halten könntest«, entgegne ich so ruhig wie möglich – was nicht sonderlich *ruhig* ist.

Mir steht nicht der Sinn danach, erneut einen Streit mit Felis Brüdern vom Zaun zu brechen – nicht jetzt, wenn sie mich endlich halbwegs akzeptiert haben, nachdem sich Feli über ihr Verbot hinweggesetzt und sich auf eigene Faust einen Familiar geholt hat, aber wenn er noch eine ähnliche Bemerkung macht, kann ich für nichts garantieren! Die Horrorszenarien überschlagen sich im Kopf auch schon ohne sein dämliches Geplapper! Und ich habe keinen Alkohol, um die schlimmsten Möglichkeiten verdrängen zu können.

»Sonst was?«, will Cal wissen.

Der Blick, den ich ihm zuwerfe, muss Bände gesprochen haben, denn er zuckt zurück, soweit es ihm auf dem Stuhl möglich ist.

»Sonst hülle ich deinen Verstand für den Rest des Abends in Schatten, sodass du nichts weiter tun kannst, als sabbernd auf dem Boden zu liegen«, stelle ich in Aussicht. »Anschließend mache ich davon Fotos und verteile sie an jedes Klatschmagazin, das es gibt.«

»Na toll«, murmelt Zac ins Glas. »Unsere kleine Schwester ist auf ihrer ersten Party und gerät vielleicht gerade an einen zwielichtigen Typen und wir haben ihren eifersüchtigen Familiar an der Backe …«

Unter den verschränkten Armen verborgen balle ich die Hände zu Fäusten und wende schnell den Blick ab. Ich will nicht, dass die beiden erfahren, wie sehr Zac mit seiner Bemerkung ins Schwarze getroffen hat.

Eine Weile sagt keiner von uns etwas. Das einzige Geräusch neben dem nervtötenden Ticken der Uhr wird von den Eiswürfeln verursacht, die gegen das Glas schlagen, wenn einer der Brüder einen Schluck nimmt.

»Es ist verdächtig ruhig«, sagt Zac schließlich. »Nicht nur wegen Feli. Wahrscheinlich muss ich mich erst daran gewöhnen, dass sie jetzt auch eigenständig etwas unternehmen kann. Bisher wusste ich immer, wo sie sich gerade aufhält und ...« Er zuckt hilflos mit den Schultern. »Ich musste mir keine Sorgen um sie machen. Aber das meine ich nicht. Seit wir die Abtrünnige gefangen haben, gab es keine neuen Verbrechen mehr.«

»Solltest du dich nicht darüber freuen?«, frage ich.

»Das sollte ich, ja«, gibt er zu. »Allerdings finde ich es eher besorgniserregend. Sie ist bei Weitem nicht die erste Abtrünnige, die wir dingfest gemacht haben, doch stets tauchte kurz darauf ein neuer Bösewicht auf, der uns herausforderte und auf die Probe stellte. Eine solch lange Ruhephase ist ... ungewöhnlich. Und sie macht mich nervös.«

»Hat heute schon mal jemand nach der Abtrünnigen gesehen?«, will ich wissen.

Zac nickt. »Terra ist gerade bei ihr. Sie stattet ihr alle zwei Stunden einen Besuch ab und erkundigt sich, ob sie irgendwas braucht. Bisher ist sie jedoch nicht sehr kooperativ. Na ja, wenigstens hat sie noch nicht versucht einem von uns ernsthaft zu schaden.«

Mir entgeht nicht der Blick, den er seinem jüngeren Bruder zuwirft, welcher auf einmal merklich still geworden ist, seit die Sprache auf die Wasserbändigerin kam.

»Warum habt ihr sie überhaupt hier eingesperrt?«, frage ich Zac. »Wäre es nicht einfacher, sie ins Gefängnis für Abtrünnige zu überführen? Oder ... das mit ihr zu tun, was ihr normalerweise mit Abtrünnigen macht?«

Anstatt mir zu antworten, sieht Zac einfach nur Cal an, der das Holzmuster auf der Tischplatte äußerst interessant zu finden scheint. Ich seufze. Das ist mir Antwort genug. Feli und ich kennen zwar den Grund, aber ich hätte trotzdem nicht gedacht, dass Cal wissentlich wegen einer dahergelaufenen Abtrünnigen seine eigene Familie in Gefahr bringt. An Zacs Stelle könnte ich nicht so gelassen bleiben – erst recht nicht, wenn ich daran denke, was die Wasserbändigerin Feli bereits angetan hat. Ich schlafe auch nur ruhig, weil ich für gewöhnlich immer in der Nähe meiner Trägerin bin.

Doch jetzt ist sie nicht hier und ich fühle mich einsamer als in den Jahrtausenden, die ich im dunklen Exil zugebracht habe.

»Die Abtrünnige hat Feli gegenüber mehrmals einen Meister erwähnt«, sage ich, auch um mich selbst abzulenken. »Habt ihr eine Ahnung, wen sie damit meinen könnte?«

Bedächtig schwenkt Zac die braune Flüssigkeit im Glas hin und her. »Nein. Und wenn ich ehrlich bin, will ich es auch nicht herausfinden müssen. Diese Wasserbändigerin ist mit Abstand die stärkste Abtrünnige, mit der wir es je zu tun hatten. Oder ... mit der ich es zu tun hatte, denn Cal war während der Kämpfe keine große Hilfe. Wenn sie tatsächlich einen Meister hat, der noch stärker ist als sie, haben wir ein ernstes Problem. Zwar seid Feli und du eine großartige Bereicherung, aber ich habe nicht vergessen, wie schlimm die Abtrünnige meine kleine Schwester beim letzten Kampf zugerichtet hat.«

Bei der Erinnerung an ihren zerfetzten Rücken und all das Blut beiße ich die Zähne zusammen. Stumm muss ich ihm recht geben: Die Wasserbändigerin hat es uns nicht leicht gemacht – und beinahe hätte Feli ihr Leben verloren, als sie versuchte mich zu retten.

»Um ein Haar hätte sie auch euch besiegt«, fährt Zac fort. »Sollte sie wirklich einen Meister haben, gebe ich mich nicht der Illusion hin, dass wir gegen ihn eine Chance hätten. Ihr zwei habt – anders als wir mit unseren Familiaren – zwar nach so kurzer Zeit noch nicht euer volles Potenzial ausgeschöpft, aber ich bezweifele, dass wir selbst gemeinsam gegen einen so mächtigen Feind bestehen könnten.«

»Was schlägst du stattdessen vor?«, hake ich nach. »Willst du den Schwanz einziehen und dich verkriechen?«

»Nein«, antwortet Zac. »Ich werde bei Gelegenheit mit der Magier-Allianz darüber beratschlagen, wie wir weiter vorgehen sollen. Auch die anderen Meister-Magier müssen gewarnt werden. Doch solange wir die Abtrünnige hier festhalten, kann ich nicht zur Magier-Allianz gehen. Wenn sie erfahren, dass wir eigenmächtig gehandelt und uns nicht an die Vorschriften gehalten haben, werden wir die Konsequenzen zu spüren bekommen. Außerdem ... vermeide ich, so gut es geht, zum Hauptquartier der Magier-Allianz zu gehen.

Ich war seit Jahren nicht mehr dort und ... Nicht so wichtig.« Er fährt sich mit einer Hand durchs Haar. »Hoffentlich greift dieser ominöse Meister nicht schneller an, als wir ahnen ... Aber dann war es doch keine so schlechte Entscheidung meines Bruders, die Abtrünnige hier unterzubringen. Wenn alle Stricke reißen, werden wir sie als Druckmittel verwenden.«

Cals Kopf schnellt zum ältesten Bruder herum und ein unbändiger Beschützerinstinkt lodert in seinem Blick auf, während er sich sichtlich beherrschen muss, Zac nicht über den Tisch zu zerren. Seelenruhig stellt Zac das Glas, das er in der Hand hält, zurück und mustert Cal eindringlich.

»Was ist dein verdammtes Problem?«, fragt er beherrscht. Ich komme nicht umhin, ihn für die – zumindest äußerliche – Ruhe zu bewundern.

»Ich ... weiß es nicht«, murmelt Cal.

Zacs Blick huscht zu mir, während ich mein Bestes gebe, möglichst unsichtbar zu werden. »Aber du weißt es, nicht wahr? Du kommst mir so vor, als würde dich Cals Reaktion nicht überraschen.«

Ich zucke nur vage mit den Schultern. Wenn Feli ihren ältesten Bruder nicht eingeweiht hat, werde ich das mit Sicherheit nicht über ihren Kopf hinweg tun.

Alles, was ich sage, ist: »Stell weiterhin sicher, dass es Terra ist, die sich um die Abtrünnige kümmert. Weder Cal noch Lumia würde ich vorerst in ihre Nähe lassen.«

»Als ob ich mir von einem dämlichen Familiar verbieten lassen würde, in die Trainingshalle zu gehen!«, begehrt Cal auf, doch wir ignorieren ihn, als wäre er nichts weiter als ein greinendes Kind, das um die Aufmerksamkeit seiner Eltern bettelt.

Zac scheint zu dämmern, worauf das Ganze hinausläuft, denn er wispert: »Kennt Feli den Grund auch?«

Ich nicke nach kurzem Zögern – und er versteht. Geräuschvoll stößt er den Atem aus und schließt die Augen, bevor er sich mit einer Hand über die Stirn reibt.

»Das hat mir gerade noch gefehlt ...«, murmelt er so leise, dass nur ich ihn verstehen kann.

Im nächsten Moment hören wir das knirschende Geräusch von Autoreifen, die über den Kiesweg hinauf zur Villa fahren. Augenblicklich ist das Gespräch von eben vergessen und wir drei springen zeitgleich auf, um zur Haustür zu rennen. Keiner von uns kann sich jedoch dazu überwinden, sie zu öffnen, also stehen wir stumm davor und warten. Das Blut rauscht in meinen Ohren, während ich auf jedes noch so kleine Geräusch von jenseits der Tür lausche.

Es vergehen etwa zwei Minuten, die mir wie eine verdammte Ewigkeit vorkommen, bis sie endlich geöffnet wird. Als Erste betritt Katie, Felicitys beste Freundin und Magierin mit dem »schönen Schein«, die Villa; den Arm hat sie um Feli gelegt und drängt sie so sanft dazu, ebenfalls hereinzukommen.

Mein Herz setzt für mehrere Schläge aus, als ich Feli sehe, die nur für einen kurzen Augenblick den Kopf hebt. Auch Zac und Cal ziehen hinter mir scharf die Luft ein. Die dunklen Schlieren auf Felis Wangen lassen ihre Haut noch blasser aussehen, was die vom Weinen geröteten Augen betont.

Einen Moment lang nehme ich nichts anderes wahr als eine brennende Wut, die in mir wütet, sodass ich demjenigen, der ihr Kummer bereitet hat, dafür am liebsten die Kehle herausreißen würde, doch ich zwinge mich dazu, Feli weiter anzuschauen. Unbewusst suche ich nach Wunden oder Anzeichen dafür, dass sie auf irgendeine Art verletzt sein könnte. Sie trägt noch das rückenfreie schwarze Kleid und scheint äußerlich unversehrt zu sein. Das leise, halb unterdrückte Schluchzen, das sie von sich gibt, während sie verbissen den Kopf gesenkt hält und zu Boden starrt, reißt mir schier das Herz entzwei. Ich habe keinen Schimmer, was geschehen ist, aber wer auch immer ihr etwas angetan hat, wird dafür büßen!

Ohne ein Wort schiebt Katie Feli an uns vorbei und führt sie die Treppe hinauf. Ich werfe ihren Brüdern nur einen Blick zu, den sie nickend erwidern, bevor wir den beiden Frauen nach oben folgen.

»Sie will niemanden von euch sehen«, sagt Katie über die Schulter hinweg in einem Tonfall, der keinen Widerspruch duldet. Dann sieht sie mich an. »Dich am allerwenigsten.«

Mit diesem einen Satz zieht sie mir den Boden unter den Füßen weg und ich erstarre mitten auf der Treppe. Wild überschlagen sich die Gedanken, während ich versuche zu begreifen, was geschehen sein könnte. Keine Möglichkeit gefällt mir.

Zac versetzt mir einen Stoß gegen den Rücken, der mich eine Stufe nach oben stolpern lässt. Als ich mich zu ihm umdrehe, deutet er mit einer Kinnbewegung zum ersten Stock, wo Katie gemeinsam mit Feli gerade im Flur verschwindet, der zu ihrem Zimmer führt. Ich atme einmal tief durch und folge ihnen; Zac und Cal bleiben mir auf den Fersen.

Da es keiner von uns wagt, sich über Felis Wunsch hinwegzusetzen, belagern wir die Tür. Cal tigert auf und ab, während Zac unruhig mit dem Fuß auf den Boden tippt. Beide machen mich mit ihrem Getue schier wahnsinnig und ich will sie anschreien, dass sie mit dem Unfug aufhören sollen, doch der Hals ist wie zugeschnürt.

Als Katie endlich wieder aus dem Zimmer kommt und die Tür hinter sich schließt, umkreisen wir sie wie ein Rudel Raubtiere ihre Beute. Sie quittiert unser Verhalten nur mit einer hochgezogenen Augenbraue und verschränkt die Arme vor der Brust.

»Wer hat ihr etwas angetan?«, will Zac wissen.

»Wie schlimm ist es?«, kommt es von Cal. »Reicht es, wenn wir dem Kerl einen Besuch abstatten und ihm ein wenig Angst einjagen?«

»Oder müssen wir ihm ernsthaft wehtun und ihm anschließend sein erbärmliches Leben zur Hölle machen?«, grolle ich und blecke die Zähne.

»Ich kenne da ein paar Orte, wo ihn nie jemand finden wird«, sinniert Zac, und Cal und ich nicken.

»Wow, Jungs, kommt mal wieder runter!«, unterbricht uns Katie. »Ihr macht ja sogar mir Angst, wenn ihr euch miteinander verbündet! Und ich bezweifele, dass ihr irgendwo etwas verschwinden lassen müsst ... Von dem armen Kerl würde garantiert nicht mehr genug übrig bleiben, nachdem ihr euch um ihn gekümmert hättet.«

»Raus mit der Sprache!« Mit jeder verstreichenden Sekunde fällt es mir schwerer und schwerer, die Fassung zu bewahren. »Was ist passiert?«

Katie mustert mich mit zur Seite geneigtem Kopf. Die verdammte Ruhe, die sie ausstrahlt, macht mich nur noch rasender. Ich will endlich wissen, welcher Scheißkerl es gewagt hat, meine Trägerin zum Weinen zu bringen, und was er ihr vielleicht abgesehen davon noch angetan hat. Für jede einzelne ihrer Tränen, für jede Berührung gegen ihren Willen werde ich ihn leiden lassen. Langsam. Qualvoll. Gründlich und mit grimmiger Genugtuung. Wenn ich mit ihm fertig bin, wird er es nicht mal mehr wagen, sie aus der Ferne anzusehen!

»Im Grunde«, sagt Katie nach einer Weile, in der sie mich nur so angesehen hat, als wäre ich das begriffsstutzigste Wesen, dem sie je begegnet ist, »bist *du* passiert.«

Zac und Cal sehen von Katie zu mir und scheinen ebenso verwirrt zu sein wie ich.

»Ich weiß nicht, wie ihr euch das vorgestellt habt«, fährt Katie fort und zwängt sich an uns dreien vorbei, nicht ohne Cal zuzuzwinkern und sich vor Zac in Pose zu werfen. Ich werde ihr den dünnen Hals umdrehen, wenn sie nicht endlich mit der Sprache rausrückt! »Feli ist nicht wie ich – und das ist auch gut so! Sie ist nicht dafür gemacht, ihr Herz sprunghaft zu verschenken und sich das zu nehmen, was sie gerade haben will. Auch nicht, wenn sie es sich noch so sehr wünscht. Und das hat sie heute Abend auf die harte Tour erfahren müssen.«

»Hättest du die Güte, endlich damit aufzuhören, in Rätseln zu sprechen?«, grolle ich.

Doch Katie schüttelt den Kopf. »Werde ich nicht. Vielleicht schaltet ihr dann mal von selbst euren Grips ein. Langsam, aber sicher wird es nämlich für Außenstehende seltsam mit anzusehen, wie blind ihr seid und wie verdammt dämlich ihr euch anstellt.«

Ich stoße ein Grollen aus, weil meine Geduld mit ihr und ihrem Geplapper endgültig erschöpft ist, wirbele herum und will nach der Türklinke zu Felis Zimmer greifen. Meine Trägerin ist da drin und weint und ist vielleicht verletzt! Da habe ich keine Zeit, um sie weiter mit ihrer besten Freundin zu vertrödeln!

»Nichts da!«, zischt Katie und stellt sich mir schneller, als ich es für möglich gehalten hätte, in den Weg. »Sie will dich nicht sehen. Keinen von euch, aber dich schon gar nicht!«

Ich blecke die Zähne. »Glaubst du im Ernst, dass du mich aufhalten kannst? Ich muss weder an dir vorbei noch die Tür benutzen, um in dieses Zimmer zu gelangen!«

»Shadow«, sagt Zac mahnend hinter mir.

Meine Hände zittern, weil ich mich davon abhalten muss, Katie zu erwürgen. Diese verdammte Magierin mit dem »schönen Schein«! Schon wieder steht eine von ihnen zwischen mir und meiner Trägerin! Schatten wabern aus mir heraus und meine Muskeln beben unkontrolliert. Ich besitze Prinzipien: Eines davon ist, dass ich keine wehrlosen Frauen schlage. Aber bei Katie mache ich liebend gern eine Ausnahme, wenn sie mir nicht augenblicklich aus dem Weg geht!

Cal legt eine Hand auf meine Schulter. Sie ist so kalt, dass sie sich beinahe durch den Shirtstoff und anschließend in die Haut brennt. Ich verziehe das Gesicht und die Schatten verschwinden.

»Wir sollten alle ein wenig runterkommen«, sagt er und zieht die Hand zurück.

»Vielleicht ist es wirklich besser, wenn wir Feli vorerst ein wenig Ruhe gönnen«, fährt Zac fort, versöhnlicher diesmal. »Sie sah ziemlich fertig aus.« Dann wendet er sich an Katie. »Ist sie wirklich nicht verletzt?«

Katie winkt ab. »Niemand hat ihr ein Haar gekrümmt, das könnt ihr mir glauben! Wenn es anders wäre, hätte ich mich schon früher bei euch gemeldet. Alle lagen ihr zu Füßen und der Abend lief prächtig.«

»Aber?«, hakt Cal nach.

»Es steht mir nicht zu, das zu erzählen«, erwidert die Magierin.

Okay, das genügt! Das Ende der Fahnenstange ist nun offiziell für mich erreicht. Glaubt Katie ernsthaft, dass sie uns mit solch fadenscheinigen Erklärungen abspeisen kann? Immerhin haben wir alle gesehen, wie Feli aussah …

Unsanft schiebe ich die Magierin beiseite, doch sie packt mich am Arm.

»Wenn du jetzt da reingehst, machst du alles nur noch schlimmer«, prophezeit sie.

Dummerweise glaube ich ihr das. Ich besaß schon immer ein unvergleichliches Talent dafür, Dinge schlimmer zu machen ... Warum sollte es diesmal anders sein? Dennoch lasse ich die Hand, mit der ich bereits nach der Klinke greifen wollte, sinken. Katie würde nicht grundlos behaupten, dass Feli mich nicht sehen will, wenn es nicht die Wahrheit wäre. Es verletzt mich, von meiner Trägerin ausgeschlossen zu werden, doch ich werde mich ihrem Willen beugen.

Katie stößt erleichtert den Atem aus. »Ich rufe euch, wenn sich etwas ändern sollte«, teilt sie uns mit.

Noch bevor wir uns abwenden, verschwindet sie wieder in Felis Zimmer. Ich starre auf die verschlossene Tür, während widersprüchliche Gefühle in mir toben. Erst Zacs Boxhieb, der mich am Oberarm trifft, bringt mich wieder ins Hier und Jetzt zurück.

»Wir gehen wieder nach unten«, sagt er. »Kommst du mit?«

Nach kurzem Zögern schüttele ich den Kopf. »Ich werde hier warten.«

Vorher werde ich noch alles zusammensuchen, was Feli brauchen könnte, sobald ich das Zimmer betreten darf. Süßigkeiten, falls sie doch ihre Gabe auf der Party einsetzen musste und zu viel Magie verbraucht hat. Etwas zu trinken. Eine Schüssel mit Wasser und einen Lappen, damit sie sich das Gesicht waschen kann.

Zac sieht mich einen Moment lang an, bevor er mir eine Hand auf die Schulter legt und sagt: »Nachdem ich dich etwas besser kennenlernen konnte, bin ich froh darüber, dass Feli dich hat.«

Ich nicke knapp. Es bedeutet mir viel, ihn das sagen zu hören, schließlich ist Zac das Oberhaupt dieser Familie. Ich benötige zwar sein Einverständnis nicht, um in Felis Nähe zu sein, aber ich fühle mich besser im Wissen, zumindest ihren ältesten Bruder nicht mehr komplett gegen mich zu haben.

Ich folge den beiden nach unten, biege aber anstatt ins Wohnzimmer in die Küche ab. Dort belade ich ein Tablett mit allem, was ich später gebrauchen könnte.

Anschließend trage ich es nach oben, nehme gegenüber von Felis Tür auf dem Fußboden Platz, lehne mich mit dem Rücken gegen die Wand und warte.

***

Es muss weit nach Mitternacht sein, wenn mich mein Zeitgefühl nicht komplett im Stich gelassen hat, bis sich erneut die Tür öffnet und Katie herauskommt. Als sie mich sieht, bleibt sie stehen.

»Wie lange sitzt du da schon?«, fragt sie.

Ich zucke mit den Schultern. »Fast die ganze Zeit, würde ich sagen. Wenn du mir verrätst, wie spät es ist, kann ich dir eine genauere Auskunft geben.«

Sie seufzt und dreht sich um. »Warte kurz.«

Ich unterdrücke den Drang, laut aufzulachen. »Ja, was auch sonst?«, murmele ich stattdessen.

Sie verschwindet erneut im Zimmer, kommt aber schon nach kurzer Zeit wieder heraus.

»Pass auf, folgender Deal«, sagt sie, während sie sich gegen den Türrahmen lehnt und die Arme verschränkt. »Ich bleibe heute Nacht hier und schlafe nebenan. Du darfst zu Feli. Aber ich warne dich! Wie du sicherlich weißt, sind die Wände in diesem Haus sehr dünn. Wenn ich also höre, dass Feli wieder weint oder sich aufregt, bin ich sofort auf der Matte und werfe dich hochkantig raus. Klar so weit?«

Ich stehe auf und balanciere das Tablett auf einer Hand. »Glasklar.«

»Gut.« Katie drückt die Tür weiter auf. »Dann viel Glück.«

Ohne ein weiteres Wort geht sie ins Nebenzimmer. Erst als sie die Tür hinter sich geschlossen hat, habe ich genug Mut gesammelt, um Felis Zimmer zu betreten. Ich weiß selbst nicht, was mich hat zögern lassen. Vielleicht die Tatsache, dass sie mich gar nicht sehen will. Katie hat mit keinem Wort erwähnt, dass Feli tatsächlich nach mir verlangt hat. Wahrscheinlich wäre es besser, wenn ich sie für heute zur Ruhe kommen lasse … Aber falls sie meine Hilfe braucht …

Wenn sie mich nicht sehen will, werde ich sofort wieder verschwinden, nehme ich mir vor. Aber ich muss mich davon überzeugen, dass es ihr so weit gut geht.

Lautlos betrete ich das Zimmer, in dem kein einziges Licht brennt. Da ich mich ohne Probleme in der Dunkelheit zurechtfinde, gehe ich hinüber zum

Schreibtisch und stelle das Tablett ab. Feli liegt zu einer Kugel zusammengerollt auf dem Bett und trägt noch immer das schwarze Kleid. Sie hat sich nicht geregt oder zu erkennen gegeben, dass sie mich bemerkt hat. Bis auf leise Schluchzer und ab und zu ein Schniefen gibt sie keinen Ton von sich. Aber sie wirft mich auch nicht gleich wieder hinaus. Ich werte das einfach mal als gutes Zeichen.

Plötzlich kommt mir das, was Katie vorhin zu mir gesagt hat, wieder in den Sinn. Dass *ich* passiert wäre. Dass es meine Schuld sei, dass Feli in diesem Zustand ist. Zwar weiß ich noch immer nicht, was sie damit meinte, aber es veranlasst mich dazu, Feli so viel Raum wie nötig zu geben und mich nicht in irgendeiner Weise aufzudrängen.

Daher lasse ich mich neben dem Bett auf dem Boden nieder und lehne mich gegen das Gestell.

»Ich bin hier«, murmele ich in die Dunkelheit. »Du kannst mich anschweigen oder mit mir reden, ganz egal. Aber … ich bin hier.«

Ich ziehe die Beine nah an den Körper und lege das Kinn auf die angewinkelten Knie. Wenn ich etwas in meinem schier endlos langen Exil gelernt habe, dann, dass die Stille nicht immer leer und bedrückend sein muss. Manchmal ist sie auch voller Antworten auf Fragen, die man noch nie zu stellen gewagt hat. Ich akzeptiere es, wenn Feli lieber schweigen will, aber es ist mir wichtig, ihr mitzuteilen, dass ich zuhöre, wenn sie reden will.

Es dauert nicht lange, bis Feli sich regt, doch ich bringe nicht den Mut auf, etwas zu sagen, um sie nicht zu verschrecken. Sie setzt sich auf, schnieft ein paarmal und fragt dann: »Haben wir zufällig noch was zu trinken hier? Ich würde in dem Zustand ungern bis hinunter in die Küche gehen …«

Ich kann ein Schmunzeln nicht unterdrücken und komme auf die Füße. »Bleib sitzen! Ich hab was mitgebracht. Kann ich ein Licht anmachen?«

Feli zögert mit einer Antwort. »Ich sehe garantiert furchtbar aus …«

»Kleines, du lagst schon mit zerfetztem und blutverschmiertem Rücken vor mir. *Das* sah furchtbar aus und es hat mir eine Heidenangst eingejagt. Ein bisschen verlaufene Schminke ist nichts dagegen.«

Sie murmelt eine Zustimmung und ich schalte die dimmbare Stehlampe in der Zimmerecke ein. Dann hole ich beide Getränke, die ich mitgebracht habe – süß und natur –, und trage sie zu Feli.

Ich habe zwar vorhin schon an der Haustür gesehen, dass Feli mitgenommen aussah, aber mittlerweile scheint es noch schlimmer geworden zu sein. Die Augen sind feuerrot und auf ihren Wangen und am Hals haben sich ebenso rote Flecken ausgebreitet. Die Make-up-Schlieren von der verlaufenen Wimperntusche bilden einen dunklen Kontrast zu ihrer ansonsten blassen Haut. Auch die kunstvolle Hochsteckfrisur hat gelitten.

Feli gibt ein freudloses Lachen von sich. »O je, ich muss einen katastrophalen Anblick abgeben, wenn ich dich so sehe ...«

»Nichts, was wir nicht wieder auf die Reihe kriegen«, entgegne ich, schüttele kurz den Kopf und halte ihr beide Getränke hin. Sie entscheidet sich für die Limo.

Nachdem sie ein paar Schlucke getrunken hat, reicht sie mir die Flasche zurück. »Danke.«

»Komm mal mit«, sage ich und strecke ihr die Hand entgegen.

Ein riesiger Stein fällt mir vom Herzen, als sie sie – ohne zu zögern – ergreift und sich widerstandslos von mir zum Schreibtisch führen lässt. Nachdem sie sich auf den Drehstuhl gesetzt und nach einem Schokoriegel gegriffen hat, mache ich mich daran, die unzähligen Haarnadeln, die noch in ihrer Frisur stecken, zu lösen. Ich gehe behutsam vor und es dauert lange, doch Felis zufriedenes Lächeln, das ich hin und wieder sehe, wenn sie den Kopf nach hinten neigt, belohnt mich dafür. Als die letzte Nadel herausgezogen ist, greife ich nach der Bürste, die in der oberen Schreibtischschublade liegt, und kämme sorgfältig die Knoten aus ihrem langen, im Lichtschein bernsteinbraunen Haar. Sie beschreibt die Farbe als straßenköterbraun und langweilig, aber ich bin fasziniert von den helleren Strähnen, die sich zwischen das Haselnussbraun gemischt haben und gerade in verschiedenen Blond- und Kupferschattierungen schimmern.

»Daran könnte ich mich gewöhnen«, murmelt sie und lehnt den Kopf nach hinten gegen meinen Bauch, damit sie zu mir aufsehen kann. »Kannst du das ab jetzt immer machen?«

Ich schmunzele auf sie hinab. »Gehört bei mir – wie der Rest auch – zum Service.«

Ihr Blick, in den ein leichtes Funkeln zurückgekehrt ist, flackert, bevor sie wieder nach vorn schaut und sich sichtbar versteift. »›Service‹, hmm?«

Erneut senkt sich Stille über uns, aber diesmal gleicht sie einer erdrückenden Last, die uns mit jeder verstreichenden Sekunde weiter zu Boden drückt. Wieder und wieder gehe ich in Gedanken das eben Gesagte durch, überlege, womit ich sie verletzt haben könnte, aber mir fällt nichts auf. Bisher konnte sie mit meinen Späßen und Neckereien umgehen, bot mir stets Kontra, deshalb trifft mich ihr plötzliches Schweigen umso mehr.

Ich lege die Bürste beiseite und greife nach dem Lappen und der Schüssel. Das Wasser ist mittlerweile kalt, aber ich kann es nicht ändern. Um warmes zu holen, müsste ich das Zimmer verlassen, und die Angst, dass Feli mich dann nicht mehr hereinlässt, ist viel zu groß. Vor allem seit sie sich plötzlich so abweisend mir gegenüber verhält …

Nachdem ich den Lappen ausgewrungen habe, drehe ich sie zu mir und knie mich vor sie. Sanft umfasse ich ihr Kinn und neige ihren Kopf nach hinten, um die letzten Make-up-Spuren wegwischen zu können. Ich tupfe ihr über die Lider, die Wangen, den Kiefer, während ich mir Mühe gebe, ihrem leeren Blick auszuweichen, der durch mich hindurchzusehen scheint.

Als ich über ihren Mund tupfen will, fällt mir die bebende Unterlippe auf und ich zögere.

»Ist das«, wispert sie, »alles für dich nichts weiter als ein ›Service‹?«

Ihre Worte, die eingesunkene Haltung und die verkrampften Hände, die sie im Schoß knetet, versetzen mir einen Stich. Doch am schlimmsten trifft mich der Blick aus glasigen großen Augen, die jegliches Strahlen verloren haben.

Ich weiß nicht, was ich darauf entgegnen soll, deshalb setze ich wortlos die Arbeit fort und sie drängt mich nicht zu einer Antwort. Dennoch verstärkt sich das ungute Gefühl im Magen. Als ich fertig bin, helfe ich ihr auf und führe sie in den hinteren Bereich und zum Ankleidezimmer.

»Zieh dich um, damit du in dem Kleid nicht schlafen musst«, sage ich sanft und will wieder nach vorn gehen.

»Warte!« Feli dreht mir den Rücken zu und schiebt sich die Haare über die Schulter. »Ich bekomme den Verschluss nicht ohne Hilfe auf.«

Kurz balle ich die Hand zur Faust, bis ich das leichte Zittern unter Kontrolle habe, bevor ich den silbernen Knopf im Nacken öffne, der das Kleid hinten zusammenhält. Es sinkt zu Boden und ich drehe mich schnell um, ehe ich auf die Idee komme, etwas ganz Dummes zu tun. Sie genauer anzusehen oder ihre nackte Haut zu berühren, zum Beispiel. Etwas sagt mir, dass beides gerade das Schlimmste wäre, was ich machen könnte.

»Ich warte vorn auf dich. Du solltest noch etwas essen und dann ...«

»Shadow«, wispert sie.

Bei dem seltsamen Unterton in der Stimme scheint sich jeder einzelne Muskel in meinem Körper zu verspannen und es kostet mich sämtliche Willenskraft, mich nicht auf der Stelle zu ihr umzudrehen. So habe ich sie noch nie gehört – gleichzeitig flehend und resigniert –, doch auch derart verlockend, dass alles in mir danach schreit, sie in die Arme zu schließen und vor der ganzen Welt abzuschirmen.

»Sieh mich an.«

Ich beiße fest die Zähne zusammen und schüttele den Kopf.

Ohne auf meinen Protest zu reagieren, läuft sie um mich herum und stellt sich direkt vor mich.

»Was ist los?«, will sie wissen. »Warum willst du mich nicht ansehen? Falls es ›Service‹ ist, den du mir bietest ...« Sie legt mir eine Hand auf die Brust und beinahe zucke ich vor der Berührung zurück. Ihre Hände sind so eiskalt, dass ich es sogar durchs Shirt spüren kann. »... dann will ich ihn auch vollständig in Anspruch nehmen.«

Ich packe ihr Handgelenk und starre sie an. Auf den ersten Blick könnte ihre Haltung dank des geraden Rückens und gereckten Kinns selbstsicher wirken, doch die Tränen, die ihre Wangen hinunterrollen, gleichen einem Hieb in die Magengrube. Ich verbiete mir, sie mit der freien Hand wegzuwischen oder irgendetwas unterhalb ihres Halses anzusehen. Nur kurz schaue ich ihr in den Augen, deren Blick leer, wütend und flammend zugleich auf mich wirkt.

So hat sich Feli noch nie verhalten ... Sie würde sich mir nie ungeniert an den Hals werfen – das passt nicht zu ihr. Mit dem Verhalten verletzt sie jedoch nicht nur sich selbst, sondern auch mich. Ich habe mich einmal von einer früheren Trägerin zu einem Gegenstand degradieren und benutzen lassen. Diese Erfahrung will ich nie wieder machen müssen – erst recht nicht mit Feli!

»Ich habe keine Ahnung, was in dich gefahren ist«, grolle ich, »aber ich werde erst wieder mit dir reden, wenn du zur Vernunft gekommen bist!«

So schnell mich meine Füße tragen, haste ich aus dem Zimmer, stürme ohne anzuklopfen in das nebenan und werfe Katie aus dem Bett, die mich mit einigen wüsten Beschimpfungen bedenkt, doch das ist mir egal.

»Kümmere dich um sie«, weise ich sie knapp an, nachdem sie halbwegs wach ist und endlich den Mund hält. »Ich weiß nicht, was mit ihr los ist – und du sagst mir ja auch nichts! –, aber ich werde ihr Zimmer nicht betreten, solange sie nicht klar im Kopf ist.«

Bevor Katie die Möglichkeit hat, Fragen zu stellen, haste ich wieder hinaus und eile ins Erdgeschoss. Ich muss so viel Raum zwischen Feli und mich bringen wie nur möglich ... Was sollte das, verdammt noch mal? So kenne ich sie nicht ... Und ich will sie nie wieder so sehen! Verloren und getrieben und endlos traurig – mit einer Mauer aus Eis um sich herum, die noch nicht einmal ich durchdringen kann.

***

Cal und Zac sind im Wohnzimmer und beäugen mich mit einer Mischung aus Argwohn und perfidem Interesse, während ich rastlos durch das Zimmer laufe, mir durchs Haar fahre und gleichzeitig in allen Sprachen, die ich beherrsche, fluche.

»Was ist dir denn über die Leber gelaufen?«, fragt Cal, nachdem er anscheinend keine Lust mehr hat, das Schauspiel weiter zu verfolgen.

»Deine Schwester«, knurre ich.

»O ja, man glaubt es nicht, wenn man sie anschaut, aber Feli kann einen wirklich auf die Palme bringen, wenn sie es drauf anlegt«, sagt Cal. »Bei mir schafft sie es auch regelmäßig.«

Jede einzelne Zelle in mir scheint vor Anspannung zu kribbeln. Ich habe viel zu viel Magie in mir, die ich nicht in sinnvolle Bahnen lenken kann. Meine Trägerin braucht keine Heilung und es ist kein Abtrünniger weit und breit, den ich ungespitzt in den Boden rammen könnte. Wenn ich diese überschüssige Energie nicht bald loswerde, geschieht noch ein Unglück!

Lumia und Terra betreten das Wohnzimmer, und noch bevor sie etwas sagen können, wirbele ich zu ihnen herum.

»Ihr zwei, was habt ihr heute noch vor?«

KAPITEL 2

Felicity

Ich sinke zu Boden, als die Tür hinter Shadow ins Schloss fällt. Kurz darauf höre ich ihn nebenan mit Katie sprechen. Anschließend verhallen seine Schritte auf dem Korridor, während er sich immer weiter von mir entfernt. Selbst vorhin kam es mir vor, als würden uns Welten trennen. Ich fühle mich gefangen in einem dichten Nebel aus Selbstzweifeln, Frustration und Trauer, doch der Fehler, den ich eben begangen habe, lastet schwer auf mir.

Als Katie mich findet, heule ich. Schon wieder. Dabei hätte ich gedacht, nach dem katastrophalen Abend keine einzige Träne mehr in mir zu haben. Aber diesmal ist es anders. Zuvor habe ich wegen meiner zerbrochenen Träume geweint und wegen einer Liebe, die niemals echt war und nie echt sein sollte.

Nun weine ich, weil ich das einzige Wesen vergrault habe, das je zu mir gehalten und an mich geglaubt hat. Ohne Shadow ... Ohne seine Unterstützung und Nähe bin ich nichts. Ich kann mir ein Leben ohne ihn nicht mehr vorstellen. Was habe ich mir nur dabei gedacht? Ich habe überhaupt *nicht* gedacht, das ist das Problem ... Nachdem Shadow sagte, es gehöre alles bei ihm zum Service, hatte ich ein Blackout. Dabei hat er nichts falsch gemacht. Er hat mich mit der gleichen Hingabe umsorgt wie schon mehrere Male zuvor. Ich bin es, die plötzlich alles zu kompliziert sieht.

Katie reicht mir ein Shirt und eine Jogginghose. Schniefend reibe ich mir über die geschwollenen, brennenden Augen und schaue anschließend zu meiner besten Freundin auf.

»Zieh dich an, wasch dir das Gesicht und geh nach unten«, sagt sie.

Ich presse die Lippen zu einem schmalen Strich zusammen und starre wieder zu Boden. »Ich habe mich aufgeführt wie die größte Idiotin ... Ich hab mich ihm regelrecht aufgedrängt. Wie soll ich Shadow je wieder in die Augen sehen können?«

»Ja, du hast Mist gebaut. Großen Mist sogar! Sei lieber dankbar dafür, dass Shadow der perfekte Gentleman ist. Viele andere hätten die Situation schamlos ausgenutzt. Entschuldige dich bei ihm! Das ist das Mindeste, was du tun kannst.«

»Und wenn er mir nicht verzeiht?« Allein der Gedanke daran verursacht mir Übelkeit. »Wenn es jetzt zwischen uns wird wie zwischen Cal und Lumia?«

»Wenn du dich weiterhin hier verkriechst, wird es so werden«, entgegnet Katie scharf. »Er war richtig sauer. Du hast ihn zu einem Gegenstand, den du nach Belieben benutzen kannst, herabgewürdigt, und seinen Zorn kann ich durchaus verstehen. Er ist nicht der Typ, bei dem das ankommt.«

Ich schlucke krampfhaft bei ihren Worten, doch sie treffen voll ins Schwarze. Ich habe mir vorgestellt, dass er all das – seine bedingungslose Fürsorge – bereits für andere Trägerinnen getan hat. Dass ich nichts Besonderes für ihn bin und er es nur tut, weil es das Leben zwischen Familiar und Träger erleichtert. Weil es ... halt so sein sollte, nicht weil er es *will*.

Diese Vorstellung tat mir so weh, dass ich sprach und handelte, ohne vorher darüber nachzudenken. Ich verschwendete keinen Gedanken an seine Gefühle oder daran, was *er* möchte. Ich habe nur an mich gedacht ... Daran, dass es sowieso nichts Besonderes für ihn sei und ich mir dann auch gleich alles nehmen könnte. Und daran, dass Shadow der Schlüssel ist, um die Erinnerungen an den heutigen Abend aus dem Gedächtnis zu löschen. Er hätte mir helfen können zu vergessen, doch ich bin es völlig falsch angegangen.

»Erkläre es ihm«, rät Katie, während ich mich anziehe. »Dann wird er es verstehen. Vielleicht wird er dir nicht sofort verzeihen können oder dich gleich wieder so behandeln wie zuvor, aber es ist deine verdammte Pflicht, dich zumindest dafür zu entschuldigen.«

Ich nicke und spritze mir etwas Wasser ins Gesicht. Kurz gleitet mein Blick über das prall gefüllte Tablett, das Shadow für mich zusammengestellt hat, obwohl ich ihn nicht sehen wollte. Trotzdem hat er alles zusammengesucht, was ich brauchen könnte, sobald ich ihn zu mir ließe. Verdammt, ich könnte mich selbst dafür ohrfeigen, wie ich mich verhalten habe!

Schnell werfe ich Katie, verzweifelt, wie ich bin, einen letzten Blick zu, bevor ich nach unten gehe, um mich zu entschuldigen.

***

Mit jeder Stufe werden meine Schritte langsamer, als würde ich durch einen unsichtbaren Sumpf waten. Am liebsten würde ich auf dem Absatz herumwirbeln, wieder nach oben rennen und mich in meinem Zimmer verbarrikadieren. Ich muss mich regelrecht dazu zwingen, einen Fuß vor den anderen zu setzen. Mir ist noch nie aufgefallen, wie schwer es sein kann, um Verzeihung bitten zu müssen. Selbst jetzt, kurz bevor ich Shadow wieder gegenüberstehe, weiß ich nicht, was ich zu ihm sagen oder wie ich ihm mein Verhalten erklären soll. Ich habe selbst keine Ahnung, was mich vorhin geritten hat ... Shadow um mich zu haben und seine Fürsorge genießen zu können, das stand im krassen Kontrast zu dem, was mir auf der Party widerfahren ist. Im Kopf vermischten sich die Begebenheiten und ich redete und handelte plötzlich, ohne zu begreifen, dass es Shadow – mein Familiar – war, der da vor mir stand, und nicht irgendein dahergelaufener Kerl.

Meine Hände sind schweißnass, als ich endlich im Erdgeschoss ankomme. Aus dem Wohnzimmer dringt Licht und ich höre Cals Stimme. Schnell wische ich die Handflächen an der Hose ab, atme tief durch und betrete das Zimmer.

Zac und Cal beäugen mich mit einer Mischung aus Sorge und Misstrauen, doch ihretwegen bin ich nicht hier, deshalb tue ich so, als würde mir nicht auffallen, wie sie mich anstarren. Es fällt mir jedoch schwer, die Blicke vollkommen auszublenden.

»Wisst ihr, wo Shadow ist?«, frage ich, nachdem ich ihn nirgends entdecken kann.

»Alles okay mit dir, Schwesterchen?«, will Cal wissen, und mir entgeht nicht der seltsame Unterton, der in der Stimme mitschwingt und mich auf der Hut sein lässt.

»Ich ... ja, ich hab mich wieder gefangen«, antworte ich.

Zac steht auf und zieht einen Stuhl vor, ehe er mich abwartend ansieht. Ich schlucke krampfhaft, rühre ansonsten aber keinen Muskel.

»Ich glaube, wir sollten uns mal unterhalten«, sagt mein ältester Bruder.

Das letzte Mal, als er sich so ausgedrückt hat, wollte er mir ernsthaft den Unterschied zwischen Jungen und Mädchen erklären. Und davor sagte er es, nachdem unsere Eltern starben und ihm die Bürde zufiel, Cal und mir davon zu berichten. Ich mache einen Schritt nach hinten, ohne den Blick von Zac zu nehmen. Es geht nie gut aus, wenn er sich mit mir »unterhalten« will, und im Moment habe ich ganz andere Sorgen als ihn.

Mit einem Seufzen hebt Zac die Hand und schmettert die Tür mit einem Windstoß zu. Der Knall ist so ohrenbetäubend, dass ich zusammenzucke. Ich bin gefangen wie eine Maus in der Falle.

»Was hast du angestellt?«, fragt Cal. »Und mit wie viel Magie hast du deinen Familiar vollgepumpt? Er stand vollkommen neben sich, als er eben hier war.«

Die letzte Frage überrumpelt mich und ich brauche einen Moment, um die eigenen wirren Gedanken zu ordnen und mich auf Cal zu konzentrieren. Shadow soll zu viel Magie in sich gehabt haben? Weit hergeholt ist es nicht. Daran habe ich nicht gedacht ... Shadow hat die letzten Tage über reichlich Magie von mir erhalten, damit ich möglichst wenig in mir hatte, um in die Stadt und anschließend auf die Party gehen zu können. Aber was macht er mit der überschüssigen Magie, die er nicht benötigt, um sich zu nähren oder am Leben zu erhalten? Seit wir die Abtrünnige geschnappt haben, brauchten wir nicht mehr zu kämpfen und er musste keine Zauber einsetzen ...

Ich habe alles aus den Augen verloren ... Vor allem Shadows Gefühle und Wohlergehen. Die Enge in der Brust schnürt mir beinahe die Luft zum Atmen ab.

»Ich ...« Ich kralle die Hände in den Shirtsaum und räuspere mich. »Wo ist er?«

»Nicht hier«, antwortet Zac knapp. »Was wahrscheinlich auch besser ist. Er kam mir nicht so vor, als wollte er dich heute noch mal sehen.«

»Er wäre beinahe aus der Haut gefahren, als er herunterkam«, ergänzt Cal unnötigerweise und kann sich ein Grinsen nicht verkneifen. »Und er verfügt über ein beeindruckendes und sogar mehrsprachiges Repertoire an Schimpfwörtern!«

Ich schließe gequält die Augen. Herrgott, könnten sie es vielleicht etwas weniger dramatisch ausschmücken? Nun habe ich noch mehr Angst davor, Shadow gegenüberzutreten. Aber ich muss es tun! Wenn ich kneife, werde ich den Riss zwischen uns beiden, den ich verursacht habe, vielleicht niemals kitten können. Und das würde mich endgültig zerstören.

»Jetzt sagt mir endlich, wo er ist! Ich muss mich bei ihm entschuldigen. Ich hab ... Dinge zu ihm gesagt, die ich nicht so gemeint habe.«

»Wie wäre es, wenn du uns erst mal erzählst, was bei dieser Party vorgefallen ist«, schlägt Zac vor. »Dann entscheiden wir, ob wir irgendwen in winzig kleine Stücke zerlegen müssen, um diese anschließend in alle Winde zu zerstreuen. Auch wenn er gerade richtig sauer auf dich ist, würde Shadow uns ganz bestimmt dabei helfen wollen.«

Ich bin verwirrt und werfe ihm einen kurzen Blick zu. Shadow und meine Brüder würden gemeinsame Sache machen? Wann ist das denn passiert?

»Und danach«, fährt Zac fort, »verrate ich dir vielleicht, wo sich Shadow gerade aufhält.«

Ich schaue zu Cal, hoffe, dass ich von ihm etwas Rückendeckung bekomme, doch er zieht nur eine Augenbraue nach oben. Na toll! Meine Brüder haben sich gegen mich verschworen, und mein Familiar hat sich auf ihre Seite geschlagen.

Ich stoße geräuschvoll den Atem aus. »Ihr müsst niemandem einen Besuch abstatten. Niemand muss in winzig kleine Stücke zerlegt werden. Die genauen Umstände würde ich jedoch gerne zuerst mit Shadow besprechen ...«

»Bist du sicher, dass dir niemand zu nahe getreten ist?«, hakt Cal nach.

Ich nicke. »Todsicher.«

Zac mustert mich eine Weile schweigend, als würde er meine Worte anzweifeln, aber ich halte seinem Blick stand, denn ich sage die Wahrheit.

»Shadow ist unterwegs und trainiert mit Terra und Lumia, um seine überschüssige Magie loszuwerden«, sagt er schließlich. Als ich mich schon umdrehe und das Zimmer verlassen will, fügt Zac hinzu: »Du solltest noch ein wenig warten. Keine Ahnung, was du angestellt hast, aber er war sehr aufgebracht.«

Ich schlucke angestrengt. »Ich hab Mist gebaut«, murmele ich. »Deshalb muss ich mich dringend bei ihm entschuldigen.«

Zac seufzt, kommt dann aber auf mich zu. »Ich bringe dich hin. Da die Abtrünnige in unserer Trainingshalle ist, können sie dort nicht gegeneinander kämpfen. Deshalb habe ich sie weiter weggebracht. Hol dir eine Jacke, es ist ziemlich frisch draußen.«

»Nein, ich … Können wir sofort los?«

Mein Bruder reibt sich über die Stirn. »Du wirst dir den Tod holen.«

»Bitte! Ich bin seit meiner Kindheit durch Cals Eisattacken abgehärtet.«

»He, lass mich da raus!«, kommt es von meinem anderen Bruder, doch ich ignoriere ihn.

Zac legt mir eine Hand auf den Rücken und schiebt mich zur Tür. »Jammer mir dann aber nicht die Ohren voll, wenn dir wichtige Körperteile abfallen.«

***

Wir fliegen eine ganze Weile. Zac hat nicht übertrieben; es ist wirklich eisig. Der Nachtwind pfeift mir um die Ohren und ich schmiege mich enger an meinen Bruder, um möglichst viel seiner Körperwärme in mich aufnehmen zu können.

»Wie konntest du alle so weit wegbringen?«, frage ich.

»Ich habe nur Terra geflogen und Shadow erklärt, wo sie gefahrlos aufeinander losgehen können. Er hat anschließend Lumia mit diesem Schatten-Transport-Dings mitgenommen. Beeindruckende Fähigkeit im Übrigen! Was hat er noch so drauf?«

Ich ignoriere seine Frage. »Machst du dir keine Sorgen um Terra?«

Zac schüttelt den Kopf. »Nein, nicht wirklich. Shadow kam mir nicht so vor, als würde er den beiden Familiaren ernsthaften Schaden zufügen wollen. Ich glaube, ihm geht es eher darum, selbst etwas Dampf ablassen zu können, anstatt andere zu verletzen.« Kurz huscht sein Blick zu meinem Gesicht. »Er stand heute Abend ziemlich neben sich, als du auf der Party warst. Und als Katie dich so aufgelöst nach Hause gebracht hat, wurde es noch schlimmer. Du wolltest ihn nicht sehen, aber er saß die ganze Zeit vor deiner Tür und hat gewartet. Du musst … ihm etwas wirklich Fieses angetan haben, dass er so wütend geworden ist.«

Ich beiße mir auf die Unterlippe und nicke, während ich versuche nicht schon wieder in Tränen auszubrechen.

»Dann solltest du besser eine ziemlich gute Entschuldigung im Ärmel haben, damit er sich wieder beruhigt.«

»Mehr als eine Entschuldigung und Erklärung für mein Handeln kann ich ihm nicht bieten«, murmele ich niedergeschlagen. »Das ist alles, was ich ihm geben kann, und ich hoffe, dass es genügt.«

»Ich sollte das als großer Bruder vielleicht nicht sagen, aber er tut dir gut. Und irgendwie habe ich mich mittlerweile an ihn gewöhnt. Früher wärst du nie zu uns an den Pool gekommen oder hättest Cal und mir die Stirn geboten, als wir mit dem pinken Outfit, das Katie wenig schmeichelhaft als *Ganzkörperkondom* bezeichnet hat, um die Ecke kamen. Wahrscheinlich hättest du es sogar getragen, nur um unsere Gefühle nicht zu verletzen. Doch diesmal standest du vor uns – stolz und furchtlos und so gar nicht wie die Feli, die ich sonst kenne – und hast uns klar und deutlich gesagt, was du fühlst. Das habe ich bei dir schon lange nicht mehr erlebt, eigentlich noch nie. Und … ich fand es großartig. Es wäre schrecklich, wenn du dich nur wegen eines dummen Streits wieder verändern würdest.«

»Ich habe dir schon mal gesagt«, entgegne ich, »dass ich mir Shadow von niemandem wegnehmen lasse. Erst recht nicht von mir selbst. Ich habe mich furchtbar aufgeführt, und dafür will ich mich zumindest entschuldigen. Ich kann nur hoffen, dass er es akzeptieren wird.«

»Das wird er«, sagt Zac. »Vielleicht nicht sofort, aber ihm liegt viel zu viel an dir, als dass er dir ewig böse sein könnte.«

***

Wir landen auf einem nicht bewachsenen Plateau weitab der Stadt. Schon von fern sehe ich Lumias Feuerschein in der ansonsten stockfinsteren Nacht. Als wir näher kommen, erkenne ich, dass Lumia sogar in ihrer Phönixgestalt kämpft. Auch Terra kann ich einige Zeit später als Steinbären ausmachen. Nur Shadow steht als Mensch zwischen ihnen. Normalerweise wäre er in dieser Illusionsgestalt den beiden Familiaren unterlegen, doch jetzt – aufgeputscht durch Unmengen meiner Magie und noch dazu stinksauer – drängt er Lumia und Terra mit kurzen, präzisen Schattenblitzen zurück, die ich nur dank Lumias Leuchten überhaupt in der Dunkelheit ausmachen kann.

»Ihr versucht es ja nicht mal!«, höre ich ihn schon aus mehreren Metern Entfernung grollen.

Er klingt so wütend und aufgebracht, dass ich für einen Moment erstarre und kurz davor bin, Zac anzuflehen, mich wieder zurückzufliegen. Doch ich verdränge den Gedanken schnell aus dem Kopf. Ich bin nicht hier, um zu kneifen! Ich habe fast die ganzen letzten zehn Jahre meines Lebens mit Kneifen verbracht, indem ich mich dem Willen meiner Brüder beugte. Nun habe ich etwas, jemanden, gefunden, dank dem ich mein Leben endlich wieder genießen kann. Ja, es ist unangenehm, mich entschuldigen zu müssen und ihm die Erklärung für mein Verhalten zu liefern, aber das ist ein kleiner Preis verglichen damit, dass ich all das – und vor allem Shadow – verlieren könnte.

Terra ist die Erste, die uns am Himmel schweben sieht, und stellt ihre Angriffe daraufhin ein. Auch der Feuervogel wirft einen Blick gen Himmel und verwandelt sich anschließend zurück, lässt aber eine Flamme über ihrer Hand erscheinen, um uns wenigstens etwas Licht zu spenden.

Als Zac mit mir auf den Armen landet, dreht Shadow sich um und rollt sofort seufzend mit den Augen, bevor er die Arme vor der Brust verschränkt und sich halb von mir abwendet. Seine verkrampfte und abweisende Haltung zu sehen versetzt mir einen Stich, doch ich kratze allen Mut zusammen und mache einen Schritt auf ihn zu.

»Was willst du hier?«, grollt er.

Seine zu Fäusten geballten Hände zittern. Ich fürchte mich nicht davor, dass er mir etwas antun könnte – es würde nie geschehen! Aber dieses Verhalten verletzt mich mehr, als seine Schattenblitze es je tun könnten.

»Ich will mit dir reden«, antworte ich leise, weil meine Stimme beinahe versagt.

»Ach, jetzt willst du mit mir reden?«, spottet er. Mein Herz zieht sich bei dem Tonfall zusammen. »Vorhin wolltest du mir nur an die Wäsche.«

Mir entgehen nicht die überraschten Blicke der beiden Familiare – und mich zu meinem Bruder umzudrehen, wage ich erst gar nicht. Ich wünschte, ich wäre mit Shadow allein. Dann fiele es mir leichter, mit ihm zu sprechen, und ich müsste meine Gefühle nicht so stark unter Verschluss halten wie jetzt. Ich will nicht, dass Zac, Terra und Lumia sehen, wie kurz ich davor bin, schon wieder heulend zusammenzubrechen.

»Ich … habe Mist gebaut. Großen Mist. Und dafür entschuldige ich mich. Ich hätte mich nie so verhalten dürfen! Mein Abend war … sehr bescheiden, um es nett auszudrücken, doch auch das ist keine Rechtfertigung für mein Verhalten. Ich kann dir nicht mehr anbieten, als meine aufrichtige und von Herzen kommende Entschuldigung und das Versprechen, dass ich mich nie wieder so danebenbenehmen werde.«

Langsam, unendlich langsam dreht Shadow sich zu mir um. Nur mithilfe von Lumias spärlichem Feuerglanz kann ich sein Gesicht erkennen – und keine genauen Emotionen ausmachen, deshalb weiß ich nicht, ob ich ihn mit meinen Worten erreicht habe. Das Herz klopft mir bis zum Hals, als ich auf eine Antwort von ihm warte.

»Ich will eine Erklärung«, sagt er schließlich. Seine Stimme klingt zwar noch immer hart, aber nicht mehr so abweisend wie zuvor.

Mein Blick huscht zu den beiden Familiaren und Zac, der an Terras Seite getreten ist, und ich beiße mir auf die Lippe.

»Zu Hause«, fügt Shadow hinzu, nachdem er meinem Blick gefolgt ist. »Erkläre es mir zu Hause.«

Ich halte die Luft an, während ich wieder meinen Familiar anschaue. Er lässt mich noch einen Moment zappeln, dann streckt er eine Hand nach mir aus. Bevor er es sich doch noch anders überlegen kann, eile ich auf Shadow zu und ergreife die dargebotene Hand, die trotz der kühlen Nachtluft herrlich warm ist.

»Du bist ja schon wieder eiskalt«, murmelt er und zieht mich näher zu sich.

Tränen schwimmen mir in den Augen, als ich mich an seine Brust schmiege und er beide Arme um mich schlingt. Mehrmals wispere ich, wie leid es mir tut, woraufhin er mir beruhigend über den Rücken streicht und die Wange auf meinen Scheitel legt.

»Bring Feli nach Hause«, höre ich Zac sagen, doch seine Stimme scheint von weit weg zu kommen.

»Ich fliege euch hinterher«, sagt Lumia, die vorhin von Shadow hergebracht wurde.

Er legt mir eine Hand unters Kinn und hebt meinen Kopf ein Stück an.

»Bereit?«, fragt er.

Ich verziehe das Gesicht und schniefe. »Nein.«

Auf die Schattensprünge kann ich dankend verzichten. Zwar bringen sie uns schnell von einem Ort zum anderen, jedoch glaube ich danach jedes Mal, dass sich mein Magen nach außen stülpt.

Ein kleines Lächeln umspielt Shadows Lippen, ehe er flüstert: »Augen zu.«

Ich spüre, dass auch meine Lippen sich zu einem erleichterten Lächeln verziehen, und ich verschränke die Finger mit seinen, bevor ich in die Schatten stürze.

KAPITEL 3

Felicity

Wir landen direkt in meinem Zimmer, genau hinter dem Vorhang, der den Schlafbereich abtrennt. Katie quietscht erschrocken und fällt beinahe aus dem Bett, auf dem sie gesessen und die Tür im Auge behalten hat. Als sie uns erkennt, presst sie eine Hand gegen die Brust und bedenkt uns mit einer Reihe von Verwünschungen.

»Okay, diesmal gilt die Warnung euch beiden«, sagt sie, nachdem sie sich wieder gefangen hat. »Ich bin echt erledigt und möchte wenigstens ein paar Stunden schlafen. Schafft ihr es, euch für den Rest der Nacht nicht wieder in die Haare zu kriegen?«

»Wir ... geben uns Mühe«, antworte ich.

Katie seufzt. »Na ja, ihr wisst, ich bin nebenan, falls mich einer von euch braucht. Aber diesmal sollte mindestens einer im Sterben liegen, denn ich bin wirklich auf meinen Schönheitsschlaf angewiesen! Seid also leise, egal was ihr macht, klar?«

Sie wirft sich das Haar über die Schulter, droht uns mit erhobenem Zeigefinger und verlässt, die Hüften wiegend, das Zimmer.

Ich weiß nicht, was ich erwartet habe, aber plötzlich wieder allein mit Shadow zu sein, fühlt sich seltsam an. Unschlüssig bleibe ich stehen, während mein Blick ziellos umherhuscht.

»Ich bin immer noch wütend auf dich«, sagt Shadow, als er meine Hand loslässt, zum Bett geht und sich im Schneidersitz mitten darauf niederlässt. »Aber ich akzeptiere deine Entschuldigung. Und ich bin sehr auf die Erklärung gespannt.«

Nervös spiele ich mit dem Ende meines Zopfes, als ich hinüber zum Drehstuhl gehe und mich daraufsetze. Ich überlege einen Moment, wo ich am besten mit meiner Erklärung starten soll, und entscheide mich dafür, von Anfang an zu erzählen.

»Ich habe dir von Justin erzählt, nicht wahr?«, frage ich.

Shadow, der über meine Platzwahl ein paar Meter von ihm entfernt die Stirn gerunzelt hat, nickt. »Ja. Der oberflächliche Typ, in den du schon während deiner Schulzeit verknallt warst und wegen dem du das Kleid getragen hast.«

Ich unterdrücke ein Seufzen. Shadow klingt, als hätte er das, was ich heute Abend auf die harte Tour erfahren musste, schon längst gewusst ... Dennoch berichte ich weiter, so wie ich es ihm schulde. »Es war Justins Party und ohne Katies Hilfe hätte ich wohl nie eine Einladung bekommen. Aber ... mir war schon vorher klar, dass ich lieber nicht hätte hingehen sollen. Während der Schulzeit bin ich Justin nie nahe gekommen, konnte nie sein Glimmen sehen, weshalb ich mir vorstellte, dass das seine das passende Gegenstück zu meinem sein könnte. Anfangs war es nur ein Gedanke, doch irgendwann wurde er zu einer fixen Idee, die mich nicht mehr losließ. Da ich es nie gesehen habe, wäre es doch gut möglich, oder? Es wäre denkbar, dass er das gleiche Glimmen hat wie ich. Immerhin ist das doch der Stoff, aus dem Geschichten gemacht werden – das Außenseitermädchen und der beliebteste Junge der Schule.«

»Aber er ist es nicht, oder?«, fragt Shadow, als ich eine Weile nicht weiterrede. »Er ist nicht das Gegenstück zu deinem Glimmen.«

Ich schlucke angestrengt und schüttele den Kopf. »Schon als wir sein Haus betraten und er uns begrüßte, hörte ich das Fiepen. Längst nicht so übermächtig und laut wie gewöhnlich, deshalb redete ich mir ein, dass es von einem anderen Paar in der Nähe ausgehen musste. Ich wollte mir nicht eingestehen, dass er ... es nicht war. Gemeinsam mit Katie hielt ich mich etwas abseits, sodass nicht das geballte Glimmen und Fiepen auf mich einprasselten. In den Garten zum Pool gingen wir erst gar nicht, obwohl ich Katie ansah, dass sie sich gerne unter die Leute gemischt hätte. Doch sie ließ mich nicht allein, egal wie oft ich ihr sagte, dass es mir nichts ausmachen würde.«

»Wie lange willst du eigentlich noch da drüben sitzen?« Als ich zu ihm schaue, deutet er mit einer Kopfbewegung neben sich, doch ich zögere. »Hey. Ich bin's nur. Du brauchst keine Angst vor mir zu haben.«

Ich spüre, dass sich meine Lippen zu einem schwachen Lächeln verziehen. Er sagte diese Worte schon einmal zu mir – am Morgen, nachdem er meinen Rücken geheilt hatte und ich nicht wusste, wie ich auf ihn reagieren sollte, nachdem er ...

Bevor ich länger darüber nachdenken kann, krabbele ich aufs Bett. Shadow rutscht bis zum Kopfende nach oben und ich setze mich zwischen seine Beine, sodass ich den Rücken gegen seine Brust lehnen kann. Mir entweicht ein wohliges Seufzen, als er die Arme um mich legt. Zwar spüre ich noch eine gewisse Reserviertheit in seiner Haltung und den Berührungen, doch es fühlt sich natürlicher an, ihm nahe zu sein, als mehrere Meter von ihm entfernt zu sitzen.

»Erzähl weiter«, murmelt er an meinem Ohr und löst dadurch einen warmen Schauer aus.

»Ich ... genoss den Abend. Ich spürte zwar die Disharmonien und hörte das Fiepen, aber beides stürmte nicht so vehement auf mich ein wie gewöhnlich. Wenn ich mich konzentrierte, konnte ich es ausblenden und mich wie ein ganz normaler Mensch mit anderen unterhalten. Ich bekam eine Menge Komplimente, die mich anfangs verunsicherten, schließlich aber irgendwie aufblühen ließen. Ich bin mir nicht sicher, ob Katie ihren ›schönen Schein‹ meinetwegen abschwächte, denn niemand schien sie wahrzunehmen. Alle sahen mich. Und irgendwann ... wurde auch Justin auf mich aufmerksam.«

Als ich mich bei der Erinnerung versteife, streichelt Shadow über meinen Arm, bis ich mich wieder entspanne.

»Wir ... unterhielten uns, lachten zusammen und tranken etwas. Ich ignorierte das Fiepen und das ungute Gefühl und konzentrierte mich nur auf ihn. Nie zuvor habe ich mehr als zwei Sätze mit ihm gewechselt und nun war mir seine ganze Aufmerksamkeit sicher. Ich hätte das glücklichste Mädchen der Welt sein müssen – das redete ich mir die ganze Zeit über ein, doch da war kein Kribbeln im Bauch, sondern nur das Pulsieren im Kopf, das mich auf ein ungleiches Glimmen hinwies. Ich gab mein Bestes, es zu ignorieren. Und dann ...«

Ich hole zittrig Luft.

»Dann nahm er mich bei der Hand und führte mich nach oben. Ich zögerte, weil ein Teil von mir nicht mit ihm gehen wollte, aber schlussendlich folgte ich ihm doch, während ich mir wieder und wieder sagte, dass alles so war, wie es sein sollte. Justin war bei mir, nahm mich wahr – wie konnte das nicht richtig sein?«

Ich spüre, dass Shadow die Muskeln anspannt. »Hat er …?«

»Nein«, sage ich schnell. »Er hat mich nicht angerührt.«

Mein Familiar beruhigt sich etwas.

»Er führte mich in eines der Zimmer, und nachdem er die Tür schloss, drängte er mich gegen die Wand. Nun schrie meine Gabe so laut, dass es mir unmöglich war, sie weiter zu ignorieren, doch ich biss die Zähne zusammen und wartete immer noch auf das unbändige Glücksgefühl, das sich bestimmt bald einstellen würde. Ich meine, es war Justin! Der Junge, von dem ich seit Jahren träumte. Ich hätte doch auf Wolken schweben müssen … Als er sich vorbeugte, um mich zu küssen, da …«

Ich ziehe die Beine nah an mich heran und Shadow verstärkt den Griff um mich, weil er mir den Halt geben will, den ich dringend benötige.

Mein Atem geht stoßweise, als ich mich an den Moment mit Justin allein im Zimmer zurückerinnere. Daran, wie er mich behandelt hat. Ohne mich nach meiner Meinung zu fragen, presste er mich mit dem Körper gegen die Wand und drängte sich mir auf. Ich war völlig verwirrt und wusste nicht mehr, was ich denken sollte, weil zwei völlig verschiedene Stimmen auf einmal in meinem Kopf um die Wette schrien. Eine warf mir wieder und wieder vor, dass ich verdammt noch mal endlich glücklich sein soll. Die andere schrie, dass es falsch ist. Dass *er* der Falsche ist. Dass meine Gabe es schon lange vor meinem Herzen und meinem Verstand gewusst hatte. Ich war wie erstarrt, doch als Justin versuchte mich zu küssen, wusste ich auf einen Schlag, welcher Stimme ich Glauben schenken musste.

»Als er mich küssen wollte«, beginne ich noch einmal, »da …« Ich schlucke angestrengt, während ich mich dazu überwinden muss auszusprechen, was in dem Moment mit mir geschah. »… sah ich plötzlich nur noch *dein* Gesicht vor mir und drehte mich schnell weg, sodass sein Mund nur auf meine Wange traf«, wispere ich.

Shadow lässt den Kopf nach vorn sinken, lehnt die Stirn an meine Schulter und stößt den Atem aus. Ich weiß nicht, ob er wütend, traurig oder erleichtert ist. Mit den Fingern streichele ich über die Arme, die er um mich geschlungen hat, und spüre die Muskeln unter der Haut zucken.

»Ich war so verwirrt und gleichzeitig erschrocken über meine Reaktion, dass ich Justin von mir schob«, erzähle ich weiter. »Ich verstand mich selbst nicht mehr. Warum wollte ich nicht, dass er mich küsste? Das ergab doch keinen Sinn! Justin sah mich seltsam an und brummelte irgendwas von verklemmten Jungfrauen, als er ... sein Hemd aufknöpfte. Und da sah ich sein Glimmen und wusste mit erschreckender Gewissheit, dass ich gerade im Begriff war, einen riesigen Fehler zu begehen.«

Sein Glimmen war dunkel – so dunkel wie ich noch nie zuvor eines gesehen habe. Es schien, als sei sämtliche Farbe aus dem Licht seines Herzens herausgesogen worden, bis es nichts weiter als ein dunkelgraues Gebilde ohne ein eigenes Leuchten war. Der Anblick machte mich traurig, verstörte mich aber auch gleichermaßen. Ich wusste nur, dass dieses dunkle Glimmen unmöglich zu dem hellen, schnell pulsierenden Leuchten meines eigenen Herzens passen konnte. Ich hörte auf, meine Gabe zu unterdrücken, und brach fast unter den auf mich einprasselnden Disharmonien zusammen. Das ohrenbetäubende Fiepen, das nur ich wahrnehmen konnte, raubte mir schier das letzte Quäntchen Verstand. Ich presste beide Hände auf die Ohren und krümmte mich vor Schmerzen zusammen. Das war wahrscheinlich mein Glück, denn Justin ließ von mir ab, als er mein seltsames Verhalten bemerkte. Ich weiß nicht, ob ich mich aus eigener Kraft gegen ihn hätte wehren können oder ob er ein Nein auch als ein solches verstanden hätte.

»So schnell ich konnte, stürzte ich aus dem Zimmer, rannte nach unten und suchte Katie. Sie sah mir sofort an, dass etwas nicht stimmte, stellte aber keine Fragen, sondern schaffte mich aus dem Haus. Noch bevor das Taxi da war, brach ich in Tränen aus und konnte gar nicht mehr aufhören zu flennen.

All das, woran ich mich jahrelang geklammert hatte und was mich weitermachen ließ, als es schien, dass alle sich gegen mich verschworen hatten, war dahin. Einfach so – *puff*! Meine Wünsche entpuppten sich als nichts anderes als die Hirngespinste eines liebeskranken Teenies.«

Shadow verschränkt die Finger mit meinen und streicht mir mit dem Daumen über die Hand. Augenblicklich ebbt der Sturm an Emotionen, der bis eben durch mich hindurchwirbelte, etwas ab und ich lehne den Kopf gegen seinen.

»Ich weiß nicht, was ich getan hätte«, murmelt Shadow. »Was ich mit diesem Dreckskerl gemacht hätte, wenn er dich gegen deinen Willen …«

Mit der Nasenspitze fahre ich sacht über seine Wange. »Und ich weiß nicht, ob ich dich aufgehalten hätte«, gebe ich zu. »Als du … vorhin diese Bemerkung über ›Service‹ hast fallen lassen, ist bei mir eine Sicherung durchgebrannt. Es hörte sich an, als würdest du all das nur für mich tun, weil du es tun musst. Als wäre ich nicht mehr als eine Belastung.«

Er öffnet den Mund, um etwas zu sagen, doch ich rede weiter, ehe er die Möglichkeit dazu hat.

»Ich war völlig am Boden. Erst sah ich ständig dein Gesicht vor mir, als ich mit Justin allein war. Dann wollte er … Er war nicht der, für den ich ihn gehalten habe. Wahrscheinlich habe ich ihn in meinen Tagträumen idealisiert, weshalb mich der reale Justin nur noch mehr abschreckte. Ich war wütend auf ihn und auf mich, aber auch auf dich, obwohl das völliger Blödsinn ist. Ich wusste selbst nicht mehr, was ich fühlen sollte. Und dann hörte ich von dir, dass du das, was du für mich tust, als ›Service‹ ansiehst.«

Shadow presst die Lippen auf meine Stirn. »Du weißt genau, dass ich das so nicht gemeint habe«, murmelt er dann.

»Ja«, gebe ich zu. »Jetzt, nachdem ich mich wieder beruhigt habe und halbwegs klar denken kann, weiß ich das. Aber vorhin war ich zu verwirrt und hörte nur das heraus, was ich hören wollte. Nämlich, dass ich nichts als eine Belastung bin und alle Männer nur auf mich herabsehen oder mich benutzen wollen. Aber nachdem ich in Ruhe darüber nachdenken konnte – und Katie mir den Kopf gewaschen hat! –, merkte ich, dass es nicht stimmte. Als mich

Zac vorhin durch die Nacht flog, wurde mir klar, dass sich auch die Meinung meiner Brüder geändert hat.«

»Mein Spruch vorhin sollte nur dazu dienen, um dich etwas aufzuheitern. Du bist stur und frech und überschätzt dich viel zu oft«, sagt Shadow. »Manchmal möchte ich dich einfach nur in einem Zimmer einsperren, bis du wieder zur Vernunft gekommen bist.«

Ich richte mich auf, knie mich zwischen seine Beine und boxe ihn gegen die Schulter. »Wenn das wieder ein Versuch ist, mich aufheitern zu wollen, geht er gehörig nach hinten los!«

Ein vorsichtiges Lächeln zeichnet sich auf seinen Lippen ab, als er mir eine Hand an die Wange legt. »Du raubst mir noch die letzten Nerven, aber ich empfinde dich nicht als Belastung. Genauso wenig sehe ich auf dich herab, denn in meinen Augen hast du schon mehrfach bewiesen, dass du auch im Vergleich zu deinen Brüdern bestehen kannst. Bisher …« Sein Blick verdunkelt sich. »… hat sich noch kein Träger zwischen mich und einen verheerenden Angriff geworfen. Stets war ich es, der in der Schusslinie stand, und ich habe es mit Stolz getan. Jedoch … Ich hatte noch nie im Leben so viel Angst wie in dem Moment, als du aufgehört hast zu schreien. Zuvor hatte ich Panik, weil die Abtrünnige dich verletzte, und ich machte mir Sorgen um dich. Aber als du keinen Ton mehr von dir gabst und reglos auf mir lagst, da … verspürte ich eine solch bodenlose Angst, dass ich befürchtete, gänzlich von ihr verschlungen zu werden. Und danach musste ich hier auf dich warten, ohne zu wissen, ob Zac dich lebend oder bereits tot zurückbringt.«

Nun umfasse ich sein Gesicht mit beiden Händen und Shadow schließt für einen Moment die Augen.

»Ich würde es wieder tun«, sage ich. »Ich würde mich jederzeit wieder zwischen dich und einen Angriff werfen, um dich vor Schaden zu bewahren. Du bist mein Familiar. Du bist freiwillig dem Ruf des Mediums gefolgt und hast mich zu deiner Trägerin gemacht, also musst du damit klarkommen, dass ich dich so schnell nicht wieder hergebe.«

Er starrt mich mit leicht geöffnetem Mund an. Unglauben, Freude und etwas anderes, was ich nicht genau benennen kann, tanzen in seinem Blick.

»Ich glaube dir«, haucht er tonlos. »Trotz allem, was mir widerfahren ist, glaube ich dir.«

»Wirst du mir irgendwann von ihnen erzählen?«, frage ich. »Deinen anderen Trägerinnen.«

Er stößt den Atem aus. »Irgendwann, ja. Vor allem an die letzte erinnere ich mich nicht gerne.«

Ich lasse die Hände sinken. »Weil du sie geliebt hast.«

Ich weiß nicht, warum es mich so verletzt, dass er seine letzte Trägerin geliebt hat und immer noch an sie denkt, doch plötzlich fällt es mir schwer, gleichmäßig weiter zu atmen. Er meinte, es sei bereits mehrere tausend Jahre her, seit er zuletzt eine Trägerin hatte. Die Frau – wer auch immer sie war – ist längst tot und ihre Überreste sind zu Staub zerfallen. Ich sollte nicht eifersüchtig auf eine Tote sein.

Ich sollte überhaupt nicht eifersüchtig sein.

Shadow zieht mich wieder zu sich, sodass ich an seiner Brust lehne. »Ich habe lange Zeit gedacht, dass ich sie geliebt habe«, sagt er und streichelt mir dabei über den Arm. »Aber jetzt bin ich mir nicht mehr so sicher.«

Ich stutze bei seinen Worten und will mich wieder aufrichten, um ihn ansehen zu können, doch er drückt mich an sich.

»Es ist spät. Wir sollten schlafen.«

Er rutscht ein Stück nach unten und ich kuschele mich enger an ihn. Der Tag war eine einzige Katastrophe und ich habe eine Mütze voll Schlaf dringend nötig. Bisher war ich zu aufgeputscht, doch jetzt spüre ich die Müdigkeit in den Gliedern.

»Darf ich einfach hier liegen bleiben?«, nuschele ich.

Shadow streicht mir über den Kopf. »Natürlich.«

Begleitet vom beruhigenden Geräusch seines Herzschlags falle ich schon nach wenigen Augenblicken in einen tiefen und traumlosen Schlaf.

KAPITEL 4

Felicity
Der nächste Morgen kommt mit unaufhaltbarer Geschwindigkeit und ich fühle mich wie gerädert, weil wir wahrscheinlich nicht mehr als ein paar Stunden geschlafen haben. Es war nach Mitternacht, als wir uns endlich ausgesprochen hatten, und bestimmt wäre es klüger gewesen, einfach durchzumachen. Oder zumindest die Vorhänge zuzuziehen ...

Ich kuschele mich enger an Shadows Brust, um den unbarmherzigen Sonnenstrahlen, die durch die geöffneten Fenster hereinscheinen, entkommen zu können. Leider vergeblich. Dennoch bleibe ich eine Weile liegen und genieße die kleinen Streicheleinheiten, die mich langsam aus dem Reich der Träume zurück in die Wirklichkeit leiten. Eine Hand ein Stück weit unter mein Shirt geschoben, lässt Shadow bedächtig die Finger über meinen unteren Rücken gleiten und entlockt mir damit beinahe ein wohliges Schnurren.

»Zeit, aufzustehen«, murmelt er nach einer Weile.

»Warum?«, nuschele ich. »Können wir nicht einfach im Bett bleiben?«

»Leider nicht.« Ich höre das Grinsen in seiner Stimme. »Wir haben einen Termin und sind schon spät dran.«

Ich drehe den Kopf, lege das Kinn auf seine Brust und sehe zu ihm auf. »Ich weiß nichts von einem Termin.«

Sein schelmisches Grinsen, das mir ein aufgeregtes Flattern im Bauch beschert, wird breiter. »Tja, das könnte daran liegen, dass ich dir noch nichts davon erzählt habe. Es war ein spontaner Entschluss, als du gestern Abend gegangen bist und ich nichts mit mir anzufangen wusste.«

»Okay«, sage ich gedehnt. »Jetzt machst du mich neugierig. Wo warst du?«

»Das wirst du schon sehen«, entgegnet er. »Aber zuerst gehst du ins Bad und ziehst dir was an!«

Ich brummele vor mich hin, während ich umständlich aus dem Bett krabbele. Ein kurzer Blick in den Spiegel im Ankleidebereich verrät mir, dass ich dringend mehr als ein paar Spritzer Wasser brauche, um vorzeigbar auszusehen. Also klaube ich schnell ein paar frische Sachen zusammen und husche ins Bad, um zu duschen.

Als ich fertig bin, wartet Shadow bereits im Flur auf mich. Er trägt wieder das schwarze Achselshirt und eine Jeans, also scheinen wir nicht irgendwohin zu gehen, wo bessere Kleidung erwartet wird.

»Sehe ich wieder aus wie ein Mensch?«, frage ich.

»Das sahst du auch schon vorher«, antwortet er schmunzelnd.

Katie kommt auf uns zugeschlurft, ein Handtuch unter den Arm geklemmt. Ihre Fee schwirrt um sie herum und streckt mir die Zunge raus, als sie mich sieht.

»Wie könnt ihr so früh am Morgen schon so eklig gute Laune haben?«, murrt sie, als sie aufs Bad zusteuert. »Das ist widerlich.«

Ich verdrehe die Augen. »Du weißt ja, wo alles ist«, rufe ich ihr nach. »Bedien dich einfach. Wenn du Glück hast, fliegt Zac dich vielleicht nach Hause.«

Plötzlich ist meine beste Freundin hellwach und sieht mich aus funkelnden Augen an. »Wirklich?«

Ich zucke mit den Schultern. »Fragen kannst du ihn.«

Sie nickt mehrmals hintereinander. Ihre Müdigkeit scheint völlig vergessen zu sein. »Und ihr zwei? Alles wieder okay zwischen euch? Ihr wart so verdächtig still, dass ich nicht wusste, ob das ein gutes oder schlechtes Zeichen ist.«

Ich werfe einen kurzen Blick über die Schulter. »Ich denke, wir konnten alles klären, ohne uns gegenseitig an die Gurgel gehen zu müssen.«

»Na ja, das ist nicht der einzige Grund, warum ihr Geräusche von euch geben müsstet«, murmelt Katie und wirft mir einen mitleidigen Blick zu. »Aber das erkläre ich dir irgendwann noch, Liebes.«

Ich seufze. »Warum gebe ich mich nur mit dir ab?«

Sie grinst. »Ich hab dich auch lieb!«

»Wir müssen jetzt los. Ruf mich an, wenn du mal wieder was unternehmen willst.«

Katie stutzt. »Wow ... Dass ich das noch von dir hören darf! Du willst wirklich was mit mir unternehmen? Freiwillig? Mit anderen Menschen und so?« Ihr Blick huscht zu Shadow. »Hätte ich das vorher gewusst, hätte ich sie schon vor Jahren zum Medium geschleppt.«

Shadow gibt ein Lachen von sich, stößt sich von der Wand ab und tritt neben mich. Eine Hand an meine Taille gelegt, zieht er mich zu sich heran. Vor ein paar Tagen wäre es mir vor anderen noch unangenehm gewesen, von ihm berührt zu werden, doch mittlerweile fühlt es sich natürlich an.

»Bereit?«, raunt er.

Ich verziehe den Mund und schüttele den Kopf. Dann winke ich noch schnell Katie zu, bevor ich die Augen schließe und von Schatten verschlungen werde.

***

Als ich vorsichtig blinzele, befinden wir uns mitten in der Stadt in einer Nebenstraße. Shadow hat einen Arm um mich geschlungen, denn ich fange an zu schwanken.

»Gewöhne ich mich irgendwann daran oder bleibt das für immer so?«, jammere ich.

»Es hilft dir wahrscheinlich nicht viel, wenn ich dir sage, dass du es super wegsteckst, oder?«, entgegnet Shadow. »Als ich Lumia gestern Nacht mitgenommen habe, musste sie sich danach übergeben und hat mich anschließend so wüst beschimpft, dass mir beinahe die Ohren abgefallen sind. Wahrscheinlich hat sie deshalb auch sofort gesagt, dass sie lieber selbst als Phönix zurückfliegt, als noch einmal mit mir einen Schattensprung machen zu müssen. Aber es ist und bleibt die schnellste Möglichkeit, von einem Ort zum anderen zu gelangen.«

»Können wir bei solchen Gelegenheiten nicht einfach das Taxi nehmen?«

»Das könnten wir schon«, murmelt er und zieht mich eng an sich. »Aber erstens dauert es länger. Zweitens kostet es Geld. Und drittens kommst du mir dann nicht so nah.«

Mein Herz flattert bei seinen Worten und ich weiß nicht mehr, warum ich überhaupt auf die Idee kam, das Taxi nehmen zu wollen.

Er haucht mir einen Kuss auf die Stirn, ehe er sagt: »Lass uns später an genau dieser Stelle weitermachen. Aber jetzt erwartet dich bereits jemand.«

Bevor ich fragen kann, was er damit meint, greift er nach meiner Hand, verschränkt unsere Finger miteinander und zieht mich aus der Gasse. Ich erkenne sofort, wo wir uns befinden: Wir sind im Magier-Viertel. Hierher kommen alle ernannten oder angehenden Meister-Magier, wenn sie für ihre Arbeit etwas benötigen. Ein Laden reiht sich an den anderen, jeder bunter und mit noch aufwendiger Reklame versehen als der vorherige. Läden für Utensilien, Beratungsstellen von Influencern und Anwälten bis hin zu Lebensmittelläden, die sich auf die Versorgung von Meister-Magiern spezialisiert haben. Energiedrinks und Proteinshakes in wilden Mixturen werden als Wundermittel angepriesen, um die eigene Magie weiter zu pushen. Ich habe in meiner Verzweiflung gefühlt jeden dieser Shakes probiert; leider blieb der gewünschte Erfolg jedes Mal aus. Doch Shadow zieht mich an ihnen allen vorbei, obwohl ich am liebsten den ganzen Tag damit verbringen würde, in die Schaufenster zu spähen. Bisher bin ich diesem Viertel ferngeblieben, weil es mich zu schmerzlich daran erinnert hat, was ich nicht war und wohl auch niemals sein würde.

Vor dem letzten Geschäft auf der rechten Seite bleibt Shadow schließlich stehen. Mein Herz klopft bis zum Hals, als ich erkenne, wohin er mich geführt hat.

»Der Magier-Ausstatter«, hauche ich vollkommen überwältigt.

Zwar habe ich die letzten Tage öfter davon gesprochen hierherzukommen, um mir mein lang ersehntes Outfit schneidern zu lassen, aber nun tatsächlich hier zu stehen, verschlägt mir die Sprache. Viel zu fest klammere ich mich an Shadows Hand, während mir die Knie so sehr zittern, dass ich befürchte, sie könnten jeden Moment unter mir nachgeben.

Als ich zu meinem Familiar aufsehe, bemerke ich das Schmunzeln, mit dem er mich bedenkt.

»Wir haben einen Termin«, erinnert er mich.

Eine Glocke bimmelt, als er mir die Tür öffnet und mich als Erste den Laden betreten lässt. Das Geschäft ist klein und vollgestopft mit unzähligen Outfits und Kombinationen. Nichts scheint geordnet zu sein und manche Kleidungsstücke sind einfach in Haufen über die Kleiderständer geworfen worden. Der Geruch nach Reiniger und Weichspüler kitzelt mich in der Nase. Aus dem hinteren Bereich höre ich das gleichmäßige Rattern mehrerer Nähmaschinen.

Als Shadow die Tür schließt, wodurch ein erneutes Bimmeln ertönt, kommt eine ältere Frau auf uns zu. Obwohl ich schon nicht zu den größten Menschen zähle, reicht sie mir nur bis zum Kinn, doch ihr Gang ist gerade und energisch. Weder geht noch eilt sie; ihre Schritte sind ausladend – für solch eine zierliche Person. Sie bewegt sich wie ein General auf dem Schlachtfeld. Knapp vor mir bleibt sie stehen und schiebt ihre dicke Hornbrille auf der Nase nach oben.

»Ihr seid spät dran!«, scheltet sie uns. Dann mustert sie mich aus verengten Augen. »Das ist sie? Kein Wunder, dass das andere Outfit nicht gepasst hat! Meine ganze Arbeit – umsonst! Sie hätten dich gleich herbringen sollen, damit ich an dir Maß nehmen kann. Wollen wir hoffen, dass es ihr diesmal passt.«

Ich werfe Shadow einen Hilfe suchenden Blick zu, den er nur grinsend erwidert. Mir ist klar, dass die Frau von dem grotesken pinkfarbenen Kostüm spricht, das meine Brüder für mich in Auftrag gegeben haben. Hoffentlich hat sie nicht noch einmal das hässliche Ding für mich in der richtigen Größe angefertigt! Ausgeschlossen, dass ich so was tragen und mich damit in der Öffentlichkeit zeigen werde!

Als ich zurückweichen will, legt mir Shadow eine Hand an den Rücken. »Ich hoffe, dass dir mein Geschmack mehr zusagt als der deiner Brüder«, raunt er mir ins Ohr.

»Komm, Kindchen! Ich hab nicht den ganzen Tag Zeit!«, meint die Frau und eilt zurück in den hinteren Bereich des Ladens.

Shadow gibt mir einen leichten Schubs, sodass ich ihr mit flauem Gefühl im Bauch folge. Kurz drehe ich mich um und werfe noch einen Blick auf meinen Familiar, der mit in die Hosentaschen geschobenen Händen an der Eingangstür lehnt und mir hinterherschaut.

In dem abgetrennten Raum hinter der Theke herrscht noch mehr Chaos als im Vorraum. Unmengen an Stoffballen unterschiedlicher Materialien und Farben lehnen an den Wänden und stapeln sich auf dem Boden, der von Stoffresten schier gepflastert ist.

»Hier entlang!«

Der strenge Tonfall der Frau reißt mich aus meinen Beobachtungen und ich schließe schnell zu ihr auf, bevor sie mich erneut tadeln kann. Sie zieht den Stoffvorhang zu einer engen Umkleidekabine zur Seite und deutet hinein.

»Ausziehen und Zopf lösen«, weist sie mich knapp an.

Ich schlucke angestrengt, wage jedoch nicht zu widersprechen. Selbst ihre Stimme lässt mich an einen Kommandeur im Krieg denken. Wie geheißen öffne ich den Pferdeschwanz, sodass mein Haar offen bis zur Mitte des Rückens fällt, und ziehe mich bis auf die Unterwäsche aus.

Als ich fertig bin, öffnet sie, ohne zu fragen, den Vorhang und zieht einen Stuhl heran. »Hinsetzen.«

Sofort macht sie sich daran, mir das Haar zu bürsten, es anschließend zu zwei Zöpfen auf der Höhe der Ohren zusammenzufassen und die Haare nach vorn über meine Schulter zu legen.

Dann hilft sie mir beim Ankleiden.

***

Ich starre die Frau im Spiegel an und versuche schon seit Minuten mich davon zu überzeugen, dass ich das bin. Doch die Frau, die perfekt meine Bewegungen nachahmt, sieht nicht aus wie ich, sondern … wie eine Meister-Magierin.

Ich trage einen engen schwarzen Hoodie, der mir bis zu den Hüften reicht. Die Kapuze habe ich tief ins Gesicht gezogen und eine schwarze Maske verdeckt es zusätzlich. Auf Höhe der Brust befindet sich ein aufgedrucktes rotes Herz, das von meinen Haaren eingerahmt wird, die in zwei Zöpfen nach vorn fallen. Ein ebenso roter kurzer Rock mit einer engen schwarzen Leggins darunter und rote Sneakers gehören auch dazu.

Als ich in die Bauchtasche des Hoodies greife, ziehe ich eine Spielkarte hervor.

»Was ist das?«, frage ich.

»Dein Markenzeichen«, antwortet die Frau, während sie den Rock zurechtzupft. »Die Herzdame.«

Ich schaue auf die Karte. Tatsächlich! Darauf ist eine Herzdame abgebildet – die allerdings frappierende Ähnlichkeit mit mir hat und noch dazu zum Teil in Schattenschwaden gehüllt ist. Ich unterdrücke ein Kichern und stecke die Karte zurück zu den anderen, die sich noch in der Bauchtasche befinden.

»Wer hat das Outfit zusammengestellt?«, will ich wissen.

»Gefällt es dir?«, fragt die Ausstatterin, als sie einen Schritt zurück macht und mich von Kopf bis Fuß betrachtet.

Ich nicke und spüre ein seliges Lächeln in mir aufsteigen. »Es ist perfekt.«

Anders kann ich es nicht beschreiben. Es passt zu mir und ich kann es tragen, ohne mich darin unwohl zu fühlen. Es ist fraulich, ohne zu viel Haut zu zeigen oder extrem aufreizend zu wirken.

Das bin ich – Felicity und *Lady Luck* in einem.

Die Ausstatterin steckt den Kopf in den Vorraum und ruft: »Sie hat gesagt, dass es ihr gefällt!«

Kurz darauf kommt Shadow zu uns. »Dann kann ich mich ja gefahrlos zu euch trauen.«

Ein warmer Glanz liegt in seinen Augen, als ich mich zu ihm umdrehe und er meinen Anblick förmlich in sich aufsaugt. Ich könnte ewig hier stehen bleiben und so von ihm angesehen werden.

»Dein Familiar hat eindeutig mehr Modegeschmack als deine Brüder«, brummt die Ausstatterin. »Ich habe versucht ihnen dieses schreckliche Kostüm auszureden, aber sie wollten nicht auf mich hören! Nun ja, sie haben mich bezahlt und ich habe ihnen schlussendlich das hergestellt, was sie haben wollten. Trotzdem kratzt es an meiner Ehre, dass es weder gepasst noch gefallen hat.«

»Das haben Sie mit diesem Kostüm komplett wieder wettgemacht«, versichere ich ihr.

»Obwohl es kein Cape hat, wie du es eigentlich wolltest?«, hakt Shadow nach.

»Niemand braucht Capes!«, stellt die Ausstatterin klar, bevor ich den Mund aufmachen kann. »Viel zu altmodisch und gefährlich. Ich bin heilfroh, dass wir diese Zeit hinter uns haben. Genau wie diese schrecklichen sackartigen, wallenden Gewänder! Furchtbar unpraktisch und hässlich noch dazu. Dein Outfit hat alles, was du brauchst, Kindchen. Der Stoff ist sehr widerstandsfähig gegen Elementarattacken, aber versuch nicht damit eine Kugel oder so abhalten zu wollen! Dazu hätte ich Stahlplatten einnähen müssen und dann hättest du dich kaum noch bewegen können. Gegen Elementarmagie bist du jetzt jedoch gewappnet. Außerdem habe ich den Hoodie gefüttert, weil dein Familiar meinte, dass du ständig eiskalt bist und gerne mal mit *Ice King* aneinandergerätst.«

Mein Blick huscht zu Shadow und ich erwidere sein verschwörerisches Schmunzeln.

»Es ist das erste Mal, dass ich einen Auftrag von einem Familiar bekommen habe«, erzählt die Frau weiter und zupft am Rock herum. »Normalerweise kommen die Magier selbst oder schicken einen Sekretär, wenn sie zu beschäftigt sind, aber als ein waschechter menschlicher Familiar in meinen Laden spaziert kam, wusste ich, dass dieser Auftrag etwas Besonderes sein würde.«

Die Glocke im Vorraum bimmelt, woraufhin die Frau aufhört, weiter an mir herumzuzupfen und nach vorn verschwindet. Noch bevor sie das Hinterzimmer verlassen hat, stößt sich Shadow von der Wand ab, macht zwei große Schritte und bleibt direkt vor mir stehen. Er umschließt mein Gesicht mit beiden Händen und streichelt mit den Daumen an den unteren Kanten der Maske entlang. Im selben Moment, als er sich zu mir herunterbeugt, stelle ich mich auf die Zehenspitzen, lege ihm eine Hand in den Nacken und kralle die andere in sein Shirt.

Der Kuss ist stürmisch und fordernd, doch in ihm liegen mindestens genauso viele Emotionen wie beim ersten Mal, als unsere Lippen aufeinandertrafen. Ich genieße das Gefühl seines Körpers an meinem, was sich plötzlich ganz anders anfühlt als heute Nacht. Als er sanft an meiner Unterlippe knabbert, entweicht mir ein Keuchen, woraufhin er sogleich mit der Zunge gegen meine stupst. Diese kleine Berührung lässt sämtliche Nerven in mir vor Wonne vibrieren und ich wünschte, wir könnten ewig so weitermachen, denn ich werde niemals genug von Shadows Berührungen und Küssen bekommen, das weiß ich. Mein Verstand ist wie benebelt und ich konzentriere mich nur noch auf die Stellen, an denen wir uns berühren.

Nur am Rande bekomme ich mit, dass die Ausstatterin sich von dem Kunden im Geschäft verabschiedet, doch als die Glocke erneut ertönt, lässt Shadow mit einem widerwilligen Seufzen von mir ab, huscht zurück auf seinen Platz und lehnt sich erneut mit dem Rücken und in die Hosentaschen gesteckten Händen gegen die Wand.

Ich brauche bedeutend länger als er, um wieder in der Wirklichkeit anzukommen. Meine zitternden Knie sind da keine Hilfe – ebenso wenig wie das leichte Prickeln, das noch auf den Lippen zurückgeblieben ist, wodurch ich mir einbilde, seine noch immer dort spüren zu können. Kurz fahre ich mit den Fingerspitzen darüber – in der Hoffnung, das Gefühl noch länger bewahren zu können, und Shadows glühender Blick verfolgt aufmerksam die kleine Bewegung.

Als die Ausstatterin zurückkommt, lasse ich schnell die Hand sinken und hoffe inständig, dass meine Wangen nicht so feuerrot sind, wie sie sich anfühlen. Ich höre ihr nur mit halbem Ohr zu, als sie weiter die Vorzüge meines Outfits betont; ich wusste schon vorher, dass es perfekt ist, auch ohne all die nützlichen Gimmicks, wie bessere Abwehr gegen Magierattacken. Immer wieder schweift mein Blick zu Shadow, der scheinbar teilnahmslos das Schauspiel verfolgt, doch bei dem Funkeln in seinen Augen, während er mich ansieht, legt mein Herz ein paar Extraschläge zu.

Sind wir denn hier nicht bald fertig?

Als ich beginne unruhig das Gewicht von einem Bein aufs andere zu verlagern, merkt auch die Ausstatterin, dass ich mich für ihr Geschwafel nicht interessiere. Nicht dass ich ihr nicht dankbar wäre! Sie hat fantastische Arbeit geleistet. Nur ... ich würde jetzt gerne etwas anderes mit meiner Zeit anfangen. Was genau das ist, weiß ich selbst nicht.

Ich bezahle, ohne wegen des Preises mit der Wimper zu zucken – immerhin war es noch günstiger als die Kleidungsstücke, die Katie für mich ausgesucht hat –, und behalte mein neues Outfit gleich an. Die anderen Sachen lasse ich mir in einer Tüte mitgeben. Anschließend verlasse ich mit Shadow so schnell wie möglich das Geschäft.

***

»Gibt es einen Grund, warum wir uns so beeilen?«, fragt Shadow mit einem unüberhörbaren aufsteigenden Lachen in der Stimme, als ich ihn hinter mir herzerre.

Mittlerweile sind mehr Menschen auf dem Platz unterwegs und das ständige Fiepen erinnert mich daran, dass Shadow schon lange keine Magie mehr von mir bekommen hat.

Zurück in der schlecht einsehbaren Seitenstraße bleibe ich schließlich stehen und drehe mich zu ihm um, wobei ich die Tüte mit meinen Sachen fest an mich presse. Shadows rechter Mundwinkel hebt sich zu einem schiefen Lächeln, bevor er mein Kinn mit zwei Fingern anhebt.

»Wenn du mich so ansiehst, komme ich auf ganz dumme Gedanken«, raunt er.

»Wie sehe ich dich denn an?«, frage ich leise.

Er beugt sich zu mir herunter und streift nur federleicht mit den Lippen über meine. Ein protestierendes Wimmern entschlüpft mir, ehe ich es aufhalten kann.

»So, als ob ich gerade alles mit dir machen könnte – und du zustimmen würdest«, murmelt er nur einen Hauch von meinen Lippen entfernt.

Ob er weiß, wie recht er hat? Nachdem ich mich gestern Abend danebenbenommen hatte, hatte ich befürchtet, lange Zeit auf seine Nähe, Berührungen und Küsse verzichten zu müssen. Als er mich jedoch eben im Geschäft küsste, wurde mir klar, wie sehr ich mich nach alldem verzehre. Bisher kannte ich es nur aus Filmen und Büchern, über die ich mich meistens lustig machte, doch die Realität ist so viel besser …

Wäre da nicht der Umstand, dass der Mann vor mir, der mein Herz wie wild klopfen lässt, gar kein Mensch ist. Er ist ein Familiar, ein starker und somit seltener dazu, und kommt aus einer völlig anderen Welt. Ich vergesse es zu oft, dass er nicht so ist wie ich. Durch unseren Pakt sind wir zwar untrennbar miteinander verbunden, aber das, was ich fühle, wenn er mich ansieht oder berührt, geht weit darüber hinaus, was ein Träger gegenüber seinem Familiar fühlen sollte.

Und das macht mir Angst. Meine Brüder haben zwar auch etwas mit ihren Familiaren, aber bei ihnen ist keine romantische Zuneigung im Spiel. Das hat mir Zac klargemacht, als ich ihn vor einigen Jahren danach fragte. Auch Cal ist der Meinung, dass die Beziehung zwischen ihm und Lumia nicht über »Kollegen mit dem gewissen Bonus« hinausgeht. Damals war ich noch zu jung, um zu verstehen, war er mir damit sagen wollte – heute tue ich es. Umso mehr verwirrt es mich, dass ich so stark und anders auf Shadow reagiere. Für mich ist er kein »Kollege« und erst recht kein Gegenstand oder Haustier. Ich empfinde für ihn nicht auf die Art, wie meine Brüder es für ihre Familiare tun, doch es ist ausgeschlossen, dass ich mit Zac und Cal darüber reden kann.

Ich muss dringend etwas gegen diese seltsamen Gefühle unternehmen, doch es gelingt mir nicht. Erst recht nicht nach allem, was er für mich tut … Die Ausstatterin sagte es selbst: Es kam noch kein Familiar zu ihr, der als Überraschung für seinen Träger ein Kostüm in Auftrag gab.

»Hey«, wispert Shadow. »Was ist los?«

Ich zwinge mich zu einem Lächeln, das garantiert kläglich ausfällt. »Nichts … Ich wollte mich nur von Herzen für die Überraschung bedanken. Das Kostüm ist wirklich perfekt! Ich kann gar nicht ausdrücken, wie sehr ich mich darüber freue!«

Er küsst mich auf die Nasenspitze. »Ich konnte weder zulassen, dass du in dem pinkfarbenen Etwas, das deine Brüder angeschleppt haben, herumläufst oder schlussendlich doch auf ein gepunktetes Kostüm zurückgreifst.

Also habe ich die Sache selbst in die Hand genommen.« Er greift nach der Tüte. »Und jetzt testen wir das Kostüm gleich in Aktion! Bestimmt finden wir auch um diese Tageszeit schon ein paar kleinere Unholde, die von *Lady Luck* dingfest gemacht werden müssen.«

Ich stutze. Er will auf *Verbrecherjagd* gehen? Aber ich dachte ... Ja, was dachte ich eigentlich?

Er drückt mein Kinn ein Stück nach oben, sodass ich ihn ansehen muss. »*Lady Luck* muss sich einen Namen machen. Denk an die Actionfiguren, die du haben möchtest! Außerdem schadet uns ein bisschen Training sicher nicht. Seit wir die Wasserbändigerin gefangen haben, ist es viel zu ruhig; das hat mir auch Zac bestätigt.«

Ich runzele die Stirn, nicke dann aber. Bisher bin ich noch nie losgezogen, um ein paar Kleinkriminelle zu jagen, mit denen sich meine Brüder nicht abgeben. Aber Shadow hat recht: Irgendwo müssen wir anfangen, *Lady Luck* bekannter zu machen. Nur so wird die Magier-Allianz auf mich aufmerksam werden und mich zu den Prüfungen einladen. Und mir rennt die Zeit davon! Ich habe nur noch weniger als drei Monate, um die Prüfungen zu bestehen und in den Stand einer Meister-Magierin erhoben zu werden. Um meinen Traum zu erfüllen, muss ich nach jedem Strohhalm greifen!

Ich strecke die Hand mit dem Ring aus und Shadow lächelt. Während er den Ring zum Mund führt, verschränkt er die Finger der anderen Hand mit meinen und hält mich fest. Der Magiesog ist so stark und überwältigend, dass ich mich gegen ihn lehnen muss, um nicht zu Boden zu gehen.

Es fühlt sich ... noch intensiver an als sonst. Bereits die Male zuvor scheuchte Shadow während der Verbindung meine Magie auf, sodass sie ungehindert durch mich hindurchpeitschen konnte, doch diesmal scheint es, als würde seine gegensätzliche Magie noch tiefer als je zuvor in mich vordringen – und ich lasse sie nur zu gern gewähren. Wenn unsere Magien aufeinanderprallen und sich vermischen, vergesse ich nahezu sofort, wo er anfängt und ich aufhöre, und genieße einfach nur noch das innige und intime Gefühl, das neben der puren Kraft von mir Besitz ergreift.

Viel zu schnell ist es vorbei und er lässt die Hand sinken. Nur Sekunden später presst er die Lippen so fest und fordernd gegen meine, dass ich aufstöhne. Aufgeputscht durch die Unmengen an pulsierender Magie in meinem Inneren nehme ich selbst den Kuss viel intensiver wahr als zuvor. Ich umklammere seine Finger so stark, dass es beinahe wehtut, während ich die andere Hand durch sein Haar gleiten lasse, das sich weich und seidig unter den Fingerspitzen anfühlt.

Nichts Spielerisches oder Vorsichtiges liegt in diesem Kuss. Vielmehr nimmt er mich damit auf eine Art in Besitz, die ich nur zu gerne erwidere und willkommen heiße.

Seine freie Hand liegt an meinem unteren Rücken knapp über dem Po, und er zieht mich so eng an seinen harten Körper, dass kein Blatt Papier mehr zwischen uns hindurchpassen würde.

»Wenn du wüsstest«, raunt er, als er sich kurz von mir löst, »wie gut ihr schmeckt, du und deine Magie! Wie süchtig ich nach euch beiden bin ...«

Knabbernd, sodass ich leicht die spitzen Eckzähne wahrnehmen kann, bahnt er sich einen Weg hinab zu meinem Hals und schlägt dabei die Hoodie-Kapuze zurück. Ich lege den Kopf in den Nacken und stöhne erneut, als ich seine Lippen und Zähne an der empfindlichen Stelle spüre, unter der mein Puls wie verrückt hämmert.

Kurz verweilen wir in dieser Pose, bevor er sich wieder aufrichtet und mir einen sanften Kuss auf die Lippen haucht. Anschließend zieht er mir die Kapuze wieder hoch. Die Stelle am Hals, an der er leicht geknabbert und gesaugt hat, pulsiert warm.

»Lass uns ein paar Bösewichte fangen«, murmelt er heiser. »Alles andere verschieben wir auf später.«

Er lässt meine Hand los, tritt hinter mich und verschmilzt von einer Sekunde auf die andere mit meinem Schatten.

»Das haben wir schon lange nicht mehr gemacht«, sagt er in meinem Kopf. *»Weißt du noch, wie du mir im Ernstfall die Kontrolle überlassen kannst?«*

Ich nicke. *»Es ist angenehm, dich wieder in mir zu haben.«*

Noch während ich das denke, merke ich, wie falsch es sich anhört, und nach kurzem Zögern fängt Shadow schallend an zu lachen. Ich hingegen möchte am liebsten den Kopf so lange gegen die nächste Wand schlagen, bis ich diesen peinlichen Patzer für alle Zeit aus dem Gedächtnis gelöscht habe.

Ein dunkler, aber warmer Impuls streicht über mich. *»Du musst dich mir gegenüber niemals wegen irgendwas schämen, hörst du?«*

Ich würde ihm gern zustimmen, doch der Wunsch, mich irgendwo zu verkriechen und nie wieder hervorzukommen, ist stärker.

»Nur ich habe deine Gedanken gehört, und meinetwegen muss es dir nicht peinlich sein. Ich weiß, wie du es gemeint hast. Auch ich genieße die Verbindung mit dir. Es ist alles in Ordnung.«

Ich ringe noch kurz mit mir, dann atme ich tief durch und trete aus der Seitenstraße heraus, um in der Stadt nach ein paar Halunken zu suchen.

KAPITEL 5

Felicity

Wir verbringen den restlichen Vormittag und den ganzen Nachmittag in der Stadt. Es ist nicht schwer, kleinere Unholde aufzutreiben; dazu heften wir uns nur an eines der unzähligen Polizeiautos, die mit Blaulicht durch die Straßen jagen.

Verbrecher wie Ladendiebe oder Trickbetrüger gelten als kleine Fische, um die sich weder meine Brüder noch andere Meister-Magier kümmern. Es bleibt an der örtlichen Polizei hängen, die Übeltäter dingfest zu machen, und oft sind sie damit heillos überlastet. Die Unholde wissen, dass sie kaum etwas zu befürchten haben, solange sie unter dem Radar der Magier fliegen.

Aber nun sind Shadow und ich hier.

Die meisten der Verbrecher sind normale Menschen ohne jegliche Magiebegabung, die meinem Familiar und mir rein gar nichts entgegenzusetzen haben. Es kostet mich meist nicht mehr als einen von Shadow abgefeuerten Schattenblitz oder einen gezielten, von ihm ausgeführten Fausthieb, um die Übeltäter unschädlich zu machen. Anschließend fessele ich sie, rufe die Polizei und hinterlasse eine Herzdame-Spielkarte.

Der erste Halunke lachte mich aus, als er mich nur sah, und verunsicherte mich so sehr, dass Shadow mehrere Impulse durch mich hindurchschicken musste, bis ich es schaffte, mich diesem Kerl zu stellen. Nicht weil ich Angst vor dem Fettwanst hatte, der gerade die Kassiererin eines kleinen Lebensmittelladens bedrohte. Sondern weil die altbekannte Unsicherheit in mir aufflackerte, denn bisher wurde ich von anderen – gerade von Männern – immer gering geschätzt.

Doch mit jedem Ganoven, den ich fessele und der Polizei überstelle, wächst mein Selbstbewusstsein und mit ihm auch meine Wirkung nach außen. Während Shadow mich anfangs zu den richtigen Bewegungen zwingen musste, weil ich wie festgewachsen dastand, bilden wir nun eine Einheit und es gelingt uns innerhalb weniger Minuten, die Verbrecher zu überwältigen.

Aber auch Shadows Macht kennt Grenzen. Als ich nach mehreren Stunden spüre, dass seine Kräfte schwinden, eile ich sofort in eine Seitengasse.

»*Es geht noch*«, teilt er mir in meinen Gedanken mit, doch selbst da höre ich, wie schwach seine Stimme klingt.

Er versetzt mir einen leichten Impuls, der mich einen Schritt nach vorn stolpern lässt, doch ich bleibe sogleich wieder stehen. Dann schüttele ich den Kopf und verschränke die Arme.

Shadow seufzt und entsteigt kurz darauf meinem Schatten.

»Du bist so was von stur«, murrt er. »Ich hätte schon noch ein wenig durchgehalten. Wir hatten gerade einen guten Lauf! Nur ein paar Straßen weiter wäre der nächste Ladendieb gewesen.«

Ich strecke die Hand aus und lege sie an seine Wange. Er ist blass; auch die Haut ist ungewohnt kühl und leicht feucht. Mir hätte schon viel früher auffallen müssen, dass ihm langsam die Puste ausgeht, aber ich habe mich zu sehr von dem unbekannten Erfolgsgefühl mitreißen lassen.

»Entschuldige«, murmele ich.

Er schmiegt sich gegen meine Handfläche und schließt die Augen.

Es wäre leichter, wenn es etwas gäbe, was ich allein schaffen kann. Ich fühle mich furchtbar dabei, immer auf Shadow zurückgreifen und ihn bis zur Erschöpfung antreiben zu müssen. Ich sollte es langsamer angehen lassen, damit wir uns besser aufeinander einspielen können. Dummerweise will ich immer mit dem Kopf durch die Wand. Selbst jetzt würde ich am liebsten bis tief in die Nacht auf Verbrecherjagd gehen, einfach um wieder den Kick zu spüren, wenn mir eine Gefangennahme gelingt und ich die Herzdame hinterlassen kann.

Aber es geht hier nicht nur um mich.

»Wir sollten nach Hause gehen«, sage ich. »Morgen warten noch genug andere Verbrecher auf uns.«

Shadow schmunzelt. »Schon heute wird es in den Nachrichten nur um die unbekannte Magierin gehen, die Spielkarten hinterlässt.«

»Wie kamst du eigentlich auf die Idee mit der Spielkarte?«

Er zuckt mit den Schultern. »Du brauchtest eine Art Visitenkarte, etwas, was *Lady Luck* repräsentiert. Da fand ich es passend, die Herzdame zu nehmen. Oder wäre dir ein Kleeblatt oder Hufeisen lieber gewesen?«

Schnell schüttele ich den Kopf. »Nein. Ich wäre nur niemals darauf gekommen. Auch nicht auf das Kostüm.«

»Tatsächlich nicht?«, fragt er. »Dabei hast du es doch gezeichnet. Oder zumindest Teile davon. Alles, was du trägst, habe ich von den Zeichnungen, die auf deinem Schreibtisch lagen, übernommen. Zwar waren die einzelnen Stücke nie zusammen zu sehen, aber ich habe mich für das entschieden, worin du dich am wohlsten fühlen würdest und was dich am wenigsten in der Bewegung behindert.«

Ich mache einen Schritt nach vorn und stehe nun so nahe bei ihm, dass ich mich gegen ihn sinken lassen kann. Die Stirn gegen seine Schulter gelehnt, flüstere ich: »Danke. Für alles.«

Ich weiß nicht, wie ich es noch zum Ausdruck bringen soll. Ein einfaches Danke scheint mir zu wenig für all das, was er für mich getan oder meinetwegen erduldet hat.

Shadow schlingt die Arme um mich und zieht mich fester an sich. »Dass ich dir eine Freude machen konnte, ist das tollste Dankeschön für mich. Dich nach dem Abend gestern wieder lächeln und mit erhobenem Kopf durchs Leben gehen zu sehen ist alles, was ich mir gewünscht habe.«

Ein riesiger Kloß bildet sich im Hals, als ich in seine schwarzen Augen schaue, die mehr Tiefe haben als der dunkelste Nachthimmel. Die ganze Zeit über – aber vor allem nach dem, was er gerade gesagt hat – frage ich mich, womit ich ihn verdient habe. Mein Herz stolpert in der Brust, als er mich so sanft küsst, dass ich es fast für Einbildung halte.

Was mache ich hier eigentlich?

Das, was ich empfinde, verwirrt mich so sehr, dass ich nicht mehr weiß, was ich tun soll. Die einzige Person, in die ich je verliebt war, war Justin. Ich hatte nie Augen für Jungs oder Männer, da ich wusste, dass ich ihnen sowieso nicht nahe kommen konnte. Ich lehnte alles, was mit Liebe zu tun hatte, rigoros ab und strich sie aus meinem Leben, um nicht ständig daran erinnert zu werden, was ich nie würde haben können.

Doch Shadow kann ich nahe kommen. Und wenn ich dem flatterhaften Pochen in der Brust und dem aufgeregten Kribbeln im Bauch Glauben schenken kann, bin ich auf dem besten Weg, mich in ihn zu verlieben. Wenn ich es nicht sogar schon getan habe.

Ich mache einen Schritt zurück, um wieder etwas Abstand zwischen uns zu bringen.

Was stimmt nur nicht mit mir? Wie kann ich mich denn in einen *Familiar* verlieben? Ich bezweifele, dass etwas Ähnliches schon einmal vorgekommen ist. Wie auch? Schließlich gibt es kaum menschenähnliche Familiare. Bis auf Terra und Lumia – und Shadow selbst – kenne ich keinen anderen und habe auch von keinem gehört. Außerdem bezweifele ich, dass Shadow dasselbe für mich empfindet. Er mag mich vielleicht, aber … Ich spüre, dass er sich stets zurückhält und ablenkt, wenn wir kurz davor sind, weiter zu gehen. Er hängt wohl noch immer an der anderen Trägerin, der er vor langer Zeit gedient hat. Vielleicht … ist es bei Familiaren, die ein menschliches Äußeres annehmen können, normal, dass sie ihre Träger küssen und mit ihnen … Immerhin sehe ich das auch bei meinen Brüdern. Und bei ihnen ist keine Liebe im Spiel.

Also bin nur ich es, die sich in etwas verrennt. Und ich werde es sein, die am Ende leiden muss. Bisher dachte ich, dass es mir nichts ausmachen würde, wenn er nicht ähnlich für mich empfindet, und dass ich es jederzeit beenden könnte, wenn es mir zu viel wird, und zu einer professionelleren Träger-Familiar-Beziehung switchen kann.

Doch mit jedem Tag, den ich mit ihm verbringe, mit jeder kleinen Geste, jeder selbstlosen Tat, die er für mich vollbringt, fällt es mir schwerer und schwerer, ihn nicht noch näher an mich heranzulassen. Er geht mir bereits jetzt unter die Haut und beherrscht meine Gedanken. Und dabei habe ich mir eben zum ersten Mal wirklich eingestanden, was ich empfinde. Ich muss etwas gegen diese dummen Gefühle, die nur in einer Sackgasse enden können, unternehmen, bevor sie mich ungebremst auf den Boden der Tatsachen aufschlagen lassen.

Shadow zieht die Augenbrauen zusammen und mustert mich mit leicht geneigtem Kopf. »Was ist los?«

Ich zwinge mich zu einem Lächeln. »Nichts. Alles in Ordnung.«

Dann hebe ich die Hand mit dem Ring. Er muss sich nähren, wenn er uns durch einen Schattensprung nach Hause bringen will. Mein ganzer Körper kribbelt vor Vorfreude auf den bevorstehenden Magieaustausch. Vorhin gestand Shadow mir, dass er süchtig nach dem Geschmack meiner Magie ist, und ich stehe ihm da in nichts nach. Zwar schmecke ich seine Magie nicht – leider –, aber ich sehne mich nach dem Gefühl, das er bei mir auslöst, wenn er sich an meiner Magie nährt. Das ist auch so ein Punkt, der mich immer mehr beschäftigt. Mir kommt es vor, als wenn die Verbindungen zwischen uns sehr viel unbändiger und nachdrücklicher werden, je länger wir zusammen sind. Wohin soll das führen, wenn ich schon nach ein paar Tagen nicht mehr weiß, wo oben und unten ist, sobald er den Ring zwischen die Lippen nimmt?

Er greift nach meiner Hand, zieht mich mit einem Ruck an sich und wirbelt mich herum, um mich mit dem Rücken gegen die nächste Mauer zu pressen. Ich bin so überrumpelt, dass mir ein erschrockenes Aufkreischen entweicht. Die Handgelenke umklammert er mit einer Hand und pinnt sie über meinem Kopf fest. Ich spüre die Kälte und Beschaffenheit des Mauerwerks durch den Hoodie hindurch.

Noch immer sieht er mich forschend an und ist mir jetzt wieder so nah, dass ich vergessen habe, warum ich ihn auf Abstand halten wollte. Durch die Haltung ist mein Körper angespannt wie eine Bogensehne. Ich bin mir sicher, er würde mich sofort loslassen, wenn ich es von ihm verlangte, doch mein Hals ist wie zugeschnürt. Sehnsüchtig warte ich darauf, was er als Nächstes tun wird.

»Du kannst mit mir über alles reden«, sagt er, das Gesicht nur wenige Zentimeter von meinem entfernt. »Du kannst all deine Sorgen und Ängste mit mir teilen. Aber bitte lüg mich nicht an und lächele nie wieder so aufgesetzt wie eben. Ich möchte wissen, wenn dich etwas beschäftigt. Ich möchte wissen, wenn ich dir irgendwie helfen kann. Wenn es etwas gibt, was du mir nicht sagen willst, dann habe ich Verständnis dafür. Aber bitte, sag nie wieder, dass alles in Ordnung wäre, wenn es offensichtlich nicht so ist. Das hat eine andere Trägerin bereits mit mir gemacht und es hat mich am Ende zerstört. Um nichts in der Welt will ich so was noch einmal erleben, schon gar nicht mit dir.«

Meine Augen brennen, ohne dass ich weiß, wieso, und ich habe Mühe, die Tränen, die sich darin sammeln, zurückzuhalten. Welch ein Monster war diese andere Trägerin nur, dass sie den loyalen und stolzen Familiar, der vor mir steht, derart gebrochen hat?

Die freie Hand legt er mir an die Wange und neigt meinen Kopf ein Stück zur Seite, bevor er sich gegen mich drängt und so leidenschaftlich küsst, dass mir die Sinne schwinden. Ich vergesse den Grund, warum er mich an die Wand gepresst hat. Ich vergesse den Grund, warum ich Tränen in den Augen habe – und warum ich mein Herz vor ihm verschließen wollte …

Ich vergesse alles; für einen Moment sogar den eigenen Namen.

Ich spüre die harte, unnachgiebige und raue Mauer im Rücken kaum, sondern konzentriere mich nur auf den festen, warmen Körper vor mir. Shadow weiß genau, wie er den Kopf drehen und den Mund bewegen muss, um genau die richtige Intensität zu erzeugen, damit mir ein wohliges Seufzen entweicht.

Mit jedem Necken der Zunge, jedem Knabbern der spitzen Eckzähne und jeder sanften, doch gleichzeitig ungehemmten Berührung seiner Lippen fühlt es sich an, als würde ich in seinen Armen dahinschmelzen. Meine Knochen und Muskeln scheinen sich aufzulösen, bis die Beine schließlich unter mir nachgeben.

Schnell lässt Shadow mein Handgelenk los, schlingt den freien Arm um mich und hebt mich ein Stück hoch, um mich wieder gegen die Mauer zu pressen. Wie von selbst umklammere ich ihn mit den Beinen und stöhne auf, als er sich erneut gegen mich drängt. Er dämpft die Laute, die ich von mir gebe, mit einem weiteren Kuss.

Shit! Warum fühlt sich das nur so verdammt gut an?

Wir atmen beide schwer, als wir voneinander ablassen. Meine Knie zittern immer noch so sehr, dass ich es nicht wage, die Beine von ihm zu lösen. Die Lippen fühlen sich geschwollen und wund an, aber auf eine angenehme Weise, und ich fahre mit der Zunge darüber. Shadow verfolgt diese kleine Bewegung aufmerksam und ein Funkeln blitzt in seinen halb geschlossenen Augen auf.

»Wir sollten nach Hause gehen«, murmele ich schwach.

Ich muss dringend unter die Dusche oder in den Pool ... Und danach werde ich nach der Wasserbändigerin sehen, um herauszufinden, wer sie ist und was sie von uns will. Mir ist alles recht, solange ich mich mit etwas beschäftigen kann, was nichts mit Shadow oder meinem emotionalen Chaos zu tun hat.

Shadow stützt mich, als ich zurück auf die Beine sacke. Dann greift er nach meiner Hand und nimmt sich gerade so viel Magie, wie er benötigt, um einen Schattensprung mit mir durchführen zu können. Ich spüre, dass er sich zurückhält, sich zügelt, obwohl wir beide uns nach dieser Art von Vereinigung sehnen.

Zwar flutet mich seine Magie und verbindet sich mit meiner, doch es ist nichts weiter als ein Kratzen an der Oberfläche. Nichts im Vergleich zu der tiefen und intensiven Verbindung heute Morgen. Auch jetzt wäre ich liebend gern dazu bereit, ihn bis in die bodenlosen Abgründe meines Innersten vordringen zu lassen, aber er bleibt freiwillig am Rand der Klippe stehen.

Am liebsten würde ich frustriert aufseufzen, denn sein Verhalten versetzt mir einen Stich. Vielleicht geschieht es mir ganz recht; schließlich zieht er die Grenze, die ich mir vor Kurzem noch gewünscht habe. Von der anderen Seite der Grenze aus betrachtet, wo ich gerade stehe, ist es jedoch ein furchtbares Gefühl ...

»Bereit?«, fragt er.

Ich verziehe den Mund. »Nein.«

Während wir durch die Schatten springen und mein Magen der Meinung ist, wir würden gerade auf einer Achterbahn der ganz üblen Sorte sitzen, kommen meine Gedanken nicht zur Ruhe.

Ich sollte mir endlich klar darüber werden, was ich eigentlich will.

Wenn ich eine Meister-Magierin sein will, muss ich Shadow und seine Kraft benutzen, um mein Ziel zu erreichen, denn allein schaffe ich es nicht. Ich müsste ihn als Werkzeug ansehen, als meine Kraftquelle, über die ich verfügen kann, um nach den Sternen zu greifen. Doch das geht nur, wenn wir professionell miteinander umgehen und eine klare Linie ziehen. Ansonsten würde es ständig zu solchen Zwischenfällen wie beim letzten Kampf gegen die Wasserbändigerin kommen. Ich würde mich wieder zwischen ihn und einen Angriff werfen, obwohl ich weiß, dass er als Familiar Magieattacken sehr viel leichter wegstecken kann als ich. Zac und Cal haben sich nie zwischen einen Gegner und ihre Familiare gestellt ... Lumia und Terra lagen verletzt und bewusstlos am Boden, weil sie meinen Brüdern als Schild und Schwert im Kampf gegen die Abtrünnigen dienen.

Doch kann ich meinen Familiar auch als eine Art »Werkzeug mit Gefühlen« ansehen? Vielleicht wäre es für mich einfacher, wenn ich nicht so stark auf Shadow reagierte oder wenn ich die seltsamen Gefühle, die in mir brodeln, seit ich ihn kenne, unterdrücken könnte. Es wäre einfacher, wenn wir nur ein Team wären – und ich ihn als ein Mittel zum Zweck ansehen könnte. Doch wenn ich es nicht kann, sollte ich mich schleunigst von dem Wunsch, eine Meister-Magierin zu werden, verabschieden. Denn ansonsten wird einer von uns beiden sehr bald draufgehen – während ich meinen Träumen nachjage.

KAPITEL 6

Felicity

Shadow bringt uns direkt in mein Zimmer. In den Gedanken bin ich bei den Gefühlen, die ich Shadow entgegenbringe, und der Frage, wie ich damit umgehen soll, kein Stück weitergekommen. Zumindest hält mich das ständige Grübeln davon ab, mich zu sehr auf die Übelkeit zu konzentrieren, die mich immer nach einem Schattensprung überkommt.

Das Beste wäre, wenn ich mit jemandem darüber reden könnte, der mich versteht. Katie scheidet da leider aus; sie ist und bleibt zwar meine beste Freundin, aber sie ist zu flatterhaft, als dass ich mit ihr ein ernsthaftes Gespräch über Liebe und die damit verbundenen Ängste führen könnte. Ich bin selbst so verwirrt, dass ich nicht weiß, wie ich mich verhalten oder was ich machen soll. Katie kennt diese Gefühle nicht. In den seltenen Fällen, als sie doch zurückgewiesen wurde, tat sie es mit einem Schulterzucken ab und hielt nach einem neuen Fang Ausschau. Ich bezweifele sogar, dass sie je verliebt war. Jedenfalls nicht länger als ein paar Stunden. Sie wird nicht verstehen, wie es in mir aussieht. Die Angst davor, zurückgewiesen zu werden. Die Panik vor der Reaktion meiner Brüder, wenn sie erfahren, was ich für Shadow empfinde ... Katie wird mir keinen Rat geben können. Tja, sonderlich viel Auswahl bleibt mir dann nicht mehr ...

»Ich will eine Runde schwimmen«, sage ich zu Shadow, während ich ins Ankleidezimmer laufe. »Kommst du mit?«

»Ich gehe gern mit nach unten, aber ich habe keine Lust zu schwimmen.«

Ich höre, dass er sich aufs Bett setzt. Flink ziehe ich mich aus und schlüpfe in den neuen Bikini.

Als ich mich strecke, um das Kostüm im obersten Regal vor meinen Brüdern zu verstecken, höre ich ein Seufzen hinter mir und spüre kurz darauf

Shadows Hände an meiner nackten Taille. Nur mit Mühe gelingt es mir, ein überraschtes Aufkreischen zu unterdrücken, als er mich ein gutes Stück hochhebt, damit ich das Kostüm verstauen kann.

»Ich habe dir schon am ersten Tag gesagt, dass du zu klein für so hohe Schränke bist«, raunt er mir ins Ohr.

Ja, daran erinnere ich mich, doch es scheint Jahre her zu sein. Damals waren mir seine Berührungen noch unangenehm, doch jetzt bekomme ich kaum genug davon. Nachdem er mich wieder heruntergelassen hat, drehe ich mich zu ihm um. Seine warmen Hände liegen noch immer auf meiner bloßen Haut.

»Danke«, krächze ich.

Ich könnte mich für meine Eloquenz ohrfeigen ... »Danke« und »Entschuldige!« sind gefühlt die häufigsten Wörter, die ich zu ihm sage. Das muss aufhören. Doch sobald er mich berührt oder so durchdringend ansieht wie jetzt gerade, koppelt sich mein Verstand vom Rest des Körpers ab. Wahrscheinlich kann ich froh sein, dass ich noch solch grundlegende Tätigkeiten wie Atmen beherrsche ... Da ich keinerlei Erfahrungen habe, kann ich nur darüber spekulieren, ob das, was ich empfinde und durchmache, normal ist, wenn man verliebt ist.

Ich stelle mich auf die Zehenspitzen und hauche ihm einen schnellen Kuss auf den Mund. Er blinzelt überrascht. Dann mache ich mich von ihm los und greife nach einem Badetuch, das ich mir über die Schulter lege.

»Zieh dich um! Ich warte unten auf dich.«

***

Schon als ich die Treppe herunterkomme, höre ich den Fernseher im Wohnzimmer laufen. Es ist ungewöhnlich, dass Zac oder Cal so früh am Nachmittag schon fernsehen. Meistens ist das nur der Fall, wenn gerade von einem neuen Abtrünnigen berichtet wird. Ob endlich ein neuer Gegner aufgetaucht ist und sie sich nicht mehr aus Langeweile gegenseitig – und mir und meinem Familiar! – das Leben schwer machen müssen?

Als ich mich zu Zac und Cal geselle, drehen sie sich gleichzeitig zu mir um und mustern mich mit gerunzelter Stirn.

»Was?«, frage ich und nehme Habachtstellung ein.

Zac seufzt und deutet mit dem Daumen auf den laufenden Fernseher. »Sag mir bitte, dass das da nicht du bist.«

Ich spähe an ihm vorbei und verfolge ein paar Sekunden die Nachrichten. Es wird von einer neuen Magierin berichtet, die auf den Straßen für Recht und Ordnung sorgt. Nahaufnahmen von mir sind keine zu sehen. Nur eine pixelige Aufnahme aus weiter Ferne, auf der man gerade mal die Farben meines Outfits erkennen kann, aber beim besten Willen nicht das Gesicht der Person darin.

»Das könnte jeder sein«, sage ich daher.

Meine Brüder kamen mir zwar entgegen, indem sie überhaupt ein Kostüm für mich anfertigen ließen, aber dass ich tatsächlich gegen Kriminelle kämpfe, steht auf einem anderen Blatt. Wahrscheinlich dachten sie, mich mit dem Kostüm eine Weile hinhalten zu können, bis die drei Monate, in denen ich noch meine Prüfung zur Meister-Magierin ablegen darf, vorüber sind. Ich will nicht riskieren, dass sie mich die nächsten Monate einsperren, weil sie doch trotz ihres Entgegenkommens viel zu große Angst um mich haben.

»Ach ja?«, hakt Cal nach und verschränkt die Arme vor der Brust. »Eben haben sie einen Augenzeugen interviewt, der gesagt hat, er habe sie mit Schattenmagie hantieren sehen.«

Gerade als ich erneut betonen will, dass auch dies nicht ausreicht, um mir zur Last gelegt zu werden, wird ein neues Bild gezeigt. Diesmal eine Nahaufnahme. Zac drückt sofort auf die Pause-Taste – natürlich im ungünstigsten Moment, als ich gerade unvorteilhaft das Gesicht verziehe.

Ich stoße genervt den Atem aus. »Sie trägt eine Maske! Und die Kapuze hat sie tief ins Gesicht gezogen. Das könnte immer noch jeder sein!«

Ich höre Schritte hinter mir, doch bevor ich mich zu Shadow umdrehen und ihm irgendwie unauffällig klarmachen kann, dass er den Mund halten soll, sagt er: »O je! Beim nächsten Mal müssen wir darauf achten, dass du keine Grimassen schneidest, wenn Kameras auf uns gerichtet sind!«

Stöhnend reibe ich mir mit der Hand über die Stirn, während meine Brüder ein Grummeln von sich geben.

»Hab ich … was Falsches gesagt?«, fragt Shadow leise.

»Warum, zur Hölle, treibst du dich allein da draußen herum?«, herrscht Zac mich an. »Irgendwelche Kleinkriminelle zu schnappen ist Aufgabe der Polizei! Trotzdem sind die Typen gefährlich. Du hättest verletzt werden können!«

»Du solltest dich nicht überschätzen, Schwesterherz«, fällt auch Cal mit ein und schüttelt missbilligend den Kopf. »Wir meinen es doch nur gut. Hättest du eine Gabe, mit der du auch etwas Schaden verursachen könntest, sähe die Sache vielleicht anders aus. Aber so …«

Shadow holt tief Luft und öffnet den Mund, doch ich lege ihm schnell eine Hand auf den Arm, um ihn zurückzuhalten. Sein dunkler Blick huscht zu mir und ich sehe ihm an, wie gern er Zac und Cal Kontra geben würde. Aber das ist nicht *sein* Kampf. Ich muss es endlich schaffen, selbst für meine Wünsche einzutreten. Also straffe ich den Rücken und begegne den verständnislosen Blicken meiner Brüder so kühl und herablassend, wie ich nur kann. Neben mir gibt Shadow ein sanftes Grollen von sich, das mich entfernt an das zufriedene Schnurren einer sehr großen Katze erinnert, bevor er eine Hand an meinen unteren Rücken legt.

»Ihr habt recht«, sage ich. Das bringt mir einen verwirrten Blick von Shadow ein, doch ich schenke ihm ein kleines Lächeln. »Ich besitze keine Gabe, mit der ich Schaden anrichten kann. Dafür habe ich meinen Familiar.«

»Aber auch er kann nicht ständig bei dir sein und könnte während eines Kampfes von dir getrennt werden«, wirft Zac ein.

Ich schmunzele. »Nein, das wird nicht passieren.«

»Hör mal, Feli«, sagt Cal versöhnlich, »wir wissen, dass Shadow echt was draufhat. Wir haben seine andere Gestalt und ihn kämpfen gesehen. Aber trotzdem kann er nicht ständig in deiner Nähe sein und auf dich aufpassen.«

»Stimmt ja«, murmele ich. »Ihr kennt unsere Symbiose noch nicht. Beim letzten Kampf war Shadow nur in seiner wahren Gestalt zugegen.«

»Symbiose?«, wiederholt Zac.

Ich schaue zu Shadow, der meinen Blick mit einem Lächeln erwidert. Beinahe liebevoll lässt er die Hand über die Haut an meinem Rücken gleiten, als er hinter mich in meinen Schatten tritt, und schickt damit einen wohligen Schauer durch mich hindurch.

Als er mit dem Schatten verschmilzt und ich sein Bewusstsein in mir spüre, schließe ich genüsslich einen Moment die Augen, woraufhin er mit einem sanften dunklen Impuls reagiert.

Ich öffne die Augen wieder und schaue in die geschockten Mienen meiner Brüder. Über der Handfläche beschwöre ich einen Schattenblitz.

»Seht ihr?«, frage ich. »Ich bin weder allein noch schutzlos. Es ist nicht möglich, mich von meinem Familiar zu trennen. Genauso gut könnte jemand versuchen mir meinen Schatten wegzunehmen.«

»Und wenn euch jemand frontal angreift?«, will Cal wissen.

Ich lasse den Schattenblitz verschwinden und mich anschließend mental fallen. Wie immer ist Shadow da, um mich aufzufangen, und übernimmt für kurze Zeit die Kontrolle. Ohne Vorwarnung prescht er nach vorn, viel schneller, als ich es je vermocht hätte, holt mit der Faust aus und stoppt sie nur wenige Zentimeter vor Cals Nasenspitze.

Ich kichere. »Shadow meint, er würde dir als Wiedergutmachung für das Veilchen gern die Nase anknacksen.«

Cal verzieht nur den Mund und macht einen Schritt zurück. »Wow … Deine silbernen Augen sind echt krass«, murmelt er dann zu mir. »Als er eben in deinem Schatten verschwunden ist, hatten sie diese Farbe noch nicht.«

Mein Blick huscht zu der Vitrine mit Glasfront, in der ich mich spiegele. Cal hat recht! Meine sonst grünen Iriden sind auf einmal silbern, genau wie Shadows, kurz nachdem er sich genährt hat oder wenn er in seiner wahren Gestalt ist.

»Shadow«, knurrt Zac. »Ich habe mittlerweile akzeptiert, dass du hier bist, aber wenn du nicht augenblicklich aus dem Körper meiner kleinen Schwester verschwindest, garantiere ich für nichts!«

Ich spüre seinen Widerwillen, doch Shadow kommt Zacs Aufforderung nach. Im nächsten Moment steht er wieder neben mir und ich vermisse bereits sein Bewusstsein und seine Stärke.

»Sind wir dann endlich hier fertig?«, frage ich. »Oder braucht ihr noch eine weitere Demonstration?«

Zac stößt genervt den Atem aus. »Du wirst ja sowieso nicht auf uns hören, wenn wir dich bitten, nicht mehr als inoffizielle Meister-Magierin unterwegs zu sein.«

»Du hast es erfasst«, entgegne ich.

Ich greife nach Shadows Hand und ziehe ihn mit mir nach draußen in Richtung Pool.

***

Unterhaltungen mit meinen Brüdern machen mich immer wütend. Auch jetzt brodelt noch der Zorn über ihre Engstirnigkeit in mir, während ich das Handtuch auf die Liege im Schatten pfeffere und anschließend auf und ab tigere. Ich habe mich schon mehrmals bewiesen! Ja, okay, der letzte Kampf gegen die Wasserbändigerin zählt nicht unbedingt zu meinen Glanzleistungen, aber wir haben sie geschnappt, oder? Warum trauen sie mir nichts zu? Muss ich denn erst die verdammte Welt retten, bevor sie mir zugestehen, dass auch ich etwas leisten kann?

Shadow setzt sich auf die Liege und lässt mich eine Weile gewähren, bis er die Hand nach mir ausstreckt. Ich zögere kurz, ergreife sie dann aber. Er zieht mich auf seinen Schoß und streichelt mir beruhigend über den Rücken, während ich das Gesicht an seinen Hals presse. Es fehlt nicht viel und ich fange an zu schnurren.

»Du warst großartig«, murmelt er.

»Die beiden sind so was von verbohrt!«, murre ich. »Ich hätte nicht wenig Lust, sie an die Wand zu klatschen!«

Shadows Brust erbebt unter einem unterdrückten Lachen. »So schlimm war es doch gar nicht. Du hast deinen Standpunkt sehr gut klargemacht. Sie waren nur besorgt, weil sie nicht wussten, wozu du und ich fähig sind. Je öfter wir uns beweisen, desto leichter wird es ihnen fallen, *Lady Luck* zu akzeptieren.«

Ich seufze, woraufhin er mir einen Kuss auf die Schläfe haucht.

»Lass uns nach der Wasserbändigerin sehen«, schlägt er vor. »Seit sie hier ist, hat Terra sich um sie gekümmert. Wenn wir in Erfahrung gebracht haben, was es mit diesem ominösen Meister auf sich hat, werden wir mit Zac und Cal besprechen, was wir mit ihr anstellen sollen.«

Ich murmele eine Zustimmung und klettere von seinem Schoß. Allerdings bezweifele ich, dass Cal damit einverstanden ist, die Wasserbändigerin in ein Gefängnis zu überstellen. Ich weiß, was in ihm vorgeht, denn ich habe es gesehen – ihr Glimmen, die exakte Kopie von dem meines Bruders.

Cals Seelengefährtin ist eine Abtrünnige, die mich beinahe getötet hätte, und er spürt bereits die Verbindung. Niemand, auch nicht Zac, wird ihn davon überzeugen können, die Schurkin von hier wegzubringen. Ganz gleich, wohin man sie schaffen würde, Cal könnte sie nicht mehr sehen – wahrscheinlich für immer. Und dieses Risiko wird er nicht eingehen, ungeachtet der stimmigen Argumente, die unser ältester Bruder vorbringen wird.

Ich verstehe Zac. Er sorgt sich um unser aller Sicherheit, denn ein Geräteraum ist kein sicherer Ort, eine gefährliche Abtrünnige unter Verschluss zu halten, die Wasser ihren Willen aufzwingen kann. Noch dazu gibt es klare Vorschriften der Magier-Allianz, wie mit gefangenen Schurken zu verfahren ist, und ich bezweifele stark, dass eine eigenständige Verwahrung darin vorgesehen ist.

Aber ich verstehe auch Cal; ich bin wahrscheinlich die Einzige, die Verständnis für ihn hat, denn durch meine Gabe weiß ich, wie mächtig das Glimmen sein kann. Wenn Zac die Abtrünnige wegbringen lässt, wie er es bereits mehrmals angedroht hat, wird er Cal damit entweder zerstören oder ihn zu einer noch größeren Dummheit verleiten. Wie ich meinen hitzköpfigen Bruder einschätze, würde er versuchen die Schurkin aus dem Gefängnis zu befreien, und mit ihr vor dem Zugriff der Magier-Allianz und den Konsequenzen fliehen.

Nein, da ist es sicherer, sie vorerst hier gefangen zu halten, wo wir ein Auge auf sie und Cal gleichermaßen haben können. Das bedeutet jedoch nicht, dass wir nicht versuchen sollten so viele Informationen wie möglich aus ihr herauszubekommen.

KAPITEL 7

Shadow

Gerade als wir hinüber Richtung Trainingshalle gehen wollen, kommen Zac und Cal ebenfalls aus der Villa. Während Zac laut und wild gestikulierend auf Cal einredet, presst Letzterer nur die Lippen zu einem schmalen Strich zusammen und schüttelt den Kopf.

Als sie uns sehen, winkt Zac uns zu sich hinüber.

Zum Glück ist er nicht über uns gestolpert, als Feli noch auf meinem Schoß saß; sonst wäre es gut möglich, dass ich gleich den Kopf verliere. Cal ist zu sehr mit sich selbst beschäftigt, aber bei Zac bin ich mir sicher, dass er mehr sieht, als er preisgibt. Und ich bezweifele, dass ihm alles gefällt, was er beobachtet. Er hat eindeutig den größeren »Schwesterkomplex« – Cal ist da etwas entspannter –, aber es ist nichts Neues für mich. Daher weiß ich auch, dass ich früher oder später mit ihm aneinandergeraten werde, wenn er herausfindet, was zwischen Feli und mir läuft. Was zugegebenermaßen nicht sehr viel ist, bis auf ein paar wirklich heiße Küsse. Doch wenn er sich schon darüber aufregt, dass ich mit ihrem Schatten verschmelze, wird er aus der Haut fahren, wenn er hört, dass zwischen mir und Feli mehr vorgeht, als es zwischen Träger und Familiar normal ist.

Der älteste Bruder war schon beim letzten Mal ein großes Problem für mich.

Und auch diesmal entwickelt es sich so ähnlich, dass es schon fast beängstigend ist.

Als ich Feli jetzt bei Zac und Cal stehen sehe, verschwimmt kurz das Bild von ihnen zu etwas anderem.

Zu einer Vision dessen, was vor mehreren Jahrtausenden geschehen ist. Damals standen sie genauso beieinander und diskutierten über eine fremde

Frau. Eine, die ebenfalls vom jüngeren Bruder angeschleppt wurde – der sich hartnäckig weigerte, sich von ihr zu trennen. Er war taub für die Vorwürfe des älteren Bruders und schlug die Warnungen der jüngeren Schwester in den Wind.

Völlig blind vor Liebe brachte er das Verderben in die ganze Stadt und besiegelte damit den Untergang seines Volkes.

Nun ist Cal im Begriff, eine ähnliche Dummheit zu begehen. Es gibt zwar keine Stadt und kein Volk, denen er damit schaden würde, aber die Folgen könnten dennoch für die Familie, der er angehört, verheerend sein.

Kurz sehe ich dabei zu, wie Feli versucht auf Cal einzureden und ihm mit Worten klarzumachen, dass es eine verdammt dumme Idee ist, wenn er in die Trainingshalle geht, und seufze. Feli ist der Prinzessin von damals so ähnlich ... Die Art, wie sie sich reckt, um vor ihren Brüdern größer zu wirken, dann jedoch den Kopf einzieht, wenn einer der beiden sie anranzt. Auch die stolze Prinzessin musste sich dem Willen der beiden älteren Prinzen beugen, obwohl sie es besser wusste.

Ich weiß, dass es keinen Unterschied macht, aber ich gehe dennoch hinüber und stelle mich neben meine Trägerin.

»Warum, zur Hölle, lasst ihr mich nicht zu der Abtrünnigen?«, begehrt Cal auf. »Was ist so schlimm daran, wenn ich zu ihr gehen will?«

»Ich halte es für besser, wenn du ihr fernbleibst«, sagt Zac.

»Es ist mir scheißegal, ob du das für besser hältst!«, knurrt der Jüngere. »Ich wohne hier genauso wie du und kann gehen, wohin ich will. Und wenn ich in die Trainingshalle will, dann werde ich das tun!«

»Cal, bitte«, wirft Feli ein. »Überlass es uns Frauen, uns um die Abtrünnige zu kümmern, bis wir sie ins Gefängnis bringen.«

Cal verengt die Augen zu Schlitzen. »Sie wird nicht weggebracht!«

»Wir können keinen Abtrünnigen auf Dauer hier festsetzen«, sagt Zac. »Wie stellst du dir das vor? Das wird Ärger geben! Abgesehen von den viel zu laxen Sicherheitsvorkehrungen sind da noch die Gesetze, an die wir uns wie alle anderen auch halten müssen. Wenn die Magier-Allianz davon erfährt, werden sie ...«

»Muss ich extra erwähnen, wie egal mir ist, was diese alten Sesselfurzer dazu zu sagen haben? Die haben ihren letzten Abtrünnigen im vergangenen Jahrtausend bekämpft – so runzelig und zurückgeblieben, wie sie sind.« Er wendet sich an Feli. »Nenn mir den wahren Grund, warum ihr mich nicht zu ihr lassen wollt!«

Meine Trägerin verzieht das Gesicht. Auch diesen Ausdruck kenne ich von damals. Immer wenn jemand ihre Vorhersagen als das Hirngespinst einer unwissenden Frau abtat, zeichnete sich der gleiche Schmerz auf dem Gesicht ab.

»Was verschweigt ihr mir?«, begehrt Cal auf. »Ihr scheint es alle zu wissen und lasst mich im Dunkeln tappen. Ich werde ... noch wahnsinnig!«

Schlagartig kühlt sich die Luft um uns herum um mehrere Grad ab, bis sich kleine Atemwölkchen vor unseren Mündern bilden. Ich ziehe Feli, die in ihrem Bikini bereits angefangen hat zu zittern, näher an mich heran und schlinge einen Arm um sie.

»Du wirst dich augenblicklich beruhigen«, grollt Zac.

Doch Cal scheint ihn gar nicht wahrzunehmen. Kleine Eiskristalle schwirren um ihn herum, während er die Augen fest zusammenkneift. Sein gesamter Körper bebt, als würde er sich bemühen, die eisigen Kräfte unter Kontrolle zu halten, doch er scheitert kläglich.

Feli windet sich aus meiner Umklammerung, macht ein paar Schritte auf ihren Bruder zu und schließt ihn in die Arme. Augenblicklich fallen die Eiskristalle mit einem leisen Klirren zu Boden und zerspringen dort in winzige Splitter. Verwirrt schaut Cal auf seine Schwester hinab, die ihr Gesicht an seine Brust drückt.

»Ich verstehe dich«, murmelt sie. »Ich weiß, wie verwirrend es sein kann, wenn man erst als Letzter begreift, was vor sich geht, obwohl man selbst davon betroffen ist. Es ist frustrierend, wenn alle um einen herum es besser zu wissen glauben.«

Sie macht sich von ihm los und stolpert einen Schritt zurück. Dabei stößt sie keuchend den Atem aus und hält sich den Kopf. Schnell greife ich nach ihr und stütze sie, bis sie ihre Gabe wieder zurückgedrängt hat, wofür ich mit einem kleinen, aber dankbaren Lächeln belohnt werde. Dann schaut sie Zac an.

»Wir sollten Cal zu ihr lassen. Unter Aufsicht«, fügt sie hinzu.

»Das führt doch zu nichts«, grollt Zac und verschränkt die Arme. »Es schadet uns allen, wenn wir ihn zur Abtrünnigen bringen. Hast du eine Ahnung, welche Auswirkungen es haben könnte? Wenn die Magier-Allianz Wind davon bekommt ... Ich weiß gar nicht, was sie machen würden, denn bestimmt gab es noch nie einen Präzedenzfall, weil jeder andere verdammte Meister-Magier weiß, was sich gehört!«

Cal runzelt verwirrt die Stirn. Anscheinend hat er wirklich keine Ahnung, was vor sich geht und warum er sich so sehr zu der unbekannten Abtrünnigen hingezogen fühlt.

»Und ich werde nicht zulassen, dass ausgerechnet unsere Familie es sein wird, die einen solchen Präzedenzfall schafft«, fährt Zac mit strenger Stimme fort. »Seit Jahrhunderten hat sich unsere Familie an die Spitze der Meister-Magier gekämpft und sich einen Namen aufgebaut, der Groß und Klein ein Begriff ist. Wir sind bekannt. Wir sind mächtig. Und das werde ich mir nicht durch meinen liebestollen Bruder kaputt machen lassen.« Er verengt die Augen zu Schlitzen und deutet mit dem Zeigefinger auf Feli. »Und auch nicht von meiner kleinen Schwester, die ihre Finger nicht von ihrem Familiar lassen kann!«

Felicity schnappt nach Luft und versteift sich in meinen Armen.

»Haltet mich nicht für blind, nur weil ich nicht zu allem meine Meinung sage«, grollt Zac. »Ich warne jeden von euch: Wenn ihr irgendwas unternehmt, was dem Ansehen unserer Familie schadet, lernt ihr mich kennen! Und glaubt mir, das wird keinem von euch gefallen!« Immer noch grummelnd wendet er sich Cal zu. »Wir bringen dich in die Trainingshalle. Dieses *eine* verdammte Mal. Damit du endlich auch begreifst, was hier vor sich geht. Und danach will ich nie wieder einen Ton von der Sache hören, ist das klar?«

Die beiden Geschwister starren ihren ältesten Bruder an, als würden sie ihn zum ersten Mal sehen. Wahrscheinlich ist er ihnen gegenüber noch nie so deutlich geworden. Mir sind diese Ausbrüche nicht neu, auch wenn Zac nicht wirklich der Prinz von damals ist. Offenbar unterscheidet er sich doch nur durch ein anderes Aussehen und einen anderen Namen, während die Charakterzüge weitestgehend identisch sind. Wenn es um das Ansehen seiner Familie oder die Sicherheit seines Volkes ging, traf man bei ihm schon immer einen Nerv. Ich lasse mich davon nicht einschüchtern – nicht erneut –, aber ich spüre Felis Zittern an meiner Seite.

Zac scheucht uns alle zur Trainingshalle, die sich auf der anderen Seite des Anwesens befindet. Im Vorbeigehen greife ich nach dem Badetuch und lege es Feli um die Schultern. Ein sanftes Lächeln zupft an ihren Mundwinkeln, doch sie wird sofort wieder ernst und schaut geradeaus. Ich unterdrücke ein Grollen und den Drang, Zac direkt an die Kehle zu gehen. Durch sein Gerede hat er meine Trägerin so sehr verunsichert, dass ihr die Verwirrung praktisch auf der Stirn geschrieben steht.

Ich beuge mich ein Stück zu ihr hinunter und frage leise: »Was meinte Zac damit, dass es Ärger geben wird, wenn die Magier-Allianz Wind von alldem bekommt? Ich habe verstanden, dass sie sich Prüfungen ausdenken und dadurch entscheiden, wer ein Meister-Magier werden darf und wer nicht, aber sie haben noch andere Aufgaben, oder?«

Feli räuspert sich. »Die Magier-Allianz steht über den Meister-Magiern, die es auf der ganzen Welt gibt. Sie erlassen Gesetze, an die sich alle Magier zu halten haben, damit es ein unkompliziertes Miteinander mit normalen Menschen und Untereinander der Magier an sich gibt. Außerdem heißt es, dass sie diejenigen überwachen, die im Verdacht stehen, zu einem Abtrünnigen werden zu können. Deshalb dachte ich auch immer, dass es eine bewusste Entscheidung wäre, die einen Magiebegabten zu einem Abtrünnigen werden lässt.«

»Sie überwachen außerdem die Verteilung der Familiare«, sagt Zac hinter uns. »Unter anderem auch, wie sie sich in unserer Welt verhalten, und sie greifen ein, wenn es zu ›Komplikationen‹ kommt …«

Ich weiß, dass ich am besten den Mund halten sollte und es mich nichts angeht.

Dennoch frage ich: »Komplikationen? Du meinst, diese Magier-Allianz nimmt Anstoß daran, wenn du es mit Terra mal wieder so laut treibst, dass man euch im ganzen Haus hört?«

Feli schnappt so laut nach Luft, dass es mich Mühe kostet, ein Grinsen zu unterdrücken. Ich kann mir ihren Gesichtsausdruck ganz genau vorstellen, halte den Blick aber weiter auf Zac gerichtet. Mit einem unwirschen Knurren gibt er Cal und Feli zu verstehen, dass sie vorausgehen sollen. Meine Trägerin wirft mir einen unsicheren Blick zu, doch ich nicke.

»Vorsichtig, Familiar«, knurrt Zac, nachdem er sich wieder gefangen hat und seine Geschwister außer Hörweite sind. »Terra und ich sind sehr diskret und nehmen uns nur das, was wir brauchen. Körperlich, aber auch auf die Magie bezogen. Du hingegen strotzt nur so vor Felis Magie, die bis vor einer Woche kaum existent war.«

Es ist zu müßig, ihm erneut zu erklären, dass Felis Magie sehr wohl vorhanden, aber von ihm ignoriert und als »nicht stark genug« deklariert wurde. Aber in einem Punkt hat er recht: In mir wirbelt weit mehr ihrer Magie herum, als ich eigentlich benötige, um mich zu nähren. Ich fände es interessant zu erfahren, ob das bereits ausreicht, um diese Magier-Allianz auf uns aufmerksam werden zu lassen.

»Mächtige Familiare werden von der Allianz sehr genau beobachtet«, fährt Zac fort. »Es kann schnell passieren, dass sie als Bedrohung eingestuft werden, wenn sie *zu* mächtig werden. Ich werde dir nicht extra erklären müssen, dass sie besonderes Interesse an den menschenähnlichen Familiaren haben. Es gibt Gerüchte, dass einige Familiare wie du oder Terra bereits verschwunden und nie wieder aufgetaucht sind. In der Öffentlichkeit, mit Ausnahme von Kämpfen gegen Abtrünnige, zeigen wir uns nie mit unseren Familiaren gemeinsam, und erst recht treten Terra und Lumia nicht in ihrer menschlichen Gestalt auf. Du und Feli hingegen hängt ständig aneinander. Abgesehen von der Party gestern Abend kann ich mich an keine Gelegenheit erinnern, bei der ihr länger als ein paar Minuten nicht in Gegenwart des jeweils anderen wart. Früher oder später wird das auch der Allianz auffallen und man wird Fragen stellen. Fragen, vor denen ich meine kleine Schwester gerne bewahren möchte.«

»Ich würde nie etwas tun, was Feli nicht will oder ihr schaden könnte.«

Zac nickt. »Dummerweise glaube ich dir. Und genau das ist der springende Punkt. Bei Terra und mir sind keinerlei Gefühle im Spiel. Uns Magiebegabten wird bereits in der Akademie beigebracht, dass die Familiare, die uns zugeteilt werden, nichts weiter als Werkzeuge sind, die wir benutzen können, um unsere Pflicht zu erfüllen. Dass sie keine Empfindungen haben wie wir Menschen. Das Problem ist, dass nahezu alle Magiebegabten schwächere Familiare bekommen, auf die das im Großen und Ganzen zutrifft. Vom gesamten Internat, auf das wir gingen, hatten nur Cal und ich einen menschenähnlichen Familiar, dennoch trichterte man uns weiter ein, dass sie gefühllose Wesen seien.«

Ich ziehe eine Augenbraue nach oben. »Aber das weißt du doch mittlerweile besser.«

Er nickt. »Das schon, aber durch meine Ausbildung habe ich Terra nie auf eine Weise gesehen, wie Feli dich zu sehen scheint. Mir war klar, dass mein Familiar – im Gegensatz zu den vielen anderen, denen ich jeden Tag im Internat über den Weg lief – eine sehr weit entwickelte Gefühlswelt besaß, aber ich konnte sie nie so ansehen, wie ich einen Menschen ansehen würde. Ich benutze sie und sie benutzt mich, aber niemand kann uns das zur Last legen, weil wir nichts füreinander empfinden. Wenn einer von uns morgen beschließen sollte, den anderen nicht mehr zu benutzen, würde es keinem wehtun.«

Während ich über seine Worte nachdenke, huscht mein Blick automatisch zu Felicity, die gemeinsam mit Cal vor der Trainingshalle auf uns wartet.

»Wie sieht's aus?«, will Zac wissen. »Kannst du das Gleiche auch von dir und Feli sagen? Kannst du mir in die Augen sehen und mir versichern, dass es meine kleine Schwester ohne Probleme wegstecken würde, wenn du ab morgen nur noch das Werkzeug bist, das sie braucht, um ihre Träume zu erfüllen? Oder dass du dich einfach damit abfinden könntest, wenn sie beschließt, dass ihr ihre Träume wichtiger sind als ein Wesen, das sie erst seit ein paar Tagen kennt, wie es die vernünftige Schlussfolgerung wäre?«

Ich verziehe den Mund mit einem verächtlichen Schnauben. Wenn er wüsste, wie diese Unterhaltung einer gleicht, die ich bereits vor Jahrtausenden mit einem anderen älteren Bruder geführt habe, der Zac so ähnlich ist, dass sich mir die Nackenhaare aufstellen … Damals redete er so lange und ausdauernd auf mich ein, bis ich mich zurückzog. Mit nahezu identischen Argumenten brachte er mich dazu, meiner Trägerin zwar weiterhin zu dienen und sie zu verehren, doch ich schloss sämtliche andere Empfindungen in mir ein. Sie hasste mich dafür – und noch wegen eines anderen Vorfalls, an den ich mich nicht gern zurückerinnere.

Ich habe einmal auf den ältesten Bruder gehört und es brachte mir nichts anderes als Schmerz und Einsamkeit ein. Diesen Fehler werde ich nicht wiederholen.

»Ich werde Felicity zu nichts zwingen«, sage ich, während ich meine Trägerin dabei beobachte, wie sie beide Hände in das Handtuch um ihre Schultern krallt und ziellos vor der Trainingshalle auf und ab läuft. Unentwegt schaut sie zu mir, als könnte auch sie die Distanz zwischen uns kaum ertragen. »Aber wenn sie es nicht von mir verlangt, werde ich mich nicht von ihr fernhalten. Allerdings werde ich ihr auch nicht im Weg stehen, wenn sie sich für ein anderes Leben entscheidet.«

Zac stößt die Luft aus und schüttelt den Kopf. »Ich habe befürchtet, dass du so was in der Art sagen würdest. Ich kann nur hoffen, dass die Magier-Allianz nicht auf euch aufmerksam werden wird.« Er setzt sich wieder in Bewegung und ich folge ihm. »Das bedeutet nicht, dass ich das, was auch immer ihr zusammen habt, gutheiße. Du tust ihr als Familiar und Unterstützer gut, aber alles andere …« Er seufzt. »Das Problem ist nur, dass Feli sich von mir abwenden wird, wenn ich es ihr geradeheraus verbiete. Sie wird ausziehen und vielleicht nie wieder mit mir reden. Da ertrage ich lieber dich in ihrer Nähe, als sie vollständig zu verlieren.«

»Ich bin zutiefst gerührt«, brumme ich.

»Wenn ich nicht wüsste, dass sie keinen besseren Familiar als dich bekommt, würde ich dir eigenhändig den Hals umdrehen oder euch an die Allianz verpfeifen«, grollt er. »Sei froh, dass ich meine Schwester liebe und mir der Rest, der von meiner Familie übrig geblieben ist, über alles geht. Ansonsten hättest du kein solch angenehmes Leben mit mir.«

»Kommt jetzt der Teil, in dem du drohst, mich umzubringen, wenn ich es wagen sollte, Feli zu verletzen?«, frage ich spöttisch. »Denn da musst du dich leider hinten anstellen. Katie ist dir schon zuvorgekommen.«

»Gut zu wissen, dass alle ein Auge auf euch haben«, entgegnet Zac. »Wobei ich bei Katie eher glaube, dass sie auf eurer Seite steht.«

Aha, nun gibt es auch noch »Seiten«. Ich verkneife mir eine Bemerkung dazu, denn es würde zu nichts führen. Also schweige ich ihn an, bis wir wieder bei Feli und Cal ankommen, und bemühe mich, seine Worte nicht zu nah an mich heranzulassen. Doch wie auch beim letzten Mal verfehlen sie ihre Wirkung nicht. Ich werde mich nur auf ihren Wunsch hin von Feli fernhalten, aber eine Unsicherheit bleibt dennoch.

»Was trödelt ihr denn so lange?«, grollt Cal, der bereits am Tor zur Trainingshalle lehnt.

»Wir mussten uns kurz unterhalten«, antwortet Zac.

Der rechthaberische Unterton in der Stimme lässt mich schnauben. Ich ringe das Bedürfnis, Feli direkt vor den Augen ihrer Brüder zu küssen und dadurch ein für alle Mal meinen Standpunkt klarzumachen, nieder. Dadurch würde ich sie nur in Verlegenheit bringen, denn sie ist noch nicht so weit. Deshalb begnüge ich mich damit, ihre Hand zu halten, die schon wieder eiskalt ist. Allgemein ist es hier deutlich kühler als in der Nähe des Pools.

Mit großen Augen und einem Blick voller Fragen schaut Feli zu mir auf, doch ich schüttele den Kopf. »Später«, flüstere ich ihr zu und sie nickt.

»Können wir dann endlich?«

Erneut wird es kälter, sodass es sogar mich fröstelt. Mit Cals Geduld steht es eindeutig nicht zum Besten. Auch Felis Arme sind von einer Gänsehaut überzogen.

»Lasst es uns hinter uns bringen«, sagt Zac und öffnet die doppelflügelige Tür zur Trainingshalle.

***

Cal stürmt als Erster hinein. Mit langen kraftvollen Schritten durchquert er die riesige Halle, bis er beim Geräteraum, in der sie die Abtrünnige festhalten, angekommen ist. Die Tür ist von außen verriegelt, dennoch wartet er, bis wir zu ihm gestoßen sind. Allerdings nicht ohne uns ungeduldige Blicke zuzuwerfen.

»Lasst mich zuerst hineingehen«, sagt Feli ruhig.

Cal will protestieren, hält sich jedoch zurück und macht seiner Schwester Platz. Wahrscheinlich ist es wirklich das Beste, wenn *sie* nachsieht, wie es um die Abtrünnige steht.

Sie klopft an, öffnet aber die Tür, ohne dass eine Antwort ertönt. Zac erwähnte mir gegenüber bereits, dass die Abtrünnige nicht sehr kooperativ wäre. Nach nur wenigen Augenblicken macht Feli die Tür wieder auf und lässt uns ein.

Die Bändigerin sitzt auf einer provisorischen Bettstatt und lehnt mit dem Rücken an der Wand. Sie schaut zwar zu uns, scheint aber demonstrativ durch uns hindurchzusehen. Nur die zu einem schmalen Strich zusammengepressten Lippen verraten etwas über ihren angespannten Gemütszustand.

Zusammen mit Feli stelle ich mich in eine Ecke des kleinen quadratischen Raumes, Zac steht in der anderen. Er sieht kein bisschen begeistert aus und ich kann es ihm nicht verdenken. Seine Miene verdüstert sich weiter, als wir Cal dabei beobachten, wie er langsame, kleine Schritte auf die Bändigerin zu macht. Eben waren sie noch ausladend und ungeduldig, nun bewegt er sich so zögerlich und beinahe ängstlich, als wolle er am liebsten aus dem Raum fliehen.

Im Gegensatz zu Zacs verdrießlicher Miene blüht Feli regelrecht auf. Ihre Augen leuchten und die Wangen sind rosig.

Wenige Schritte von der Bändigerin entfernt bleibt Cal stehen und hockt sich hin, um mit ihr auf einer Höhe zu sein. Nun kann ich zwar nichts weiter als seinen Rücken sehen, doch dafür ist die Reaktion der Abtrünnigen umso eindrucksvoller. Zwar scheint sie mit sich zu ringen, doch es gelingt ihr nicht, Cal zu ignorieren. Ihr Blick huscht zu ihm und sie runzelt die Stirn, während sich die Pupillen weiten und sie den Mund öffnet.

Feli gibt ein herzzerreißendes Seufzen von sich und presst anschließend beide Hände gegen die Brust, wobei eine einzelne Träne die Wange hinunterrollt und ein seliges Lächeln die Lippen umspielt. Auch Zac bleibt Felis Reaktion nicht verborgen, allerdings sieht er weniger begeistert aus. Mit einer Hand reibt er sich über die Stirn, während er eine Reihe von Verwünschungen ausstößt, die ich lieber nicht genau verstehen will.

»Hallo.« Cals Stimme, die sonst vor Selbstbewusstsein und zu viel Testosteron strotzt, gleicht einem heiseren Krächzen. Wie in Zeitlupe streckt er der Abtrünnigen eine Hand entgegen, um sie nicht zu erschrecken.

»Wer ... bist du?«, fragt die Abtrünnige leise, während ihr Blick zwischen der ausgestreckten Hand und Cals Gesicht hin und her huscht.

»Diese Stille«, wispert Feli neben mir, sodass nur ich sie verstehen kann. »In all den Jahren gab es nur wenige Paare, die ich ansehen konnte, ohne das Fiepen zu hören. Und nun ist es vollkommen still hier im Raum, trotz der Menschen, die hier sind.«

»Und das Glimmen?«, frage ich.

Sie schüttelt leicht den Kopf. »Ich kann es nicht sehen, dazu haben sie zu viel an. Aber ich habe ihres gesehen, nachdem der Arzt die Verletzungen verbunden hat, und Cals habe ich schon oft genug erblickt. Ein Zweifel ist ausgeschlossen.«

Sie gibt ein freudloses Lachen von sich und lehnt den Kopf an meine Schulter, während sie nach meiner Hand greift und unsere Finger miteinander verschränkt.

»Mein Bruder ist der Seelengefährte einer Abtrünnigen. Ich bin ganz sicher«, murmelt sie dann. »Wir sind so was von erledigt, wenn die Magier-Allianz oder die Presse Wind davon bekommen.«

Sie stößt geräuschvoll die Luft aus, doch nur Zac scheint es zu hören. Er schaut zu uns und Feli nickt ihm zu.

»Calvin«, knurrt Zac. »Wir müssen wieder gehen.«

Cal wendet sich halb zu uns um und lässt die Hand sinken. »Aber ich ...«

»Nichts aber! Wir gehen. Jetzt!«

Widerwillig erhebt sich der jüngere Bruder, ohne den Blick von der Abtrünnigen zu lösen.

»Wenn Zac ihm verbieten sollte, die Bändigerin erneut zu besuchen, endet das in einem Desaster«, flüstere ich Feli zu. »Dann wird er sich erst recht herschleichen – ohne Aufsicht. Und er wird höchstwahrscheinlich eine Dummheit begehen.«

Sie nickt und reibt sich dabei über die Arme. »Ich werde mit ihm reden, aber ich mache mir keine großen Hoffnungen, dass ich es ihm begreiflich machen kann.«

Wir warten darauf, dass Cal sich von uns nach draußen führen lässt. Anschließend verriegelt Zac die Tür und steckt ohne ein weiteres Wort den Schlüssel ein. Mit einem verkniffenen Ausdruck wendet er sich von uns allen ab und verlässt die Halle.

Cal sieht noch verwirrter aus als zuvor, und irgendwie habe ich Mitleid mit ihm. Doch mir fehlen die richtigen Worte, um ihm Trost zu spenden oder eine Erklärung zu geben. Ihn zusammen mit der Abtrünnigen zu sehen, hat mich an eine andere Zeit erinnert. Damals war es eine Magierin mit dem »schönen Schein«, die an der Seite des zweiten Prinzen stand und die er über alles liebte. Ich weiß nicht, ob sie seine Seelengefährtin war, aber ich würde darauf wetten. Nichts konnte sie trennen, weder die Angst vor dem Tod noch die Drohungen des ältesten Bruders oder die Prophezeiungen der Schwester. Cal und die Abtrünnige erinnern mich so sehr an das damalige Paar, dass es kein Zufall sein kann. Und dummerweise habe ich eine Ahnung, wie es diesmal ausgehen wird. Alle werden auf Cal einreden, doch er wird sich für die Abtrünnige und gegen seine Familie entscheiden. Es war damals so und es wird wieder so sein. Je eher Feli und Zac das begreifen, desto besser. Aber wie soll ich ihnen das erklären?

»Ich möchte noch eine Runde schwimmen«, sagt Feli in die Stille hinein an Cal gewandt. »Kommst du mit?«

Er schüttelt den Kopf. »Frag deinen Familiar. Ich … will jetzt lieber allein sein.« Daraufhin zwängt er sich an uns vorbei und flieht regelrecht aus der Halle.

Seufzend schlingt Feli die Arme um sich. »Der Tag hat so super begonnen und jetzt geht alles den Bach runter …«

Ich streichele ihr über den Rücken, woraufhin sie sich wieder an mich lehnt. »Dafür kannst du nichts. Wir müssen einen Weg finden, damit auch Zac begreift, dass niemand eine Schuld daran trägt. Ich weiß, dass ihr euch vor den Konsequenzen fürchtet, aber … vielleicht wird es ja gar nicht so schlimm. Was will diese Magier-Allianz denn schon unternehmen? Sie können euch auf die Finger hauen, weil ihr die Abtrünnige hier eingesperrt habt, aber ansonsten …«

Feli sieht alles andere als überzeugt aus. »Ich wünschte, ich könnte etwas tun. Am besten wäre es, wenn ich später nach Lumia sehe, bevor sie auch noch mitmischt. Das wäre nämlich der Super-GAU.«

***

Von der Liege am Beckenrand aus sehe ich Feli dabei zu, wie sie eine Bahn nach der anderen schwimmt. Die Sonne beginnt bereits unterzugehen, doch ich bringe es nicht über mich, sie zu bitten, aus dem Wasser zu kommen. Sie wirkt ruhelos, beinahe getrieben, als würde sie etwas beschäftigen, worüber sie nicht reden will. Ob sie ahnt, welches Thema Zac mit mir besprochen hat? Oder ob sogar Cal auf sie eingeredet hat, während ich nicht dabei war? Ich werde sie fragen und vielleicht wird sie mir antworten, aber zuerst gebe ich ihr genug Zeit, um die eigenen Gedanken zu sortieren.

Keiner der anderen lässt sich blicken. Zac wird noch irgendwo schmollen, während Cal sich in seinem Zimmer verkriecht. Wo die beiden anderen Familiare abgeblieben sind, weiß ich nicht – und es interessiert mich auch nicht.

Die ganze Zeit denke ich darüber nach, ob ich Feli die Wahrheit sagen soll oder es dafür noch zu früh ist. Vielleicht wird es einfacher für sie, wenn sie es weiß und nicht mehr einen so verwirrten Eindruck macht.

Letztendlich fehlt mir der Mut, es ihr zu sagen. Schließlich besteht die Möglichkeit, dass ich mich irre. Oder dass sie mich – ohne mit der Wimper zu zucken – zum Teufel jagt und den Pakt mit mir aufkündigt.

Ich bin so in Gedanken versunken, dass ich Lumia erst bemerke, als sie schnurstracks an mir vorbeiläuft und sich am Beckenrand hinhockt, woraufhin Feli zu ihr geschwommen kommt.

»Ich … ich befürchte, ich brauche Nachschub«, presst der Feuer-Familiar hervor. »Am liebsten würde ich jetzt hinüber in die Halle gehen und den Raum in Brand setzen.«

Seufzend stemmt sich Feli aus dem Pool. Wasser rinnt den Körper hinab und bringt die Haut im schwindenden Tageslicht zum Leuchten.

»Das Material, aus dem die Halle gebaut ist, ist feuerabweisend«, murmelt sie, während sie auf mich zukommt. »Da müsstest du dich schon mächtig anstrengen. Aber ich stelle dir gleich noch was her.«

Ich reiche ihr das Handtuch und sehe möglichst unauffällig dabei zu, wie sie sich abtrocknet. Dann wickelt sie das Handtuch um den Oberkörper und gibt Lumia mit einem Kopfnicken zu verstehen, dass sie ihr folgen soll.

Feli weiß inzwischen, wie sie die Glückstränke herstellen kann, deshalb gebe ich den beiden etwas Zeit. Vielleicht wird meine Trägerin dem Familiar erzählen, was eben zwischen Cal und der Abtrünnigen vorgefallen ist. Vielleicht auch nicht. Sie kennt Lumia länger als ich und kann sie besser einschätzen, deshalb überlasse ich es ihr, mit dem Feuer-Familiar fertigzuwerden.

Eine Weile bleibe ich noch auf der Liege sitzen und beobachte den Sonnenuntergang, bevor ich es nicht mehr aushalte, meine Trägerin nicht in der Nähe zu haben, und zurück in die Villa gehe.

***

Lumia begegne ich schon im Treppenhaus. Der manische Ausdruck ist aus den Augen verschwunden und hat einer tiefen Ruhe Platz gemacht. Ich freue mich für sie, allerdings müssen wir uns bei Gelegenheit Gedanken darüber machen, wie wir diesen Zustand länger andauern lassen können.

Sie nickt mir zu und ich erwidere den Gruß, ehe ich in Felis Zimmer gehe.

Wie gewohnt klopfe ich an, erhalte jedoch keine Antwort. Gut möglich, dass sie im Bad oder nebenan im Zimmer ist, aber ich versuche es erneut.

»Feli?«

Wieder keine Antwort. Ich drücke die Klinke hinunter und öffne die Tür einen Spaltbreit.

»Bist du ...?«

Weiter komme ich nicht. Mehrere Sekunden lang bin ich wie erstarrt, als ich Feli zusammengekrümmt auf dem Boden liegen sehe. Mein Herz macht einen Satz, ehe mir das Blut in den Adern zu Eis zu gefrieren scheint. Panik rauscht durch mich hindurch, während sich meine Gedanken wie wild überschlagen. Es kommt mir wie eine Ewigkeit vor, bis es mir gelingt, die Angst niederzukämpfen und mich wieder zu bewegen.

Ich reiße die Tür weit auf und stürze auf Feli zu. Erst als ich mich neben sie auf den Boden knie, fallen mir die Fläschchen auf, die neben ihr verstreut auf dem Teppich liegen.

Wieder und wieder rufe ich ihren Namen, doch erst, als ich sie an der Schulter packe, reagiert sie auf mich. Die Lider flattern und der Mund ist leicht geöffnet, während die Haut so heiß ist, dass ich beinahe die Hand zurückziehe.

Erneut huscht mein Blick zu den Fläschchen und eine furchtbare Ahnung keimt in mir.

O bitte, lass sie nicht so dumm gewesen sein!

Schnell stehe ich wieder auf und verriegele die Tür. Hoffentlich ist keiner ihrer Brüder auf uns aufmerksam geworden. Dann hebe ich sie hoch und trage sie zum Bett. Haut und Haare sind noch immer klamm vom Schwimmen; der Bikini klebt feucht an ihr. Doch der Körper scheint zu glühen. Sie windet sich in meinen Armen.

»Es wird alles wieder gut«, murmele ich, nachdem ich sie aufs Bett gelegt habe. »Kannst du mir sagen, was passiert ist?«

Ihr Atem geht abgehackt und der glasige Blick huscht unstet durchs Zimmer.

»Ich ... hab Tränke hergestellt«, haucht sie.

Ich greife nach ihrer Hand und halte sie fest. »Für Lumia, nicht wahr?«

»Nicht ... nur.«

Ich lasse den Kopf sinken und möchte am liebsten laut fluchen, doch ich beherrsche mich. Dann zwinge ich mich dazu, die nächste Frage zu stellen.

»Wie viele Tränke hast du selbst getrunken?«

Sie zögert mit einer Antwort. »Fünf«, gibt sie schließlich zu.

Einen Moment lang hoffe ich, mich verhört zu haben. »Bist du wahnsinnig,

Feli?«, bricht es schließlich aus mir hervor. »Du kannst nicht deine eigenen Tränke einnehmen! Du verträgst sie nicht! Es ist dein Blut, dein eigenes Glück – es wirkt bei dir ganz anders als bei Lumia oder einem Fremden.«

Sie windet sich auf dem Bett und wirft den Kopf hin und her. »Ja«, keucht sie, »das weiß ich jetzt auch.«

»Wie konntest du nur so dumm sein?«, frage ich. »Und vor allem – warum?«

Doch Feli beißt sich nur auf die Unterlippe und schüttelt den Kopf. Schweiß rinnt ihr die Schläfen hinab.

»Es ... brennt!«, stößt sie hervor.

Ich lehne die Stirn gegen unsere verschränkten Hände. »Du hast eine Überdosis«, murmele ich.

Ich hatte noch nie eine Trägerin, die selbst Tränke herstellen konnte, aber ich kannte während meiner Zeit im alten Griechenland Magierinnen, die in dieser Kunst bewandert waren. Von ihnen schnappte ich einiges auf, so auch die Idee für den Trank, um Lumia zu helfen. Außerdem weiß ich, dass solche Tränke bei denjenigen selbst, die sie aus dem eigenen Blut herstellen, anders wirken. Die Frauen nutzten ihn gern, um ... sich selbst in Stimmung zu bringen.

Und Feli hat fünf davon getrunken ...

Es wird Stunden dauern, bis die Wirkung abgeklungen ist und sie sich wieder normal verhält. Stunden, in denen ich nicht in ihrer Nähe sein sollte.

Ich sollte schleunigst aufstehen, das Zimmer verlassen, von außen abschließen und den Schlüssel anschließend Zac geben. Zwar bin ich nicht darauf angewiesen, den Raum durch die Tür zu betreten, aber es wäre ein Anfang. Und die richtige Entscheidung. Denn wenn ich hierbleibe ...

Ich reagiere schon jetzt auf sie. Auf die Hitze, die sie verströmt. Auf ihren leicht veränderten Duft, der jetzt noch süßlicher, noch lockender riecht als zuvor. Auf ihre feuchten, bebenden Lippen.

»Es brennt so sehr«, keucht sie.

»Es geht vorbei«, verspreche ich und drücke ihre Hand. Die Finger verkrampfen sich zuckend um meine.

Wie gern würde ich mehr beitragen können als leere Phrasen, doch ich bin froh darüber, überhaupt einen klaren Satz von mir geben zu können.

Ihr glasiger Blick richtet sich auf mich und ich schlucke angestrengt. »Bitte ... Kannst du mir helfen?«

»Feli, ich kann nicht ... Nicht ... *so*. Bitte verlange das nicht von mir.«

Mit einem ergebenen Seufzen schließt sie die Augen. Die Unterlippe bebt.

Ich würde gerne sagen, dass ich ihr jede Hilfe geben werde, die sie von mir verlangt, aber meine Angst ist viel zu groß. Die Angst davor, dass es so wird wie damals ...

Vor langer Zeit hat mich eine andere Trägerin gebeten, ihr zu helfen, um dem Schicksal zu entkommen. Ich habe zugestimmt.

Und danach hat sie mich gehasst und nie wieder so angesehen wie zuvor.

Ich würde mir nie verzeihen, wenn es mit Feli genauso wäre. Noch einmal kann ich das nicht durchstehen. Erst recht nicht mit Feli.

Jetzt, benebelt von den Tränken, bittet sie mich zwar darum, aber sobald sie wieder klar im Kopf ist, wird sie es bereuen. Deshalb werde ich nicht zustimmen. Ich *darf* nicht zustimmen.

Jedoch ... gibt es noch einen anderen Weg, um ihr zu helfen, ohne dass ich eine Grenze überschreite oder sie direkt berühren muss. Denn sobald ich damit anfange, werde ich nicht aufhören können. Genau wie vor ein paar Tagen, als ich ihren Rücken geheilt habe. Auch da sah ich mich außerstande, es zu beenden, obwohl es die richtige Entscheidung gewesen wäre. Hinterher habe ich mir fürchterliche Vorwürfe gemacht und mich deshalb auch nicht gewehrt, als mich ihre Brüder zusammengeschlagen haben.

Bevor ich meine Meinung ändern kann oder ihrem Flehen doch noch erliege, klettere ich hinter sie aufs Bett, ziehe sie nah an mich und lasse einen Arm um ihren Bauch geschlungen, um sie möglichst ruhig zu halten. Ihr ganzer Körper zittert und ist so fiebrig heiß, dass er meinen fast versengt, auch durch die Kleidung hindurch.

Ihre Hitze scheint in meine Brust zu kriechen und dort ebenfalls ein Feuer zu entfachen, das mich von innen heraus verbrennt, wenn ich ihm nicht augenblicklich ein Ventil gebe.

Ich verbiete mir den Gedanken, was ich, verdammt noch mal, hier eigentlich mache, und streiche ihre Haare nach vorn. Sanft verteile ich kleine Küsse auf der Schulter und arbeite mich zum Hals vor. Jeden einzelnen Kuss quittiert sie mit einem leisen Stöhnen. Ungeduldig windet sie sich in meinen Armen, reckt sich mir entgegen und bietet sich mir an, bis ich kurz davor bin, sämtliche Vorsätze über Bord zu werfen und mit den Händen doch die sicheren Zonen zu verlassen.

Bisher gab es für mich klare Grenzen. Ich habe es genossen, sie zu berühren, aber dabei beschränkte ich mich stets auf »unverfängliches Terrain«: ihre Arme und Beine, die Hände, das Gesicht, den Bauch oder Rücken. Aber niemals dort, wo sie es jetzt verlangt, denn ich wusste, dass es alles verändern würde. Und das wollte ich nicht zulassen.

»Mach die Augen zu«, wispere ich ihr ins Ohr und beiße dabei sanft ins Ohrläppchen.

Sie stöhnt erneut und presst die Schenkel zusammen, während sie die Fingernägel in meinen Arm krallt – der sie ruhig hält. Als sie die Augen schließt, verschmelze ich mit ihrem Schatten …

KAPITEL 8

Felicity

Ohne Shadows Halt und seinen Körper hinter mir sacke ich zurück auf die Matratze und gerate für einen Moment in Panik, doch dann spüre ich sein Bewusstsein in mir. Höre seine Stimme flüstern, dass ich mich entspannen soll, aber meine Muskeln verkrampfen sich weiter, ohne dass ich etwas dagegen tun kann. Ich fühle die sachten Impulse, die er durch mich hindurchschickt und die mich zusätzlich erschauern lassen.

»Entscheide dich bewusst dagegen oder sag mir, wenn ich aufhören soll«, murmelt er sanft in meinen Gedanken.

Mein Kopf fühlt sich an, als wäre er in Watte gepackt, während der Rest von mir zu verglühen scheint; deshalb bekomme ich nur ein schwaches Nicken zustande. Selbst an etwas zu denken und dabei vollständige, verständliche Sätze zu bilden, stellt mich vor eine schier unlösbare Aufgabe. Ich habe das Gefühl, überall zu schwitzen, während gleichzeitig sämtliche Nervenenden in mir kribbeln. Doch am schlimmsten ist diese pulsierende Hitze zwischen den Beinen, die nicht verschwinden will, ganz gleich wie fest ich die Schenkel aneinanderreibe.

Als ich mich in Shadows Hände begeben will und mich im freien Fall befinde, habe ich eine Schrecksekunde lang Angst, dass er nicht da sein wird, um mich aufzufangen. Schließlich habe ich mich ganz allein in diese missliche Lage manövriert. Er hätte sich abwenden und mich allein lassen sollen ... Ich bin mir selbst peinlich und ein Teil von mir wünscht sich, dass Shadow mich nicht gefunden, mich nie in diesem Zustand zu Gesicht bekommen hätte.

Doch er ist da. Er fängt mich auf, als ich falle und lässt mich nicht auf dem Boden aufschlagen. Ich weiß nicht, was ich ohne ihn machen würde ...

Sanfte dunkle Schwaden besänftigen die wirren Gedanken und breiten sich anschließend im Körper aus. Augenblicklich werde ich ruhiger, jedoch wütet weiterhin die treibende Hitze in mir, die mir schier den Verstand raubt.

Als ich ihn angefleht habe, mir zu helfen, war es nicht das, woran ich dachte. Es war nicht mein Wunsch, dass er meinen Körper übernimmt. Ich wollte ihn fühlen; *seine* Hände an mir, nicht die eigenen. Aber ich sehe ein, dass dies die einzige Möglichkeit ist. So wie Shadow meine Grenzen akzeptiert, akzeptiere ich auch seine. Er hätte gehen können ... Aber er ist geblieben und hilft mir auf die Art, die ihm möglich ist.

Ohne zu zögern, vertraue ich ihm meinen Körper an und erschrecke nicht, als er sich bewegt, ohne dass ich ihm den Befehl dazu erteilt habe. Ich weiß nicht, was Shadow vorhat, und ich will es auch nicht wissen. Ich frage mich dennoch, weshalb meine Finger zittern, als sie über den Ansatz meines Halses gleiten und dann langsam nach unten wandern.

Ganz ohne eigenes Zutun.

Shadow streicht mit meinen Fingerspitzen am breiten Bund des Bikini-Oberteils entlang. Ich atme stoßweise, während ich darauf warte, was als Nächstes geschieht. Ich spüre sein Zögern und die unterschwellige Zurückhaltung, die mir bereits häufiger bei ihm aufgefallen ist.

»Es ist in Ordnung«, wispere ich ihm in Gedanken zu.

Ich höre ihn seufzen – ein ergebener und zugleich frustrierter Laut, der mir den Hals zuschnürt.

Dann bewegt er meine Hände erneut und ich stöhne auf, als sie meine Brüste umfassen und sanft zudrücken. Durch den Bikini hindurch spüre ich die harten Brustwarzen an den Handflächen.

Ich weiß nicht, ob es an dem verdammten Trank oder der Überdosis liegt, aber ich reagiere viel sensibler auf jede Berührung, sogar auf meine eigene. Jeder Teil von mir scheint um ein Vielfaches empfindlicher und gleichzeitig auch empfänglicher zu sein, als es normalerweise der Fall wäre.

Nachdem Lumia verschwand, bin ich am Schreibtisch sitzen geblieben, habe die Fläschchen vor mir angestarrt und darüber nachgedacht, was Cal zu mir gesagt hat und was zwischen ihm und der Abtrünnigen geschehen ist. Er war der Meinung, dass es niemals gut ausgeht, wenn ein Mensch und ein

Familiar zu viel füreinander empfinden. Er und Lumia wären das beste Beispiel. Cal glaubte zwar nicht, dass zwischen Shadow und mir tatsächlich etwas laufen würde, doch er wollte mich vorwarnen, bevor ich auf dumme Gedanken käme. Niemand würde es gutheißen oder uns unterstützen. Ich würde mich selbst unglücklich machen, denn eine Zukunft gäbe es nicht. Schließlich ist Shadow ein Wesen aus einer anderen Welt.

Ein Wesen mit unbegrenzter Lebensdauer, solange es auf Magie zurückgreifen kann.

Mit ihm könnte ich nie das haben, was ich zwischen Cal und der Abtrünnigen beobachtet habe. Außerdem würde ich auch Zac damit unglücklich machen – und er hat zurzeit wirklich schon genug um die Ohren. Ich wollte nicht eine zusätzliche Last für ihn sein. Und ich will auch nicht, dass Shadow und ich auf der Beobachtungsliste der Magier-Allianz stehen.

Ich will doch einfach nur eine Meister-Magierin werden!

Also saß ich da und starrte die Fläschchen mit Wasser und anschließend das kleine Küchenmesser an, das ich noch in der Hand hielt. In dem Moment kam mir die Idee, meine eigenen Tränke zu nehmen, einleuchtend vor. Bei Lumia funktionierte es schließlich auch, oder? Zumindest zeitweise. Mehr wollte ich nicht. Ich wollte die Zeit überdauern, bis sich alles ein wenig beruhigt hat. Zac, Cal, die Sache mit der Abtrünnigen. Und vielleicht würde es mir gelingen, selbst wieder klar denken zu können, wenn ich diese neuen und viel zu verwirrenden Gefühle in mir abschwächen konnte.

Getreu dem Motto »Viel hilft viel!« stellte ich die Tränke her, solange Blut aus der frischen Schnittwunde am Finger hervorquoll. Es reichte für fünf. Nachdem ich sie noch eine Weile angestarrt hatte, trank ich sie hintereinander weg. Zuerst spürte ich keine Veränderung, weshalb ich die leeren Fläschchen nahm und sie im Badezimmer mit frischem Wasser füllen wollte.

Ich schaffte es fast bis zur Tür, als sich mein Blut plötzlich in Lava zu verwandeln schien und mich von innen heraus verbrannte.

Eine Hand lässt Shadow so federleicht weiter nach unten über meinen nackten Bauch gleiten, dass es kitzelt. Zwischen Zeigefinger und Daumen der anderen Hand liebkost er weiterhin eine Brustwarze, bis ich mich allein dadurch keuchend auf dem Bett winde. Zeitgleich harre ich darauf, dass er mich endlich dort berührt, wo ich es am dringendsten benötige. Das brennende Pochen zwischen den Beinen verstärkt sich mit jeder Berührung, jedem Necken, das er meine Hände ausführen lässt. Ich weiß nicht, wie lange ich das noch durchstehen kann.

Jedoch wage ich nicht, selbst die Kontrolle zu übernehmen und dort anzuknüpfen, wo er zögert. Ich will ihn nicht aus meinem Inneren zurückdrängen, denn die eigenen Berührungen wären nicht halb so berauschend wie die von ihm ausgeführten. Hätte ich die Kontrolle über Hände und Bewusstsein, wüsste ich stets, was als Nächstes folgen würde; doch auf diese Weise bin ich selbst davon überrascht, wie empfindsam ich reagiere.

Im Kopf höre ich sein sanftes, fast schnurrendes Grollen, nachdem er meine zusammenhanglosen Gedanken mit angehört hat, und ein kleines Lächeln zupft an meinen Mundwinkeln.

Zentimeter für Zentimeter bewegt er meine Hand tiefer, während die Finger der anderen das neckende Spiel an der Brust fortsetzen. Als er über den Schoß streichelt, zucken meine Hüften auf und ab und ich spüre durch den Bikini hindurch, wie feucht ich bereits bin.

»Shadow, bitte …«, keuche ich, als ich das Gefühl habe, dass mir jeden Moment die Sinne schwinden.

Wieder ertönt ein Grollen im Kopf, doch diesmal klingt es nicht so frustriert wie vorhin, sondern genauso atemlos wie mein Flehen.

Ohne dass ich ihn noch einmal darum bitten muss, schiebt er meine Rechte in das Bikinihöschen. Schon als er mit den Fingern nur kurz den Ansatz des empfindlichen Punktes streift, bäume ich mich stöhnend auf. Flackernde Lichtpunkte tanzen mir vor den Augen, die ich weit aufgerissen habe, während sich sämtliches Empfinden auf meinen Schoß auszurichten scheint. Ich warte atemlos auf die nächste Berührung – und sehne mich nach Erlösung, um nicht vollends der fiebrigen Hitze zu verfallen.

Ich keuche auf, als Shadow meine linke Hand gerade so fest an der Brustwarze ziehen lässt, dass ich nach mehr lechze, während er mit dem Mittelfinger der rechten mit genau der richtigen Intensität und dem nötigen Druck über die pulsierende Stelle zwischen den Schenkeln reibt.

Ich beiße mir auf die Unterlippe, obwohl ich meine Lust am liebsten hinausschreien will. Doch in einem kurzen, nur einen Sekundenbruchteil andauernden, klaren Moment erinnere ich mich daran, wie dünn die Wände hier im Haus sind.

Die Muskeln im Unterleib ziehen sich weiter zusammen, bis ich es kaum noch aushalte. Das Gefühl der brennenden, aufgestauten Hitze wird so überwältigend, dass ich kurz davor bin, Shadow zu bitten, dass er aufhören soll. Ich keuche und wimmere und stehe vollkommen neben mir, bin blind und taub für alles, was außerhalb des Bettes geschieht.

Ein gleißendes, alles andere überdeckendes Kribbeln rauscht mir die Wirbelsäule hinunter und zerbirst schließlich einer Explosion gleich im Schoß. Ich fühle mich, als würde ich in Tausende winzig kleine Teile zerrissen werden, mich auflösen und zu Sternenstaub werden, bevor ich nach einem letzten Aufbäumen völlig am Ende meiner Kräfte zurück auf die Matratze sinke.

Das unkontrollierte Zucken der Muskeln ebbt nach ein paar Sekunden ab, genau wie das Pulsieren zwischen den Beinen, doch ich bleibe liegen – unfähig, auch nur den kleinen Finger zu rühren. Mit geschlossenen Augen drehe ich den Kopf zur Seite und genieße die süße Schwere, die nun von mir Besitz ergreift. Zwar spüre ich noch die Hitze, die durch die Adern rauscht, aber sie hat sich merklich abgekühlt.

Ich erlange die volle Kontrolle über meinen Körper zurück, als Shadow sich nach einem letzten sanften Impuls aus ihm löst und wieder neben mir auftaucht.

Nun, nachdem alles vorbei ist, fühle ich mich schrecklich … Ich habe ihn quasi dazu genötigt, mein Handeln zu steuern. Eigentlich war es, so wie er es tat, seine Idee; wäre es nach mir gegangen, hätte ich ihn auf eine andere Weise spüren wollen. Nicht nur als Impuls oder Bewusstsein im Inneren.

Ich drehe den Kopf zu ihm und das Herz wird mir schwer, als ich seine abgewandte Haltung bemerke. Er sitzt mit dem Rücken zu mir auf der Bettkante, so weit weg von mir wie nur möglich.

»Es wird noch eine Weile dauern, bis du dich wieder normal fühlst«, sagt er. Die Stimme klingt rau und dunkel, so ganz anders, als ich es von ihm gewohnt bin.

»Mir geht es schon besser«, wispere ich.

Ich schwinge auf der anderen Seite des Bettes die Beine von der Matratze und setze mich auf. Die Stille, die sich zwischen uns ausbreitet, reißt mich schier entzwei. Selbst das Atmen fällt schwer und Tränen treten mir in die Augen, während ich krampfhaft nach den richtigen Worten suche, um ihm mein Verhalten zu erklären. Denn irgendwas muss ich doch sagen!

»Nenn mir den Grund«, murmelt er so leise, dass ich ihn kaum verstehen kann. Ich drehe mich halb zu ihm um und kralle die Hände ins Laken, während ich auf seinen Rücken starre. »Weshalb hast du deine eigenen Tränke genommen? Welche dunklen Gedanken musstest du vertreiben? Wolltest du dadurch wie Lumia von jemandem loskommen?«

Ich schlucke angestrengt, ehe ich antworte: »Nein. Und ja.«

»Von wem wolltest du loskommen? Von diesem Justin?«

Ich stoße ein hartes, kurzes Lachen aus, woraufhin sich Shadow endlich zu mir umwendet. Sein Blick ist verständnislos, daher schenke ich ihm ein kleines Lächeln.

»Justin ist am Abend der Party für mich gestorben«, sage ich. »Ich bin mir im Nachhinein selbst nicht mehr so sicher, warum ich die Tränke genommen habe. Wenn ich mir Lumia ansehe, wirken sie nur temporär. Mir ging es wohl eher darum, Zac nicht noch mehr aufzubürden. Er hat schon genug wegen Cal und der Abtrünnigen um die Ohren. Da braucht er nicht noch mich und meine Probleme.«

Der Ausdruck in Shadows Gesicht wandelt sich. »Und was wären das für Probleme, die du deinem Bruder bereitest?«

Ich atme zittrig aus und ein, während ich die Hände im Schoß ringe. Keine Ahnung, woher ich plötzlich den Mut dazu nehme, doch ohne den Blick von Shadow zu lösen, antworte ich: »Das wohl größte Problem ist, dass ich mich in meinen Familiar verliebt habe.«

Shadows dunkle Augen weiten sich und für einen Moment überkommt mich Angst, dass er mich auslachen und sich über meine dummen Gefühle lustig machen könnte. Das Herz klopft mir bis zum Hals, während ich auf eine Reaktion von ihm warte, doch er rührt nicht einen Muskel. Wenn ich es nicht besser wüsste, würde ich denken, er wäre eine Statue.

Das war's, denke ich. *Er wird meine Gefühle nicht erwidern.*

Mehrere Sekunden, die mir wie eine Ewigkeit vorkommen, verstreichen, bis er sich endlich regt. Er krabbelt zurück aufs Bett, packt mich am Arm und zieht mich zu sich. Ich lande auf dem Rücken, er stützt sich über mir ab und schaut mich forschend an.

»Sag das noch mal«, bittet er heiser.

Zwischen Shadows Augenbrauen hat sich wieder eine steile Falte gebildet. Ich hebe die Hand und fahre so lange mit dem Finger darüber, bis sie verschwindet. Dann streichele ich ihm über die Wange.

»Ich liebe dich«, flüstere ich, während ich mich in den bodenlosen Tiefen seiner dunklen Augen verliere.

Mit einem halb unterdrückten Seufzen lehnt er die Stirn gegen meine. Er flüstert meinen Namen und versetzt damit die Schmetterlinge, die schon die ganze Zeit über im Bauch wüten, noch mehr in Aufruhr. Ich bin süchtig nach der Art, wie er meinen Namen sagt … Das war ich schon von Anfang an – verzaubert vom Klang seiner Stimme, dem rauen Timbre und den katzenhaften Geräuschen, die er manchmal von sich gibt.

Als sich Shadow jedoch unvermittelt zurückzieht und aufsetzt, gerate ich fast in Panik. Mir ist nicht entgangen, dass er weder etwas auf mein Geständnis erwidert noch mich zumindest geküsst hat. Was … was mache ich nur, wenn er nicht das Gleiche für mich empfindet? Wenn er mich zurückweist? Wie soll ich dann mit ihm umgehen?

Eine Weile kniet er einfach nur über mir mit einem Ausdruck im Gesicht, den ich nicht deuten kann, der mich aber gleichzeitig verwirrt und zutiefst berührt. Ich will ihn bitten etwas zu sagen und mich von der überwältigenden Unsicherheit zu erlösen, doch mein Hals ist wie zugeschnürt. Selbst wenn ich es mit aller Macht versuchte, wäre es mir nicht möglich, einen zusammenhängenden Satz herauszubringen.

Dann greift sich Shadow mit beiden Händen in den Nacken und zieht das schwarze Achselshirt mit einer fließenden Bewegung über den Kopf und wirft es zu Boden.

Wie gelähmt starre ich ihn an. Ich bin mir nicht einmal mehr sicher, ob ich noch atme. Wahrscheinlich nicht. Nur der wummernde Herzschlag dröhnt mir in den Ohren. Ansonsten ist es mucksmäuschenstill, als hätte die Welt um uns herum beschlossen, sich nicht mehr weiterzudrehen.

Ich balle die Hände zu Fäusten, grabe die Fingernägel in die Handfläche und erlange so die Kontrolle über mein Handeln und Denken zurück. Hastig winde ich mich unter Shadow hervor und krieche zurück bis ans Kopfende des Bettes, während ich unentwegt auf seine Brust starre. Seine nackte Brust, die ich zum ersten Mal sehe. Doch es sind nicht die wohldefinierten Muskeln an Bauch und Schultern, an denen mein Blick hängt. Mir kam es nie seltsam vor, dass er stets bekleidet war, selbst wenn wir uns unten am Pool befanden. Er lehnte es stets ab zu schwimmen und hielt sich am Beckenrand auf.

Und nun weiß ich auch, was der Grund dafür war.

»Du?«, stoße ich hervor. Ich erkenne meine eigene Stimme nicht wieder. Sie klingt viel zu hoch und schrill. »Aber das ...« Ein Schluchzen kriecht mir den Hals hinauf und ich schlage schnell beide Hände vor den Mund, bevor es mir entschlüpfen kann.

Shadow lässt den Kopf sinken und schließt die Augen. Noch immer hat er keinen einzigen Ton von sich gegeben. Seine ganze Haltung wirkt eingefallen, als wäre jedwede Spannung aus ihm gewichen.

Als wäre jedwede *Hoffnung* aus ihm geflohen.

Außerstande den Blick davon zu lösen, starre ich auf das Glimmen, das auf Höhe seines Herzens durch die Haut dringt. Ich hätte es unter Tausenden wiedererkannt.

Denn es ist das gleiche Glimmen, das gleiche schnelle Pulsieren und helle Leuchten, was ich jeden Morgen und Abend sehe, wenn ich unbekleidet in den Spiegel schaue.

KAPITEL 9

Felicity

Warum habe ich es nicht bemerkt? Wie konnte es mir nur entgehen, dass Shadow mein ... *Seelengefährte* ist? Aber ... er ist doch ein Familiar! Hier muss ein Irrtum vorliegen – ein ganz gewaltiger Irrtum!

Wie in Zeitlupe lasse ich die Hände von meinem Mund sinken und strecke anschließend eine nach Shadow aus. Sie zittert, was auch ihm auffallen muss, doch ich schäme mich nicht dafür. Langsam, als würde ich ihn durch eine zu schnelle Bewegung verschrecken, knie ich mich aufs Bett und lehne mich nach vorn – so weit, bis ich mit den Fingerspitzen beinahe das Glimmen erreichen kann. Doch tatsächlich danach zu greifen, es zu berühren, das wage ich nicht. Seltsam sinnlos und zitternd schwebt meine Hand in der Luft, während ich immer noch nicht weiß, was ich fühlen soll. Ich frage mich, ob ich tatsächlich so dumm war und die Anzeichen übersehen konnte. Oder *wollte* ich sie nicht erkennen? Und was bedeutet es für mich? Wie kann ich ... die Seelengefährtin eines Familiars sein?

Als ich mehrere Sekunden keinen Muskel rühre, greift Shadow langsam nach meiner Hand. Zum ersten Mal, seit er das Shirt ausgezogen hat, huscht mein Blick zurück zu seinem Gesicht. Beim Anblick des traurigen Lächelns, das seine Lippen umspielt, zieht sich mir das Herz schmerzhaft zusammen und ich stoße keuchend die Luft aus, die ich die ganze Zeit über angehalten habe.

Behutsam führt er meine Hand näher zu der Stelle, von der das Glimmen ausgeht. An den Fingerspitzen spüre ich bereits seine Körperwärme, und als ich sie vorsichtig über die Brust gleiten lasse, schießt ein gleißendes Kribbeln meinen Arm hinauf.

Bilder erscheinen im Kopf – Bilder, die ich nicht einordnen kann, aber sie können unmöglich aus der jetzigen Zeit stammen. Sie wechseln so schnell und abrupt, dass es mir schwerfällt, mich auf jedes einzelne zu konzentrieren. Bis sie sich plötzlich nicht mehr ändern und ich eine Szene genauer betrachten kann. Es ist, als würde ich durch die Augen eines Fremden schauen, aber ich erkenne diejenigen, die ich sehe. Meine Brüder ... Ich weiß, dass sie es sind, auch wenn sie ein wenig anders aussehen. Sie sind von einer herrschaftlichen Aura umgeben und bewegen sich elegant und sicher in den fließenden Gewändern. Und dort drüben im Schatten entdecke ich ein weiteres bekanntes Gesicht. Shadows Haare sind etwas länger, aber ansonsten sieht er genauso aus wie jetzt. Dasselbe schiefe Grinsen, dieselben dunklen Augen und derselbe Glanz darin, während er mich beobachtet.

Keuchend hole ich Atem und blinzele ein paarmal schnell hintereinander, woraufhin die Bilder verschwinden. Als sich mein Blick langsam klärt, knie ich wieder auf dem Bett in meinem Zimmer.

»Was ... was war das?«, krächze ich.

»Was hast du gesehen?«, flüstert er.

Stockend beschreibe ich ihm die Bilder, so gut es mir möglich ist. Noch während ich rede, kommt mir in den Sinn, wie verrückt ich mich anhören muss. Warum soll ich denn Visionen von Zac und Cal haben? Doch anstatt mich auszulachen, streckt Shadow beide Hände nach mir aus und umschließt mein Gesicht.

»Es sind meine Erinnerungen«, murmelt er. »Erinnerungen, die ich für lange Zeit tief in mir eingeschlossen habe.«

»An deine vorherige Trägerin«, füge ich hinzu. »Ich habe ... meine Brüder durch sie gesehen, glaube ich. Und dich.«

Erneut streiche ich mit den Fingerspitzen vorsichtig über das Glimmen in seiner Brust, doch diesmal prasseln keine Bilder auf mich ein. Ich spüre nur die unter der sanften Berührung zuckenden Muskeln und eine angenehme Wärme, die mir den Arm hinaufkriecht und sich anschließend im restlichen Körper ausbreitet. Mit einem zufriedenen Seufzen schließe ich die Augen.

Durch mein Unwissen habe ich die Anzeichen die ganze Zeit über ignoriert. Dabei hätte ich es besser wissen müssen … Schließlich besitzen auch Lumia und Terra, die beiden mächtigen Familiare, ein Glimmen. Ich weiß nicht, ob es bei menschenähnlichen Familiaren normal ist oder die beiden eine Ausnahme bilden. Ich habe mir auch nie Gedanken darüber gemacht, sondern wollte einen eigenen Familiar, der die Auswirkungen meiner Gabe dämpfen konnte. Als plötzlich Shadow im Haus des Mediums auftauchte, verschwendete ich keinen Gedanken an sein Glimmen, sondern war so erleichtert darüber, dass ich bei ihm keinerlei Disharmonie spürte, dass ich einfach annahm, er besäße keines.

»Woher wusstest du es?«, frage ich, während ich ihm die Hand und nicht nur die Fingerspitzen auf die Brust lege. Das Gefühl des schnell und kräftig pochenden Herzens unter meiner Handfläche beruhigt augenblicklich die Verwirrung und den Anflug von Schock, die bis eben noch in mir tobten. »Kannst du das Glimmen etwa doch sehen?«

Shadow schüttelt den Kopf. »Nein, das kannst nur du. Ich wusste es nicht mit Sicherheit, aber ich hatte eine Ahnung. Mehrmals habe ich dich gefragt, ob du auch in meiner Gegenwart diese Disharmonie spürst, die du mir beschrieben hast. Bis eben hatte ich keinen Schimmer, ob meine Schlussfolgerungen tatsächlich richtig waren.«

»Warum hast du es mir nicht eher gesagt?«

Er lehnt die Stirn an meine. »Weil ich Angst hatte«, murmelt er. »Im Grunde gab es zwei Möglichkeiten: dass ich das gleiche Glimmen wie du besitze oder dass es ein komplett anderes wäre. Wobei Möglichkeit zwei eher unwahrscheinlich war, da du nichts spürtest, wenn du bei mir warst. Aber auch Option eins barg Risiken. Als ich … es dir vor ein paar Minuten gezeigt habe, rechnete ich jederzeit damit, dass du schreiend aus dem Zimmer rennen würdest. Dass du … das, was du davor zu mir gesagt hast, wieder zurücknehmen könntest.«

Ich muss über seine Unsicherheit schmunzeln. »Ich gebe zu, dass ich mehr als überrascht bin. Und ich werde noch eine Weile brauchen, um vollends zu wissen, wie ich damit umgehen soll. Aber das … ändert nichts an meinen Gefühlen für dich.«

Federleicht streift er mit den Lippen über meine. »Sagst du es noch mal?«, wispert er.

»Ich liebe dich.«

Unter den Händen spüre ich das Zittern, das durch seinen Körper fährt, bevor er mich erneut küsst; fester und fordernder diesmal. Ich halte mich nicht zurück, denn ich bin bereit, ihm alles zu geben – alles und noch viel mehr. Eine Hand schiebt er in meinen Nacken, die andere lässt er nach unten zu meinem Rücken gleiten und liebkost mit den Fingern die blanke Haut.

Im Moment verschwende ich keinen Gedanken daran, dass er ein Familiar ist oder wie es mit uns weitergehen soll. Ich will mich nicht um die Schwierigkeiten sorgen, die ein gemeinsames Leben mit sich bringen könnte. Es ist mir gleichgültig, was Zac und die Magier-Allianz dazu sagen werden.

Shadow lässt sich zurück aufs Bett fallen und zieht mich mit sich, sodass ich rittlings auf ihm sitze. Nicht eine Sekunde lösen sich dabei unsere Münder voneinander. Ich weiß nicht, ob ich jemals genug davon bekommen kann: von seinem süßen Geschmack, dem Gefühl seines harten Körpers an meinem und der beruhigenden Wärme, die er abstrahlt und die mich bis in mein Innerstes erfüllt. Ganz gleich, wie eng ich mich an ihn schmiege, ich fühle mich ihm nicht nah genug.

Schwer atmend löst er sich nach einer Weile von mir. »Könntest du … aufhören, dich so viel zu bewegen?«

Wohl etwas dümmlich blinzelnd schaue ich ihn an – und nehme das dunkle Funkeln in den Augen wahr, das mir sofort einen wohligen Schauer über den Rücken schickt. Als ich mich ein Stück zurücklehne, um ihn zu fragen, worauf er hinauswill, spüre ich, was er meint – die pochende Härte direkt zwischen meinen Beinen. Wieder rauscht Hitze durch mich hindurch und ich fahre mit den Fingernägeln über die Muskeln an seinem Bauch, als wolle ich mich daran festhalten, um nicht erneut in dem alles verzehrenden Feuer vergehen zu müssen. Schnell legt Shadow beide Hände an meine Hüften und hindert mich so daran, mich doch auf ihm zu bewegen. Allerdings entgeht mir nicht der aufblitzende Hunger in den tintenschwarzen Augen.

»Du hast eine Überdosis«, erinnert er mich mit rauer Stimme, als würde ihm das Sprechen schwerfallen. »Ich werde dich nicht anrühren, solange die Nachwirkungen deiner Tränke noch anhalten. Also mach es für uns beide einfacher und höre auf, mich zu quälen!«

Ich lege den Kopf schräg. »Du hast mich bereits angerührt. Schon vergessen? Vorhin, als du meinen Körper übernommen hast.«

Doch zu meiner Verwunderung schüttelt er den Kopf, die Lippen zu einer harten Linie zusammengepresst. »Das stimmt nicht. Ich bewege zwar deine Gliedmaßen, aber ich spüre dabei nichts. Erinnerst du dich an den Kampf gegen die Wasserbändigerin? Auch da spürte ich nicht die Treffer, die du kassiert hast – oder am Ende deine gebrochene Hand. Ich bin nur ein … Puppenspieler, könnte man sagen.«

Ich runzele die Stirn. »Aber wie konntest du dann …? Wie hast du gewusst, was du tun musstest? Ich meine …« Hitze kriecht mir die Wangen hinauf und ich schlucke angestrengt. »Deine … deine Berührungen waren … mehr als präzise.«

Ein kleines Lächeln, das schnell diabolische Züge annimmt, erscheint auf seinem Gesicht. Allein schon wegen der Art, wie er mich gerade ansieht, spüre ich erneut ein brennendes Verlangen nach ihm.

»Ich bin ein sehr guter Zuhörer und Beobachter«, raunt Shadow schließlich. »Allerdings …« Sein Blick huscht zum Bikini-Oberteil. »… bin ich dafür, dass wir das Ding verbrennen.«

»Wieso?«, frage ich verdutzt über den Themenwechsel.

Quälend langsam lässt er die Hände von den Hüften nach oben zu meiner Taille gleiten. »Weil ich ständig an vorhin erinnert werde, wenn ich dich in Zukunft in diesem Bikini sehe.«

»Und das wäre … schlimm?«, hake ich nach.

Wieder wird sein Grinsen breiter, bis es schier von einem Ohr zum anderen reicht. »Für dich und mich? Wohl eher nicht. Aber für die Allgemeinheit. Ich bezweifele, dass deine Brüder es zu schätzen wüssten, wenn ich auf Dauer die Hände nicht von dir lassen kann.«

»Was … würdest du denn tun?«, frage ich atemlos.

Shadow zieht eine Augenbraue nach oben. »Willst du dieses Spielchen tatsächlich spielen?« Er schiebt die Hände noch ein Stück höher und ich halte angespannt die Luft an, als er mit den Fingern über das Gummiband des Oberteils direkt unter meiner Brust und anschließend über die Rippen streicht. »Willst du hören, was ich mit dir machen werde, sobald es dir besser geht und du mir die Erlaubnis dazu gibst?«

Ein Zittern erfasst mich – ausgelöst allein durch seine Worte und meine Purzelbäume schlagende Vorstellungskraft – und ich schaffe es kaum noch, mich sitzend auf ihm zu halten.

Mit einem zufriedenen Schmunzeln und sehnsuchtsvollem Blick beobachtet er meine Reaktion, während er mir weiter über Bauch und Arme streichelt. Nicht dort, wo ich ihn schon wieder dringend spüren will. Und das fällt mir nicht zum ersten Mal auf. Ich hatte Verständnis dafür, dass er mich nie dort berührt hat, als wir das, was auch immer zwischen uns war, noch nicht geklärt hatten, aber jetzt ... Jetzt will ich ihn spüren.

Ich schlucke angestrengt, ehe ich frage: »Warum ... berührst du mich nie?«

Trotz der Hitze, die in meinem Körper wütet, und der Überdosis, die noch immer durch die Blutbahnen zirkuliert, fällt es mir schwer, solche Dinge direkt anzusprechen. Das musste ich bisher nie und selbst in Shadows Gegenwart gelingt es mir nicht, die alte Unsicherheit völlig abzuschütteln.

Seine Hände halten für einen Moment inne. Dann legt er sie mir auf die Oberschenkel und fährt mit dem Daumen an der Innenseite entlang. Nicht sanft, sondern fest genug, dass ich genau spüre, was er da macht. Fest genug, um mich aufstöhnen zu lassen. Kurz vor meinem Schoß stoppt er die Bewegung der Hände jedoch.

»Hier, meinst du?«, entgegnet er.

O Gott, ja!, will ich am liebsten schreien, bekomme jedoch nur ein Nicken zustande und versuche ihn per Telepathie dazu zu bringen, die Finger nur zwei Zentimeter höher gleiten zu lassen. Zu meiner Enttäuschung zieht er die Hände aber wieder zurück. Der Protest bleibt mir jedoch im Hals stecken, als ich seine gerunzelte Stirn sehe.

»Ich habe ... dir mal gesagt, dass ich süchtig nach dem Geschmack deiner Magie bin. Erinnerst du dich?«

»Ja«, antworte ich zögernd, weil ich nicht weiß, worauf er plötzlich hinauswill.

»Deine Magie ist so hell und … *rein,* dass ich nicht genug davon bekommen kann und mir oft mehr davon nehme, als ich eigentlich brauche.«

»Und ich habe damit kein Problem«, werfe ich sofort ein.

Ein schwaches Grinsen zeichnet sich an seinem rechten Mundwinkel ab. »Allerdings habe ich … Angst davor, dass deine Magie nicht mehr so rein und unbefleckt schmecken könnte, wenn ich … dich berühre.«

Irritiert ziehe ich beide Augenbrauen nach oben. Er glaubt, dass meine Magie anders für ihn schmecken könnte, wenn er mich anfasst? Ich weiß nicht, ob ich seine Sorge süß finden oder deswegen in schallendes Gelächter ausbrechen soll. Wie könnte sich an dem Geschmack der Magie etwas ändern?

Shadow ringt sichtlich mit sich, doch dann sagt er: »Meine … vorherige Trägerin. Ihre Magie schmeckte anders, nachdem wir …« Er stößt geräuschvoll die Luft aus. »Und sie hasste mich dafür.«

»Wofür?«, hake ich nach.

Aber Shadow schüttelt den Kopf. Am liebsten hätte ich frustriert aufgeseufzt und ihm klipp und klar gesagt, dass seine Sorgen lächerlich sind. Keine Ahnung, was mit dieser ominösen früheren Trägerin nicht stimmte, aber nach all den Kleinigkeiten, die ich von Shadow über sie erfahren habe, muss sie ein Monster und total neben der Spur gewesen sein. Was auch immer sie ihm angetan hat – Shadow trägt die Wunden noch mit sich herum, selbst nach all den Jahren.

Die Narben, die er ihretwegen davongetragen hat, sind unsichtbar, aber ich weiß, dass sie da sind – verborgen in seinem Herzen.

Ich lege die Hand auf sein Glimmen und genieße für einen Moment die Wärme, die mir den Arm hinaufkriecht. Mit der anderen greife ich nach seiner und schiebe sie auf meine Brust. Überrascht reißt er die Augen auf und will mir die Hand wieder entziehen, doch ich lege meine schnell darüber. Nach kurzem Zögern drückt er sanft zu, ohne dabei auch nur eine Sekunde den Blick von mir zu nehmen. Ich gebe ein leises Wimmern von mir, bevor ich ihm die Hand mit dem Ring direkt vor die Lippen halte.

»Sag mir, ob meine Magie nun anders schmeckt«, fordere ich ihn mit heiserer Stimme auf.

Für einen Moment ist er wie erstarrt und schaut mich an, als wäre ich eine völlig Fremde. Ich sehe erneut Unsicherheit und Zweifel in seinem Blick, der jede Regung meines Gesichts abzutasten scheint. Ohne seine Hand freizugeben, schenke ich ihm ein aufmunterndes Lächeln.

Zögerlich nähert er sich dem Ring mit dem Mund und ich warte ungeduldig auf die Verbindung, aber ich dränge ihn nicht. Wenn er sich nicht nähren will, werde ich ihn nicht zwingen, obwohl ich weiß, dass es wichtig wäre, wenn er dieses Trauma überwinden könnte. Ich will ihm so gerne helfen, ihm zeigen, dass es Träger gibt, die ihre Familiare weder als Schild noch Schwert ansehen. Ich bin dazu bereit, ihm all meine Gefühle zu offenbaren und ihn bis in die verborgensten Tiefen meiner Seele vordringen zu lassen.

Ich fürchte mich nicht mehr davor, dass er auch die dunklen Seiten sehen könnte. Den Neid, der viele Jahre meine Empfindungen bestimmte. Die Eifersucht auf alle Magier mit einer cooleren Gabe. Die Einsamkeit, die ich empfand, wenn ich die Nähe von anderen nicht ertragen konnte.

Aber dank ihm … Dank Shadow habe ich all das hinter mir lassen können. Ich habe zwar immer noch keine coolere Gabe, aber den mit Abstand coolsten Familiar. Dank ihm konnte ich dem Kreislauf von Neid und Eifersucht entkommen und habe wieder den Mut, nach den Sternen zu greifen.

Ich habe ihm die zerbrochenen dunkelsten Stellen meiner Seele gezeigt und er gab mir trotzdem stets das Gefühl, dass selbst die zerstörten Seiten an mir heller strahlen, als ich es je für möglich gehalten hätte.

Zaghaft berührt er mit den Lippen den Ring und ruft dadurch nur einen leichten Sog hervor.

»Wehe, du hältst dich zurück!«, knurre ich. »Ich merke es, wenn du's tust!«

Erstaunt reißt er die Augen auf und schenkt mir dann ein so ehrliches Lächeln, dass mein Herz noch schneller schlägt.

Er hält sich an meine Warnung. Seine Magie begegnet meiner zunächst zurückhaltend, als würde sie sich dafür entschuldigen, sie schon wieder aufzuscheuchen, doch seine merkt schnell, dass das nicht der Fall ist. Meine Magie und ich freuen uns beide gleichermaßen auf jede Verbindung, jeden Sog, der mich die Zweifel und den Neid vergessen lässt. Als auch Shadow das nach einigen Sekunden begreift, gibt er endlich jede Zurückhaltung auf.

Einige der letzten Verbindungen waren schon intensiver als die anfänglichen, aber diese hier stellt alles bisher Dagewesene in den Schatten. Stöhnend lege ich den Kopf in den Nacken, als Shadow tiefer in mein Innerstes vordringt, das ich ihm nur allzu bereitwillig öffne. Meine Magie umschwirrt seine, verschmilzt mit ihr zu etwas noch Mächtigerem und schießt Wellen der Kraft bis in meine Fingerspitzen.

Ich stütze mich mit einer Hand an seiner Brust ab, während mein ganzer Körper vor Wonne erschauert. Als ich wieder seine pulsierende Härte zwischen den Beinen spüre, wiegen sich meine Hüften von ganz allein vor und zurück. Unter meiner Hand vibriert Shadows Brust vor einem Grollen, doch dieser Laut ist alles andere als bedrohlich; vielmehr stachelt er das sehnsüchtige Brennen in mir nur noch weiter an.

Ich kann ganz genau benennen, wann Shadows Magie in meinem innersten und privatesten Punkt meines Selbst ankommt. Am liebsten würde ich ihn dort festhalten, ihn einschließen, damit ich ihn für immer bei mir tragen kann. Obwohl sie das exakte Gegenteil meiner Magie ist, fühlt sie sich nicht wie ein Fremdkörper an, sondern als würde sie genau dort hingehören. Das Gefühl ist so wunderschön, dass mir Tränen in die Augen treten und ich ein halb unterdrücktes Seufzen von mir gebe.

Shadow nimmt die Lippen vom Ring, doch der Sog endet nicht abrupt. Selbst jetzt, ohne eine bestehende Verbindung spüre ich noch seine Magie durch mich hindurchwirbeln, spüre den Nachhall der innigsten und intensivsten Magieverbindung, die ich mir nur vorstellen kann.

Ich hänge noch den kribbelnden Nachwirkungen hinterher, als Shadow mich an den Hüften packt und mit dem Rücken aufs Bett wirft. Zwar bin ich überrascht, aber keinesfalls ängstlich. Noch zu weggetreten und überwältigt von dem, was eben geschehen ist, lasse ich die Augen geschlossen und seufze leise, als ich seine Lippen an meiner Wange fühle, wo er ein, zwei Freudentränen wegküsst, die sich doch einen Weg aus den Augenwinkeln gebahnt haben.

»Und?«, wispere ich, während ich ihm mit einer Hand durchs Haar fahre. »Hat meine Magie anders geschmeckt?«

Unvermittelt gleitet er zwischen meine gespreizten Beine und drängt sich mit der Hüfte gegen mich. Ich schnappe nach Luft und drücke den Rücken durch, woraufhin er sofort einen Arm darunterschiebt, um mich noch enger an ihn pressen zu können.

»Nein«, antwortet er mit einem atemlosen Flüstern.

Ich öffne die Augen; es verschlägt mir die Sprache, als ich in seine schaue. Keine Spur von Schwärze oder jedweder Dunkelheit ist in den Iriden zu erkennen, auch kein Rauch. Klares Silber blickt mir entgegen, reiner als jede Silbermünze. Nur die Pupillen sind so stark geweitet, wie ich es noch nie bei ihm gesehen habe. Ich könnte ihn Stunden anschauen, ohne dass ich mich dabei langweilen würde.

Doch Shadow hat anderes mit mir vor. Er senkt den Mund herab zu meinem Hals und knabbert sanft an der empfindlichen Haut. Ich lehne den Kopf so weit wie möglich zurück, um ihm besseren Zugang zu gewähren. Jedes Mal, wenn ich seine spitzen Eckzähne an mir spüre, dränge ich mich ihm weiter entgegen und er beantwortet meine Bewegungen mit einem Vorstoß seiner Hüften. Wann immer er dabei den glühenden Punkt zwischen meinen Beinen trifft, keuche ich auf. Ich habe mittlerweile aufgehört, mich wegen der seltsamen Laute, die ich von mir gebe, zu schämen. Shadow scheinen sie nicht zu stören, ganz im Gegenteil. Und so ergeht es mir auch mit den Lauten, die ich ihm entlocke, als ich die Beine um ihn schlinge und die Hüften vor- und zurückwiege.

Seine Lippen finden wieder meinen Mund. Noch immer kribbelt jeder Zentimeter Haut, den er berührt oder an dem er sich reibt, und ich fühle ihn durch die Verbindung noch intensiver, als es durch die Überdosis der Tränke eben noch der Fall war. Ich brauche dringend ein Ventil, um die unzähligen flirrenden Empfindungen, die auf mich einprasseln, wieder freilassen zu können. Mit jedem Eindringen seiner Zunge in meinen Mund, jedem Stoß seiner Härte und jedem Druck, den er an meinem Rücken oder den Hüften ausübt, schaukeln wir uns weiter und weiter hinauf, bis selbst vor meinen geschlossenen Augen helle Punkte tanzen.

Als ich mich zurückziehen will, um halbwegs wieder zu Sinnen zu kommen, gibt Shadow ein frustriertes Knurren von sich und beißt mir in die Unterlippe. Der kurze, bittersüße Schmerz und das Gefühl seiner Härte, die ich überdeutlich durch den dünnen Stoff des Bikinihöschens spüren kann und immer wieder genau die richtige Stelle trifft, erlösen mich endlich von der aufgestauten Hitze im Unterleib. Ich bäume mich auf und schreie, doch Shadow hält mich fest und dämpft den Laut mit einem weiteren Kuss. Nur kurz darauf erschauert er ebenfalls in meinen Armen, drängt sich noch einmal gegen meinen Schoß, ehe jedwede Spannung aus seinem Körper zu weichen scheint und er den Kopf auf meine Brust senkt.

Als die unkontrollierten Zuckungen abgeklungen sind, fahre ich ihm mit einer Hand durchs Haar, mit der anderen über den Rücken.

»Dein Herz pocht so schnell«, murmelt er.

Ich kraule ihm den Nacken und er gibt ein wohliges Schnurren von sich. »Daran bist du schuld.«

Er hebt den Kopf und sieht mich an, wobei er eine Augenbraue nach oben zieht. »Sollte ich mich dafür entschuldigen?«

»Hast du denn etwas getan, was dir leidtun müsste?«, halte ich dagegen.

Er schmunzelt. »Eigentlich nicht.«

»Dann hätten wir das ja geklärt«, sage ich und spüre ebenfalls ein Lächeln in mir hochsteigen. »Und was ist nun mit meiner Magie? Schmeckt sie anders?«

Shadow zögert mit einer Antwort und auf einmal wird mir ganz flau im Magen. »Nicht anders. Aber ... noch nie hat mich ein Träger so weit vorgelassen. Je weiter hinein ich meine Magie schickte, um deine zu wecken und sie in mich aufnehmen zu können, desto mehr hatte ich das Gefühl, dass sie noch reiner schmeckte. Ich ... konnte nicht aufhören. Keine Ahnung, wann und wie ich diesen Magieüberschuss verbrauchen soll, aber ... Ich wollte mich bremsen, doch es ging nicht. Ich wollte *mehr.* Und neben dieser köstlichen

Magie spürte ich auch deine Gefühle und ich …« Er stößt geräuschvoll die Luft aus. »Nachdem ich spürte, was du für mich empfindest, konnte ich mich erst recht nicht mehr stoppen.«

»Ich hatte dir doch schon vorher gesagt, was ich fühle.«

»Ja«, gibt er zu. »Aber etwas zu hören und es tatsächlich zu spüren, das sind zwei völlig verschiedene Dinge.«

»Und … was ist mit dir?« Ich weiche seinem Blick aus. »Ich meine, ich habe dir gesagt, was ich empfinde, aber du … hast nichts darauf erwidert.«

Er richtet sich auf und stützt sich seitlich von meinem Kopf ab. Anschließend wartet er, bis ich ihn wieder ansehe, ehe er nach meiner Hand greift und sie zu seinem Glimmen führt. Selig streichele ich darüber und genieße die Wärme, die die Berührung meinen Arm hinaufschickt und die sich im Innersten einnistet.

»Schon als ich dich das erste Mal sah, wusste ich es«, sagt er sanft. »Manchmal … sind die Barrieren zwischen den Welten so dünn, dass ich trotz meines Exils einen flüchtigen Blick auf dich erhaschen konnte. Ich sah dich an dem Fenster dort drüben sitzen und in die Nacht hinausstarren, als du noch ein kleines Mädchen warst. Ich habe dir geantwortet, wenn du nach Hilfe gerufen oder eine Stütze gebraucht hast. Wahrscheinlich hast du mich nicht gehört, aber es war mir wichtig, dir irgendwie klarzumachen, dass du nicht allein bist.«

»Du … wusstest von mir?«, hauche ich. »Schon bevor du dem Ruf des Mediums gefolgt bist?«

Shadow nickt. »Ich habe dich schon zuvor gesehen. Kurze Augenblicke, nicht viel länger als ein Wimpernschlag. Und doch wusste ich es. Als ich dich das erste Mal sah, spürte ich tief in mir, dass in dir die Seele schlummerte, nach der meine seit Lebzeiten gesucht hat.«

Das Glimmen unter meinen Fingerspitzen scheint wärmer zu werden und wie als Antwort gleicht sich mein Herzschlag seinem an.

»Durch das, was ich gesehen und erlebt habe, glaube ich an Bestimmung und das Schicksal«, fährt er fort. »Aber ich glaube auch daran, dass jedes Lebewesen – egal ob Mensch, Tier oder Familiar – eine Wahl hat.« Er beugt sich vor und küsst mich auf die Nasenspitze. »Und ich habe dich gewählt. Ich bin dem Ruf des Mediums gefolgt, weil es dein Leuchten war, das sich den Weg durch meine selbst erschaffene Dunkelheit gebahnt und mich zu dir geführt hat. Ganz gleich, in wie vielen Lebensspannen oder anderen Welten ich dich suchen müsste – ich werde dich finden, egal wie lange es dauern mag, und ich werde dich wieder erwählen. Denn unsere Seelen sind durch eine ältere und stärkere Macht als Magie verbunden. Du weißt das, denn du kannst es sehen. Ein einfaches ›Ich liebe dich‹ scheint mir nicht genug zu sein, um das auszudrücken, was ich empfinde.«

»Wäre ich doch nur eher zum Medium gegangen«, murmele ich, während ich gedankenverloren über sein Glimmen streichele. »Wir hätten mehr Jahre gemeinsam verbringen können …«

Er schüttelt den Kopf. »Alles ist so, wie es sein sollte.«

Als ich fragen will, was er damit meint, gibt mein Magen ein ohrenbetäubendes Knurren von sich. Shadow zieht schmunzelnd eine Augenbraue nach oben, bevor er ein Stück nach unten rutscht und kleine Küsse auf meinem nackten Bauch verteilt. Ich drücke den Rücken durch und gebe ein wohliges Summen von mir.

»Wann hast du zuletzt was gegessen?«, fragt er.

»Heute Vormittag, als wir eine kurze Pause bei der Verbrecherjagd gemacht haben.«

Seufzend richtet er sich auf und zieht mich ebenfalls in eine sitzende Position. »Zieh dich um und komm dann nach unten in die Küche. Ich warte dort auf dich und bereite solange etwas zu essen zu.«

»Wir haben eine Köchin, die …«

Shadows Blick verdüstert sich und ich klappe schnell den Mund zu. »Ich werde mich selbst darum kümmern. Heute Vormittag hattest du nur ein Stück Pizza. Du brauchst dringend etwas mit Zucker, um deine Magiereserven wieder aufzuladen. Kohlenhydrate sind da nicht das Richtige. Du benötigst reinen Zucker.«

Ich gebe ein Grummeln von mir. »Dieser ganze Zucker wird mir bald auf die Hüften gehen …«

Mein Familiar grinst mich an. »Keine Sorge! Ich gebe dir nur so viel, wie du tatsächlich für die Magieproduktion benötigst. Dein Körper wandelt es sofort um, sodass es nirgends ansetzen kann. Und ich weiß, wie viel ich dir geben muss. Abgesehen davon brauchst du natürlich auch andere Nährstoffe, aber das kann ich dann spüren.«

Ich steige aus dem Bett. »Wie machst du das? Wie kannst du spüren, was und wie viel ich benötige?«

Sein Grinsen wird breiter. »Das wüsstest du wohl gerne, was?«

»Sonst hätte ich ja nicht gefragt«, entgegne ich.

Shadow schlägt die Beine übereinander. »Im Grunde kann ich dein Magielevel auf zwei Arten bestimmen. Am einfachsten ist es, wenn ich mich nähre. Ich weiß, wie viel ich dir genommen habe, also weiß ich auch, wie viel Zucker du brauchst, um deine Magiereserven wieder aufzustocken. Da es aber nicht sinnvoll ist, mich jedes Mal erst zu nähren, um zu erfahren, was und wie viel du benötigst, gibt es noch eine weitere Methode. Ich kann es riechen.«

»Riechen?«, hake ich nach.

Er nickt. »Wenn ich nicht allzu abgelenkt bin – so wie in der letzten halben Stunde –, kann ich Veränderungen an deinem Geruch ausmachen, durch die ich weiß, was und wie viel du brauchst.«

»Wobei ich glaube, dass ich jetzt einfach nur Hunger habe …«

»Ja, das stimmt wohl.« Er hält die Nase in die Luft und schnuppert. »Du brauchst nur etwas Zucker, weil ich eben viel deiner Magie genommen habe. Aber ansonsten verlangt dein menschlicher Körper nur nach Nahrung.«

»Wir könnten auch irgendwohin zum Essen gehen«, schlage ich vor. »So wie ein richtiges Pärchen!«

Die Idee kam ganz spontan. Normalerweise würde ich nie auch nur daran denken, häufiger als nötig das Haus zu verlassen und mich in die Öffentlichkeit zu begeben, wo ich ausnahmslos dem Glimmen von Fremden ausgesetzt bin. Aber dank Shadow wäre es auszuhalten. Und ich … möchte es tun. Trotz unserer Unterschiede und Einschränkungen möchte ich all das tun, was normale Pärchen auch machen. Ich will nicht ständig daran denken, dass er ein Familiar ist, und mich nicht mehr länger von meiner Gabe einschränken lassen. Nicht wenn es um ihn geht.

»Morgen oder übermorgen oder all die Tage darauf können wir das gerne machen«, sagt Shadow. »Aber auch, wenn du dich gerade besser fühlst, hast du immer noch eine Überdosis. Ich werde dich nicht aus dem Haus lassen, bis die Wirkung abgeklungen ist.«

Ich schaffe es gerade so, ein Lachen zu unterdrücken. »Wieso? Glaubst du, ich würde jeden Kerl anspringen, dem wir über den Weg laufen, wenn ich stattdessen dich haben kann?«

Sein Grinsen wirkt gleichzeitig atemlos und verrucht. »Ich gehe lieber kein Risiko ein.«

Ich seufze, laufe aber in den hinteren Bereich meines Zimmers, um mich umzuziehen. »Wie lange hält die Überdosis für gewöhnlich an?«, frage ich etwas lauter, damit er mich vorn noch hören kann.

Ich kämpfe gerade mit dem Verschluss des Bikini-Oberteils im Nacken, als ich Shadow plötzlich hinter mir spüre. Sanft schiebt er meine Hände beiseite und nestelt am Verschluss. Jedes Mal, wenn seine Finger dabei über die Haut im Nacken streichen, erschauere ich wohlig und beiße mir auf die Lippe, um keinen Ton von mir zu geben. Doch diese winzigen Berührungen reichen aus, dass sich mein Blut wieder in Lava zu verwandeln scheint. Ich bin erschrocken über mich selbst und gleichzeitig erleichtert, dass ich die Schuld für mein Benehmen auf die Überdosis schieben kann.

»Ich habe noch nie jemanden getroffen, der eine so hohe Dosis hatte«, murmelt er hinter mir. Sein warmer Atem streicht mir dabei über die Haut. »Ich kannte Frauen, die einen einzigen ihrer Blutstränke genommen haben. Bei ihnen hielt die Wirkung wenige Stunden an, manchmal auch nur eine.« Der Verschluss ist offen und ich presse schnell beide Hände an die Brust, damit das Oberteil nicht nach unten fällt. »Keine war so dumm, gleich fünf Stück zu trinken.«

Über die Schulter werfe ich ihm einen giftigen Blick zu. »Ich habe keinen Unterschied nach dem ersten gespürt, also habe ich noch einen getrunken.

Außerdem dachte ich, dass dadurch die Wirkungsdauer verlängert werden könnte.«

Er streichelt mir mit den Fingern über die Arme. »Aber nun weißt du es ja besser. Ich nehme an, dass die Wirkung schon morgen abgeklungen sein wird. Ansonsten …« Neckend lässt er die Hände über meinen Bauch und anschließend den Bund des Bikinihöschens gleiten. Ich schnappe nach Luft. »… müssen wir einen anderen Weg suchen, um die Substanz schneller aus deinem Körper zu bekommen.« Ich zittere vor Anspannung, als er langsam einen Finger unter den Bund des Höschens schiebt. »Aber zuerst«, wispert er mir ins Ohr und zieht beide Hände zurück, »musst du etwas essen.«

Ich seufze frustriert auf und wirbele zu ihm herum, doch er hat sich bereits abgewandt. »Du kannst doch jetzt nicht …«

Er winkt ab und ist schon beinahe an der Tür angelangt. »Umziehen und nach unten kommen. Ich warte dort auf dich.«

Ohne ein weiteres Wort verschwindet er nach draußen. Ich haste nach vorn und pfeffere das Kissen gegen die geschlossene Tür. Verdammter Familiar! Wie kann er mich jetzt einfach so stehen lassen? Wieder knurrt mein Magen und ich gehe grummelnd zurück in den Ankleidebereich, um in ein einfaches Shirt und eine Jogginghose zu schlüpfen. Den Bikini lege ich in den Schrank. Ganz sicher werde ich ihn nicht verbrennen, wie Shadow es wollte.

KAPITEL 10

Felicity

Auf dem Weg nach unten begegne ich Cal, der mich mit einer hochgezogenen Augenbraue mustert.

»Was ist denn mit dir passiert?«, fragt er. »Bist du irgendwo dagegen gelaufen oder warum ist deine Unterlippe so geschwollen? Und was ist das für ein roter Fleck an deinem Hals?«

Ich gehe wortlos an ihm vorbei und zeige ihm den ausgestreckten Mittelfinger. Hinter mir vernehme ich sein tiefes Lachen, das ich in den letzten Tagen viel zu selten gehört habe. Dennoch wäre ich froh, wenn sich jeder hier im Haus um seinen eigenen Kram kümmern könnte ... Hoffentlich begegne ich nicht auch noch Zac! Mein ältester Bruder wird es nicht bei ein paar Sticheleien belassen ...

Doch die Sorge ist unbegründet. Nur Shadow wartet in der Küche auf mich und setzt mir Sandwiches und anschließend eine Schüssel Schokoladenpudding vor. Nachdem er gegenüber von mir am Küchentresen Platz genommen hat, beobachtet er mich mit einem versonnenen Lächeln dabei, wie ich alles in Rekordzeit in mich hineinschaufele. Da wir heute früh so zeitig zum Superhelden-Ausstatter aufgebrochen sind und danach stundenlang Kleinkriminelle gejagt haben, blieb der Gedanke an eine Mahlzeit komplett auf der Strecke. Bis vorhin habe ich nicht mal gemerkt, dass ich überhaupt Hunger hatte, doch jetzt kann ich gar nicht mehr aufhören zu essen.

Erst nachdem ich auch das letzte Krümelchen verputzt habe, lehne ich mich zurück und streiche zufrieden über meinen gefüllten Bauch.

»Morgen früh muss ich das wieder abtrainieren, wenn wir auf Verbrecherjagd gehen«, murmele ich. »Hoffentlich bringt das auch alles was und die Magier-Allianz wird tatsächlich auf uns aufmerksam.«

»In ein paar Tagen wirst du das Stadtgespräch schlechthin sein! *Ice King* und *Air Master* werden gegen dich einpacken können, wenn du erst mal alle Titelseiten zierst.«

Ich muss gegen meinen Willen schmunzeln. »Lass sie das lieber nicht hören! Meine Brüder sind Meister-Magier der Klasse A. Sie geben sich nur mit den richtig gefährlichen Abtrünnigen ab. Ich werde vielleicht ein Meister-Magier der Klasse C, wenn ich Glück habe und tatsächlich irgendwann die Prüfung schaffe.«

»Du hast das Glück gepachtet, *Lady Luck*. Ich bin mir sicher, dass du diese Tests bestehen wirst.«

»Bei dir hört sich alles immer so einfach an«, brumme ich.

»Oder du machst dir nur zu viele Gedanken.«

Ich weiche seinem Blick aus. Ich mache mir unaufhörlich Gedanken, doch ich habe keine Ahnung, wie ich damit aufhören kann. Nichts, was gerade um mich herum geschieht, ist gewiss. Cal und die Abtrünnige – wenn Zac sie tatsächlich fortschafft, wird Cal ausflippen. Innerhalb der nächsten nicht mehr ganz drei Monate muss ich die Prüfungen bestehen, bei denen ich auch nicht weiß, was auf mich zukommt. Und irgendwie habe ich ein ganz dummes Gefühl dabei ... Doch wenn ich ehrlich bin, hat mich Shadows Glimmen am meisten getroffen und meine Welt auf den Kopf gestellt. Wenn mein Gehirn nicht mehr so stark durch die verdammte Überdosis vernebelt ist, muss ich mir darüber klar werden, was es für mich bedeutet.

Aber im Moment kann ich nichts ändern.

»Schaffst du es, in den Geräteraum zu gelangen, ohne dass wir vorher den Schlüssel von Zac klauen müssen?«, frage ich.

»Du willst noch mal zur Abtrünnigen?«, will Shadow wissen.

Ich nicke. »Ich würde gerne versuchen mit ihr zu reden. Wir wissen nicht einmal ihren Namen! Als Cal vorhin bei ihr war, schien sie etwas aufzutauen und hat sogar gesprochen. Sie dort einzusperren ist keine Dauerlösung. Ich meine, irgendwann muss sie sich auch mal waschen oder sich etwas bewegen. Aber das können wir hier nicht zulassen, da sie dann wieder über ihre

Gabe gebieten kann. Und bevor Zac sie ans Gefängnis überstellt, will ich so viel wie möglich über sie erfahren. Als ich sie vorhin gesehen habe, sah sie … ziemlich fertig aus.«

Shadow seufzt, steht aber auf. »Ich kann uns in den Raum bringen, ohne dass wir die Tür benutzen müssen. Und dabei können wir auch noch was ausprobieren. Lass uns testen, ob es nur klares Wasser ist, das sie beeinflussen kann. Wenn dem so ist, könnten wir ihr wenigstens Tee oder eine Limo mitbringen. Ich gebe dir recht: Es ist kein Dauerzustand, sie von ihrer Gabe abzuschneiden, denn dadurch wird ihr Zustand nur noch schlimmer.«

»Hätte sie einen Familiar, würde es ihr bestimmt besser gehen.«

Jetzt, wo ich darüber nachdenke, fällt mir auf, dass kein Abtrünniger, dem ich begegnet bin oder über den im Fernsehen berichtet wurde, je einen Familiar bei sich hatte … Sie alle waren allein.

»Vielleicht erzählt sie dir ja, was mit ihrem Familiar geschehen ist«, meint Shadow. »Wenn sie überhaupt mit dir redet. Die letzten Male war sie nicht sehr gesprächig, sondern nur verdammt biestig.«

»Ich will es auf jeden Fall versuchen! Was anderes haben wir heute Abend eh nicht mehr vor, oder?«

Einen Moment lang blinzelt Shadow verdutzt, bevor er mich angrinst. »Wenn du nicht unter Drogen ständest, fände ich durchaus Gefallen daran, den Abend anders zu gestalten. Aber so sind mir als Ehrenmann leider die Hände gebunden, Mylady.«

Ich seufze und räume anschließend das Geschirr in die Spülmaschine. Warum muss ausgerechnet ich den Familiar – und Seelengefährten! – mit altmodischen und angestaubten Prinzipien erwischen? Als würde er genau wissen, was gerade in mir vorgeht, beobachtet mich Shadow mit einem spitzbübischen Lächeln, während ich zwei Flaschen Limo aus dem Kühlschrank hole und sie mir unter den Arm klemme.

Kurz gehe ich in Gedanken durch, was die Abtrünnige sonst noch dringend gebrauchen könnte – außer einem Bad und frischer Kleidung. Meine Sachen werden ihr nicht passen; sie ist ein ganzes Stück größer und feingliedriger als ich. Sie könnte Lumias Größe haben, aber die ist die Letzte auf meiner Liste, die ich um Hilfe bitten würde, wenn es um die Abtrünnige geht. Zu essen wird ihr Terra bereits gebracht haben.

Etwas, was Shadow vorhin sagte, kommt mir wieder in den Sinn. Bisher haben wir nur gesehen, dass die Abtrünnige das Wasser aus einem Springbrunnen und aus den Trinkwasserleitungen beherrschen konnte. Aber was ist mit anderen Flüssigkeiten? Oder mit stark gechlortem Wasser wie im Pool? Wenn wir sie wenigstens in den Pool lassen könnten ... Jetzt im Sommer heizt sich auch der Geräteraum ziemlich auf und da es dort kein Fenster und auch keine Stromversorgung für einen Ventilator oder Ähnliches gibt, kann sie sich nicht abkühlen. So gesehen ist der Geräteraum das perfekte Gefängnis, dennoch habe ich Mitleid mit ihr.

Allerdings werde ich trotzdem nicht vergessen, was sie mir und meinen Brüdern im Kampf angetan hat. Und Shadow ...

Ich schnappe mir ein leeres Glas aus dem Schrank. »Ich will noch kurz was holen.« Ich werfe meinem Familiar einen Blick zu und ziehe eine Augenbraue nach oben. »Du bist gut in Form, oder?«

Er seufzt. »Will ich wissen, warum du mich das gerade jetzt fragst?«

»Falls sie doch mit dem Poolwasser etwas anfangen kann, ist es möglich, dass wir sie wieder unter Kontrolle bringen müssen.«

Shadow greift nach meiner freien Hand und zieht mich auf den Schoß. Ich winde mich kurz, weil ich befürchte, dass Zac jederzeit in die Küche kommen könnte, doch als er mir über den Rücken streichelt, entspanne ich mich.

»Nach vorhin bin ich so voller Magie, dass ich gar nicht weiß, wohin damit«, murmelt er, während er kleine Küsse auf meinem Hals verteilt. Ich schließe genüsslich die Augen und unterdrücke ein Stöhnen. »Ich habe nichts dagegen, etwas davon loszuwerden, denn dieses magische Kribbeln macht mich rastlos.«

»Wir könnten auch auf Verbrecherjagd gehen«, schlage ich vor.

Shadow grinst schief. »Keine Ausflüge außerhalb des Anwesens, solange du noch unter Drogen stehst«, erinnert er mich.

Ich küsse ihn auf die Nasenspitze. »Deine Sorge ist absolut unbegründet.

Aber da du deine Meinung sowieso nicht ändern wirst, können wir auch gleich die Abtrünnige besuchen.«

***

Nachdem ich schnell das Glas mit Poolwasser gefüllt habe, zieht mich Shadow in den Schatten der Hauswand.

»Keine Angst«, murmelt er, ehe er mir einen Kuss auf die Lippen haucht. »Der Schattensprung wird für dich nicht so schlimm werden wie sonst. Diesmal legen wir nur eine sehr kurze Strecke zurück.«

»Ich habe keine Angst«, sage ich und genieße das Gefühl seines Körpers an meinem. Dabei verfluche ich den Umstand, dass ich keine freie Hand habe, um ihn berühren zu können. »Ich habe nie Angst, wenn du bei mir bist. Allerdings kann ich auf die Übelkeit, die ein Schattensprung bei mir auslöst, dankend verzichten.« Ich stoße geräuschvoll den Atem aus. »Lass es uns hinter uns bringen.«

Er schmunzelt. »Ich hoffe sehr, dass du das nicht bei anderen Gelegenheiten zu mir sagen wirst ...«

Bevor ich fragen kann, was er damit meint, falle ich bereits durch die Schatten.

***

Im Geräteraum ist es so stickig, dass ich das Atmen auf ein Minimum reduziere. Schon nach wenigen Sekunden rinnt mir der Schweiß aus sämtlichen Poren und das Shirt klebt an der Haut. Fast genauso schlimm ist der Gestank. Schweiß, aber auch Ausscheidungen, für die die Abtrünnige einen Eimer zur Verfügung hat, machen es für mich zu einer Tortur, in diesem abgesperrten Raum zu bleiben. Ich würde gern ein Fenster öffnen, aber es gibt keins. Vorhin ist mir das gar nicht so sehr aufgefallen ...

Auch Shadow verzieht den Mund und runzelt dann die Stirn, sagt aber nichts. Was würde es auch bringen? Zac hat von Anfang an gesagt, dass es keine Dauerlösung ist, doch der Einzige, der sich dagegen sträubt, die Abtrünnige wegzubringen, ist Cal.

Ich ringe mich zu einem Lächeln durch, als ich einen Schritt auf sie zu mache, während sie uns von ihrer Bettstatt aus misstrauisch mustert.

»Hallo«, sage ich und halte ihr die Limoflasche hin. »Ich dachte, du möchtest vielleicht etwas Gesellschaft haben.«

Ihre Augen verengen sich zu Schlitzen, als sie mir erst ins Gesicht starrt und anschließend die Limo beäugt. Für einen Moment sieht es aus, als würde sie sich konzentrieren oder versuchen die Flüssigkeit im Inneren der Plastikflasche beeinflussen zu können, und ich halte den Atem an. Mehrere Sekunden vergehen, ohne dass etwas geschieht. Die Abtrünnige gibt einen frustriert klingenden Laut von sich, richtet sich ein Stück auf und greift nach der Limo. Bevor sie davon trinkt, hält sie sich die kühle Flasche an Gesicht und Hals.

»Ich kenne dich«, sagt sie, nachdem sie den halben Inhalt in einem Zug geleert hat. »Du hast zweimal gegen mich gekämpft. Beim ersten Mal warst du allerdings in Schatten gehüllt.«

Ich knie mich ihr gegenüber hin, lasse aber Abstand zwischen uns. Dennoch tritt Shadow hinter mich. Ich spüre seine Anspannung und kämpfe dagegen an, dass sie auch auf mich überspringt.

Die Abtrünnige beäugt ihn eine Weile, ehe sie die Lippen zu einem wissenden Lächeln verzieht. »Der Schattenkater«, murmelt sie. »Das warst du, oder? Das Mistvieh, das mir die Schulter zerfetzt hat.«

Shadow gibt ein Grollen von sich. »Ich hätte dir dafür, was du meiner Trägerin angetan hast, die Kehle herausreißen sollen.«

Die Erinnerung an die Schmerzen, die jede Faser meines Körpers heimgesucht haben, als der Angriff der Abtrünnigen mich traf, prasselt wieder auf mich ein. Es kostet mich Mühe, mir nichts davon nach außen hin anmerken zu lassen.

»Shadow«, sage ich mahnend. »Deswegen sind wir nicht hier. Wir haben sie besiegt – zwei Mal. Sie sollte nun wissen, dass sie gegen uns nicht ankommen kann. Erst recht nicht in ihrem Zustand.«

»Weswegen bist du dann hier?«, fragt sie. »Sonst schicken sie doch immer diesen Erd-Familiar.«

Ich schaue betont langsam nach links und rechts und dann wieder zu ihr, betrachte ihr fettiges und strähniges Haar, das normalerweise so hellblond ist, dass es weiß schimmert, und die durchgeschwitzten Sachen, die sie am Leib hat. Anschließend stelle ich das Glas mit Poolwasser vor ihr ab.

»Ich bin hier, um eine Theorie zu überprüfen«, antworte ich. »Es ist kein Dauerzustand, dass du hier eingesperrt bist, aber Cal, mein Bruder, der heute Nachmittag bei dir war, will nicht, dass du ins Gefängnis für Abtrünnige gebracht wirst.«

Ihr Blick ist starr auf das Glas geheftet, als sie murmelt: »Ich erinnere mich an ihn ... Ansonsten gleicht meine Zeit hier und auch die davor einem dunklen Schleier, aber ... Ich erinnere mich an sein Gesicht und die Farbe der Augen. So hell und klar wie das Meer.«

»Er würde sich wünschen, dass du hierbleibst«, sage ich leise. »Bei ihm. Und dass du vergisst, was vorher war ... Wir sind Meister-Magier – na ja, zumindest meine Brüder sind es. Alles wäre einfacher, wenn du keine Abtrünnige wärst.«

Ein trauriges Lächeln umspielt ihre rissigen Lippen. »Wenn du wüsstest, wie sehr ich mir das auch wünsche. Ich würde alles dafür geben, diesem Albtraum entkommen zu können.«

Ich will etwas erwidern, klappe aber den Mund zu. Sie will gar keine Abtrünnige sein? Aber warum ändert sie dann nichts an ihrer Lage?

Schnell schüttelt sie den Kopf, als wolle sie die verstörenden Gedanken vertreiben. Anschließend wird ihre Miene wieder hart und das traurige Lächeln verschwindet. »In diesem Kampf bin ich nichts weiter als eine Spielfigur«, fährt sie fort. »Mein Meister wird euch holen, früher oder später.« Ihr Blick fällt auf mich und ich schlucke krampfhaft. »Und um dich wird er sich ganz besonders kümmern, Felicity.«

Ich schnappe nach Luft und gehe in Gedanken fieberhaft unsere Zusammentreffen durch. Ich bin mir sicher, dass ich ihr nie meinen Namen genannt habe. Aber was ist mit den anderen? Haben sie ihn gerufen, als mich ihr Zauber traf? Hat Terra mich vielleicht mal erwähnt, als sie nach der Abtrünnigen sah? All das kann ich nicht ausschließen. Vor allem meine Erinnerungen an den letzten Kampf sind lückenhaft. Dennoch verursacht es mir eine Gänsehaut, dass sie meinen Namen kennt und von einem Meister spricht, der es auf mich abgesehen zu haben scheint.

Sie weiß, dass die Bemerkung ihr Ziel nicht verfehlt hat. Das schmallippige Grinsen, mit dem sie mich bedenkt, lässt mir die Nackenhaare zu Berge stehen. Auch Shadow hinter mir wird unruhig und ich bin mir sicher, dass er seiner Drohung von vorhin am liebsten sofort Taten folgen ließe.

Ich jedoch tue so, als würde nichts davon geschehen, und schiebe das Glas näher an sie heran.

»Da du meinen Namen kennst, fände ich es fair, wenn ich auch deinen weiß«, sage ich bemüht ruhig, um mich nicht von der Angst vor dem unbekannten Meister aus der Fassung bringen zu lassen.

»Warum bist du hier?«, fragt sie stattdessen. »Du hast doch sicherlich Besseres zu tun, als dich mit mir in diesem Kabuff einzuschließen. Wie seid ihr überhaupt hereingekommen?«

»Ich bin da, um dir einen Waffenstillstand anzubieten, sozusagen. Mein Familiar …« Ich deute hinter mich und Shadow gibt erneut ein Grollen von sich. »… ist davon nicht begeistert, genauso wenig wie mein ältester Bruder. Aber meinem anderen Bruder Cal liegt viel an dir. Vielleicht geht es dir nicht so oder du verstehst es nicht, aber ich versuche zwischen euch allen zu vermitteln. Und ein Teil der Aufgabe ist es, deinen unfreiwilligen Aufenthalt hier so angenehm wie möglich zu gestalten.«

Das Poolwasser schwappt im Glas herum und ich halte den Atem an, während ich darauf warte, dass sie es jeden Moment über der Hand zu einem Zauber umformen kann. Doch nichts geschieht. Angewidert verzieht die Abtrünnige das Gesicht.

»Chlorwasser!«, speit sie aus. »Warum bringst du mir so was Unnatürliches?«

Ein Schmunzeln zupft an meinen Mundwinkeln. »Um zu testen, wie weit deine Gabe reicht. Gehe ich recht in der Annahme, dass du nur reines und leicht behandeltes Wasser – wie beispielsweise Trinkwasser – manipulieren kannst?«

Sie kräuselt die Lippen. »Das Zeug, was du mir gebracht hast, kann man von der Struktur her kaum noch als Wasser bezeichnen! Es ist vollgepumpt mit Chemie und unnatürlichen Zusätzen, um es vor dem natürlichen Verfall zu bewahren.«

»Ich habe folgenden Vorschlag für dich«, sage ich. »Deine Zelle und du – ihr stinkt zum Himmel. Ich lasse dich eine Weile hier raus – unter Aufsicht, wohlgemerkt – und in unseren Pool, aus dem das Wasser im Glas stammt. In der Zwischenzeit kümmere ich mich um frische Kleidung für dich.«

Ich sehe ihr deutlich an, dass sie mit sich ringt. Ihr Blick huscht umher, von mir zu Shadow und anschließend wieder zu mir.

»Was verlangst du als Gegenleistung?«, fragt sie zögerlich.

»Außer dass du keine Schwierigkeiten machst?«, hake ich nach. »Dein Name wäre ein Anfang.«

Sie presst die Lippen zu einem schmalen Strich zusammen, ehe sie murmelt: »Ilena. Ich heiße Ilena.«

»Also, Ilena, ich denke, ich muss dir die Regeln nicht erklären. Wenn du irgendwelchen Blödsinn versuchst, werde ich meinen Familiar nicht zurückhalten. Gut möglich, dass ich ihn heute mit etwas zu viel Magie versorgt habe, die er nur zu gerne loswerden möchte. Ich hätte eigentlich auch anderes zu tun, also mach es uns allen nicht schwerer, als es unbedingt sein muss, okay? Mein Familiar wird dich gleich abholen.«

Ich stehe auf, wende mich zu Shadow und streichele über seine Stirn, um die Sorgenfalten zu glätten. Die Hände auf seine Arme gelegt, spüre ich, wie angespannt seine Muskeln sind. Er ist mit meiner Idee nicht einverstanden, doch weder widerspricht er mir noch hält er mich auf. Ich habe die Entscheidungsgewalt und plötzlich fühle ich mich dadurch verunsichert. Was, wenn ich die falsche Entscheidung getroffen habe? Wenn sich die Abtrünnige, Ilena, doch gegen uns stellen wird?

***

Ich warte, bis Shadow mich wieder nach draußen gebracht hat, ehe ich ihn damit konfrontiere.

»Glaubst du, dass ich einen Fehler mache?«, frage ich.

Er küsst mich auf die Stirn. »Es war von Anfang an ein Fehler, sie hierherzubringen. Du hast Mitleid mit ihr und der Situation, das finde ich bewundernswert. Aber weder der Geräteraum noch die Villa an sich sind Orte, an denen ein Abtrünniger – ganz gleich, über welche Gaben er verfügt – sicher verwahrt werden kann. Ich fürchte mich nicht vor ihr. Wenn sie irgendwelchen Blödsinn versuchen sollte, werde ich sie so schnell zurück in den Geräteraum verfrachten, dass sie nicht weiß, wie ihr geschieht.« Er zieht mich fester an sich und ich schmiege die Wange gegen seine Brust. »Es sind ihre Verbündeten, vor denen ich mich fürchte. Ich bezweifele, dass sie blufft.«

»Vielleicht gelingt es uns, sie auf unsere Seite zu ziehen«, murmele ich. »Wenn wir nett zu ihr sind und sie genug Zeit hat, um Cal näher kennenzulernen …«

Er streicht mir eine Haarsträhne hinters Ohr. »Dann bleibt sie noch immer der Feind. Lass niemals deine Deckung in ihrer Gegenwart sinken! Sei auf alles gefasst! Sie mag im Moment nicht gefährlich wirken, aber sie ist und bleibt eine Abtrünnige – eine Magierin ohne Familiar und abgeschnitten von der Quelle ihrer Magie. Solche Umstände sind für einen Magiebegabten nicht auszuhalten und lassen ihn früher oder später wahnsinnig werden. Du solltest am besten wissen, welche Auswirkungen das haben kann. Nur weil sie dich anlächelt, macht sie das nicht zu einer vertrauenswürdigen Person.« Er hebt mein Kinn mit zwei Fingern an und küsst mich. »Ich liebe dich für deine Güte und wünsche mir von Herzen, dass ich mich irre, was die Abtrünnige betrifft. Ich will nicht, dass du ihretwegen den Glauben an das Gute verlierst. Deshalb werde ich beim kleinsten Anzeichen, dass sie etwas plant oder dir schaden will, eingreifen.«

»Ich vertraue dir«, wispere ich. Nachdem ich ihn noch einmal fest umarmt habe, mache ich mich von ihm los. »Kannst du kurz allein auf sie aufpassen? Ich will ein Handtuch holen und hoffe, in der Waschküche ein paar von Lumias Sachen zu finden, die ihr passen könnten.«

»Lumia wird dich in ein Häufchen Asche verwandeln, wenn sie das rauskriegt«, entgegnet Shadow und endlich zeichnet sich wieder ein kleines schelmisches Lächeln in seinen Mundwinkeln ab.

Ich zucke mit den Schultern. »Zac wird uns auch umbringen, wenn er Wind davon bekommt, dass wir die Abtrünnige aus dem Geräteraum lassen.«

»Ich stehe schon jetzt auf der Abschussliste deines Bruders ganz oben, und wenn er von uns erfährt, bin ich sowieso so gut wie tot.«

»Jetzt übertreibst du aber!«, sage ich schmunzelnd und wende mich zum Gehen.

Doch Shadow greift nach meiner Hand und hält mich auf. Als ich mich zu ihm umdrehe, spiegelt sich ein Funkeln in seinem dunklen Blick wider. Mein Hals fühlt sich an wie zugeschnürt.

»Aber das ist es mir wert«, flüstert er und haucht mir einen Kuss auf den Handrücken. »*Du* bist es mir wert. Ich werde mich nicht erneut von dem großen bösen Bruder einschüchtern lassen.«

Meine Knie zittern und ich brauche ein paar Anläufe, bis ich es schaffe, mich von ihm abzuwenden. Viel zu sehr gefesselt von seinem Blick und seinen Worten möchte ich am liebsten alle anderen zum Teufel jagen. Die Abtrünnige, zu der ich keinerlei Verbindung habe und gegenüber der ich zu nichts verpflichtet bin, aber auch Zac und Cal, die mit meinen Entscheidungen nie einverstanden waren und sein werden. Sie werden weder meine Wahl akzeptieren noch je damit aufhören, mich wie ein kleines Kind zu behandeln.

»Ich danke dir«, wispere ich, ehe ich in die Villa eile, um so schnell wie möglich zu ihm zurückkehren zu können.

KAPITEL 11

Shadow

Sobald ich Feli nicht mehr sehen kann, springe ich durch die Schatten zurück zur Abtrünnigen.

Ilena. Sogar ihr Name erinnert mich an die Magierin von damals.

Ich glaube nicht an Zufälle. Nicht nach allem, was ich gesehen und erlebt habe. Aber ich glaube daran, dass jedes Lebewesen sein Schicksal bis zu einem gewissen Grad beeinflussen kann. Es gibt Wege, die wir beschreiten müssen, ob es uns passt oder nicht. Kreuzungen, an denen wir uns für eine Richtung entscheiden können, doch ganz gleich, wie unsere Wahl aussehen mag, am Ende gelangen wir immer auf die Straße zurück, die für uns vorgesehen ist. Wir haben nur Einfluss auf kurzzeitige Veränderungen, aber nie auf das große Ganze. Unserem endgültigen Schicksal können wir nicht entkommen, ganz gleich wie sehr wir es uns wünschen.

Und mein Schicksal scheint es zu sein, das, was damals geschah, erneut durchleben zu müssen.

Ich habe mich anders entschieden, habe einen anderen Pfad gewählt, doch nun stehe ich erneut an der Straße, die auf die Klippe zuführt, die meinen sicheren Untergang bedeutet.

Als die Abtrünnige mich sieht, zieht sie fragend eine Augenbraue nach oben. »Wo hat das Miezekätzchen seine Herrin gelassen?«

Ich springe nicht auf ihre Sticheleien an. Sie sind nichts im Vergleich zu dem, was mich erwarten wird.

»Ich bringe dich nach draußen«, sage ich und halte ihr eine Hand hin. »Wenn du versuchst zu fliehen oder meiner Trägerin oder mir schaden willst, bist du schneller wieder hier drin, als dir lieb ist. Und glaube mir, noch mal wird sie sich dir gegenüber nicht so gütig benehmen.«

»Ich habe keine Angst vor deiner kleinen Herrin!«

Schatten quellen aus meiner Haut hervor und strömen in den winzigen, nahezu quadratischen Raum. Hastig weicht die Abtrünnige an die gegenüberliegende Wand zurück.

»Das solltest du aber«, grolle ich. »Denn ich bin es, der ihre Befehle ausführt. So auch den, nett zu dir zu sein, obwohl es mir nach allem, was du ihr und ihren Brüdern angetan hast, widerstrebt. Jedoch werde ich nicht zögern, dich zu vernichten, wenn du erneut für sie eine Bedrohung darstellen solltest.« Ich befehle den Schatten, sich wieder in mich zurückzuziehen. »Und jetzt komm! Uns bleibt nicht die ganze Nacht Zeit.«

***

Ohne ihre Reaktion abzuwarten, ergriff ich ihre Hand. Ich war weder sanft noch vorsichtig, während ich sie durch die Schatten zerrte, und als sie nun keuchend und würgend vor mir auf dem gepflasterten Boden in der Nähe des Pools liegt, spüre ich, wie sich ein zufriedenes Lächeln auf meine Lippen stiehlt.

»Du bist ein Ekel!«, zischt sie, als sie wieder auf die Füße kommt.

Ich verschränke die Arme. »Deine Meinung ist mir herzlich egal. Ich würde mich gar nicht mit dir abgeben, wenn es nicht der Wunsch meiner Trägerin wäre. Du säst Zwietracht in ihrer Familie, die sowieso schon genug Leid ertragen musste.« Mit einer Kopfbewegung deute ich auf den Pool hinter ihr. »Und nun geh dich waschen. Du stinkst.«

Ihr schönes Gesicht verzieht sich zu einer Fratze. Beinahe hätte ich laut aufgelacht. Auch dieses Verhalten kenne ich bereits und es interessiert mich nicht.

Sie wendet sich ab und greift nach dem Saum ihres durchgeschwitzten Shirts. »Drehst du dich wenigstens um?«

»Und lasse dich unbeobachtet?«, kontere ich. »Wohl kaum. Aber sei versichert: Du interessierst mich nicht im Geringsten.«

»Ach, tatsächlich nicht?«

Sie schält sich aus dem Shirt und wirft es zu Boden. Nur kurz huscht mein

Blick an ihrem Körper entlang und ich registriere, dass sie nichts darunter trägt. Sie ist schön, keine Frage. Helle, im Mondlicht schimmernde Haut, ein wohlgeformter Körper und nahezu perfekte Proportionen. Selbst ihr verwahrlostes Äußeres kann nicht über ihre Schönheit hinwegtäuschen.

Und doch spüre ich rein gar nichts, wenn ich sie ansehe.

Ich habe einst viele Frauen begehrt und die meisten von ihnen bekommen, denn die *eine,* die ich wollte, konnte ich nicht haben. Die Abtrünnige entspricht genau dem Typ Frau, den ich mir stets herausgepickt habe: ein ansprechendes Äußeres, das über das Innere, das mich nicht kümmerte, hinwegtäuscht. Sie mussten schön sein – schön und willig. Und nachdem sie mein Bett verließen, vergaß ich sie auf der Stelle und kehrte zu *ihr* zurück.

Denn es gab nur eine Frau, die mein Herz in ihren Händen hielt und darüber gebieten konnte.

»Gefalle ich dir etwa nicht?«, gurrt die Abtrünnige.

Als sie die Hand nach mir ausstreckt, stoße ich ein grollendes Fauchen aus und sie hält sofort inne.

»Ich gebe dir einen guten Rat«, raune ich. »Fass mich nicht an!«

Erneut verzieht sie den Mund. »Es ist ja nicht so, dass ich was von dir will!«

»Wenn du auf einen Sonderbonus aus bist, bin ich der falsche Ansprechpartner«, sage ich. »Halte dich dafür an Cal. Ich bin mir sicher, dass er dir mit Freuden zu Willen sein wird. Und entweder gehst du jetzt freiwillig in den Pool oder ich werde dich mit Gewalt hineinbefördern. Auch meine Zeit und Geduld sind begrenzt.«

Mit einem Schnauben wendet sie sich ab, zieht die Hose aus und steigt anschließend die Stufen in den Pool hinab. Kurz zittert sie am ganzen Körper, doch dann seufzt sie wohlig, ehe sie sich zurücksinken und vom Wasser umspülen lässt.

Ich gehe hinüber zur Liege und lasse mich darauf nieder, jederzeit bereit einzugreifen, sollte sie auch nur eine falsche Bewegung ausführen und doch über das Wasser im Pool gebieten können. Aber sie verhält sich ruhig. Mehrmals taucht sie unter und fährt sich mit den Fingern durchs nasse Haar oder wäscht sich mit den Händen den Körper ab.

Erneut werde ich an eine Begebenheit vor vielen Jahren erinnert. In einer ähnlichen Nacht schien der Mond auf die Magierin mit dem »schönen Schein« hinab und ließ ihre Haut fast genauso schimmern. Allerdings befand sie sich damals nicht in einem Pool, sondern im Schwarzen Meer. Und sie wollte sich ertränken.

Als ich mich selbst in der Dunkelheit einsperrte, dachte ich oft darüber nach, wie anders mein Leben verlaufen wäre, wenn sie mit ihrem Selbstmordversuch Erfolg gehabt hätte. Hätte uns ihr Tod vor einem Krieg bewahrt? Oder war die Flucht vor ihrem unfreiwilligen Ehemann nicht mehr als ein willkommener Auslöser eines bereits schwelenden Zwists? Ich konnte mir nie eine Antwort auf diese Fragen geben, denn schlussendlich wurde die Magierin gerettet, bevor sie sich umbringen konnte.

Es war meine Trägerin, die sie aus den Fluten des Schwarzen Meeres zog.

Ich habe sie mehrmals gefragt, warum sie es getan hatte. Schließlich wusste sie durch ihre Visionen, was ihr und ihrem Volk bevorstand. Die anderen glaubten nicht an ihre Worte, aber ich tat es. Meiner Trägerin war klar, dass die Magierin ihren Untergang bedeuten würde. Und dennoch rettete sie sie.

»Für meinen Bruder«, antwortete sie mir damals. Weil sie ihn nicht noch eher als sowieso schon verlieren wollte. Weil sie es nicht ertragen könnte, wenn er sich ebenfalls in die Fluten warf.

Sie stellte stets ihre Brüder über sich. Über uns. Über jeden. Es gab nur wenige Situationen, in denen sie gegen die beiden aufbegehrte. Ich wünschte, sie hätte ihnen öfter die Stirn geboten und wäre dafür eingetreten, was *sie* wollte. Nicht dafür, was *andere* für sie wollten.

Es gelingt mir erst, die dunklen Erinnerungen zu vertreiben, als Feli zurückkehrt. Die Arme beladen mit Handtüchern, Kleidung und Hygieneartikeln kommt sie schnurstracks auf mich zu. Ich nehme ihr ein paar Sachen ab und das dankbare Lächeln, das sie mir dafür schenkt, löst ein Kribbeln in meinem Bauch aus. Ein solches Gefühl hatte ich früher nie. Ich habe meine Trägerinnen verehrt und hätte buchstäblich alles für sie getan, aber mit jedem Tag in Felis Gegenwart wird mir mehr und mehr klar, dass ich keine von ihnen geliebt habe. Nicht auf diese Weise.

Sie schnappt sich zwei Shampoo-Flaschen, einen Stapel Kleidung und ein Handtuch und bringt beides zum Rand des Pools. Von hier aus kann ich nicht verstehen, was sie zur Abtrünnigen sagt, und es interessiert mich auch nicht. Dennoch lasse ich meine Trägerin keine Sekunde aus den Augen.

Als sie wieder zu mir zurückkommt, ziehe ich sie auf den Schoß und schlinge beide Arme um sie. Ich liebe das kleine Seufzen, das sie von sich gibt, als sie sich enger an mich kuschelt.

»Ich habe unseren Gärtnern, die auch für den Pool verantwortlich sind, eine Nachricht geschickt, dass sie morgen das Wasser neu auffüllen sollen«, murmelt sie. »Und ich ... hab Cal gesagt, dass er in zwanzig Minuten herkommen soll. Bis dahin ist sie hoffentlich wieder angezogen, sonst brauchen wir eimerweise kaltes Wasser.«

»Hältst du es für eine gute Idee, deinen Bruder heute noch mal auf sie treffen zu lassen?«, frage ich.

»Nein«, gibt sie zu, »aber lieber lasse ich ihn zu ihr, während wir ein Auge auf die beiden haben können, als dass er sich heimlich und unbeobachtet zu ihr schleicht und dann etwas richtig Dummes anstellt.«

»Zac wird toben ...«

Sie schnaubt. »Zac steht sowieso am Rande eines Nervenzusammenbruchs ... Er reagiert nicht mehr weitsichtig, so wie früher. Er glaubt, es würde ausreichen, wenn er Cal einfach verbietet, die Abtrünnige ... ich meine, Ilena zu sehen, aber das funktioniert nicht. Dadurch macht er es nur schlimmer. Ich weiß es, denn ...« Sie schaut zu mir auf. »... bei mir würde es auch nicht funktionieren.«

Ich beuge mich zu ihr hinab und knabbere an ihrer Unterlippe. Der süße Geschmack ist eine kleine Kostprobe von dem ihrer Magie, und weder von dem einen noch dem anderen werde ich je genug bekommen können. »Im Gegensatz zu deinem Bruder kann ich mich durch die Schatten bewegen. Es gibt keinen Ort, an dem Zac dich verstecken und ich dich nicht finden könnte.«

Sie schmiegt den Kopf an meine Schulter. »Es tut gut zu wissen, dass es jemanden gibt, der immer kommen wird, um mir zu helfen«, murmelt sie.

»In den Geschichten, die kleinen Kindern vorgelesen werden, konnte ich mich nie mit den Prinzessinnen, die stets gerettet werden mussten, identifizieren. Ich fand sie langweilig und hilflos und naiv. Die anderen Mädchen in meinem Alter wollten so sein wie diese Prinzessinnen. Sie wollten ihren Prinzen finden, der für sie den Kopf hinhielt. Ich jedoch wollte selbst die Heldin sein. Unabhängig und stark und nicht auf einen Mann angewiesen.«

Ich brauche nicht viel Vorstellungskraft, um mir die kleine Felicity vorzustellen, die, anstatt in einer Puppenecke zu spielen, lieber ihren Brüdern und den anderen talentierten Familienmitgliedern nacheiferte.

Die Abtrünnige kommt aus dem Wasser, trocknet sich ab und schlüpft in die bereitgelegte Kleidung.

»Aber«, fährt Feli nach einer Weile fort, »ich kann nicht sagen, dass es ein schlechtes Gefühl ist, einen Mann hinter sich zu haben, der für einen kämpft. Ich möchte noch immer nicht so hilflos sein, dass ich pausenlos gerettet werden muss, aber es beruhigt mich zu wissen, dass ich auch mal schwach sein kann. Weil du hinter mir stehst, werden wir trotzdem nicht verlieren.«

»Egal, wie der Weg aussehen mag, den uns das Schicksal vorherbestimmt hat«, flüstere ich, während ich sie enger an mich presse, »ich werde dich immer nach den Sternen greifen lassen.«

Das Leuchten und Staunen in ihrem Blick, als sie zu mir aufschaut, raubt mir für einen Moment die Luft zum Atmen. Sie schiebt eine Hand in meinen Nacken und zieht mich zu sich hinunter. Vergessen ist die Abtrünnige, die während dieses innigen Kusses das Weite suchen könnte. Es ist mir gleichgültig. Alles, was in diesem Augenblick für mich zählt, ist das Gefühl von Felis Lippen auf meinen, ihr süßer Geschmack und der weiche, anschmiegsame Körper, der sich an meinen presst. Mit den Händen fahre ich an ihrem Rücken entlang, umfasse den Po und drücke sie an mich. Das kleine Stöhnen, das ihr dabei entweicht, sendet wahre Stromstöße durch mich hindurch und es kostet mich sämtliche Willenskraft, sie nicht einfach rücklings auf die Liege zu werfen und sie überall dort zu berühren, wo ich es die ganze Zeit über schon tun will.

»Wenn Zac davon erfährt«, grollt jemand hinter uns und wir beide erstarren gleichzeitig, »seid ihr so was von tot.«

Widerwillig löst Feli sich von mir und dreht sich halb zu Cal um, ohne sich dabei aus der Umarmung zu winden.

»Cal, die Fenster des Glashauses, in dem du selbst sitzt, sind so dünn, dass du nicht mal mit Kieselsteinchen um dich werfen solltest«, entgegnet sie mit süßlicher Stimme und entlockt mir damit ein Lächeln. »Tun wir einfach alle so, als würden wir die jeweils anderen nicht sehen können, in Ordnung? Ihr habt zwanzig Minuten. Danach bringt Shadow sie zurück in den Geräteraum.«

»Eine Stunde«, hält ihr Bruder dagegen. Dann fällt sein Blick auf mich. »Und ich will dieses Schattenwand-Dingsda haben, was du neulich gemacht hast.«

Feli schnaubt. »Sehe ich so aus, als würde ich mit dir verhandeln? Ich habe sie rausgelassen und ich entscheide, wann sie zurück in den Geräteraum geht. Schlag dir außerdem die Schattenwand aus dem Kopf! Wir werden euch beobachten, denn wenn sie es doch irgendwie schaffen sollte zu entkommen, dann kann ich wirklich mein Testament machen.«

Cal öffnet den Mund, um zu widersprechen, doch Feli schneidet ihm mit einer knappen Handbewegung das Wort ab.

»Ich will deine Einwände nicht hören! Sei froh, dass ich dir überhaupt Bescheid gesagt habe. Wenn du meine Geduld weiterhin überstrapazierst, mache ich das das nächste Mal nicht. Nimm, was ich dir anbiete, und sei zufrieden damit! Wenn es gut läuft, können wir es wiederholen. Allerdings«, sie legt die Kopf schief, »erwarte ich dafür eine Gegenleistung.«

Cal verschränkt die Arme. »Und die wäre?«

»Stillschweigen. Und einen Gefallen für einen Gefallen.«

»Wie soll das aussehen?«

»Wenn dieses Treffen gut verläuft und sie dich aus freien Stücken wiedersehen will, werden Shadow und ich dir Zac während der Zeit vom Hals halten. Und du wirst das für uns tun. Stillschweigen sollte sich von selbst erklären.«

Ihr großer Bruder starrt sie unerbittlich nieder und ich spüre das Zittern, das durch sie hindurchfährt. Sie ist kurz davor einzuknicken, deshalb streichele ich ihr beruhigend über den Rücken und hoffe, ihr dadurch genügend Kraft zu geben, um weiter den Kopf oben zu halten.

Und es funktioniert. Nach einigen Sekunden stößt Cal die Luft aus und streckt Feli die Hand entgegen.

»Abgemacht«, sagt er murrend.

Meine Trägerin schlägt ein und entlässt ihren Bruder mit einem Kopfnicken. Wir beobachten ihn dabei, wie er sich der Abtrünnigen langsam nähert und so leise mit ihr redet, dass wir es nicht verstehen können. Aber ich habe auch kein Interesse daran, das Gespräch zu verfolgen.

Viel lieber verteile ich kleine Küsse in Felis Nacken und knabbere an der empfindlichen Stelle unter dem Ohr, wodurch ich ihr eine Reihe von Lauten entlocke, die mich schier um den Verstand bringen.

»Ich bin so stolz auf dich«, hauche ich gegen ihre Haut, woraufhin sie wohlig erschauert. »Wenn sogar der mächtige *Ice King* vor dir kuscht, werden sich die Abtrünnigen vor Angst in die Hosen machen.«

Ihr Kichern ist Musik in meinen Ohren. »Mit Cal haben wir einen Verbündeten auf unserer Seite. Er wird den Mund halten und wir müssen nicht mehr bei jedem aufpassen, was wir sagen und wie wir uns verhalten. Hoffentlich spielt Ilena mit und hat ihn nicht schon nach fünf Minuten satt.«

Ich beobachte die Abtrünnige einen Moment, sehe, wie sie sich lächelnd eine noch feuchte Haarsträhne um den Finger wickelt und mit klimpernden Wimpern zu Cal aufschaut, der sich reichlich übertrieben vor ihr in Pose wirft.

»Nein, ich bezweifele, dass wir uns darüber Gedanken machen müssen«, murmele ich.

»Cal kam schon immer gut bei Frauen an«, sagt Feli, während ihr Bruder und die Abtrünnige sich auf einer Liege am anderen Ende des Pools niederlassen, ohne dabei ihr Gespräch zu unterbrechen.

»Hat Lumia in der Vergangenheit schon mal eine von Cals Frauen anzünden wollen?«

Feli überlegt einen Moment und schüttelt dann den Kopf.

»Dann weiß auch sie, dass es diesmal etwas anderes ist«, sage ich. »Keine namenlose Eroberung, die am nächsten Tag bereits vergessen ist. Kein Gesicht, das in der Erinnerung verblasst, sobald er sich umdreht.«

Meine Trägerin sieht mich an und runzelt die Stirn. »Das klingt, als wüsstest du, wovon du da sprichst.«

»Ich lebe schon eine ganze Weile und in dieser Zeit habe ich eine Vielzahl von Erfahrungen gesammelt und manches gesehen. Um die beiden ...« Ich deute mit dem Kinn auf Cal und die Abtrünnige. »... müssen wir uns keine Sorgen machen.«

Etwas verändert sich in ihrem Blick. Plötzlich sieht sie ... unsicher aus. »Und um uns?«, flüstert sie. »Müssen wir uns um uns Sorgen machen?«

Ich greife nach ihrer Hand und lege sie mir auf die Brust, sodass sie meinen Herzschlag spüren kann. »Was glaubst du denn?«

Ich kann förmlich sehen, wie es in ihrem Kopf arbeitet. Und ich verstehe das. Es war alles etwas viel für sie und sie hatte noch keine Zeit, es für sich selbst zu ordnen und darüber nachzudenken.

Ich hauche ihr einen Kuss auf die Schläfe. »Morgen früh lehren wir ein paar Gaunern das Fürchten. Vielleicht kreuzt ein etwas stärkerer Abtrünniger unseren Weg, denn ich muss dringend die überschüssige Magie loswerden. Die kurzen Schattensprünge in den Geräteraum und wieder heraus sind nur ein Tropfen auf den heißen Stein.«

»Ein bedeutender Krimineller könnte uns bekannter machen«, murmelt sie, während sie die Finger gedankenverloren über meine Brust gleiten lässt. »Zwar haben die Nachrichten bereits über *Lady Luck* berichtet, aber mehr als ein paar verwackelte Aufnahmen aus der Ferne gab es nicht. Auch noch keinen Namen.«

»Das ändern wir morgen«, verspreche ich. »Ich lasse mir was einfallen.«

Feli nickt, wirkt jedoch, als wäre sie mit den Gedanken ganz woanders. Der Anblick ihrer gerunzelten Stirn und der entrückte Ausdruck in den Augen versetzen mir einen Stich.

»Hey«, murmele ich und streichele ihr über die Wange. »Was ist los?«

Sie blinzelt träge, ehe sie das Gesicht an meine Handfläche schmiegt. »Ich bin hundemüde. Ich spüre förmlich, wie die Wirkung des Tranks nachlässt. Es fühlt sich an, als würde sämtliche Energie aus mir heraussickern.«

Es war ein langer Tag für sie. Erst die Aufregung bei der Ausstatterin, dann die fordernde Verbrecherjagd, die Überdosis, die immense Menge an Magie, die ich von ihr genommen habe ... Kein Wunder, dass sie jetzt völlig fertig ist.

»Schaffst du es noch, zu Cal zu gehen und sein Date zu unterbrechen?«, frage ich. »Ich kümmere mich allein darum, die Abtrünnige zurück in den Geräteraum zu bringen.«

Ihr Stand ist wackelig, als sie aufsteht, und ich strecke instinktiv beide Arme nach ihr aus, um sie zu stützen. Jedoch berühre ich sie nicht. Ich bin für sie da, wenn sie mich braucht, aber ich dränge mich nicht auf oder schränke sie in ihrem Bewegungsfreiraum ein. Und genau das scheint Feli zu bemerken. Lächelnd beugt sie sich zu mir herab, küsst mich, bevor sie ein »Danke« murmelt und auf Cal und die Abtrünnige zugeht.

Ich schüttele den Kopf, während ich ihr nachsehe. Noch nie hat sich eine Trägerin für meine Dienste bedankt, und erst recht nicht für so etwas Banales. Meine bloße Existenz wurde stets für selbstverständlich angesehen, ebenso wie die Kämpfe, die ich für meine Trägerinnen ausfechten musste.

Zac hat es während eines Gesprächs genau getroffen: Ich war nicht mehr als ein mächtiges Werkzeug, das nach Belieben benutzt werden konnte. Zwar sträubte ich mich schon immer dagegen, zu einem Gegenstand degradiert zu werden – so auch anfangs von Feli –, aber wenn ich jetzt darüber nachdenke, sahen meine Trägerinnen nie etwas anderes in mir. Im schlimmsten Fall war ich sogar austauschbar.

Doch Feli hat mir mehrfach versichert, dass sie mich nicht zurückschicken würde. Sie hat sich gegen jeden behauptet, der es wagen wollte, uns auseinanderzureißen. Ich glaube ihr.

Früher ordnete ich mich unter und kam, wenn meine Trägerinnen nach mir riefen – brav wie ein dressierter Hund. Ich führte ihre Befehle aus, ohne nach dem Grund zu fragen. Ich wurde nicht nach meiner Meinung gefragt. Ich war nichts weiter als ein Untergebener, doch es störte mich nicht. Meine

Trägerinnen waren mächtig; nahezu jeder kniete vor ihnen. Warum nicht auch ich?

Feli ist das genaue Gegenteil. Tief in ihrem Inneren glaubt sie selbst nicht an sich und hält sich für schwach. Sie ist keine Person, deren bloßer Anblick andere dazu veranlasst, sich in den Staub zu ihren Füßen zu werfen. Sie ist so rein und fragil, dass ich sie am liebsten vor allen negativen Einflüssen abschirmen würde.

Als sie nach einer längeren Diskussion mit Cal zu mir zurückkommt, sieht sie noch müder aus als zuvor. Ich beeile mich, die Abtrünnige zurück in den Geräteraum zu bringen.

Feli schläft tief und fest eingerollt auf der Liege, als ich nur wenige Augenblicke später zurückkehre. Vorsichtig, um sie nicht zu wecken, schiebe ich die Arme unter sie und hebe sie hoch. Ich könnte mit ihr ebenfalls durch die Schatten springen, aber dadurch würde sie aufwachen. Also trage ich sie hinauf ins Zimmer und genieße die Wärme und Sanftheit ihres Körpers an meinem.

KAPITEL 12

Felicity

Ich erwache, noch bevor die ersten Sonnenstrahlen ins Zimmer fallen. Ich fühle mich ausgeschlafen, doch ich kann mich nicht dazu durchringen, die Lider ganz zu öffnen. Nur kurz blinzele ich und erkenne sofort die Umgebung. Die Frage, wie ich es gestern Nacht zurück in mein Zimmer geschafft habe, erübrigt sich, als ich Shadows Arme um mich und seinen Körper hinter mir spüre. Mit einem zufriedenen Seufzen schmiege ich mich mit dem Rücken enger an ihn.

An die Vorkommnisse des gestrigen Abends erinnere ich mich nur undeutlich, aber die wichtigsten Punkte sind mir im Gedächtnis geblieben. Ich müsste mich wegen meines Verhaltens schämen und könnte es auf die Überdosis schieben, doch im Grunde habe ich es dank ihr geschafft, all das aussprechen, was mir schon seit Tagen auf der Seele lastete.

Ich konnte Shadow sagen, dass ich ihn liebe.

Ohne die Tränke wäre ich auch in einer Million Jahre nicht dazu in der Lage gewesen. Ich musste – oder wollte – noch nie jemandem kundtun, was ich für ihn empfinde. Justin gegenüber habe ich mich während der Schulzeit nie getraut und danach habe ich ihn jahrelang nicht mehr gesehen. Dazwischen gab es niemanden, für den ich etwas empfand. Wie denn auch? Dank meiner Gabe? Da ich alles, was mit Liebe zu tun hatte, mied wie der Teufel das Weihwasser, konnte ich auch auf keine fiktiven Erfahrungen zurückgreifen.

Dafür, dass ich völlig planlos war, lief es besser als erwartet. Sehr viel besser sogar. Denn niemals hätte ich damit gerechnet, dass er mein …

»Was geht dir denn so früh am Morgen schon wieder im Kopf herum?«, raunt Shadow an meinem Nacken und lässt mich dadurch wohlig erschauern.

Ich versuche mich aus seinen Armen zu winden, um wieder klar denken zu können, doch er verstärkt die Umklammerung nur noch.

»Nichts da!«, murmelt er mir ins Ohr. »Du kannst mir jederzeit sagen, wenn du etwas nicht möchtest, und ich lasse dich sofort los, aber aus falscher Scham werde ich dich nicht davonkommen lassen.«

»Tut mir leid, ich ...« Ich ziehe scharf die Luft ein, als ich seine Zähne am Ohrläppchen spüre. »Ich hab nur keine Ahnung, was ich machen soll.«

Behutsam schiebt er eine Hand unter das Shirt und streichelt mir mit den Fingerspitzen über den Bauch.

»Dich entspannen, wäre ein Anfang«, sagt er leise. »Es gibt keinen Grund, nervös zu sein. Nicht meinetwegen.«

»Das sagst du so leicht«, presse ich hervor.

Er lässt die Hand ein Stück höher gleiten und streicht über meinen Rippenbogen. Mir entweicht ein Wimmern, für das ich mir am liebsten auf die Zunge gebissen hätte.

»Erinnerst du dich an den Abend, als ich deinen Rücken geheilt habe?«, raunt er, während er mit den Fingern das neckende Spiel fortsetzt. »Weißt du noch, was ich zu dir gesagt habe?«

Vieles, aber ich weiß, worauf er hinauswill. Ich zwinge mich zu einem Nicken. »Du hast ... gesagt, dass ich leise sein soll.«

Die Lippen, die er an meine Haut drückt, verziehen sich zu einem Grinsen. »Ja, weil ich unter keinen Umständen wollte, dass Zac und Cal mal wieder auf der Matte stehen. Dabei ...« Erneut spüre ich seine Zähne, als er mich in den Nacken beißt. Nicht so fest, dass es wehtun könnte, aber fest genug, um mich aufstöhnen zu lassen. »... wollte ich nichts lieber, als dich zu hören. Dein Wimmern. Dein Seufzen. Dein Stöhnen. Jeden noch so kleinen Laut, den ich dir entlocken konnte.«

Ich fühle meinen trommelnden Herzschlag bis in die Fingerspitzen, während ich gleichzeitig zu verglühen scheine. Die Gefühle, die in mir toben, sind so widersprüchlich, dass ich nicht weiß, welchem ich nachgeben will. Doch sosehr ich auch in mich hineinhorche, höre ich keine Stimme, die mir sagt, dass ich ihn bitten soll aufzuhören. Vielmehr ist es meine Unsicherheit, die mich zögern lässt. Ich habe Angst davor, etwas falsch zu machen, weil ich nicht weiß, was er in dieser Situation von mir erwartet.

Als Shadow die Hand noch ein Stück höher schiebt, spüre ich, dass er sich hinter mir versteift.

»Trägst du ... etwa nichts drunter?«, fragt er einen Augenblick später. Seine Stimme klingt rau, doch ihr Klang löst ein Kribbeln im Bauch aus.

»Nein, ich ...« Verzweifelt suche ich nach den richtigen Worten. »Es musste gestern Abend schnell gehen. Ich hab nur den Bikini aus- und mir etwas anderes angezogen.«

Herrje, habe ich etwas Falsches gesagt? Shadow ist auf einmal so ruhig. Atmet er überhaupt noch? Ich bin mir nicht sicher.

Seine Finger zittern, als er die Hand wieder zu meinem Bauch bewegt. Jetzt bin ich mir sicher, dass ich irgendwas Dummes gesagt habe ... Warum sollte er sonst ...?

»Du bringst mich um den Verstand«, raunt er, wobei die Stimme ebenso zittert, wie es seine Finger tun.

Für einen Moment kommt es mir so vor, als stünde ich noch immer unter dem Einfluss der Überdosis; anstatt Blut fließt so etwas wie kochende Lava durch meine Adern, die noch ein paar Grad heißer wird.

Langsam drehe ich mich ein Stück in seinen Armen und sehe ihn zum ersten Mal an diesem Morgen an. Die Lider halb geschlossen, schaut er auf mich herab, trotzdem erkenne ich das hungrige Funkeln in den Augen.

»Willst du aufhören?«, wispere ich.

Seine Augenbrauen zucken und er schüttelt den Kopf. Bevor er etwas sagen kann, greife ich nach der Hand, die auf meinem Bauch ruht, und schiebe sie langsam mit sanftem Druck dorthin zurück, wo sie eben war. Shadow reißt die Augen ein Stück weiter auf.

Ich habe keinen Schimmer, was ich hier mache. Ich verbiete mir auch, genauer darüber nachzudenken, sonst würde ich vor Scham im Boden versinken. Ich weiß nur, dass ich seine Berührungen spüren will. Sie und seine Nähe sind der Schlüssel, um mich die Unsicherheit überwinden zu lassen.

Ich schlucke krampfhaft, wende jedoch den Blick nicht von ihm ab, als seine Finger sacht über den Ansatz meiner Brust streichen.

»Ich kann mich nicht daran erinnern, dich gebeten zu haben aufzuhören«, hauche ich.

Sein gesamter Körper erschauert bei meinen Worten. Erneut zieht er die Hand zurück und ich verfluche mich dafür, so forsch gewesen zu sein. Doch anstatt mich von sich zu stoßen, richtet sich Shadow halb auf, lehnt sich gegen das Kopfteil des Bettes und zieht mich zwischen die angewinkelten Beine, sodass ich mit dem Rücken an seiner Brust liege. Dann hüllt er uns komplett in Schatten ein.

»Was …? Aber so sehe ich nichts mehr!«, protestiere ich.

»Sollst du ja auch nicht«, murmelt er mir ins Ohr. »Du sollst fühlen! Sei froh, dass wir nachher noch was vorhaben und ich mir sehr viel Zeit für dich nehmen will. Das hier ist nur ein kleiner Vorgeschmack.«

»Vor…Vorgeschmack? Worauf?«

Ich bin mir sicher, dass mir das Herz jeden Moment aus dem Brustkorb springen muss. Schmerzend hämmert es gegen die Rippen und ich atme stoßweise. Nicht weil ich Angst vor seinen Schatten oder Berührungen habe, sondern weil ich so nervös bin wie noch nie zuvor im Leben. Jeder einzelne Muskel in mir scheint bis zum Zerreißen gespannt zu sein. Gestern benebelten die Tränke solch störende Empfindungen, doch heute weiß ich nicht, wie ich sie loswerden kann.

»Entspann dich«, raunt er erneut.

Ich lasse den Kopf nach hinten gegen seine Schulter sinken und gebe mir die größte Mühe, gleichmäßig zu atmen. Die Hände lege ich auf seine Schenkel.

»Braves Mädchen«, wispert er, als er mir das Shirt bis zum Hals hochzieht und über meine Brust streichelt. Ich wimmere. »Du musst dich nicht zurückhalten. Niemand kann uns hier hören oder sehen. Es ist nur eine Vorsichtsmaßnahme, denn ich habe keine Lust, schon vor Sonnenaufgang einem deiner Brüder ernsthaft schaden zu müssen, wenn er unangekündigt in dieses Zimmer platzt und uns unterbricht.«

Ich schmunzele. Wahrscheinlich würde ich ihm sogar dabei helfen, Zac oder Cal wehzutun, wenn einer von ihnen jetzt aufkreuzte.

Mit einer Hand umfasst er meine Brust, drückt und massiert und neckt und findet dabei genau das richtige Maß zwischen zu viel und zu wenig, um mich trotz der Dunkelheit Sterne sehen zu lassen. Zwischen Daumen und Zeigefinger liebkost er die aufgerichtete Brustwarze und schickt allein dadurch so viele Empfindungen durch mich hindurch, dass ich die Hände in den Stoff seiner Hose kralle, um irgendwie Halt zu finden. Zum ersten Mal berührt er mich direkt – nicht durch Stoff hindurch oder indem er meinen Körper bewegt – und es ist so viel besser, als ich es mir je vorgestellt hätte. Immer wieder verteilt er kleine Küsse an Nacken und Hals und wispert beruhigend auf mich ein, ohne dass seine Worte in meinem kochenden Hirn irgendeinen Sinn ergeben.

Seine andere Hand liegt flach an meinem Bauch, wahrscheinlich um mich daran zu hindern, mich allzu sehr zu bewegen. Dennoch zucken meine Hüften vor und zurück in der Hoffnung, dadurch das pochende Gefühl zwischen den Beinen lindern zu können. Wimmernd und keuchend dränge ich mich gegen ihn, spüre seine Härte am unteren Rücken, doch als ich versuche danach zu greifen, packt er mich am Handgelenk.

»Vergiss es, Kleines«, flüstert er. »Jetzt geht es nur um dich.«

Ich will protestieren, doch die Worte, die ich formen will, verkommen zu einem heiseren Stöhnen, als Shadow mein Handgelenk loslässt und die Hand in meine Hose schiebt. Er gibt ein kehliges Grollen von sich, das an mir vibriert und zusätzliche Impulse durch mich hindurchschickt, ehe es zu einem beruhigenden Schnurren wird. Ich wölbe den Rücken, um seinen Fingern entgegenzukommen. Halt suchend ramme ich die Fersen in die Matratze, während ich nicht sicher bin, ob ich schwebe oder falle.

In der Dunkelheit scheinen sich meine restlichen Sinne nur noch auf meinen Schoß auszurichten. Ich zittere und schwitze und ...

Ich schnappe keuchend nach Luft, als er mit den Fingern wieder und wieder den pulsierenden Punkt umkreist. Abwechselnd stöhne und fluche ich, bin mir aber sicher, dass alles, was ich von mir gebe, absolut unzusammenhängend ist.

Als sich sämtliche Muskeln im Unterleib zusammenziehen, greift Shadow nach meiner verkrampften Hand, um sie an seinen Mund zu führen, ohne mir dabei einen Moment Pause zu gönnen. In dem Augenblick, als er den Ring zwischen die Lippen nimmt, explodieren die Dunkelheit und die gesamte Welt um mich herum in leuchtende Sterne. Ich schreie meine Lust ohne Zurückhaltung hinaus, bäume mich auf und meine, immer weiter zu verglühen.

Als er die Verbindung unterbricht und auch das zärtliche, aber fordernde Spiel seiner Finger einstellt, scheint sofort jedwede Spannung aus meinem Körper zu weichen. Kraftlos sacke ich zurück, werde nur kurz von unkontrolliert zuckenden Muskeln geschüttelt, die noch nicht begriffen haben, dass es vorüber ist. Ich vergrabe das Gesicht an seinem Hals und gebe mir die größte Mühe, meinen wummernden Herzschlag wieder unter Kontrolle zu bekommen, scheitere jedoch kläglich.

»Atmen, Kleines«, murmelt Shadow und ich höre deutlich ein Schmunzeln aus seiner Stimme heraus.

Ich gebe ihm einen wenig kraftvollen Klaps auf die Brust, kann aber ebenfalls ein Schmunzeln nicht unterdrücken. Ohne seine kleinen Sticheleien, die mich zum Lachen bringen, hätte sich die Situation zwischen uns schnell wieder seltsam für mich anfühlen können.

Er lässt die Schatten verschwinden und hält mich mit einem Arm weiterhin fest umschlungen. Äußerst zufrieden und befriedigt schließe ich für einen Moment die Augen, flüchte mich so erneut in die wohlige Dunkelheit und genieße Shadows Nähe.

Als ich meiner Stimme wieder traue, hebe ich den Kopf und sage: »Ich könnte mich daran gewöhnen, jeden Morgen so geweckt zu werden.«

Mit einem schiefen Grinsen zieht Shadow eine Augenbraue nach oben. »Ließe sich einrichten.« Er legt die Hand in meinen Nacken und zieht mich zu sich, um mich zu küssen. Kurz und fest und fordernd und mit einem wortlosen Versprechen von *mehr.* Dann sieht er mich wieder an. »Jetzt sollten wir aber langsam los, sonst schnappt uns die Polizei noch alle Ganoven vor der Nase weg.«

Seufzend setze ich mich auf und schwinge die Beine aus dem Bett. »Ich springe schnell unter die Dusche und ziehe mich an. Dann können wir uns auf den Weg machen.«

»Ich warte hier auf dich.«

Ich beiße mir auf die Unterlippe und verharre auf der Bettkante. »Du kannst auch mitkommen ... Wenn du willst, meine ich.«

Sichtlich überrascht blinzelt Shadow mehrmals hintereinander, als warte er auf ein Anzeichen, dass ich einen Scherz gemacht habe. Ich schlucke angestrengt und zwinge mich dazu, den Blick nicht von ihm abzuwenden. Es wäre leicht zu sagen, dass es nur ein blöder Witz gewesen sei, aber ... es war keiner.

Ein sanftes Lächeln umspielt seine Mundwinkel, als er mir eine wirre Haarsträhne aus der Stirn streicht. »Würde ich gerne, aber dann verlassen wir dieses Haus heute nicht mehr. Und vielleicht auch morgen nicht. Und ich bin mir noch nicht sicher, was ich solange mit deinen Brüdern und ihren Familiaren machen soll. Es birgt gewisse Risiken, einen Verstand über längere Zeit in Schatten zu hüllen, aber ich bin gerne bereit, diese Risiken einzugehen.« Er grinst verschmitzt. »Die Entscheidung liegt bei dir.«

Ich lehne mich zurück und hauche ihm einen Kuss auf die Lippen. »Ich liebe dich«, wispere ich.

»Und ich liebe dich«, antwortet er.

So schnell es meine noch weichen Knie zulassen, springe ich aus dem Bett, schnappe mir das Kostüm und husche ins Bad.

KAPITEL 13

Felicity

Sobald ich geduscht habe und angezogen bin, bringt uns Shadow in die Stadt. Wie immer brauche ich einen Moment, um mich von den Nebenwirkungen des Schattensprungs zu erholen, doch die Vorfreude auf die anstehende Verbrecherjagd macht es halbwegs erträglich.

Wie bereits gestern verbergen wir uns in der Nähe eines der unzähligen Polizeiautos, das am Straßenrand parkt und die Scheiben heruntergelassen hat. Eine Weile lauschen wir dem Funk, ohne dass etwas durchgesagt wird, was für uns von Bedeutung wäre.

Ich bin schon kurz davor, Shadow zu bitten, dass wir unser Glück in einem anderen Stadtteil versuchen sollen, als ein Bankraub mit Geiselnahme gemeldet wird. Ungeduldig warte ich darauf, dass auch weitere Details, wie der genaue Standpunkt und die Anzahl der Geiseln, in der Durchsage folgen, dann wirbele ich zu Shadow herum und greife nach seinen Händen.

»Schaffst du einen erneuten Schattensprung oder brauchst du erst noch Magienachschub?«, frage ich.

Mit einem provozierenden Grinsen verschränkt er unsere Finger miteinander. »Du hast vorhin nicht bemerkt, mit wie viel Magie du um dich geworfen hast, oder?«

Ich ziehe eine Augenbraue nach oben. »Kann sein, dass ich abgelenkt war.«

Er küsst mich auf die Stirn. »Ich könnte dich gerade ohne Probleme oder aus der Puste zu kommen ans andere Ende der Welt bringen, wenn dir die Nebenwirkungen nicht so zusetzten. Weitere Strecke, stärkere Nebenwirkungen.«

Ich rümpfe die Nase. »Nein danke. Ich verzichte. Es genügt mir, wenn du mich in die Nähe der Bank bringst, die gerade überfallen wird.«

»Dein Wunsch ist mir Befehl, Mylady.«

Im nächsten Moment fallen wir erneut durch die Schatten.

***

Wir landen direkt gegenüber der Bank.

»Lass uns von hier aus zunächst die Lage überprüfen«, sagt Shadow, während er mir über den Rücken streicht und ich durch schnelles Schlucken versuche Magensäure wieder dorthin zu befördern, wo sie hingehört.

Ich schiele zu den Polizeiautos, die vor dem Eingang der Bank stehen. Es sind nur vier, wenn ich es von hier aus richtig sehe, und die Polizisten scheinen mir allesamt nicht sonderlich besorgt zu sein. Kein lautes Rufen, dass die Täter mit erhobenen Händen herauskommen sollen. Kein Verhandeln über Forderungen. Keine gezogenen Waffen. Irgendwie habe ich mir das alles dramatischer vorgestellt ... Nur einer der Beamten steht etwas abseits und telefoniert, während er wild mit der freien Hand gestikuliert.

»Wir müssen näher ran«, presse ich hervor und reibe mir über den Mund. Zum Glück hat sich mein Magen etwas beruhigt. »Von hier aus können wir nicht hören, um wie viele Täter es sich handelt oder wie es den Geiseln geht. Aber wenn wir näher herangehen, werden sie auf uns aufmerksam. Ich habe mit einem viel größeren Polizeiaufgebot gerechnet, aber bei nur vier Wagen, die hier stehen, handelt es sich wahrscheinlich um einen weniger gefährlichen Einzeltäter. Aber auch das ist mir recht, solange es uns Schlagzeilen bringt! Wir sollten nicht das Risiko eingehen, schon vorher entdeckt zu werden. Wenn die Verbrecher wissen, dass ein Magier mitmischt, könnten sie unruhig werden.«

»Wir sollten also direkt ins Gebäude gelangen und die Täter auf frischer Tat stellen.« Er streichelt mir über die Wange direkt unter der Maske entlang. »Schaffst du noch einen Schattensprung?«

Ich verziehe das Gesicht und seufze. Allein beim Gedanken daran ist die Übelkeit wieder da, doch ich sage: »Muss ich ja wohl.«

»Mein tapferes Mädchen«, murmelt Shadow. »Das sollte belohnt werden, wenn wir heute Abend zurück zu Hause sind. Du musst vorerst nur noch einen Schattensprung durchhalten.«

Ein Lächeln zupft trotz des rebellierenden Magens an meinen Mundwinkeln. »Versuchst du gerade, mich mit sexuellen Gefälligkeiten zu ködern?«

»Vielleicht«, antwortet er mit einem breiten Grinsen. »Klappt es?«

»Gut möglich«, entgegne ich und wappne mich dafür, erneut durch die Schatten gezerrt zu werden.

***

Als ich wieder festen Boden unter den Füßen habe, sacke ich auf die Knie. Schnell lege ich mir beide Hände auf den Mund und zwinge mich dazu, ruhig und gleichmäßig zu atmen. Dennoch breitet sich ein bitterer Geschmack auf der Zunge aus, der mich erst recht dazu veranlasst, erneut zu würgen. Wieder und wieder zieht sich mein Magen krampfhaft zusammen, doch ich presse die Lippen fest aufeinander. Ich werde mich jetzt nicht übergeben! Nicht vor meinem ersten richtigen Einsatz, der mich meinem Traum ein Stück näher bringen könnte!

Shadow kniet sich neben mich und streicht mir über den Rücken. »Es tut mir leid«, flüstert er.

»Geht schon fast wieder«, bringe ich hervor und hieve mich zurück auf die Füße. »Hoffentlich hast du uns nicht in einen Tresor oder so befördert. Noch einen Schattensprung stehe ich nämlich nicht durch. Wenn das hier erledigt ist, fahren wir mit dem Taxi nach Hause.«

Ich sehe mich um. Wir scheinen in einem Büro zu sein. Direkt neben mir ist ein Schreibtisch, auf dem sich Berge von Unterlagen stapeln. Ein Schrank aus dunklem Holz steht an der gegenüberliegenden Wand. Aber keine Menschenseele ist zu sehen und es ist viel zu ruhig. Um diese Zeit müssten Leute hier arbeiten oder ich müsste zumindest Menschen draußen auf den Korridoren hören.

»Lass uns nach den Geiselnehmern suchen«, sage ich und bewege mich auf die Tür zu. Schon nach einem Schritt beginne ich zu schwanken.

Sofort ist Shadow da und schlingt einen Arm um meine Mitte, um mich aufrecht zu halten.

»Vielleicht sollten wir …«

»Nein!«, unterbreche ich ihn. »Mir geht es prima. Ich schaff das schon! So eine Chance bekomme ich so schnell nicht wieder.« Ich lehne den Kopf an seine Schulter. »Außerdem habe ich doch dich. Ich bin nicht allein.«

Nach kurzem Zögern lässt er den Arm sinken. »Sei trotzdem vorsichtig!«

Ich winke ab. »Wir haben es hier mit normalen Menschen zu tun. Was soll uns da schon passieren?«

Ich atme tief durch und richte mich dann gerade auf. Diesmal werde ich darauf achten, keine peinlichen Grimassen zu ziehen, wenn nachher die Reporter kommen und mich nach meinem Namen fragen. Eine kribbelnde Vorfreude rauscht durch mich hindurch und lässt mich die Übelkeit und Schwäche von eben vergessen.

Das ist meine Chance! Heute werde ich den Namen *Lady Luck* bekannt machen. Niemand wird es je wieder wagen, mich als schwach zu bezeichnen.

Und die Magier-Allianz wird endlich auf mich aufmerksam werden.

Nachdem Shadow mit meinem Schatten verschmolzen ist, spähe ich aufmerksam in die Gänge und lausche auf irgendwelche Geräusche, anhand derer ich darauf schließen kann, wo sich die Geiselnehmer aufhalten.

»Sei vorsichtig«, mahnt Shadow in meinen Gedanken und ich spüre seine Anspannung in mir brodeln.

Ich seufze und schleiche weiter. Keine Ahnung, warum er so nervös ist. Wir haben bereits Verbrecher dingfest gemacht – das war ein Kinderspiel! Selbst wenn diesmal Geiseln involviert sind, verstehe ich nicht, was daran gefährlich sein kann. Einer von Shadows Schattenblitzen oder seine Fähigkeit, den Verstand in Dunkelheit zu hüllen, und der Drops ist gelutscht.

Verbrecher ausgeschaltet, Geiseln befreit. *Lady Luck* wird berühmt und bekommt ihren eigenen Fanklub. Fall abgeschlossen.

Ich streife weiter durch die schier endlos erscheinenden, verwinkelten Korridore der Bank. Bei jedem Schritt quietscht das Linoleum unter mir.

Ich will es schon als einen Fehlalarm abtun, als ich im Kassierraum endlich auf Menschen treffe. Schnell presse ich den Rücken gegen die Wand und spitze um die Ecke. Zwei Männer mit Waffen, ein weiterer mit einem kleineren Gerät in der Hand. Ihre Gesichter sind von schwarzen Sturmhauben bedeckt.

Vor ihnen sitzen vier, nein, fünf Geiseln auf dem Boden. Eine der Frauen weint leise.

Doch es ist die zweite Frau in der Mitte der Geiseln, die meine Aufmerksamkeit fesselt. Um den Oberkörper trägt sie eine Weste, aus der massenweise Kabel in verschiedenen Stärken und Farben ragen. Ich bezweifele, dass es sich dabei um einen neuen Modetrend handelt, der an mir vorbeigegangen ist.

Jetzt bloß nicht die Nerven verlieren, Feli! Ich schlucke krampfhaft, während ich mich dazu zwinge, mich wieder auf das Wesentliche zu konzentrieren und nicht in Panik zu geraten. Mein Blick huscht zurück zu dem dritten Mann. Wenn mich nicht alles täuscht, hält er den Auslöser für die Bombe, die der Frau umgeschnallt wurde, in der Hand. Dummerweise kann ich nicht erkennen, ob die Bombe nur per Fernauslöser aktiviert werden kann oder ob sie auch über einen Timer verfügt. Oder über etwas noch Verheerenderes ...

»Wie viele Menschen kannst du auf einmal mit einem Schattensprung hier rausbringen?«, frage ich meinen Familiar.

»Einen«, antwortet Shadow. *»Mehr als einen kann ich nicht transportieren, egal ob Magier, normaler Mensch oder anderer Familiar.«*

Ich beiße mir auf die Unterlippe. Das ist nicht die Antwort, auf die ich gehofft habe. Wenn wir einfach hereinplatzen, ist das Risiko, dass die beiden Männer auf die Geiseln schießen, viel zu groß. Aber die größte Gefahr geht von dem Kerl mit dem Fernzünder aus. Ihm reicht eine Sekunde, wahrscheinlich weniger, um den roten Knopf zu drücken.

Bisher hatten Shadow und ich stets nur mit *einem* Gegner zu tun. Die Wasserbändigerin, Terra beim Training, die Kleinkriminellen in der Stadt – sie alle traten einzeln gegen uns an. Nun haben wir es mit drei Tätern zu tun. Wie soll es gelingen, sie zeitgleich zu überwältigen?

Sollte Shadow vielleicht eine Nebelwand beschwören? Doch dann könnte der Mann mit dem Zünder noch immer die Bombe auslösen. Aber wenn wir uns nur auf den mit dem Fernzünder konzentrieren, werden die beiden Männer mit den Knarren die Geiseln gegen uns nutzen.

Ich könnte Shadow bitten, die Frau mit der Bombe wegzuschaffen, aber auch das nützt uns nichts. Selbst wenn er den Mann mit dem Zünder aus dem Gebäude und weit wegschafft, stehe ich noch immer den Männern mit den Waffen gegenüber.

Ich balle die Hände zu Fäusten. Wie ich es auch drehe und wende, ich komme zu keinem befriedigenden Ergebnis, das ohne Opfer oder zu große Risiken auskommt.

Und das größte Risiko ist die Frau mit der Bombenweste. Während ich das Für und Wider abwäge, Pläne schmiede und sie gleich wieder verwerfe, mustere ich die Frau mit der Bombe einen Augenblick von meinem Beobachtungsposten aus und runzele dann die Stirn. Irgendwas stimmt nicht mit ihr, doch ich kann nicht genau benennen, was es ist. Sie ... verhält sich seltsam. Nein, vielmehr ist es das Fehlen jedweder Emotion, das mich stutzig werden lässt. Während die anderen Gefangenen ein Bild des Jammers abgeben, sich schniefend eng aneinanderdrücken und es nicht wagen, zu den Geiselnehmern zu schauen, sitzt sie mit kerzengeradem Rücken und erhobenem Haupt da. Keine feuchten Wangen, kein zerzaustes Haar, keine Spur von Verzweiflung oder Gegenwehr. Sie macht auf mich eher den Eindruck, als posiere sie für ein Hochglanzmagazin, anstatt ein wichtiger Teil einer Geiselnahme zu sein und dem sicheren Tod ins Auge zu sehen.

Sie zeigt keinen Funken Angst. Entweder ist sie lebensmüde oder ...

Mein Blick fällt auf ihr Glimmen, das ich dank des luftigen Sommerkleids deutlich über dem Westenverschluss sehen kann. Oder zumindest das, was davon übrig ist.

Meine Handflächen sind schweißnass, als ich die Fäuste wieder löse. In Gedanken schelte ich mich eine Närrin, dass ich es überhaupt in Erwägung ziehe, doch ...

Es ist ein Risiko ... Aber es ist die einzig logische Erklärung.

Diese Frau ist nicht zufällig hier. Und sie benimmt sich auch nicht aus einer Panikreaktion heraus so distanziert. Ganz im Gegenteil: Sie verspürt keine Angst. Ich bin mir nicht mal sicher, ob sie überhaupt noch zu Empfindungen fähig ist. Das schwache Glimmen, das ich in der Brust erkennen kann, hat nahezu jegliche Kraft verloren. Es erinnert mich an Justins; ein dunkles Flackern ohne erkennbaren Puls.

Mein Blick huscht zu einem der Männer, der mit beiden Händen die Pistole umklammert hält. Seine Hände zittern dabei verdächtig und ich kann deutlich erkennen, dass die Waffe nicht entsichert ist. Ich habe genug Action- und Splatter-Filme gesehen, um eine geladene Pistole erkennen zu können – jedenfalls rede ich mir das ein. Wer geht denn zu einer Geiselnahme, ohne die Waffe zu entsichern? Und warum bedroht weder er noch der andere Mann eine der Geiseln oder führt Verhandlungen mit der Polizei? Sie müssen doch irgendwelche Forderungen haben, wenn sie eine Bank überfallen und Geiseln nehmen, anstatt sich sofort in die Luft zu sprengen! Warum versuchen sie nicht, diese Forderungen durchzusetzen?

Der Kopf der Frau mit der Bombe ruckt zu dem Mann mit der Knarre, woraufhin dieser seine Waffe schnell hebt und sie der Geisel, die ihm am nächsten sitzt, vors Gesicht hält. Und die Lippen der Frau mit der Bombenweste verziehen sich für den Bruchteil einer Sekunde zu einem Lächeln.

Ein eiskalter Schauer rinnt mir den Rücken hinab. Ich darf keinen Fehler machen. Diesmal geht es nicht darum, dass ich mir bei einer zu langsamen Bewegung einen schmerzhaften Hieb von Terra einhandele. Hier stehen Menschenleben auf dem Spiel! Wenn ich eine falsche Entscheidung treffe oder etwas nicht richtig einschätze ... Dann könnten Menschen sterben. Und es wäre meine Schuld.

Mein Magen zieht sich krampfhaft zusammen, doch ich konzentriere mich darauf, ruhig und gleichmäßig zu atmen. Ich schaffe das. *Wir* schaffen das!

»Shadow, wir müssen zuerst die beiden Männer mit den Waffen ausschalten. Oder sie zumindest unschädlich machen.«

Obwohl ich mir sicher bin, dass ich ihr Handeln richtig deute, will ich kein Risiko eingehen. Bewusstlos sind sie mir lieber, als dass sich letztendlich doch noch ein Schuss lösen kann.

»Ich habe deine Schlussfolgerungen in Gedanken gehört, aber ... die Bombe ... Geht von einer Explosion nicht die größere Gefahr aus?«

Ich lockere die verkrampften Hände. »*Darum kümmere ich mich.*«

Es folgt ein kurzer Moment der Stille, dann ein aufgebrachtes »*Bist du wahnsinnig?*«.

»*Möchtest du wirklich, dass ich diese Frage jetzt beantworte?*«

»*Das hier ist kein Spiel, Feli!*«, knurrt Shadow. »*Hierbei könnten nicht nur wir, sondern auch andere draufgehen. Das ist eine andere Nummer als ein kleiner Dieb, der etwas Geld aus einer Ladenkasse klauen will.*«

»*Glaubst du etwa, dass ich das nicht weiß? Ich sehe die Kerle mit den Knarren genauso gut wie du! Aber das ist es ja! Das hier sind keine Kleinkriminellen. Es ist etwas Größeres! Diese Geiselnahme ist meine Eintrittskarte in die Liga der Meister-Magier!*«

»*Hör auf damit!*«, grollt er. »*Ich werde nicht zulassen, dass du dich wegen dieses Blödsinns in Gefahr begibst.*«

Ich beiße die Zähne zusammen. »*Ich werde als Meister-Magierin immer in Gefahr sein. Das gehört dazu! Berufsrisiko, nanntest du es nicht so? Du wusstest, worauf du dich einlässt. Ziehst du jetzt etwa bei unserem ersten richtigen Auftrag den Schwanz ein?*«

»*Das ist eine Nummer zu groß für uns, Feli. Überlass es der Polizei oder deinen Brüdern oder anderen Meister-Magiern, aber …*«

»*Nein!*«, unterbreche ich ihn. »*Das ist mein Kampf, meine Chance. Und ich werde sie nicht ungenutzt verstreichen lassen. Verschwinde aus meinem Schatten, wenn du kneifen willst. Von mir aus ziehe ich das auch allein durch.*«

»*Sei doch bitte vernünftig …*«

Ohne ihm weiter zuzuhören, trete ich aus dem Versteck hervor. Kurz verkrampft sich mein Körper, als er Shadows Befehl, sofort wieder in Deckung zu gehen, nachkommen will, doch ich entscheide mich bewusst gegen die Anweisung und setze weiter einen Fuß vor den anderen. Solange ich ihm nicht die Kontrolle überlasse, kann er nichts gegen meinen freien Willen ausrichten. Sein aufgebrachtes Grollen vibriert in mir, als er erkennt, dass er meine Bewegungen nicht steuern kann und seine Argumente auf taube Ohren stoßen.

Sofort wirbeln die zwei Männer mit den Waffen zu mir herum und zielen auf mich. Bei beiden habe ich den Verdacht, dass sie die Pistolen jeden Augenblick fallen lassen, so sehr zittern ihre Hände. Der Mann mit dem Fernzünder steht weiterhin abseits und macht ebenfalls einen sehr nervösen Eindruck auf mich. Zwar kann ich die Gesichter der Männer aufgrund der schwarzen Sturmhauben nicht sehen – bis auf die Augenpartie –, aber ich vermag es, ihre Körpersprache zu deuten. Alle drei wirken so verunsichert und nervös, als hätten sie es sich auf halber Strecke anders überlegt. Als wäre alles nur ein dummer Scherz und sie wären nur zur falschen Zeit am falschen Ort.

Und genau das ist.

Ich hebe die Mundwinkel zu einem Lächeln. Das ist das letzte Puzzlestück, was ich gebraucht habe ... Doch zunächst müssen wir uns um die Kerle mit den Knarren kümmern. Denn ich gehe lieber kein Risiko ein und pokere darauf, dass die Pistolen doch entsichert sind und die Männer damit umzugehen wissen.

»Einen wunderschönen guten Morgen«, sage ich gut gelaunt und setze dabei mein breitestes Lächeln auf.

Ich kann förmlich spüren, wie Shadow für einen Moment die Luft anhält, um mich gleich darauf anbrüllen zu können, ob ich nicht mehr alle Tassen im Schrank habe. Doch ich mache einen Schritt auf die Männer mit den Pistolen zu und rede weiter, wodurch ich das wüste Schimpfen meines Familiars ausblende.

»Ist es nicht zu früh am Tag, um Leute zu bedrohen?«, frage ich. »Noch dazu an einem Montag! Kennt ihr Verbrecher eigentlich keine Ehre?«

»W...wer bist du?«, kommt es von einem der Gefangenen.

Kein Wort von den Geiselnehmern. Nicht ein einziger Ton. Keine Fragen darüber, wer ich bin und was ich hier mache. Sie stehen einfach nur da und starren mich an. So als seien sie stumm. Oder ... als hätte man ihnen den Mund zugeklebt.

Nur flüchtig schaue ich zu der Frau mit der Bombe. Die Augen hat sie zu Schlitzen verengt, aus denen sie mich durchdringend mustert.

»Oh, wie unhöflich von mir!«, sage ich, hebe den Saum meines Rocks ein Stück an und knickse. »Ich bin *Lady Luck* und ich werde dafür ...«

»Erschießt sie endlich!«, keift die Frau mit der Bombe.

Darauf bin ich vorbereitet und zum Glück hat sich auch Shadow mittlerweile erholt. Zeitgleich lasse ich zwei Schattenblitze auf die bewaffneten Männer niedergehen, die sie sofort zu Boden strecken. Ein kollektives Nach-Luft-Schnappen geht durch den Raum.

»Eine … eine Magierin!«, wispert eine der Geiseln.

»Es war nicht nett, mich zu unterbrechen«, murmele ich, während ich nach außen hin gelassen zu den beiden Männern am Boden schlendere und die Pistolen außer Reichweite kicke. »Das ist mein erster großer Auftritt, weißt du?« Ich wende mich der Frau zu, die mich aus weit aufgerissenen Augen anstarrt. »Da wollte ich alles richtig machen.«

Sie schluckt hektisch und sieht plötzlich nicht mehr so gelassen aus wie eben, als ihr noch Männer mit Waffen gegenüberstanden. Ich schenke ihr ein spöttisches Lächeln, ehe ich mich an den letzten vermeintlichen Geiselnehmer wende und die Hand ausstrecke.

»Gibst du mir den Zünder freiwillig oder muss ich dich ebenfalls zu Boden schicken?« Um meine Drohung zu unterstreichen, beschwöre ich dank Shadows Hilfe einen weiteren Schattenblitz.

Vor Angst schlotternd sinkt der Mann auf die Knie und wirft den Auslöser von sich.

»Wir haben es geschafft!«, jubelt Shadow in meinem Kopf.

»Nein«, entgegne ich und drehe mich wieder zu den Geiseln um, die nicht minder euphorisch sind wie mein Familiar.

Alle – bis auf eine.

Eine Frau als Drahtzieher bei einer Geiselnahme ist ungewöhnlich – noch dazu, wenn sie selbst die Bombe umgeschnallt hat. Aber … es kann niemand anderer als sie dahinterstecken! Selbst für Kleinkriminelle haben sich die drei Männer zu dumm und unwissend angestellt. Das hätten sogar Katie und ich um einiges besser auf die Beine stellen können!

Die Frau springt auf die Füße, fördert eine Pistole zutage und schießt damit zweimal in die Luft.

Kreischend werfen sich die anderen Geiseln zu Boden und schützen ihren

Kopf mit den Armen. Jeder Muskel in meinem Körper scheint sich zu verkrampfen. Verdammter Mist! Ich wusste zwar, dass von ihr eine Gefahr ausgeht, aber ich habe nicht damit gerechnet, dass sie ebenfalls eine Waffe haben könnte.

»Niemand verlässt den Raum!«, bellt sie, während sie zeitgleich an einem Kabel zerrt, das aus der Bombenkonstruktion ragt. Piepsend und flackernd erwacht etwas zum Leben – eine Countdown-Anzeige mit roten Ziffern auf der Vorderseite der Weste.

Fünf Minuten.

Ich blecke die Zähne. Na großartig! Auch das noch! Ich beschwöre einen Schattenblitz. Wenn ich sie ausknocken kann, gelingt es mir vielleicht, ihr die Weste auszuziehen. Dann könnte mich Shadow mit einem Schattensprung weit weg auf irgendeinen unbewohnten Berggipfel oder so bringen, wo die Bombe gefahrlos detonieren kann. Doch noch bevor ich den Blitz auf sie zuschleudern kann, richtet sie die Pistole auf mich. Ihre Hände zittern nicht, während sie den Hahn spannt. Das Klicken verursacht mir ein flaues Gefühl im Magen.

»Eine falsche Bewegung«, knurrt sie, »und ich knalle dich ab!«

Widerwillig lasse ich den Schattenblitz verschwinden. Shadows Grollen hallt durch meinen Kopf, doch am meisten zehrt das sekündliche Piepen des Countdowns an den Nerven.

»Kannst du einer Kugel ausweichen?«, frage ich meinen Familiar.

»Machst du Witze? Wenn ich das könnte, hättest du gegen die Wasserbändigerin nicht einen Treffer einstecken müssen. Nein, auch ich bin an ein paar physikalische Gesetze gebunden.«

»Wäre ja auch zu schön gewesen ...«

»Warum interessiert sich eine Meister-Magierin für eine läppische Geiselnahme?«, zischt die Frau. »Du machst alles kaputt!«

»Also, eigentlich bin ich keine offizielle Meister-Magierin«, setze ich an. »Und ... ich war gerade in der Gegend, könnte man sagen.«

Ein eiskaltes Lächeln zupft an ihren Mundwinkeln. »Das heißt, wenn ich dir eine Kugel durch den Schädel puste, hetze ich mir nicht zig andere Meister-Magier auf den Hals?«

»Tja, nun, das ist etwas schwierig. Ich bin mir ziemlich sicher, dass du zwei auf jeden Fall an der Backe hättest. Familienbande und so.«

Sie gibt einen abschätzigen Laut von sich. »Die Freunde einer Magierin, die dumm genug ist, ohne ihren Familiar hier aufzutauchen, taugen mit Sicherheit auch nichts!«

»Wie kommst du darauf, dass ich allein bin?«

Ich setze ein möglichst unverfängliches Grinsen auf und wende mich an Shadow.

»Bist du bereit?«

»Bereit wofür?«, fragt er in einem leicht panischen Tonfall, den ich nur selten bei ihm gehört habe. *»Es wäre bedeutend einfacher für mich, wenn du vorher deine Pläne mit mir teilen könntest! Selbst in deinen Gedanken finde ich nichts, was …«*

»Frontalangriff«, sage ich knapp.

Vier Minuten.

»Ähm … Entschuldige, ich hab scheinbar was mit den Ohren. Das hat sich gerade so angehört, als wolltest du …«

Doch da lasse ich mich bereits fallen und er hat keine andere Wahl, als mich aufzufangen, wenn wir nicht draufgehen wollen. Erneut schallt mir sein ungehemmtes Fluchen durch den Kopf, während er meinen Körper nach vorn springen und mich mit der Faust ausholen lässt.

Alles geht so schnell … Viel zu schnell, als dass ich hätte reagieren können. Der Schuss hallt mir in den Ohren wider und ruft ein hohes Fiepen hervor, das noch nerviger als das Piepen des Countdowns ist. Die Geiseln kreischen und einen Moment sehe ich vor lauter Rauch nichts mehr. Spüre nur den Rückstoß bis hinauf in die Schulter, ehe meine Faust mit dem Gesicht der Frau kollidiert.

Erst als sie auf dem Boden aufschlägt und sich der Schmerz in meiner ganzen Hand ausbreitet, fühle ich, dass auch noch etwas anderes nicht stimmt. Shadows blankes Entsetzen flutet mein Innerstes und lässt mich fast die Kontrolle über die eigenen Gefühle verlieren.

»Nein!«, presse ich hervor, darauf bedacht, mir selbst in Gedanken so wenig

wie möglich die Schmerzen, die in Wellen durch mich hindurchrauschen, anmerken zu lassen. Shadow kann sie nicht spüren, das hat er mir gesagt, als er sich als »Puppenspieler« bezeichnete. Und jetzt muss er noch eine Weile weiterspielen. *»Wir brauchen ... die Weste! Die Bombe ... Wir müssen sie aus der Stadt schaffen. Wenn sie hier detoniert ...«*

»Du wurdest angeschossen, bei allen Göttern, verflucht noch mal! Wie kannst du jetzt an diese beschissene Bombe denken?«

Ich schmunzele ein bisschen über seine Ausdrucksweise. *»Ich schaffe das! Mein Körper ... schafft das. Halte ihn aufrecht! Um alles Weitere ... kümmern wir uns, wenn ... das hier erledigt ist.«*

»Tu mir das nicht an, Feli!« Beinahe lässt mich der flehende Klang seiner Stimme einknicken. *»Lass mich nachsehen, wie schlimm es ist! Lass mich die Blutung stillen! Lass mich dich hier wegbringen, verdammt!«*

»Du kannst mich ... später wieder zusammenflicken.«

Es würde zu lange dauern ... Wenn Shadow sich jetzt aus meinem Schatten löste und die Symbiose aufgäbe, würde ich zu Boden gehen. Und er würde sich um mich kümmern und die Bombe vergessen. Er würde mich wegbringen, nach Hause, und erst wieder zurückkehren, wenn er sich sicher wäre, dass ich außer Gefahr bin. Bis dahin ist die Bombe längst hochgegangen! Ich liebe ihn dafür, dass er meine Sicherheit über die aller Menschen im Umkreis stellt, aber ... das kann ich nicht zulassen! Wären unsere Rollen vertauscht, würde ich aber wahrscheinlich ähnlich handeln.

Doch ich weiß, was ich mir zutrauen kann. Die Schmerzen sind auszuhalten. Ich kann sie nicht mal genau lokalisieren, aber das versuche ich lieber erst gar nicht. Wenn ich mich zu sehr darauf konzentriere, wird es nur schlimmer. Jetzt stehe ich noch unter der Wirkung des Adrenalins. Jetzt müssen wir handeln!

Drei Minuten.

Ich wende mich an die übrigen Geiseln, die mich aus großen Augen anstarren. »Alle raus hier!«, brülle ich. »Auf der Stelle!«

Sie kommen meiner Aufforderung sofort nach. Auch die drei Männer mit den Sturmhauben sind wieder zu sich gekommen und suchen schleunigst das Weite. Doch sie werden in weniger als drei Minuten nicht weit genug wegkommen, um der Zerstörungskraft der Bombe entgehen zu können.

»Bitte …«, hauche ich Shadow zu. *»Geh zu der Frau und nimm ihr die Weste ab. Dann bringst du uns irgendwohin, wo sie gefahrlos detonieren kann. Und dann … bringst du mich hierher zurück, damit wir nachsehen können, ob es den Geiseln gut geht. Erst danach kannst du dich aus meinem Schatten lösen. Wenn du es vorher tust … Ich weiß nicht, ob ich dann bei Bewusstsein bleiben kann.«*

Ich spüre eine klebrige Nässe, die mir seitlich an der Taille und dem Rücken hinunterläuft. *Nicht darauf konzentrieren!*, schärfe ich mir ein.

Wenn ich zusammenbreche … Wenn ich mich vor Schmerzen auf dem Boden krümme … Shadow wird nicht eine Sekunde zögern und mich hier wegbringen – ungeachtet der Opfer, die die Explosion fordern würde. Deshalb muss ich ihn in meinem Schatten lassen und hoffen, dass er meinem Wunsch nachkommt.

Mit Widerwillen bewegt Shadow meinen Körper. Jede noch so kleine Bewegung schießt immer neue Schmerzimpulse durch mich hindurch und ich muss ein Wimmern unterdrücken. Wenn ich jetzt einen Laut von mir gebe, bricht Shadow die ganze Sache ab. Sofort und ohne mir eine Chance auf eine weitere Erklärung zu geben. Ich würde mich auch viel lieber jetzt als später von ihm behandeln lassen und diesem ganzen Irrsinn entfliehen. Irgendwie lief das nicht so wie geplant …

Es ist seltsam, dass ich während einer Symbiose Schmerzen spüren kann, Erschöpfung jedoch nicht. Während des Trainings mit Terra sah ich meinem Körper an, dass er aus dem letzten Loch pfiff, aber erst nachdem Shadow die Symbiose aufgelöst hat, war ich völlig fertig. Um mich abzulenken, frage ich meinen Familiar danach.

»Das hat damit zu tun, dass Teile dessen, was ich bewegen will, nicht mehr funktionieren«, beantwortet Shadow meinen Gedankengang. *»Wenn ich der ›Puppenspieler‹ bin, kommt es einem durchtrennten Seil, an dem ich nicht mehr ziehen kann, nahezu gleich. Diese Auswirkungen – quasi das zurückschnappende Seil – spürst du, obwohl ich die Kontrolle habe. Alles andere hingegen, Erschöpfung und*

auch äußere Einflüsse, nimmst du kaum oder gar nicht wahr, weil sie nicht bis in dein Innerstes vordringen, wo du dich gerade befindest. Schmerz hingegen tut es schon.«

Seine Antwort hilft mir dabei, mich auf etwas abseits des pochenden Schmerzes in der Schulter zu konzentrieren. Ich könnte seinen ruhigen Erklärungen ewig weiter lauschen, denn sie besänftigen meinen aufgewühlten Geist. Zweifelsohne ist er noch immer aufgebracht, aber er versucht es so gut es geht zu unterdrücken.

Unter Shadows Anweisung kniet sich mein Körper neben die bewusstlose Frau und nestelt mit den Händen an den unzähligen Verschlüssen der Weste. Unentwegt zählt der Countdown herunter. Uns bleiben nur noch knapp zwei Minuten. Beim Öffnen streife ich mit der Hand über das dunkle Glimmen und zucke instinktiv zurück – so schnell und abrupt, dass noch nicht mal Shadow meine Bewegung beeinflussen kann. Für den Bruchteil einer Sekunde flackerten Bilder vor meinem inneren Auge auf. Und ich empfand ... Wut? Nein ... Ich spürte abgrundtiefen Hass.

Zwei Minuten.

»Ich kann den letzten Verschluss nicht öffnen«, sagt Shadow und reißt mich aus der Starre. *»Daran ist ... ein Zahlenschloss befestigt.«*

Ich konzentriere mich auf den Verschluss direkt unter dem Display mit dem Countdown. Tatsächlich! Dort befindet sich ein Vorhängeschloss, etwa halb so groß wie meine Handfläche. Und wie es aussieht, kann es nur durch das Einstellen der vier richtigen Ziffern geöffnet werden.

Wir haben keine Zeit dafür, um ewig Kombinationen durchzuprobieren.

»Kannst du ihr die Weste nicht herunterreißen?«, frage ich.

Er ruckelt und zerrt daran, doch sie sitzt so eng, dass sie sich kaum bewegt.

»Ich habe Angst, dass ich mit Gewalt einen der Drähte beschädigen könnte«, sagt Shadow. *»Ich kann nicht einschätzen, was dann passiert.«*

»Aber wir können doch unmöglich alle ...«

Genau in dem Moment kommt die Frau wieder zu sich und während ich mit Shadow diskutiere, greift sie mich so unverhofft schnell an, dass mir nicht genügend Zeit zum Ausweichen bleibt. Mit einer Hand umklammert sie mein Handgelenk, die Finger der anderen versenkt sie tief in meiner

Schulter. Direkt in die Schusswunde. Ich kreische im Inneren auf und winde mich vor Schmerzen.

Shadow ist wie erstarrt aufgrund meiner Schreie und der Qual, die mich heimsucht, und bietet der Frau dadurch die Gelegenheit zu einem erneuten Angriff. Sie wirft sich gegen mich, sodass ich hart auf dem Rücken lande und mir sämtliche Luft aus den Lungen gepresst wird.

Noch immer steht Shadow völlig neben sich, ist kurz davor, in Panik zu verfallen und dadurch eine falsche Entscheidung zu treffen. Das darf ich nicht zulassen! Wenn er sich aus meinem Schatten löst, war alles sinnlos!

»Reiß dich zusammen!«, schreie ich über die wirren Emotionen hinweg, die sich in meinem Inneren miteinander vermischen. *»Shadow, bitte!«*

Die Frau hockt auf mir und drückt mich nach unten. Ihr an sich hübsches Gesicht ist wutverzerrt, während der Countdown unerbittlich weiter runterzählt. Nur noch etwas mehr als eine Minute!

Endlich kommt wieder Leben in meinen Körper. Ich bäume mich auf und werfe so die zierliche Frau von mir, doch sie geht bereits wieder auf mich los. Diesmal reagiert Shadow jedoch schneller, duckt sich unter ihrem Angriff weg und rammt ihr die Faust in den Magen.

»Sag mir die verdammte Zahlenkombination!«, knurrt er ihr ins Ohr, während sie röchelnd nach vorn sackt.

Ich kann mich nicht daran erinnern, dass meine Stimme je so angefressen geklungen hat.

Die Frau würgt kurz, dann sackt sie zusammen und dreht sich auf den Rücken. Beim Anblick des gemeinen Grinsens auf ihren Lippen hätte ich Shadow am liebsten darum gebeten, erneut mit der Faust auszuholen.

»Warum sollte ich … das tun?«, fragt sie leicht kurzatmig. »Du wirst in gut einer Minute mit mir hier draufgehen.«

Shadow packt sie am oberen Ende der Weste und schüttelt sie. »Die Kombination!«

Eine Minute.

Shit! Was sollen wir nur tun? Wenn sie sich querstellt, haben wir keine Möglichkeiten mehr …

»Ich bringe dich in einen der Nebenräume, schnappe mir dann die Frau und setze sie auf irgendeinem gottverlassenen Berggipfel aus, wo sie zusammen mit ihrer verfluchten Bombe explodieren kann!«, stellt Shadow aufgebracht in Aussicht und ist drauf und dran, meinen Körper zu bewegen.

»Nein! Das können wir nicht tun. Das ist nicht ...«

»Nicht was, Feli?«, unterbricht er mich barsch. *»Nicht heldenhaft? Ich hab Neuigkeiten für dich: Das ist mir scheißegal! Jedenfalls wenn es um deine Sicherheit – um dein verdammtes Leben! – geht.«*

Ich verstehe ihn. Ich verstehe ihn wirklich. Wenn etwas oder jemand sein Leben bedrohten, würde ich auch jeden Hebel in Bewegung setzen und jeden Weg gehen, um ihn vor Unheil zu bewahren.

Eine kleine Stimme flüstert mir zu, dass es egal ist. Dass der Tod der Frau kein Verlust ist angesichts dessen, was sie tun wollte. Aber wenn ich wirklich zulasse, dass sie stirbt, ohne einen ordentlichen Prozess zu bekommen und für ihre Taten büßen zu müssen, würde ich mich selbst ein Stück weit verraten. Ich wollte immer eine Meister-Magierin und Heldin sein – und nun bin ich im Begriff, während meines ersten Einsatzes alles falsch zu machen.

Es muss einen anderen Weg geben!

»Ihr ... Glimmen!«, stoße ich in Gedanken hervor, bevor ich eigentlich weiß, warum. *»Berühre es!«*

»Aber ...«

»Mach schon!«

»Bei zehn Sekunden bringe ich sie hier weg und lasse sie irgendwo zum Sterben zurück«, knurrt er, bewegt aber den unverletzten Arm. *»Mir ist egal, was du dann davon halten wirst.«*

Ich schreie auf, als ich mit den Fingerspitzen über das dunkle Glimmen streiche, doch ich beiße sofort wieder die Zähne zusammen und konzentriere mich auf die Bilder, die auf mich einprasseln. Ich brauche einen Moment, um sie halbwegs sortieren zu können, denn sie erscheinen mir in einer völlig willkürlichen Reihenfolge. Hass, Wut und Neid strömen gemeinsam mit den Bildern auf mich ein und ich habe Mühe, meine eigenen Gefühle von den fremden zu trennen. Nur für den Bruchteil einer Sekunde sehe ich Szenen aus dem Leben der Frau, bevor sie verblassen und Platz für die nächste Szene machen. Ich sehe … einen Polizisten und spüre Angst. Ich sehe einen Kontoauszug voll roter Zahlen und spüre Verzweiflung. Und dann kommt der Hass, als ich den Polizisten von vorhin im Bett mit einer anderen Frau sehe.

Die Frau schluchzt auf. Keine Ahnung, ob sie durch meine Berührung ebenfalls die Bilder noch einmal durchleben muss, aber ich kann fühlen, dass all das, was ihr in den letzten Jahren widerfahren ist, ihr sämtlichen Lebenswillen genommen hat. Sie will Rache. An dem Polizisten, der höchstwahrscheinlich in einem der Autos draußen vor der Bank ist, und an der Bank selbst, die sie in den Ruin getrieben hat. Und die Frau, mit der der Polizist im Bett war … War das nicht eine der anderen Geiseln?

Ich konzentriere mich wieder auf das dunkle und kaum wahrnehmbare Glimmen und stelle mir vor, dass ich es mit der Hand umfassen kann. Dass ich meine Handfläche schützend darum legen und ihm Trost spenden kann.

Bisher habe ich – mit Ausnahme von Shadows – noch nie ein fremdes Glimmen berührt. Es ist … unangenehm. Schmerzhaft. Und es macht mir Angst, mich immer tiefer in fremde Erinnerungen fallen und von unvertrauten Gefühlen übermannen zu lassen. Ich will Shadow anflehen meine Hand zurückzuziehen, doch ich mache weiter. Während ich das eisige Stechen der negativen Empfindungen weitestgehend ignoriere, suche ich nach dem letzten schwachen Leuchten, das sich tief in ihrem Herzen verborgen hat. Ich suche nach den verbliebenen Funken von Hoffnung und Liebe, die es allein nicht mehr schaffen, gegen die Dunkelheit anzustrahlen. Immer mehr aufwühlende Ereignisse und Erinnerungsfetzen schiebe ich beiseite und suche nach denen, die ich brauche.

»Feli!«, drängt mich Shadow.

Ich wage nicht, auf die Countdown-Anzeige zu sehen. Ich weiß auch so, dass mir keine Zeit mehr bleibt, in all dem Schrecken nach schönen Erinnerungen zu suchen.

»Verdammter Mist!«, zische ich.

Im nächsten Moment dränge ich Shadow aus meinem Schatten, dass er ein ganzes Stück zurückgeschleudert wird. Als ich wieder Herr über meinen

Körper bin, glaube ich, jede Sekunde ohnmächtig zu werden, daher bewege ich ruckartig die verletzte Schulter, um den Nebel der Bewusstlosigkeit zu vertreiben. Ich beiße mir auf die Unterlippe, bis ich Blut schmecke; dennoch entweicht mir ein Keuchen. Zwar habe ich bereits die Schmerzen gespürt, doch ohne Shadows schützendes Bewusstsein ist es noch schlimmer.

Viel zu lange brauche ich, um eine Hand auf mein Glimmen zu legen, während die andere noch auf dem der Frau ruht. Meine Bewegungen sind schwerfällig, doch ich muss handeln! Shadow ist bereits wieder auf den Beinen und wird uns gleich erreicht haben. Und diesmal wird er sich nicht von mir aufhalten lassen.

Ich spüre, wie mein eigenes Glück, meine Freude und all die positiven Gefühle durch die Verbindung mit ihrem Glimmen aus mir herausgesaugt werden. Wimmernd sacke ich nach vorn, kneife die Augen zusammen und frage mich, warum ich mir das überhaupt antue. Ein Reißen und Ziehen erfassen mich zusätzlich zu den Schmerzen in der Schulter, bis selbst das Atmen mich vor ungewohnte Herausforderungen stellt.

Doch dann pulsiert es unter meiner Hand: Es ist ihr Herz. Kräftiger und gleichmäßiger als noch vor ein paar Sekunden. Und als ich die Augen wieder öffne, sehe ich, dass das Leuchten zurückgekehrt ist.

»Die … Kombination!«, keuche ich.

»Vier … zwei … null … fünf«, wispert die Frau.

Ich nehme die Hand von ihrem Glimmen und will die genannten Zahlen einstellen, aber Shadow, der uns erreicht hat, schiebt meine zitternden Finger beiseite und dreht in Windeseile an den Rädchen. Ich sacke kraftlos nach hinten. Mein Atem geht flach und keuchend und Schweiß läuft mir die Schläfen hinab. Dennoch starre ich wie gebannt auf die Bewegungen von Shadows Fingern. Schon lange habe ich mich nicht mehr über ein Geräusch so sehr gefreut wie über das kleine *Klick* beim Aufschnappen des Vorhängeschlosses.

Hektisch reißt Shadow die nun geöffnete Weste vom Körper der Frau – und ein kurzer Blick auf das Display verrät mir auch, wieso. Mit der tickenden Weste in der Hand hechtet mein Familiar zu einem Schrank in der Ecke und verschwindet in dessen Schatten.

Ich halte die Luft an und wage nun gar nicht mehr zu atmen. Die Schmerzen sind mit einem Mal vergessen. Es würde mich nicht wundern, wenn mein Herz aufhört zu schlagen, so angestrengt starre ich auf die Stelle, an der er verschwunden ist.

Auf dem Display stand, dass …

Uns blieben nur noch vier Sekunden …

Fieberhaft überschlage ich, wie lange wir jedes Mal durch die Schatten gefallen sind. Eine Sekunde? Zwei? Drei? Dauert es länger, wenn er größere Strecken zurücklegen muss? Geht es schneller, wenn er allein reist? Verdammt! Warum weiß ich nichts davon?

»Sha…Shadow …«, hauche ich, während ich versuche die Finger der gesunden Hand Halt suchend in den Linoleumboden zu krallen.

Doch eines weiß ich: Er braucht zu lange … Viel zu lange.

Meine Unterlippe zittert und Tränen nehmen mir beinahe die Sicht auf den Schatten des hellbraunen Schranks.

»Shadow!«, schreie ich.

Es ist meine Schuld … Wenn ich ihm erlaubt hätte, die Frau einfach wegzubringen, als wir noch genug Zeit hatten … Er ist meinetwegen geblieben. Nicht er hat zu lange gebraucht, sondern *ich* … ich habe zu lange gezögert. Ich habe … Mit der Hand fahre ich über mein Glimmen, das irgendwo unter dem Hoodie leuchtet, doch … irgendetwas ist anders. Das pulsierende Flackern, das ich selbst durch den Stoff spüren kann, hat nicht mehr dieselbe Frequenz wie gewöhnlich. Mein Blick huscht zu der Frau, die neben mir kniet und sich den Kopf hält. Ihr Glimmen ist heller, beinahe leuchtend, wohingegen meines …

Während der Verbindung … Habe ich da mein eigenes Glück aufgebraucht?

Doch das ist nicht wichtig. Wenn Shadow … wenn er … Wenn er es nicht geschafft hat, wird mein Herz ohnehin nie wieder so schlagen wie zuvor. Wenn ich ihn verloren habe, so kurz nachdem ich erkannt habe, was er ist – wer er für mich ist –, dann weiß ich nicht, ob ich das je …

Eine bleierne Lethargie ergreift mich, die sogar die Angst um Shadow überdeckt und alles von mir abzuschirmen scheint. Es kommt mir vor, als sei ich in einem schützenden, aber gleichzeitig einengenden Kokon gefangen. Mein Herz schlägt plötzlich langsam, die Schmerzen nehmen ab und ich vergesse für einen Moment, warum ich überhaupt hier bin.

Alles wird mir egal ... Ich sollte ... weggehen. Dies ist kein Ort für mich.

Jemand hustet am anderen Ende des Raumes. Sofort verschwindet der Nebel, der mich einzuhüllen schien, und mein Kopf ruckt in die Richtung des Geräusches. Mein Herz macht einen Satz – noch immer in einem ungewohnten Takt, als hätte ich einen Fremdkörper in der Brust –, ehe ich nach mehreren Sekunden, die ich einfach nur dorthin gestarrt habe, den Kopf in den Nacken lege. Ungehemmt fließen mir die angestauten Tränen die Wangen hinunter.

»Na, na!«, tadelt mich Shadow, bevor er erneut hustet. »Die Begrüßung für den Lebensretter habe ich mir aber anders vorgestellt.«

So schnell es mir möglich ist, springe ich auf die Füße, umklammere die verletzte Schulter mit einer Hand und torkele auf ihn zu. Nur durch pure Willenskraft gelingt es mir, einen Fuß vor den anderen zu setzen. Mein Körper ist völlig am Ende; ich bin verletzt und blute – und fühle mich innerlich leer. Aber ich muss Shadow berühren! Ich muss sichergehen, dass er nicht nur die Ausgeburt meines Verstandes, sondern real ist. Ich muss mich davon überzeugen, dass er es geschafft hat und tatsächlich zu mir zurückgekehrt ist.

Kraftlos sinke ich gegen ihn. Er riecht nach Rauch und Qualm und Schießpulver, und erst jetzt fallen mir die Rußspuren an seiner Haut auf. Doch das ist mir egal. Ich spüre seine Wärme und kurz darauf seine Arme, die sich vorsichtig um mich schlingen. Ein Schluchzen schnürt mir die Kehle zu. Er ist hier ... Er ist wirklich hier!

»Hey«, murmelt er, nachdem er mich auf die Stirn geküsst hat. »Dachtest du wirklich, dass ich draufgehe?«

»Du hast«, bringe ich zwischen zwei Schluchzern hervor, »dir ganz schön Zeit gelassen.«

»Tut mir leid. Es war ... ziemlich knapp. Ich bin zu dem Plateau gesprungen, wo ich mit Terra und Lumia trainiert habe – an dem Abend, als du von der Party kamst. Ich hab es nur noch geschafft, die Weste von mir zu werfen, da ist sie auch schon explodiert und hat mich ein ganzes Stück zurückgeschleudert. Ich glaube, ich war ein paar Sekunden bewusstlos. Und meine Ohren klingeln immer noch.« Er schiebt mich sanft ein Stück von sich weg. »Was ist mit dir? Ich muss mir sofort die Schusswunde ansehen. Du hast bestimmt eine Menge Blut verloren. Und was hast du vorhin mit ihrem Glimmen gemacht?«

»Ich … befürchte, ich habe daran herumgepfuscht und ihr etwas von meinem Glück abgegeben.«

Er seufzt. »Glück muss immer im Gleichgewicht sein, das habe ich dir doch schon erklärt.«

Ich nicke schwach. »Ich weiß. Aber es war unsere einzige Chance.« Ich wende mich zu der Frau, die noch immer den Eindruck macht, als wüsste sie nicht, wie sie hierhergekommen ist. »Ich musste die negativen Gefühle vertreiben und ihr wieder einen Grund zum Leben geben. Sonst hätte sie uns niemals die Kombination verraten.«

»Riskant«, murmelt Shadow und seufzt. »Aber das bin ich ja nicht anders von dir gewohnt. Darf ich dich jetzt endlich nach Hause bringen und mich um deine Verletzungen kümmern? Und auch um dein Glimmen.«

»Was meinst du damit?«

»Deine Gabe ist das Glück«, erklärt er. »Und das Glück in der Liebe. Du kannst negative Empfindungen in dich aufnehmen und den jeweiligen Personen etwas von deinen positiven Gefühlen abgeben. Aber auf Dauer zehrt das deinen eigenen Glücksvorrat auf, denn …«

»… das Glück muss immer im Gleichgewicht bleiben«, beende ich seinen Satz.

Er nickt. »Du scheinst ihr eine ganze Menge verabreicht zu haben und trägst nun einen Teil von ihren negativen Gefühlen mit dir herum. Wenigstens hast du ihr nicht dein ganzes Glück und alle Emotionen übertragen, sonst hätten wir nun ein weit größeres Problem. Aber an nur ein paar negativen Gefühlen können wir etwas ändern. Nun ja, *ich* kann daran etwas ändern.«

Er legt mir eine Hand an die Wange, hebt meinen Kopf ein Stück an und küsst mich – so zärtlich und behutsam, als hätte er Angst, dass ich unter einer zu festen Berührung zerspringen könnte. Augenblicklich spüre ich, dass die negativen Emotionen, die ich von der Frau aufgenommen habe, aus mir heraussickern. Mein Herzschlag setzt kurz aus, nur um dann in der gewohnten Schnelligkeit und Intensität weiterzuschlagen, als wäre nichts geschehen.

Ein Lächeln umspielt Shadows Lippen, als er sich von mir löst und mir über die Wange streichelt.

»Wenn ich nun endlich deine Verletzungen versorgen dürfte ...«

Ich ringe mich zu einem Schmunzeln durch. »Einen Moment noch.«

Ich schleppe mich hinüber zu der Frau und versuche dabei mich so gerade und heldenhaft wie möglich zu halten. Ihr Blick ist klar, doch ich erkenne noch immer Verwirrung in ihrer Miene. Als sie mich ansieht, ziehe ich eine der Spielkarten mit der Herzdame aus der Tasche meines Hoodies und reiche sie ihr.

»Ruf nach mir, bevor du das nächste Mal Unschuldige in die Luft sprengen willst. Mach deinem untreuen Kerl von mir aus die Hölle heiß, aber lass andere da raus!«

»Da...danke«, bringt sie hervor. »Du ... hast mich davor bewahrt, einen großen Fehler zu begehen. Ich ... fühle mich, als könnte ich nach langer Zeit endlich wieder klar denken. Wie ... wie war dein Name?«

»Ich bin *Lady Luck*.«

Shadow tritt neben mich und greift nach meiner Hand. Ich nicke ihm zu und er zieht mich hinüber in den Schatten. Im nächsten Moment sind wir verschwunden.

KAPITEL 14

Felicity
Erst als wir wieder in meinem Zimmer ankommen, merke ich, wie fertig ich wirklich bin. Und nun spüre ich noch deutlicher die pulsierenden Schmerzen in der Schulter. Bis eben stand ich so unter Strom, dass ich das meiste ausblenden konnte. Hinzu kommt die Übelkeit des erneuten Schattensprungs, die mir endgültig den Rest gibt. Die Knie knicken unter mir weg, bevor ich mit den Füßen fest auf dem Boden stehe. Zum Glück ist Shadow da und hebt mich hoch, um mich zum Bett zu tragen. Dankbar und unendlich müde lehne ich den Kopf an seine Schulter und schließe für die paar Sekunden die Augen.

»Versuch bitte, einen Moment sitzen zu bleiben, damit ich mir die Schusswunde genauer ansehen kann«, weist Shadow mich an und kniet sich anschließend vor mich. Vorsichtig zieht er mit den Fingern den kaputten Stoff des Hoodies auseinander und runzelt die Stirn. »Wenn wir Pech haben, steckt die Kugel noch drin.«

Ich kämpfe mich bei seinen Worten aus dem Nebel der Müdigkeit wieder zurück in die Wirklichkeit und schlucke krampfhaft. »Kannst du … sie entfernen?«

Er schmunzelt. »Kleines, ich hab deinen zerfetzten Rücken wieder zusammengeflickt, da werde ich ja wohl eine Kugel herausholen können! Diesmal kann ich deinen Geist auch vollends in Schatten hüllen, damit du nichts von der Behandlung spürst. Bei der Wirbelsäule hatte ich Angst, dass du bleibende nervliche Schäden davongetragen haben könntest, aber im Schulterbereich liegen nicht allzu viele Nerven, um die ich mir Sorgen machen müsste. Und das Gelenk sieht auch heil aus.«

Ich stoße die Luft aus. Ein Glück! Ich habe keine Angst vor der Behandlung, denn ich weiß, dass ich bei Shadow in den besten Händen bin, aber ich bin auch nicht masochistisch veranlagt. Außerdem bin ich der Meinung, dass ich lange genug bewiesen habe, dass ich Schmerzen aushalten kann, und freue mich auf Shadows sanfte Schatten, die mich vor ihnen bewahren.

»Von mir aus können wir sofort anfangen«, sage ich.

Shadow nickt. »Ich ziehe dir den Hoodie aus, wenn ich deinen Geist in Schatten gehüllt habe. Dann merkst du es nicht, wenn ich deine Schulter bewegen muss.«

Ich spüre, dass sich ein kleines Lächeln auf meinen Lippen ausbreitet. »Aber bloß kein Gefummel!« Einen Augenblick muss ich wegen seines überrumpelten Gesichtsausdrucks schmunzeln – ich sehe ihm deutlich an, dass er beteuern will, dass es nicht seine Absicht wäre – und füge hinzu: »Dabei will ich wach sein.«

Lächelnd beugt er sich zu mir und streift mir die Kapuze vom Kopf. »Dein Wunsch ist mir Befehl.« Er küsst mich auf die Stirn. »Wenn du aufwachst, wirst du wieder so fit wie vorher sein.«

»Bist du bei mir, wenn ich wach werde?«, frage ich.

»Natürlich«, wispert er.

Das Letzte, was ich sehe, ist das Funkeln in seinen wunderschönen dunklen Augen.

***

Wie versprochen spüre ich rein gar nichts von der Behandlung, doch als ich langsam wieder zu Bewusstsein komme, weiß ich, dass sie ein voller Erfolg war. Ich bin völlig schmerzfrei und auch mein Herz schlägt im gewohnten Takt.

Ich hätte nicht gedacht, dass ich tatsächlich in der Lage bin, das Glimmen von anderen zu beeinflussen und an Herzen herumzupfuschen. Zwar ist es nichts, was ich auf Dauer machen möchte – die Schmerzen und das Gefühl, der eigenen Empfindungen beraubt zu werden, waren echt übel –, doch es ist wieder eine Sache, die nur ich schaffen kann, und ich bin stolz.

Aber wenn ich die Wahl hätte, würde ich mir lieber eine weitere Kugel einfangen. Das waren nur körperliche Schmerzen. Die Pein und das Übermaß an fremden Gefühlen, die mich überrollten, als ich das Glimmen einer anderen Person berührte, gingen tiefer. Sie schienen sich bis in mein Innerstes zu fressen und mich von dort heraus zu zerstören.

»Bist du wach?«, murmelt Shadow ganz nah.

Ich öffne blinzelnd die Augen und schaue direkt in sein Gesicht. Am liebsten würde ich ihn an mich ziehen und noch eine Weile schlafen, doch mir fallen seine fast schwarzen Iriden und die dunklen Schatten unter den Augen auf. Sofort bin ich hellwach.

»Ist alles in Ordnung?«, frage ich. Mein Blick huscht über sein Gesicht und ich nehme die Schmutz- und Rußspuren wahr. »Warst du ... etwa die ganze Zeit hier?«

Wie lange war ich weggetreten? Ich hebe die Hand und reibe mit dem Daumen über eine sehr hartnäckige Rußschliere.

Shadow lächelt schwach. »Ich bin ... nur ein wenig müde. Der Tag war anstrengend für mich.«

Die vielen Schattensprünge. Die Symbiose. Die Explosion, die er zum Teil abgekriegt hat. Und meine Heilung. Er ist nicht nur ein wenig müde – er muss völlig am Ende sein. Zwar habe ich ihn heute Morgen mit massig Magie versorgt, aber auch dieser Vorrat ist irgendwann aufgebraucht.

Ich halte Shadow im Arm und drücke ihm den Ring an die Lippen, doch er dreht den Kopf weg.

»Du ... bist zu schwach. Du brauchst erst ... neue Energie.«

Ich gebe ein Knurren von mir und drehe seinen Kopf wieder zu mir. »Es geht mir bestens. Aber dir nicht! Du nimmst dir jetzt so viel Magie, dass du mit mir nach unten gehen kannst.«

»Warum ... nach unten?«

Ich fahre ihm mit einer Hand durchs Haar. »Weil *ich* mich jetzt um *dich* kümmern werde.«

Er zögert noch einen kurzen Moment, dann schließt er die Lippen um den Ring. Ich merke, dass er sich zurückhält und gerade so viel Magie wie nötig nimmt. Ich will ihm sagen, dass es mir bestens geht und er mehr nehmen soll, doch ich verschiebe es auf später.

»Kannst du aufstehen?«, frage ich, nachdem er den Kopf wieder gegen mich gelehnt hat.

Shadow nickt und richtet sich auf. Er starrt förmlich vor Schmutz und ein kurzer Blick auf mich zeigt mir, dass ich nicht viel besser aussehe. Am Arm klebt noch eine Menge verkrustetes Blut. Wir haben beide eine Dusche bitternötig.

Ich klettere aus dem Bett und strecke Shadow eine Hand hin. Er wirkt erschöpft und seine Lider flattern, als hätte er Mühe, sie offen zu halten. Doch wenigstens sind die Schatten unter den Augen nicht mehr ganz so bläulich schwarz wie noch vor ein paar Minuten. Er greift nach meiner Hand und ich verschränke die Finger mit seinen.

»Komm mit mir«, sage ich sanft.

Er schwankt leicht, als er neben mir steht, aber er folgt mir ohne Widerworte nach unten.

***

Im Treppenhaus begegnet uns Cal, der natürlich seine Klappe nicht halten kann.

»Ihr zwei seht ja furchtbar aus!«, meint er, als wir an ihm vorbeilaufen. »Ladet mich doch das nächste Mal ein, wenn ihr irgendwas in die Luft jagen wollt! Oder habt ihr eine Feuerwerksfabrik überfallen?«

Ich lasse Shadows Hand los, wirbele zu meinem Bruder herum und pikse ihm mit dem Zeigerfinger in die Brust. »Spar dir deine dummen Sprüche! Wir haben einen anstrengenden Tag hinter uns, während du und Zac hier die Hände in den Schoß gelegt habt! Ich wäre dir daher sehr verbunden, wenn du uns in Ruhe lassen könntest!«

Cal zieht die Augenbrauen nach oben. »Entschuldige«, murmelt er mit einem Anflug von Zerknirschtheit. »Ich dachte nur, dass … Es sollte ein Spaß sein.«

Ich lasse die Hand sinken. »Schon gut. Wie gesagt, es war heute ziemlich stressig und wir brauchen dringend eine Dusche. Sieh zu, dass du uns Zac vom Hals hältst, in Ordnung?«

Sein Blick huscht zu Shadow, der sich am Treppengeländer abstützt. »Er sieht übel aus …«

»Ich weiß. Ich kümmere mich um ihn. Er hat … heute Großes geleistet. Ohne ihn könnte ich nicht mehr hier stehen – und eine Menge anderer Leute wären auch nicht mehr am Leben.«

»Na schön«, murmelt Cal. »Er scheint nicht in der Lage zu sein, sich an meiner kleinen Schwester zu vergreifen, deshalb lasse ich das mal durchgehen.«

Ich verdrehe die Augen und wende mich ab. Ohne ein weiteres Wort nehme ich wieder Shadows Hand in meine und ziehe ihn behutsam hinter mir her.

***

Im Erdgeschoss der Villa befindet sich das große Badezimmer mit einer riesigen ebenerdigen Dusche, in der bequem fünf Leute Platz hätten, und Whirlpoolwanne. Zwar gibt es noch eine Reihe anderer Bäder im Haus, aber die Duschen sind nicht groß genug für mehrere Personen. Im Bad verriegele ich die Tür hinter uns. Keine Ahnung, ob Cal Wort hält. Ich lasse es lieber nicht darauf ankommen.

Shadow steht mitten im Raum und hat die Augen geschlossen. Beinahe kommt es mir vor, als würde er im Stehen schlafen. Ob er mitgekriegt hat, wohin ich ihn gebracht habe?

Ich gehe zu ihm und streichele ihm über die Wange, bis er mich ansieht. »Du kannst gleich die Augen wieder zumachen«, sage ich sanft. »Hilf mir nur noch einen Moment, ja?«

Ich greife nach dem Saum des völlig verdreckten Achselshirts und warte, bis er die Arme hebt, damit ich es ausziehen kann. Vorerst werfe ich es zu Boden; später werde ich es mit unserer restlichen Kleidung in die Wäsche legen. Kurz fahre ich mit den Fingern über das vertraute Glimmen und genieße das warme Kribbeln, das sich ausgehend von der Berührung in mir ausbreitet, bevor ich die Hand tiefer gleiten lasse. Seine Bauchmuskeln zucken, während ich behutsam darüber streiche.

Als ich kurz nach oben sehe, begegne ich Shadows dunklem Blick aus halb geschlossenen Augen und freue mich über das schwache Grinsen, mit dem er mich bedenkt und das ich nur zu gerne erwidere. Das aufgeregte Flattern, das er dadurch im Bauch auslöst, lässt auch meinen Herzschlag einen Zahn zulegen. Mit beiden Händen nestele ich an den Knöpfen der Hose und streife sie ihm anschließend über die Hüften. Vor ihm kniend warte ich darauf, dass er erst mit dem einen und dann mit dem anderen Bein heraussteigt.

Kurz überlege ich, ob ich ihm auch die engen schwarzen Boxershorts ausziehen soll, entscheide mich jedoch dagegen. Das ... wäre dann doch zu viel für meine Nerven, die allein schon beim Anblick seines fast nackten Körpers völlig außer Rand und Band geraten.

Ich kämpfe das Bedürfnis, ihn überall berühren zu wollen, nieder, schnappe mir den kniehohen Stuhl, der eigentlich dazu dient, dass ich auch an die oberen Regale im Spiegelschrank herankomme, und stelle ihn in die ebenerdige Dusche. Dann streife ich mir schnell Shirt und Jogginghose vom Körper, sodass ich ebenfalls nur noch in Unterwäsche dastehe, und dirigiere Shadow in die Dusche. Erst als er sich gesetzt hat, drehe ich das Wasser auf. Ich will nicht riskieren, dass er umkippt, denn ich könnte ihn unmöglich allein wieder nach oben schaffen.

Ich nehme mir Zeit, ihn einzuseifen und den Schmutz und die restlichen Spuren des Tages von ihm abzuwaschen. Zwischendurch gibt er immer wieder ein zufriedenes Schnurren von sich, lässt aber die Augen geschlossen. Ohne diese Laute ginge ich jede Wette ein, dass er eingeschlafen wäre.

Ich bin fast fertig, als er einen Arm um mich legt und mich auf den Schoß zieht. Das Gefühl seiner glitschigen Haut an meiner – fast gänzlich ohne störenden Stoff dazwischen – lässt meine Nerven und Empfindungen wieder verrücktspielen. Als er sanft an meinem Hals knabbert, kann ich ein Stöhnen nicht zurückhalten.

Dennoch mache ich mich von ihm los und greife nach der Brause. »Deswegen sind wir nicht hier«, stelle ich klar, als er verwirrt zu mir aufschaut. »Du bist fast stehend k. o. gegangen. Deshalb wirst du dich brav weiter in nicht sexuellem Sinn von mir verwöhnen lassen, dir noch etwas Magie von mir nehmen, nachdem ich was gegessen habe, und dann tief und fest schlafen.«

Ich spüle gründlich den restlichen Schaum ab. Als ich sicher bin, keine Schmutzspuren übersehen zu haben, führe ich ihn aus der Dusche und stelle ihm den Stuhl mitten in den Raum, weil er noch immer den Eindruck macht, dass er jederzeit umkippen könnte.

Zwar bin ich schon klatschnass, aber nicht sauber, deshalb hülle ich ihn nur schnell in ein Handtuch und sage: »Ich dusche nur schnell und bin gleich wieder bei dir. Versuch bitte, solange wach zu bleiben, okay?«

Er legt mir eine Hand an die Wange und ich beuge mich vor, um ihm einen Kuss auf die feuchten Lippen zu hauchen. Zum Glück ist er nicht mehr so blass, aber er wirkt völlig fertig. Es versetzt mir einen Stich, ihn so zu sehen und zu wissen, dass ich daran die Schuld trage. Weil ich nicht auf ihn hören wollte und die Möglichkeit, meinen Traum erfüllen zu können, über seine Gesundheit gestellt habe.

»Danke«, bringt Shadow mit heiserer Stimme und einer Spur Unglauben hervor.

Mein Herz zieht sich noch mehr zusammen. »Wofür denn?«, wispere ich.

Herrgott, ich bin sowieso schon nervlich am Ende – und er bedankt sich auch noch bei mir! Wegen meiner Sturheit wäre er beinahe draufgegangen! Meine Augen brennen, doch ich dränge die Tränen zurück.

Dann streiche ich ihm die nassen Haare aus der Stirn, bevor ich mich umdrehe und mich der Unterwäsche entledige. Ich brauche eine Weile, um das getrocknete Blut von Arm und Schulter zu waschen. Die Haare shampooniere ich dreimal ein, bis ich endlich das Gefühl habe, dass sie nicht mehr verdreckt sind. Durch die beschlagenen Scheiben kann ich Shadow nur als Silhouette ausmachen, und da mich sein Zustand weiterhin beunruhigt, wickele ich schnell nur ein Badetuch um mich und gehe wieder zu ihm.

Er lächelt schwach und lehnt den Oberkörper gegen mich, als ich neben ihm stehe. Erneut halte ich ihm den Ring an die Lippen. Shadow will protestieren und wieder sagen, dass ich erst etwas essen und meine Magievorräte auffüllen muss, doch ich bringe ihn mit einem durchdringenden Blick zum

Schweigen. Gehorsam, aber mit einem unzufriedenen Grollen, nimmt er sich ein wenig Magie – kaum genug, um einen niederen Familiar versorgen zu können, geschweige denn einen mächtigen wie ihn. Am liebsten hätte ich frustriert aufgeseufzt über seinen Dickkopf.

Eine Gänsehaut überzieht Shadows Arme und er beginnt trotz der Wärme hier im Bad zu zittern.

»Schaffst du es, mit meinem Schatten zu verschmelzen?«, frage ich. »Dann bringe ich dich nach oben und du kannst eine Weile schlafen.«

»Ich kann ... laufen.«

»Hör auf, den großen Familiar markieren zu müssen!«, zische ich und er reißt überrascht die Augen auf. »Es geht dir nicht gut und ich weiß nicht, was ich dagegen tun soll, weil du dich weigerst, dich ordentlich zu nähren. Mir geht es blendend! Ich kann mich die ganze Nacht mit Zucker vollstopfen, wenn ich das will, aber ich werde keinen Bissen runterkriegen, wenn ich weiß, dass du leidest. Du verletzt nicht nur dich selbst, sondern auch mich mit deinem Verhalten!«

»Ich ... würde zu viel brauchen, um ...«, murmelt er ausweichend.

Erneut halte ich ihm den Ring vor den Mund. »Das ist mir egal, verdammt noch mal! Nimm dir, so viel du benötigst! Ich halte es aus. Wir sind hier in Sicherheit. Ich muss nicht über einen riesigen Vorrat an Magie verfügen, denn heute Abend gehen wir nirgendwohin. Keine Ahnung, wie es bei deinen früheren Trägerinnen war, aber hier – in unserem Zuhause – droht mir nicht ständig Gefahr. Niemand wird uns hier schaden.«

Er stößt den Atem aus und klingt dabei so resigniert, dass ich ihn am liebsten bei den Schultern packen und so lange schütteln würde, bis er mir endlich sagt, was sein verdammtes Problem ist. Mir geht es prächtig. Ja, ich sehne mich nach etwas zu essen und brauche nach der Geiselnahme auch wieder eine große Portion Zucker, um wirklich auf dem Damm zu sein, aber das bedeutet nicht, dass ich meinen Familiar solange hungern lasse!

Nachdem ich ihn noch einige Sekunden lang niedergestarrt habe, greift er nach meinem Handgelenk und bedient sich endlich an der Magie, die ich ihm biete.

»Hör auf, dich zurückzuhalten!«, knurre ich, als ich erneut spüre, dass er nur an der Oberfläche kratzt.

Er lässt von mir ab, aber bevor ich protestieren kann, steht er auf, packt mich bei den Hüften und setzt mich auf den Waschtisch. Überrascht schnappe ich nach Luft, doch da steht er bereits zwischen meinen Beinen und führt die Hand mit dem Ring wieder zum Mund.

»Du würdest sonst zu Boden gehen«, murmelt er, die Lippen nur einen Hauch von meiner Haut entfernt. »Ich muss zu tief in den Magiewirbel, um genügend Nahrung für mich zu finden. Du hast nicht ...«

»Wenn ich noch einen Vorwand aus deinem Mund höre, warum du meine Magie nicht haben willst, nehme ich das persönlich und drehe dir dafür den Hals um!«, warne ich ihn.

Ein vorsichtiges Lächeln umspielt seine Mundwinkel, bevor er endlich wieder die Lippen um den Ring schließt. Ich umklammere mit einer Hand den Rand des Waschtisches, als seine Magie tiefer und immer tiefer in mein Innerstes vordringt. Ich kann spüren, dass er die kümmerlichen Reste, die ich nach dem langen Tag noch in mir trage, aufspüren muss und erst mit Nachdruck hochschrecken kann. Wo sich meine Magie normalerweise – ohne zu zögern – mit seiner verbinden würde, dauert es nun viel länger.

Es tut nicht weh oder so, aber der Rausch, der mich sonst schon nach einer Sekunde befällt, bleibt zunächst aus. Doch das hindert mich nicht daran, ihn so weit vorzulassen, wie es nötig ist. Es gibt nichts in mir, was er noch nicht gesehen hätte oder wovon er nichts wüsste. Nichts, wofür ich mich ihm gegenüber schämen müsste. Shadow kennt meine Wünsche und dunkelsten Geheimnisse. Er weiß von den schwarzen Flecken auf meiner Seele, die ich nie einem anderen gegenüber zur Sprache gebracht habe. Und trotzdem akzeptiert er mich so, wie ich bin: nicht perfekt, aber auch nicht gänzlich gebrochen.

Ich löse die Hand vom Waschtischrand und lasse sie durch sein noch feuchtes Haar gleiten, bevor ich den Kopf nach vorn gegen seinen lehne. Ich koste das intime Gefühl der Verbindung aus, doch ich spüre auch die Schwäche, die sich in mir ausbreitet. Es fühlt sich an, als hätte ich tagelang nichts gegessen. Ich beginne zu zittern, aber ich streichele weiter über Shadows Kopf und schlinge die Beine um ihn, damit er sich nicht zurückzieht.

Es vergeht eine ganze Weile, bis er genügend Magie gefunden hat, um sein Defizit auszugleichen, doch ich genieße jede einzelne Sekunde davon.

Als er die Lippen vom Ring nimmt, lege ich ihm die Hand unters Kinn und zwinge ihn mit sanftem Druck dazu, mich anzusehen. Erleichtert atme ich aus, als ich den vertrauten silbernen Strudel in seinen Iriden entdecken kann. Auch die dunklen Schatten unter den Augen sind verschwunden. Er sieht zwar noch immer erschöpft aus, aber das wird eine Mütze voll Schlaf sicherlich richten können.

»Braver Familiar«, murmele ich, während ich ihm über die Wange streichele, und entlocke ihm damit ein Schmunzeln. »Wir müssen nach oben, um uns anzuziehen.«

»Tatsächlich?«, raunt er, als er sich nach vorn lehnt und mit dem Mund eine heiße Spur von meiner Wange hinab zum Hals zieht.

Ich kralle mich Halt suchend an seinen Schultern fest, bevor ich die Hände über seine nackte Brust und anschließend den Bauch gleiten lasse, tiefer und tiefer, bis fast zu der Stelle, an der sich sein Becken gegen meines drängt. Nun, nachdem ich mir keine Sorgen mehr um ihn machen muss, nehme ich auch die Nässe seiner Boxershorts an meinen Schenkeln wahr.

Er bemerkt, dass ich zusammenzucke, und küsst mich auf die Nasenspitze, ehe er sich zurücklehnt.

»Anziehen«, sagt er. »Und dann wirst du so viel essen, wie ich dir vorsetze.«

Ich ziehe eine Augenbraue nach oben. »Werde ich das?«

»Allerdings«, antwortet er grinsend.

»Und wenn ich mich weigere?«

Langsam lasse ich die Beine, die ich noch immer um seine Hüften geschlungen habe, sinken, doch Shadow legt sofort beide Hände unter meine Oberschenkel und hebt sie ein Stück hoch. Ich ziehe scharf die Luft ein, während er sich wieder zwischen meine gespreizten Beine drängt.

»Ich könnte dich erneut mit sexuellen Gefälligkeiten bestechen«, raunt er mir ins Ohr.

Mir entfleucht ein leises Wimmern, als ich ihn direkt an meinem Schoß spüre – mit nichts als dem dünnen Boxershorts-Stoff zwischen uns.

»Dummerweise«, keuche ich, »zieht die Aussicht auf Gefälligkeiten in letzter Zeit immer bei mir.«

Ich spüre sein Grinsen an meiner Wange. »Da habe ich mich ja ganz schön hochgearbeitet. Vom anfänglichen Haustier-Familiar zum Sexspielzeug.«

Ich verpasse ihm einen Klaps gegen die Schulter und schiebe ihn ein Stück von mir. »Du weißt genau, dass ich es nicht so gemeint habe.«

»Natürlich weiß ich das«, sagt er lachend. »Aber ich liebe es einfach, dich ein bisschen zu ärgern.« Er macht einen Schritt zurück und hält mir die Hand hin. »Lass uns nach oben gehen.«

Ich rutsche vom Waschtisch und richte das Handtuch. »Am besten bleibst du in meinem Schatten. Wenn wir Zac unterwegs begegnen, kriegt er einen Tobsuchtsanfall, wenn er dich so leicht bekleidet sieht. Auf noch mehr Stress habe ich heute keine Lust.«

Shadow küsst mich auf die Stirn und verschwindet ohne Diskussion in meinem Schatten.

***

Nachdem wir uns angezogen haben und Shadow mich später in der Küche mit Unmengen an Sandwiches und Süßigkeiten vollgestopft hat, bis ich das Gefühl hatte, fast platzen zu müssen, fühle ich mich nun wieder ausgeglichen. Die Schwäche, die mich nach der Verbindung überfallen hat, ist verschwunden, und auch Shadow sieht wieder fit aus. Das Einzige, was nun noch an uns zehrt, ist die bleierne Müdigkeit eines anstrengenden Tages.

Als wir wieder nach oben gehen wollen, um uns schlafen zu legen, kommen wir am Wohnzimmer vorbei, wo der Fernseher läuft. Zac steht mit verschränkten Armen in der Tür, während Terra mir von der Couch aus einen Blick zuwirft, der mich auf der Hut sein lässt. Ich bin drauf und dran, Shadow am Arm zu packen und ihn so schnell wie möglich weiterzuziehen, doch Zac hält uns zurück und deutet mit einer Kopfbewegung auf den Fernseher.

»Es läuft schon den ganzen Tag«, sagt er monoton.

Ich schaue an ihm vorbei zum TV-Gerät. Bilder des Bankgebäudes werden gezeigt, dann verschiedene Menschen, ein paar von ihnen waren unter den Geiseln. Am unteren Bildschirmrand läuft stetig eine Meldung durch.

Neue Meister-Magierin Lady Luck *vereitelt Bombenattentat!*

Da steht mein Deckname. Ein Kribbeln durchfährt mich bis in die Fingerspitzen. Sie kennen meinen Namen. Zuvor war immer nur von einer neuen Magierin die Rede und mehr als ein paar verwackelte Aufnahmen aus der Ferne gab es von mir nicht. Doch diesmal werde ich namentlich genannt und als »neue Meister-Magierin« bezeichnet.

Shadow streichelt mir über den Rücken, während ich wie gebannt auf den Fernseher starre. Zeugen werden befragt, die allesamt von meinem Eingreifen berichten. Sie reden von der Geschwindigkeit, mit der ich die Männer mit den Waffen ausgeschaltet habe, die sich ebenfalls als Geiseln entpuppten. Unter ihren Sturmhauben wurde ihnen der Mund mit Panzertape zugeklebt und die Frau zwang sie dazu, nach außen hin als die wahren Geiselnehmer aufzutreten, damit sie ihren Plan durchführen konnte.

»Hast du eine Ahnung, wie gefährlich das war?«, knurrt Zac.

Ich will ihm sagen, dass er die Klappe halten soll, weil ich sonst die Berichterstattung nicht verfolgen kann, doch noch bevor ich einen Ton von mir geben kann, bringt er mich mit einer knappen Handbewegung zum Schweigen.

»Ich will keine Entschuldigungen hören! So was ist Aufgabe der Polizei! Noch dazu hast du keine Magier-Lizenz. Du *darfst* bei so was nicht eingreifen! Weißt du, wie viel Ärger das nach sich ziehen kann? Ich hab dich schon gewarnt, als du Jagd auf Kleinkriminelle gemacht hast, aber das ist eine Nummer zu groß für dich! Was, wenn du verletzt worden wärst?«

Wahrscheinlich verziehe ich kurz bei seinen Worten das Gesicht, denn Zac gibt sofort einen verächtlichen Laut von sich.

»Du *bist* verletzt worden?« Sein Kopf ruckt zu Shadow herum. »Wie konntest du das zulassen? Wie kannst du sie ruhigen Gewissens einer solchen Gefahr aussetzen? Und wieso lässt du es geschehen, dass sie wieder verletzt wird? War dir das letzte Mal keine Lehre?«

Ich halte den Atem an, während Shadow das Kinn vorreckt. Er ist in etwa genauso groß wie Zac und die beiden werfen sich solch tödliche Blicke zu, dass es mich nicht wundern würde, wenn sich einer von ihnen gleich in ein Häufchen Asche verwandelte.

»Ich werde mich nicht gegen die Wünsche meiner Trägerin stellen«, grollt Shadow gefährlich ruhig.

Zac gibt ein Schnauben von sich. »Und wenn es ihr verdammter Wunsch ist, von einer Brücke zu springen? Stehst du dann auch daneben, drehst Däumchen und redest dich mit dem Blödsinn raus?«

»Ich würde sie mit meinem Leben beschützen!«

»Aber sie wurde verletzt!«, hält Zac dagegen. »Schon wieder! Was war es diesmal?«

Just in dem Moment meldet sich in der Berichterstattung die Geiselnehmerin zu Wort und berichtet unter Tränen von dem Ablauf der Tat. Auch den Schuss, der mich in der Schulter getroffen hat, bringt sie zur Sprache.

»Eine Schussverletzung?!« Zacs Tonlage rutscht in beängstigende Höhen. Ich wage nicht mehr zu atmen und würde mich am liebten irgendwo verkriechen. »Habt ihr zwei euren verdammten Verstand verloren? Sie hätte dabei draufgehen können!«

»Das bin ich aber nicht!«, werfe ich ein. »Es geht mir gut! Wir haben heute eine Menge Menschen retten können. Hast du eine Ahnung, wie viele Leute diese Bombe hätte töten können?«

Zac packt mich an den Schultern. »Sie hätte *dich* töten können, Herrgott noch mal! Warum machst du das Ganze? Willst du, dass ich an Herzversagen sterbe?«

»Nein«, presse ich hervor. »Ich ...«

»Den Schwachsinn, dass du eine richtige Meister-Magierin sein willst, werde ich mir nicht mehr länger anhören!«, unterbricht er mich. »Es war besser, als du dich an unser Verbot gehalten und dir keinen Familiar geholt hast. Da wurdest du wenigstens nicht ständig verletzt und ich musste mir keine Sorgen um dich machen.«

»Das war die Hölle für mich!«, schreie ich ihn an. »Hast du eine Vorstellung davon, wie sehr ich gelitten habe? Wie sehr mich meine Gabe in den Wahnsinn getrieben hat? Ich habe euch dafür *gehasst*, dass ihr mir einen Familiar verboten habt! Wie kann das besser gewesen sein?«

In Zacs Blick flackert Schmerz auf, doch er hat seine Mimik perfekt unter Kontrolle.

»Warum gab es dieses Verbot überhaupt?«, fragt Shadow. »Selbst einem Blinden mit Krückstock hätte auffallen müssen, dass sie genügend Magie für zumindest einen niederen Familiar in sich trägt.«

»Das geht dich nichts an!«, zischt Zac.

»Aber mich!« Meine Stimme bricht beinahe. »*Mich* geht es etwas an! Es ist immerhin *mein* Leben, über das ihr entschieden habt, ohne mich nach meiner Meinung zu fragen!«

»Wir ... hatten unsere Gründe«, murmelt Zac und weicht meinem Blick aus.

Ich balle die Hände zu Fäusten. Das ist alles? Mit solch einer nichtssagenden Floskel will er mich abspeisen? Das kann er vergessen!

»Ich will den Grund wissen«, sage ich so ruhig wie möglich. »Jetzt.«

Bevor Zac den Mund aufmachen kann, öffnet sich die Haustür und Cal kommt zu uns geschlendert. Ihm folgt eine fröhlich plappernde Katie.

Ein paar Meter entfernt bleibt er stehen und mustert erst mich und Shadow und dann Zac. »Schlechter Zeitpunkt?«, fragt er kleinlaut. »Ihr hattet einen anstrengenden Tag, da hab ich mir gedacht, ich lade Katie ein, um euch etwas die Zeit zu vertreiben. Und auch ... damit ihr ... euch nicht die Zeit anderweitig vertreibt.«

Ich wirbele zu ihm herum. »Glashaus! Steine!«, zische ich nur und er versteht, worauf ich hinauswill.

»Sorry«, murmelt Cal.

»Dies ist ein Aufruf an die neue Magierin, die heute das Bombenattentat vereitelt hat«, schallt es plötzlich aus dem Wohnzimmer und wir drehen uns alle wieder zum Fernseher um.

Anstatt der adretten Reporterin von eben flimmert nun ein Mann, dessen Gesicht vollständig von einer Kapuze aus dunklem Samt verhüllt wird, über den Bildschirm. Nur sein grauer Bart ragt unten ein Stück heraus.

Zac stößt eine Reihe von Flüchen aus, wohingegen Cal merklich still geworden ist.

»*Nach Prüfung unserer Unterlagen ist uns aufgefallen, dass uns keine Meldung für eine Meister-Magierin mit dem Namen ›Lady Luck‹ vorliegt*«, fährt der Mann fort. »*Wir, die Magier-Allianz, fordern sie daher auf, sich entweder umgehend den Prüfungen zu unterziehen oder sofort jedwedes Auftreten in der Öffentlichkeit einzustellen und den Namen nicht mehr zu verwenden. Lady Luck hat drei Tage Zeit, sich zusammen mit dem ihr zugeteilten Familiar im Hauptsitz der Magier-Allianz zu melden und die Prüfung zu absolvieren. Sollte sie dies nicht tun beziehungsweise bei der Prüfung scheitern und trotzdem weiter als Meister-Magierin auftreten, werden wir alles unternehmen, um sie angemessen dafür zu bestrafen.*«

Der Bildschirm wird schwarz und eine gespenstische Stille legt sich über uns. Ich wage nicht zu atmen, obwohl das Herz viel zu schnell in meiner Brust hämmert. Das … das war ein Magier aus der Magier-Allianz! Und er … hat gesagt, dass ich die Prüfung ablegen soll! Die Prüfung, dank der ich ganz offiziell zu einer Meister-Magierin werde!

Freudestrahlend wende ich mich Zac und Cal zu, doch das Lächeln, das ungebremst in mir aufstieg, erstirbt sofort auf meinen Lippen, als ich ihre versteinerten Mienen sehe. Der Blick, den sie tauschen, und das wortlose Verstehen untereinander verpassen mir einen Hieb in die Magengrube.

»Feli«, sagt Cal vorsichtig. »Bitte geh nicht zu den Prüfungen.«

»Was?«, zische ich. »Wie kannst du das von mir verlangen? Ich träume schon mein ganzes Leben davon! Und endlich habe ich einen Familiar und kann dadurch die Prüfungen bestehen! Wie könnte ich dann nicht hingehen?«

»Wir …« Hilfe suchend huscht sein Blick zu Zac. »Wir können nicht darüber reden, aber … Bitte glaub uns!«

Ich blecke die Zähne. »Ihr habt nie an mich geglaubt! Wieso sollte ich jetzt euch glauben? Ihr habt mich kleingehalten, mir eingeredet, dass ich zu schwach sei. Aber nun kann ich euch und allen anderen Zweiflern beweisen, was wirklich in mir steckt! Dank Shadows Hilfe werde ich meinen Traum erfüllen können!«

Ich packe erst Shadow, dann Katie am Arm und ziehe sie hinter mir her zur Treppe, um mit ihnen in meinem Zimmer zu verschwinden.

Wir haben es schon halb nach oben geschafft, als Zac hinter uns ruft: »Geh nicht zur Prüfung, Feli! Du ... du kannst sie nicht bestehen!«

Ich wirbele herum und muss mich beherrschen, nicht wieder nach unten zu stapfen und ihm ernsthaft wehzutun. Was muss ich denn noch machen, damit sie begreifen, dass mehr in mir steckt, als sie mir zutrauen wollen? Ja, okay, es ist nicht hilfreich, dass ich ständig in die Schusslinie gerate, aber ... Ich bin ja nicht allein! Shadow und ich sind ein Team – und noch viel mehr als das – und gemeinsam werden wir jeden Feind besiegen und jede Prüfung bewältigen!

»Du wirst scheitern«, sagt Zac eindringlich. »Du kannst die Prüfung unmöglich meistern.«

Ich straffe den Rücken. »Es wird mir eine Freude sein, euch vom Gegenteil zu überzeugen!«

Gequält schließt Zac die Augen und auch Cal sieht alles andere als glücklich aus, doch ich verbuche dies als persönlichen Sieg. Sie wollen einen weiteren Beweis dafür, dass ich nicht schwach oder nutzlos bin? Den werde ich ihnen nur zu gerne liefern! Ich werde diese verdammte Prüfung mit Bravour bestehen!

KAPITEL 15

Felicity

Als wir in meinem Zimmer ankommen, schmeiße ich die Tür lauter als nötig hinter mir zu. Dann laufe ich wie getrieben vor mich hin schimpfend auf und ab, um irgendwie die aufgestaute Wut in mir loszuwerden.

Ein paar Minuten lässt Shadow mich gewähren, bevor er zu mir kommt und mich in die Arme schließt. Ich stoße den Atem aus und lasse mich gegen ihn sinken, als wäre plötzlich jedwede Kraft aus mir verschwunden.

»Wow«, kommentiert Katie vom Stuhl aus. »Deine Brüder waren ja mal wieder krass drauf. Ich war so happy, als Cal mich persönlich abgeholt hat und ich mich auf seinem höllisch geilen Motorrad so richtig eng an ihn schmiegen konnte. Aber die Stimmung hier ist ätzend.«

»Das kannst du laut sagen«, murmele ich gegen Shadows Schulter. »Sie waren schon immer stur, aber heute haben sie echt den Vogel abgeschossen.«

»Na ja, die Sache mit der Bombe war schon ziemlich leichtsinnig«, wirft Katie ein. »Aber du hattest ja deinen heißen Retter zur Stelle. Obwohl du dir etwas mehr Mühe geben könntest. Eine Schussverletzung kann auch leicht ins Auge gehen – wortwörtlich!«

Shadows Körper bebt vor einem unterdrückten Lachen. »Meine Arbeit wäre bedeutend einfacher, wenn meine Trägerin nicht solch ein sturer Dickkopf wäre!«

Ich mache mich von ihm los und verpasse ihm einen Klaps auf den Arm. »Ich war nicht diejenige, der die Nerven durchgegangen sind!«

»Das stimmt«, gibt er zu. »Du warst nur diejenige, die sich auf eine Irre mit Pistole *und* Bombe gestürzt hat.«

Ich zucke mit den Schultern. »Wir leben beide noch, oder? Was soll also das Theater?«

Shadow legt zwei Finger unter mein Kinn und zwingt mich, ihn anzusehen. Sein Blick ist so dunkel und durchdringend, dass ich Mühe habe, meinen nicht abzuwenden. Ich möchte ihm sagen, dass seine Sorge völlig unbegründet ist, aber das wäre eine Lüge. Wir wären beide um Haaresbreite gestorben. Auch wenn mein Herz in dem Moment nicht richtig funktioniert hat, spürte ich bereits die Leere, die von mir Besitz ergriff. Allein der Gedanke, Shadow zu verlieren, jagt mir eine solche Angst ein, dass ich sie kaum in Worte fassen kann.

»Das Theater«, raunt Shadow, »dient dazu, dir klarzumachen, dass wir Glück hatten. Trotz deiner Gabe wird das nicht immer der Fall sein, denn irgendwann ist auch dein Glück aufgebraucht. Und ich würde es sehr begrüßen, wenn du nicht öfter als notwendig an fremden Herzen herumspielst. Das geht selten gut aus.«

»Keine Sorge«, murmele ich. »Das mache ich so schnell nicht wieder.«

Ich stimme ihm zu, dass wir Glück hatten. So etwas wie heute darf nicht zur Gewohnheit werden! Aber irgendwie müssen wir trainieren. Ich stoße ein Seufzen aus.

»Wenn ich nur wüsste, was uns bei den Prüfungen erwartet«, sage ich auf Shadows fragenden Blick hin, »dann könnten wir uns vorbereiten, zumindest mental. Ich laufe nicht gern ins offene Messer.«

Ich bin es gewohnt, dass meine Brüder mir nichts zutrauen, aber vorhin klangen sie … sehr überzeugt davon, dass ich garantiert bei den Prüfungen scheitern werde. Und irgendwas sagt mir, dass es nicht so dahingeworfen war. Sie wissen, wie die einzelnen Aufgaben aussehen, aber sie dürfen unter Eid nicht darüber reden, selbst mir gegenüber nicht.

Aber welche Aufgabe kann unlösbar sein? Schließlich haben Zac und Cal es auch geschafft, wie unzählige andere Meister-Magier! Es *muss* einen Weg geben!

»Wir haben noch zwei Tage Zeit, oder?«, fragt Shadow und legt mir eine Hand an die Wange. »Wir werden Terra und Lumia bitten, mit uns zu trainieren. Du hast nun die Aufmerksamkeit, nach der du dich gesehnt hast. Kleinkriminelle zu fangen hilft uns nicht bei der Prüfungsvorbereitung. Da werden andere Dinge abgefragt werden.«

Ich schmiege mich gegen seine Hand und schließe die Augen. »Du hast recht. Hoffentlich willigen sie ein, uns zu helfen.«

»Das werden sie«, murmelt Shadow und beugt sich ein Stück vor. »Wenn sie sich weigern, leiste ich Überzeugungsarbeit.«

Mit einem Schmunzeln stelle ich mich auf die Zehenspitzen. Kaum dass seine Lippen meine berührt haben, höre ich ein aufgeregtes Quietschen neben mir, gefolgt von dem Auslösegeräusch einer Handykamera. Ich werfe Katie, die sich vor Begeisterung kaum auf dem Stuhl halten kann, einen bösen Blick zu, den sie jedoch nur mit weiteren unartikulierten Lauten beantwortet.

»Lasst euch von mir nicht stören!«, sagt sie nach einem Moment kichernd. »Als euer Fangirl der ersten Stunde ist es meine Pflicht, Fotos von euch für die Nachwelt zu machen.«

Ich stoße ein Grummeln aus und schaue zu Shadow auf, dessen Mienenspiel sich nicht zwischen gutmütiger Nachsicht, Bedauern und Genervtheit entscheiden kann. »Ich bin dafür, dass wir Cal während seines nächsten Besuchs bei Ilena auch einen Gast dazusetzen. Was hältst du von Lumia?«

Shadow gibt ein Schnurren von sich, das mich kurz vergessen lässt, dass wir nicht allein sind. »Mir gefallen die diabolischen Ideen, die in dir schlummern.«

»Nun bringt mich doch mal auf den neuesten Stand!«, quengelt Katie. Ihr Blick huscht zu meinem Familiar. »Wir haben uns ja schon kurz unterhalten, während Feli das Kleid anprobiert hat. Es freut mich, dass du nun endlich zur gleichen Schlussfolgerung gelangt bist wie ich.«

»Welche Schlussfolgerung?«, will ich wissen.

Er lächelt, ehe er mir einen Kuss auf die Schläfe haucht. »Dass ich dich liebe.«

Katie gibt wieder ein Quietschen von sich, das mir in den Ohren klingelt, während ich mich enger an Shadow schmiege.

»Ich wusste es!«, jubelt sie. »So, jetzt will ich aber auch noch den Rest wissen. Was ist mit dieser anderen Trägerin, von der du endlich losgekommen bist?«

»Sei nicht so neugierig!«, tadele ich sie.

Doch Shadow zieht mich bereits zum Bett, wo ich mich zwischen seine angewinkelten Beine setze und an seine Brust kuschele.

»Ich sollte ganz vorn anfangen, damit ihr mir auch folgen könnt«, sagt er, während er mir über den Arm streichelt.

Katie nickt eifrig und auch ich hänge an seinen Lippen. Bisher hat er kaum etwas über seine vorherigen Trägerinnen preisgegeben, doch anhand seiner Reaktionen ist mir klar, dass zumindest die letzte ein wahres Monster gewesen sein muss.

***

»Ich ging meinen ersten Pakt vor vielen Jahrtausenden ein«, beginnt Shadow zu erzählen. »Damals war die Erde noch jung und die Entwicklung der Menschen steckte in den Kinderschuhen. Um sich die Vorgänge in ihrer Welt erklären zu können, beteten die Menschen zu Göttern, die jedoch nichts weiter als besonders starke Magiebegabte waren.«

»Götter?«, wiederholt Katie.

Shadow nickt. »Sie gaben ihnen Namen, die auch euch heute noch ein Begriff sein sollten. Einen Magiebegabten, der sehr mächtig war und über Blitz und Donner herrschte, aber auch in der Magie der Gestaltwandlung bewandert war, nannten sie Zeus.«

»Moment«, hake ich ein, »willst du uns erzählen, dass du die griechischen Götter und Göttinnen kanntest?«

Er schmunzelt auf mich herab. »Ich kannte sie nicht nur – ich habe sogar einer von ihnen gedient.«

Katie starrt ihn aus weit aufgerissenen Augen an und mein Gesichtsausdruck muss ähnlich aussehen. »Wem?«, will sie wissen.

»Ihr Name war Tyche«, antwortet Shadow. »Aber ihr kennt sie wahrscheinlich eher unter ihrem römischen Namen. Dort nannte man sie Fortuna.«

»Die … Die Glücksgöttin?«, stammele ich.

»Genau die. Die Bezeichnung ›Gott‹ oder ›Göttin‹ ist wie gesagt nicht ganz richtig für sie und die anderen, denn sie waren durchaus Menschen – mit allen Stärken und Schwächen. Sie waren nur sehr viel mächtiger als die ›Magiebegabten‹, wie wir sie heute kennen. Beispielsweise konnten sie zwischen eurer und der Nebenwelt wandeln und sich ihre Familiare selbst aussuchen. Sie benötigten nämlich weit mehr als nur einen Familiar, um ihre Magie im Gleichgewicht zu halten.«

»Warte, warte!«, wirft Katie ein, die sich auf dem Stuhl nach vorn gelehnt hat. »Wie kann man denn mehr als einen Familiar brauchen?«

Shadow zuckt mit den Schultern. »Indem man so viel Magie in sich trägt, dass ein einzelner Familiar den Überschuss nicht verbrauchen kann. Ich war Fortunas fünfter Familiar. Zeus hatte sogar zwölf!« Er seufzt. »Mit ihm hatten wir nur Probleme ... Ich kann gar nicht mehr zählen, wie oft er die anderen Magiebegabten und die gesamte Menschheit in Schwierigkeiten gebracht hat, nur weil er wieder etwas oder jemanden bespringen musste.«

Ich kann mir ein Lachen nicht verkneifen, schließlich kenne ich einige der Geschichten über den omnipotenten Gott, der seine Hose nie zulassen konnte und sogar als Ameise, in Gestalt von Feuer, Wolken oder goldenem Regen irgendein armes Geschöpf geschwängert hat. Ich hätte es jedoch nie für möglich gehalten, dass diese Geschichten ... wahr sein könnten. Selbst die Dichter, die sich so was ausgedacht haben, müssen auf einem ziemlich üblen Trip gewesen sein. Aber wie krass ist bitte jemand drauf, der das tatsächlich durchzieht?

Mein Blick muss Bände gesprochen haben, denn an Shadows Mundwinkeln zupft ein Lächeln. »Ich würde dir gerne sagen, dass es nur Fantasien von alten griechischen Männern sind, aber nein, Zeus ließ wirklich nichts unversucht und brachte damit nicht nur sich, sondern auch alle anderen Magier in Verruf. Ich kannte zwei seiner Familiare ziemlich gut, die beide von sich aus lieber zurück in die Nebenwelt gegangen und dort vielleicht gestorben sind, anstatt ihm weiter zu dienen. Wenigstens hatte meine Trägerin nicht allzu viel mit ihm zu tun.«

»Und ... wie war Fortuna so?«, frage ich.

»Mächtig«, antwortet er, als würde das alles erklären. »Damals besaß ein Magier so viel Kraft wie mindestens fünf heutige. Die Menschen fürchteten sie und huldigten ihnen, um sie zu besänftigen. Einige wurden in bestimmten Situationen um Hilfe angefleht. Ares war ein hervorragender Stratege und Kriegsführer und ging später als Gott des Krieges in die Geschichtsbücher ein. Demeter hatte ein Händchen für alles, was blühte, und konnte mit ihrer Magie Feldfrüchte schneller wachsen lassen. Und meine Trägerin sorgte dafür, dass das Glück in geregelten Bahnen verlief. Sie begünstigte die, die sich anstrengten, nicht die, die ihr am lautesten huldigten. Sie war ... gerecht. Und ich verehrte sie.«

»Heißt das, du ...?«, will Katie wissen.

Doch Shadow schüttelt den Kopf. »Nein. Ich war der letzte Familiar, den sie zu sich nahm, und ganz unten in der Nahrungskette, wenn du verstehst. Zu der Zeit war ich jung und gerade einmal stark genug, um eine menschenähnliche Gestalt aufrechterhalten zu können. Es gelang mir nicht immer.« Er schmunzelt. »Ich schaffte es einfach nicht, die spitzen Eckzähne meiner wahren Gestalt in die weniger auffälligen eines Menschen zu verwandeln. Es dauerte Jahre, bis ich die Illusion über längere Zeit hinweg erhalten konnte, aber es kostete mich so viel Konzentration, dass ich es irgendwann aufgab. Deshalb habe ich die Eckzähne heute noch übernommen. Auch die starken Familiare haben etwas, was ihnen Schwierigkeiten bereitet. Bei Lumia sind es die Augen.«

»Ich mag deine Eckzähne«, murmele ich so leise, dass nur er mich verstehen kann, und werde mit einem glühenden, dunklen Blick belohnt.

»Es gab allerdings auch Familiare, die sich nicht so geschickt anpassten oder es schlicht und ergreifend nicht wollten«, sagt er. »Und die gingen auch in die Erzählungen ein.«

»Zum Beispiel?«, frage ich.

»Die Hydra. Zerberus. Der Minotaurus. Satyrn. Harpyen. Such dir was aus.«

Mein Mund steht einen Moment offen. »Das waren ... alles Familiare?«

Shadow nickt. »Das sind die bekanntesten, aber es gab natürlich noch mehr. Die meisten von uns lebten angepasst oder unauffällig in ihrer wahren Gestalt und bewegten sich nicht weit von ihren Trägern weg. Aber es gab immer ein paar, die über die Stränge schlugen oder sich Bestätigung suchten, wenn sie keine von ihrem Träger bekamen.«

»Und wie war es bei dir?«, frage ich. »Wie kamst du mit deiner Trägerin klar?«

»Ich verehrte Fortuna und betete sie an«, fährt er fort, »aber mehr nicht. Ich war ihr aus tiefstem Herzen dankbar dafür, dass sie mir eine Chance gab und mich nicht anders behandelte als ihre anderen Familiare. Auch mit denen kam ich gut aus. Wir waren ... wie eine große Familie. Sie halfen mir dabei, mich im menschlichen Körper zurechtzufinden, und gaben mir Tipps, was ich noch verbessern müsste, um nicht aufzufallen. Solange wir unsere Trägerin nicht in Verruf brachten, konnten wir tun und lassen, was wir wollten. Wir hatten allgemein nicht viele Pflichten, denn sie war nicht so viel beschäftigt wie Ares oder Zeus.«

Ja, ich kann mir vorstellen, dass Zeus – auch angesichts seiner Taten – sehr viel zu tun hatte ...

»Wie lange hast du ihr gedient?«, frage ich.

Er zögert kurz und weicht meinem Blick aus. »Trotz ihrer Macht waren die Magier von damals Menschen«, antwortet Shadow. »Und Menschen sterben irgendwann.«

Seine Antwort versetzt mir einen Stich und für einen Augenblick habe ich Schwierigkeiten, gleichmäßig zu atmen. Ich weiß, dass wir nur ein Zusammensein auf Zeit haben, aber ihn so beiläufig davon reden zu hören, fühlt sich an, als würde er mir das Herz herausreißen. Ich schiebe den Schmerz beiseite, doch ein bitterer Nachgeschmack bleibt bestehen.

»Ich habe während meiner Zeit mit ihr eine Menge gelernt und durfte viel von ihrer Magie nehmen, sodass ich erheblich stärker war, als ich nach ihrem Tod zurück in die Nebenwelt musste.«

»Und was ist dann passiert?«, fragt Katie.

»Die Welt veränderte sich«, sagt Shadow. »Die Magie verschwand aus dieser und reicherte sich in unserer Welt an; es vergingen viele Jahre, bis das Magiegleichgewicht wieder kippte, ein neuer Zyklus anbrach und ein Medium nach einem Schatten-Familiar suchte. Ich war ... erstaunt darüber, einer jungen Frau zugeteilt zu werden, die auf den ersten Blick über keinerlei Magie-Fähigkeiten verfügte. Ich kannte bisher nur Fortuna, die so mächtig war, dass sie mehrere Familiare brauchte, die den Magieüberschuss verarbeiteten. Doch irgendwas war innerhalb des Zyklus passiert, denn die junge Frau brauchte nur mich als Familiar. Ich dachte anfangs, dass sie schwach sei, weil sie auf den ersten Blick nicht die Luft um sich herum vor lauter Magie flirren lassen konnte, so wie es die alten Magier vermochten. Doch ich merkte schnell, dass es bei ihr nicht der Fall war. Schon als sie mich zum ersten Mal ansah und zu mir sprach, spürte ich, dass sie eine ähnlich herrschaftliche Aura umgab wie meine erste Trägerin. Sie kam nur nicht so sehr zum Tragen, da sie nicht über diesen gewaltigen Magievorrat verfügte. Das machte sie aber nicht weniger eindrucksvoll, und ich war nicht verwundert, als ich erfuhr, dass sie eine Prinzessin war.«

»Wieder jemand Bekanntes?«, will Katie wissen.

Shadow wiegt den Kopf hin und her. »Ihre Brüder sind bekannter, fürchte ich. Ebenso wie die Frau des jüngeren Bruders. Die Magierin mit dem ›schönen Schein‹, die ich verabscheut habe.«

»Ah, dein altes Trauma«, sagt Katie. »Ich erinnere mich an unsere Unterhaltung. Damals wolltest du nicht so recht mit der Sprache rausrücken. Wer war sie nun?«

Shadows Blick ruht auf mir und mein Magen schlägt Purzelbäume. »Erinnerst du dich daran, was du gesehen hast, als du mein Glimmen berührt hast?«

Ich nicke langsam. »Meine Brüder. Aber sie sahen ... anders aus. Ich wusste trotzdem, dass sie es sind. Und ich habe dich gesehen. Du standest im Schatten und hast zu mir geschaut. Aber ... du sagtest, dass es deine Erinnerungen waren.« Ich stutze, als mir etwas Wichtiges auffällt. »Wie können es deine Erinnerungen gewesen sein, wenn ich dich gesehen habe? Müsste es nicht ... andersherum sein? Dass ich etwas durch deine Augen sehe?«

Ein vorsichtiges Lächeln umspielt seinen rechten Mundwinkel. »Du hast recht. Es waren nicht meine Erinnerungen. Aber ich bin froh, dass ich darin vorkam.«

Ich schlucke krampfhaft, und als ich die nächste Frage stelle, gleicht meine Stimme einem Krächzen. »Wessen … Erinnerungen waren es dann?«

»Sie gehören einem anderen Teil von dir«, sagt Shadow sanft, um mich nicht noch mehr zu verschrecken.

»W…wie meinst du das?«

»Es ist schwierig zu erklären …«

»Heißt das, dass Feli diese Prinzessin von damals ist?«, plappert Katie dazwischen. »Ihre Wiedergeburt?«

Zu meiner Erleichterung schüttelt Shadow den Kopf. »So einfach ist das nicht.« Er stößt den Atem aus und reibt sich mit einer Hand über die Stirn. »Ich habe darüber nachgedacht, seit ich zum ersten Mal von Felis Gabe gehört habe. Meine Theorie ist folgende: Stellt es euch so vor, dass es nur eine begrenzte Anzahl an Seelen gibt. Sie sind einzigartig und besitzen das Glimmen, das du sehen kannst. Wenn jemand, der eine solche Seele in sich trägt, stirbt, geht sie an ein anderes Lebewesen über. Dabei trägt sie immer ein paar Fragmente des vorherigen Lebens in sich. Das bedeutet jedoch nicht, dass der neue Träger der Seele genauso werden muss wie der vorherige – ganz im Gegenteil! Oft sind sie komplett verschieden. Nur die Seele, der glimmende Kern, bleibt gleich und einzigartig. Alles drumherum ist veränderbar. Jedoch …« Er schaut wieder zu mir. »… sind manchmal die Ähnlichkeiten so verblüffend, dass es kein Zufall sein kann.«

»Sondern?«, hakt Katie nach. Ich würde selbst dann keinen Ton herausbekommen, wenn mein Leben davon abhinge.

»Ich glaube nicht an Zufälle, nur an das Schicksal«, antwortet Shadow.

»Du denkst also, dass in Feli dieser Seelenkern der Prinzessin von damals schlummert?«

»Ich denke es nicht nur, ich *weiß* es. Ich wusste es schon, als ihr Leuchten zum ersten Mal die Dunkelheit in der Nebenwelt durchbrach. Außerdem hätte sie ansonsten nicht die Vision gehabt. Das war quasi der letzte Hinweis, um jeden Zweifel auszulöschen.«

»Aber wie …«, krächze ich, »… wie kann sie *ich* sein?«

Oder ist es eher andersherum? Bin ich sie? Mein Herz setzt für einen

Schlag aus. Ist das der eigentliche Grund, warum sich Shadow zu mir hingezogen fühlt? Weil ich ihn an sie erinnere? An das Monster von Trägerin, die ihm nichts als Leid zugefügt hat? Nein, so will ich nicht sein! Mit so jemandem will ich nicht verglichen werden!

»Du bist nicht sie«, sagt Shadow, während er einen Arm um mich schlingt und damit den kümmerlichen Versuch, von ihm abzurücken, unterbindet. »Wie ich schon sagte, ihr habt nicht mehr als den Seelenkern gemeinsam. Ihr seid grundverschieden, und das ist auch gut so! Äußerlich ähnelt ihr euch etwas, doch ansonsten gibt es kaum Gemeinsamkeiten. Wenige Fragmente, wie die Erinnerung, die du gesehen hast, als du mein Glimmen berührtest, sind die einzigen Überreste, die ihr gemeinsam habt.«

»Aber du ... Du hast ... Du hast sie ...«

Nun schlingt er auch den anderen Arm um mich und presst mich fest an sich, während er uns leicht vor und zurück wiegt. »Ich habe lange Zeit gedacht, dass ich sie geliebt habe. Falls ich es getan habe, dann auf eine andere Weise als dich.« Er haucht mir einen Kuss auf die Stirn.

»Und selbst wenn«, meldet sich Katie zu Wort. »Diese ominöse Prinzessin ist schon lange tot. Warum willst du eifersüchtig auf eine Tote sein?«

Ich erinnere mich daran, dass ich etwas Ähnliches bereits selbst gedacht habe, bevor ich mir eingestehen konnte, was ich für Shadow empfinde. Und auch jetzt komme ich zum selben Entschluss wie damals: Ich kann und werde Shadow keine Vorwürfe machen. Selbst wenn er sie geliebt hat, ändert das nichts an seinen jetzigen Gefühlen. Trotzdem möchte ich die Prinzessin für das erwürgen, was sie ihm angetan hat! Die Wunden sind in seinem Inneren immer noch vorhanden, aber ich werde mich mit Freuden darum kümmern, sie zu behandeln.

Ich atme tief durch, richte mich ein Stück auf und küsse Shadow auf die Wange. »Ich will den Rest hören. Danach erklärst du mir noch mal genau, wie das mit dem Seelenkern funktioniert.«

Ein verheißungsvolles Funkeln erscheint in seinen Augen, während sich seine Miene wieder entspannt. Sanft streichelt er mir über die Wange, ehe er mich küsst. Ich seufze leise.

»Tut einfach so, als wäre ich nicht da«, sagt Katie mit einem Glucksen in der Stimme. »Ich verstehe langsam, warum Cal mich als Puffer haben wollte. Wobei ihr euch ja nicht von mir abschrecken lasst. Wenn ihr aber anfangt, euch zu befummeln, hole ich einen Eimer kaltes Wasser, ich schwör's! Oder am besten gleich *Ice King*?«

Ich gebe ein Grollen von mir, bevor ich leise murre: »Cal wird die Quittung dafür noch bekommen!«

»Du musst vorsichtig mit Feli sein, hörst du?«, warnt sie Shadow mit erhobenem Zeigefinger. »Sie ist noch völlig unerfahren!«

Ich seufze laut. War ja klar, dass das kommen musste und ich mal wieder komplett ignoriert werde ...

Doch Shadow hat nicht mehr als ein nachsichtiges Lächeln für sie übrig. »Es reicht doch, wenn einer weiß, was zu tun ist, oder?«

Hitze kriecht meine Wangen hinauf, und wenn ich könnte, würde ich mich unsichtbar machen.

Während mir das Thema mehr als unangenehm ist, lehnt sich Katie interessiert weiter vor. »Jetzt bin ich neugierig! Sag Bescheid, wenn dir die Fragen zu intim werden, okay? Funktioniert das ganz normal bei dir?«

»Katie!«, zische ich und möchte ihr am liebsten an die Gurgel gehen.

»Was denn?«, fragt meine beste Freundin unschuldig. »Man wird doch wohl noch fragen dürfen! Und dich wird es auch interessieren. Denn so, wie du dich verhältst, ist es dazu noch nicht gekommen.«

»Ja, im Grunde funktioniert es ganz normal«, antwortet Shadow, bevor ich nach vorn stürmen und Katie packen kann, damit sie endlich die Klappe hält. »Eine menschenähnliche Illusion zu erschaffen und aufrechtzuerhalten erfordert viel Kraft und Übung. Deshalb lassen wir die Vorgänge, die für uns nicht wichtig sind, weg. So verfügen wir menschenähnliche Familiare beispielsweise über keinen Magen wie ihr Menschen, weil uns eure Nahrung sowieso nicht versorgen kann.«

»Aber wenn ihr unwichtige Vorgänge weglasst, bedeutet das dann, dass Sex für euch wichtig ist?«, fragt Katie. »Und die entsprechenden Körperteile ...«

Herrgott, kann sie bitte einfach den Mund halten?! Ich weiß so schon nicht mehr, wohin ich noch sehen soll. Nur kurz huscht mein Blick zu Shadow und das schiefe Grinsen, das er zur Schau stellt, entfacht ein Feuer in mir, das meine Wangen nur noch intensiver brennen lässt. Zusammen mit anderen Körperteilen!

»Warum nicht?«, kontert er. »Es ist ein Muskel. Warum sollte er nicht auch eine Funktion erfüllen, wie die restlichen Muskeln, die wir in der Illusion erschaffen, es tun? Das wäre ja sonst sinnlos. Ich habe doch erwähnt, dass ich mit Fortunas anderen Familiaren gut klarkam. Sie hatten schon weitaus mehr Erfahrung in diesen Dingen als ich und halfen mir vor allem bei der richtigen Dosierung der Nervenenden.«

»Heißt das, du spürst da auch richtig was?«, hakt meine beste Freundin nach. »Auch mit Orgasmus und so?«

Diese Unterhaltung ist tausendmal schlimmer als die, die ich mit Zac geführt habe, als er mir den Unterschied zwischen Jungen und Mädchen erklären wollte.

Shadows Brust vibriert unter einem Lachen. »Ja, durchaus. Anfangs erforderte es etwas Feinjustierung, aber mittlerweile unterscheidet sich meine Illusion dahingehend nicht mehr von einem echten Menschen. Da allerdings keine Fortpflanzung zwischen den Spezies möglich ist, verzichten wir eher auf den Teil.«

Als Katie erneut den Mund öffnet, um eine Frage zu stellen, gehe ich dazwischen: »Du hast deine Antwort! Es funktioniert, okay? Können wir, *bitte,* wieder zum eigentlichen Thema zurückkommen?«

»Was regst du dich so auf?«, murrt sie. »Es geht mir als gute Freundin doch nur darum, dass dein erstes Mal nicht in einem Desaster endet.«

Ich verkneife mir den Kommentar, dass es ihr in erster Linie darum geht, abzuchecken, wozu menschenähnliche Familiare tatsächlich imstande sind. Wie ich Katie kenne, wird sie bei Gelegenheit nach einem Ausschau halten … Wahrscheinlich kann ich froh sein, dass sie meine beste Freundin ist und sich deshalb an Prinzipien hält. Wäre dem nicht so, würde sie versuchen sich an Shadow heranzumachen.

»Da das nun geklärt ist«, fährt Katie an meinen Familiar gerichtet fort, »gebe ich sie in deine Hände, sobald ihre Brüder der Meinung sind, dass ich nicht mehr als Puffer dienen muss. Allerdings solltest du dich nicht von Feli täuschen lassen!«

Irgendwie gelingt es Shadow, ein Lachen zu unterdrücken. Er zieht eine Augenbraue nach oben und fragt: »Inwiefern?«

Katie verschränkt die Arme. »Feli hat ein viel zu niedliches Gesicht für die Art von Sex, die sie gerne hätte.«

Ich schnappe nach Luft und bin wirklich drauf und dran, meine beste Freundin einen Kopf kürzer zu machen. Wie kann sie so was sagen? Und wie kommt sie überhaupt auf die Idee? Und warum schaffe ich es nicht, etwas darauf zu erwidern, sondern bleibe stumm?

»Ich werde es mir merken«, sagt Shadow, nachdem er mich einen Moment schmunzelnd betrachtet hat. Dann streicht er mit einem Finger über meine glühenden Wangen. Schnell kuschele ich mich wieder an ihn und schmiege das Gesicht an seine Halsbeuge, bis die Hitze verschwindet und sich meine Gedanken nicht mehr um das Gesprächsthema der letzten paar Minuten dreht.

»Wo waren wir stehen geblieben?«

»Vor der Sache mit dem Seelenkern hast du von der Magierin mit dem ›schönen Schein‹ gesprochen«, hilft Katie aus. »Das interessiert mich besonders! War ihre Magie sehr stark?«

Shadow nickt. »Sie stand den Magiern, die im Nachhinein als Götter bezeichnet wurden, in nichts nach. Es hieß, sie war so schön, dass ihre Schönheit allein ausreichte, um Tausende Schiffe in Bewegung zu setzen. Ich hingegen sah in ihr vom ersten Augenblick eine Bedrohung, genau wie meine Trägerin.«

»Und wer war diese schöne Magierin nun?«, frage ich.

Shadow seufzt. »Ihr Name war Helena. Sie war die Königin von Sparta, floh jedoch gemeinsam mit dem trojanischen Prinzen Paris übers Meer.« Er verzieht den Mund. »Ich wünschte, Hektor hätte sie tatsächlich entweder zurückgebracht oder unterwegs ertränkt.«

»Helena?«, schaltet sich Katie ein. »*Die* Helena? Sie war eine Magierin mit dem ›schönen Schein‹?«

»Allerdings. Niemand weiß, wie sie normalerweise aussah. Jeder kannte nur ihr liebreizendes Äußeres und ließ sich davon blenden.«

»Und wer war dann deine Trägerin?«, frage ich. »Hektor und Paris waren die beiden Prinzen von Troja. Aber ... wer war sie?«

»Sie war die kleine Schwester der beiden Prinzen«, antwortet er. »Ihr Name war Kassandra.«

Kassandra. Ich erinnere mich daran, dass Shadow etwas Ähnliches im Schlaf gemurmelt hat. *Kassi.*

»Sie konnte die Zukunft voraussagen. Und sie traf damit immer ins Schwarze.«

»Aber wenn sie so zuverlässig war, warum ist dann trotzdem alles den Bach runtergegangen?«, fragt Katie. »Ich meine, wir alle wissen, dass es für die Trojaner nicht rosig ausgegangen ist.«

Shadow senkt den Kopf. »Sie wusste es«, wispert er. »Aber niemand hat ihr geglaubt. Sie war ... verflucht. Ein anderer Magier hat ihre Gabe verflucht, weil sie ihn abgewiesen hat. Daraufhin sah sie zwar noch immer die Zukunft, aber niemand schenkte ihren Vorhersagen Glauben. Sie wusste ganz genau, was ihnen bevorstand und wodurch es ausgelöst wurde. Es ging sogar so weit, dass sie vorschlug, Paris, ihren eigenen Bruder, zu töten, damit er nicht nach Sparta segelte und auf Helena traf. Sie hätte alles getan, um ihr Volk zu schützen. Aber gegen ihren Vater und ihre älteren Brüder zog sie immer den Kürzeren. Irgendwann ...« Er stößt geräuschvoll die Luft aus. »Irgendwann sagte ihr Vater, König Priamos, dass es ihm reichte mit ihren Hirngespinsten. Er stellte sie vor eine Wahl, die in den Augen meiner Trägerin der zwischen Pest und Cholera glich.«

Ich greife nach seiner Hand und drücke sie, denn ich hoffe, ihm wenigstens dadurch etwas Kraft spenden zu können. Schließlich sehe ich, wie sehr es ihn mitnimmt, seine Geschichte zu erzählen. Ich würde gerne sagen, dass es genug ist, dass er aufhören soll, aber ich bin genauso gefesselt wie Katie. Noch weiß ich nicht, warum diese Kassandra ihn so sehr verletzt hat, denn bisher ist er selbst in den Erzählungen nur kurz aufgetaucht.

»Was war das für eine Wahl?«, frage ich nach einer Weile.

Er erwidert den Druck meiner Hand. »Ich war damals schon einige Jahre Kassandras Familiar. Wir kamen gut miteinander aus. Vielleicht auch etwas mehr als *gut*. Sie war eine herzensgute Frau, aber auch eine Prinzessin. Mit Ausnahme von ihren Brüdern und ihrem Vater war sie es gewohnt, alles zu bekommen, was sie wollte. Ich sah zu ihr auf und war stolz darauf, der Familiar einer so hoch angesehenen Frau zu sein. Mit der Zeit lernte ich, ihr nahezu jeden Wunsch von den Augen abzulesen. Wir kamen uns näher, doch das stieß auf nicht viel Gegenliebe. Es war eine andere Zeit, in der Frauen nicht viel zu sagen hatten. Gerade von Prinzessinnen wurde erwartet, dass sie vorteilhafte Ehen eingingen. Dieses Schicksal blühte auch Kassandra, doch da Priamos seine Tochter liebte, stellte er sie vor die Wahl, entweder eine solche Ehe einzugehen oder eine Tempelpriesterin zu werden. Wahrscheinlich war ihm alles recht, solange er nicht mehr ständig ihre verheerenden Weissagungen hören musste.«

»Und wofür hat sie sich entschieden?«, frage ich.

Shadow zögert mit einer Antwort. »Kassandra war eine stolze Frau. Wie schon gesagt, genoss sie ihr Leben lang Freiheiten, denn sowohl ihre Brüder als auch ihr Vater vergötterten sie – vor allem bevor ihre Gabe verflucht wurde. Sie war es gewohnt, ihre Meinung zu sagen, egal ob man sich nach ihr richtete oder nicht. Aber sie war definitiv nicht daran gewöhnt, dass man ihr Vorschriften machte. Sie hätte sich nie einem fremden Mann – noch dazu einem, den sie weder kannte noch liebte – unterordnen können. Wahrscheinlich wäre sie an irgendeinen König eines fernen Landes, der mehr als doppelt so alt war wie sie, verheiratet worden und hätte ihre Familie nie wiedergesehen.«

»Also entschied sie sich für das Leben als Priesterin …?«, will Katie wissen.

Doch Shadow schüttelt den Kopf. »Auch dafür hätte sie sich von ihrer Familie lossagen und auf sämtliche Privilegien einer Prinzessin verzichten müssen. Priester führten ein sehr karges, einfaches Leben, das rein gar nichts mit dem zu tun hatte, woran sie gewöhnt war.«

»Aber für eine Variante muss sie sich doch entschieden haben«, sage ich.

»Wie gesagt«, entgegnet Shadow zögerlich. »Es waren andere Zeiten. Beide Varianten erforderten, dass sie jungfräulich blieb.«

Katies Kiefer klappt ihr fast bis auf die Brust hinunter. »Du hast mir ihr …?«

Shadow wendet den Blick ab und starrt die Wand an. »Sie hat mich darum gebeten. Und … ich habe eingewilligt. Im Nachhinein habe ich mir jedoch gewünscht, ich hätte es nicht getan. Ihr Vater und ihre Brüder tobten und drohten damit, mich zu töten, doch Kassandra sagte, dass sie sich selbst das Leben nehmen würde, wenn sie mir schadeten. Jedoch … sah sie mich danach nicht mehr so an, wie es zuvor der Fall war. Sie mied mich. Aber am schlimmsten war, dass ihre Magie anders schmeckte und mich kaum noch nährte.« Er schaut flüchtig in meine Richtung. »Deshalb wusste ich auch, dass zwischen Lumia und Cal etwas im Argen lag, als sie mir davon erzählte. Das Problem war nur, dass ich Kassandra nicht anders sah als vorher. Sie war es, die sich anders verhielt und mich aussperrte. Aber … da war es eh schon fast zu spät. Helena war bereits in Troja, der Krieg war ausgebrochen und meine Trägerin kannte den Ausgang ganz genau. Ich glaubte an ihre Vorhersagen – wenigstens ich tat es. Und ich versuchte ihr, so gut es ging, zu helfen. Ich flehte sie an, mit mir aus der Stadt zu fliehen und irgendwo Schutz zu suchen, bis alles vorbei war. Sie weigerte sich.«

»Wahrscheinlich dachte sie bis zuletzt, dass sie ihre Familie noch irgendwie umstimmen könnte«, murmele ich. »Ich hätte auch nicht versucht meine eigene Haut zu retten, wenn ich meine Familie hätte zurücklassen müssen.«

»Aber sie haben ihr nicht geglaubt«, wirft Katie ein. »Bestimmt haben sie ihr das Gefühl gegeben, sie wäre nichts weiter als eine Verrückte. Irgendwann hätte ich wohl gesagt, dass sie zusehen sollen, wie sie zurechtkommen, und wäre gegangen.«

»Mir war es egal«, sagt Shadow. »Zu der Zeit wusste ich, warum es so wenige menschenähnliche Familiare gab, denn auch ich war bereit dazu, bis zum bitteren Ende bei meiner Trägerin zu bleiben. Ich wollte an ihrer Seite stehen, wenn die griechischen Eroberer die trojanische Verteidigung überwänden. Ich wäre mit Freuden für sie gestorben, denn obwohl sie mich nicht mehr so sah wie vorher, war sie immer noch meine Trägerin, die ich verehrte.«

»Trotzdem bist du hier«, sagt Katie. »Was lief schief?«

Shadow starrt wieder ins Leere und schweigt – lange, während seine Miene zu einer steinharten Maske zu erstarren scheint. »Sie verstieß mich«, presst er zwischen zusammengebissenen Zähnen hervor. »Sie kündigte den Pakt und ich fand mich von einem Moment auf den anderen in der Nebenwelt wieder, ohne zu wissen, was geschehen war. Ich hatte schon, seit ich mit ihr geschlafen hatte, das Gefühl, dass sich alles zwischen uns geändert hatte. Aber dass sie mich tatsächlich loswerden wollte ... Ich hätte es nie für möglich gehalten, dass ihre Abscheu mir gegenüber groß genug war, um mich zu verstoßen.«

Bei seinen Worten blutet mir das Herz. Ich kann seine Verzweiflung und Wut spüren, obwohl er sich bemüht, sie zurückzuhalten. Das ist also der Grund für die Narben, die sein Inneres zeichnen: Eine Trägerin, der er sich mehr als jedem anderen verbunden gefühlt hat und die den Pakt einseitig aufkündigte. Zwar habe ich Verständnis für seinen Schmerz, doch ich vergesse nicht, dass es nur Shadows Sichtweise ist.

Ich richte mich auf, knie mich vor ihn und schlinge beide Arme um seinen Oberkörper. Als ich sein Zittern spüre, streichele ich ihm über den Rücken.

»Sie hat dich nicht verstoßen«, wispere ich und warte, bis er mich ansieht.

Ungläubig runzelt er die Stirn, während ich kein Funkeln in seinen nachtschwarzen Augen erkennen kann – nur tiefe, endlose Traurigkeit. Sie hat ihn verletzt, so sehr, dass er sich auch nach Jahrtausenden nicht davon erholt hat. Aber ... darum ging es ihr nicht, zumindest glaube ich das.

Ich streiche ihm mit der Hand über die Stirn, um die Sorgenfalten zu glätten. Shadow schließt einen Moment die Augen.

»Sie wollte dein Leben retten«, flüstere ich.

Überrascht reißt er die Augen auf, doch die Überraschung verfliegt fast sofort. Ein bitterer Zug erscheint um seinen Mund.

»Du hast es selbst gesagt«, murmele ich, bevor er die Gelegenheit hat, einen Ton von sich zu geben. »Du warst bereit an ihrer Seite zu kämpfen und zu sterben. Und du wärst gestorben – wie nahezu jeder andere Einwohner von Troja, samt ihren Familiaren. Du hättest in dieser Nacht wie unzählige weitere den Tod gefunden, denn der Palast, in dem die Prinzessin lebte, war garantiert eines der vorrangigen Ziele der Griechen. Nicht nur, um die Königsfamilie zu erledigen, sondern auch um zu plündern. Und du wärst dort gewesen. Du wärst bei ihr geblieben, ganz gleich was zuvor zwischen euch vorgefallen war.«

»Feli hat recht«, sagt Katie. »Dich zurückzuschicken war wahrscheinlich der einzige Weg, um dich zu retten.«

Shadow zieht die Augenbrauen zusammen und sieht aus, als würde er uns kein einziges Wort glauben.

»Kassandra wusste, was ihr bevorstand«, sage ich. »Und weil ihr niemand glaubte, mussten auch die, die ihr lieb und teuer waren, ihr Schicksal teilen. Doch du wusstest, dass ihre Vorhersagen die Wahrheit sind.« Ich umschließe Shadows Gesicht mit beiden Händen. »Ich weiß genau, wie sich Kassandra in dem Moment gefühlt haben muss und ich habe Verständnis für ihr Handeln. Ich weiß, wie es sich anfühlt, wenn niemand – nicht einmal die eigene Familie! – an einen glaubt. Deshalb hat sie sich auch verändert und sich zurückgezogen. Es gab keinen anderen Weg für sie, als den Pakt zu lösen, wenn sie das einzige Wesen auf der Welt retten wollte, das noch an sie glaubte.«

Shadow schweigt und birgt das Gesicht an meiner Schulter. Ich halte ihn weiter fest, während sein Körper in meinen Armen erschauert.

»Ich ... lasse euch kurz allein«, flüstert Katie und verschwindet auf leisen Sohlen aus dem Zimmer.

Als die Tür hinter ihr ins Schloss fällt, krallt Shadow beide Hände in mein Shirt und presst mich noch fester an sich. Kein einziger Ton kommt über seine Lippen, nur sein Körper erbebt unter stummen Schluchzern.

Ich möchte ihn fragen, ob ihm in all den Jahren nie in den Sinn kam, dass Kassandra ihn auf ihre Weise geliebt haben könnte. Dass sie ihn zurückschickte, um ihn zu retten. Doch ich schweige – ebenso wie er. Wahrscheinlich war er zu blind vor Zorn und Schmerz, um überhaupt klar denken zu können und eine andere Sichtweise zuzulassen.

»Ich bin froh, dass Kassandra so gehandelt hat«, flüstere ich, nachdem sich Shadow etwas beruhigt hat. »Wenn ich könnte, würde ich ihr dafür danken. Denn sonst ... hätte ich dich nie kennengelernt. Du wärst nie mein Familiar geworden.«

Er regt sich in meinen Armen und legt mir eine Hand auf die Stelle des Brustkorbes, unter der mein Herz schlägt. »Ich weiß noch nicht, ob ich wirklich daran glauben kann, dass Kassandra so gehandelt hat, um mich zu retten.« Seine Stimme klingt rau und brüchig und mein Herz schmerzt dabei, ihm weiter zuzuhören. »Ich habe sie dafür gehasst, dass sie den Pakt gelöst hat, aus welchem Grund auch immer. Ich habe ihren Namen verflucht und mir jeden Gedanken an sie verboten. Aber ... ich bin froh, dass sie mich verstoßen hat. Denn dadurch bin ich hier. Es gibt keine Garantie dafür, dass wir uns je begegnet wären, wenn es anders gewesen wäre – Seelengefährte hin oder her.«

»Wenn ich ihren Seelenkern in mir trage, warst du dann nicht auch ihr Seelengefährte?«

Er zuckt mit den Schultern, ehe er zu mir aufsieht. Mit einer Hand streiche ich die letzten Tränenspuren weg. »Möglich. Es ist keine Wissenschaft, und bis auf dich bin ich nie jemandem begegnet, der das Glimmen sehen konnte. Was ich euch darüber erzählt habe, ist nichts weiter als eine Theorie – zusammengebastelt aus Überlieferungen verschiedener Völker, die an etwas Ähnliches glaubten. Nur weil zwei Seelen zueinanderpassen, heißt das nicht, dass auch ihre Besitzer zueinander gehören sollten.«

So habe ich das noch nie gesehen. Shadow meinte vorhin, dass sich der Mensch, dem die Seele innewohnt, immer verändert und nie gleich bleibt. Ansonsten müsste ich eine exakte Kopie von Prinzessin Kassandra sein, und nach allem, was Shadow über sie erzählt hat, bin ich das Gott sei Dank nicht. Doch was ist, wenn sich die Menschen trotz übereinstimmendem Glimmen gegenseitig abstoßen oder einfach nicht zusammenpassen? Ich habe es bei Cal und Ilena gesehen und bei Shadow und mir gespürt – es gibt von Anfang an eine gewisse Anziehung, ein Interesse an *mehr* – aber es handelt sich dabei nicht um die sagenumwobene Liebe auf den ersten Blick.

Aber Shadow hat recht: Nur weil zwei Glimmen übereinstimmen, heißt das nicht, dass auch die Personen, die das Glimmen innehaben, miteinander kompatibel sind. Shadow und ich gehören nicht einmal derselben Spezies an! Wer auch immer für die Seelenverteilung zuständig ist, hat bei uns ganz schön Mist gebaut!

»Du hast mir versprochen, mich niemals zurückzugeben«, sagt Shadow nach einer Weile des Schweigens.

Ich nicke. »Und daran hat sich auch nichts geändert. Nenn mich ruhig egoistisch, aber ich werde dich nie wieder hergeben. Da wir in unserer Zeit keiner Vernichtung eines ganzen Volkes gegenüberstehen, werde ich auch nicht in eine ähnliche Situation wie Kassandra kommen.« Ich lege den Kopf schräg. »Oder möchtest du zurück in deine Welt?«

Er schmunzelt und endlich kehrt wieder ein Hauch des Funkelns, das ich so mag, in seine Augen zurück. »Mir wurde vom Schicksal oder wem auch immer die Aufgabe zugeteilt, dich zu lieben, und ich werde diese Aufgabe nicht auf die leichte Schulter nehmen. So schnell wirst du mich nicht mehr los.«

»Wenn das eine Drohung sein soll, hat sie leider ihren Zweck verfehlt«, sage ich und bin machtlos gegen das Lächeln, das in mir aufsteigt und sich auf meinem Gesicht ausbreitet.

Bis vor einer Minute war mir nicht danach zumute, denn Shadows Geschichte ist alles andere als fröhlich. Doch was ihm widerfahren ist, geschah in der Vergangenheit und weder er noch ich können daran etwas ändern. In unserer Hand liegt es nur, die Zukunft besser zu gestalten.

Eine Zukunft, die wir auf jeden Fall gemeinsam bestreiten werden.

***

Katie nimmt die ihr von Cal übertragene Aufgabe als unsere Aufpasserin sehr ernst und lässt uns – bis auf die paar Minuten – nicht allein, egal welch finstere Blicke ich ihr zuwerfe.

Nachdem sich Shadow wieder gefangen hat, verbringen wir den Abend zu dritt damit, uns irgendwelche Filme anzusehen, von denen ich jedoch nur die Hälfte mitbekomme. Ständig döse ich an Shadows Schulter ein und auch er kann nach gut einer Stunde kaum noch die Augen offen halten. Der anstrengende Tag fordert seinen Tribut, doch Katie ist unerbittlich.

Irgendwann geht sie uns so sehr auf die Nerven, dass wir einfach nur noch schlafen wollen und ich notgedrungen zustimme, mit meiner besten Freundin im Nebenzimmer zu übernachten. Shadow brummelt etwas Unverständliches, als ich ihn zudecke und auf die Wange küsse, bevor ich Katie hinterherschlurfe. Ohne weiter darüber nachzudenken, werfe ich mich nebenan ins Bett und schlafe bereits, sobald mein Kopf das Kissen berührt.

***

Irgendwann – es muss mitten in der Nacht sein – wache ich auf, als jemand ins Zimmer kommt. Nach nur zwei Schritten bin ich mir sicher, dass es weder Zac noch Cal ist, vor allem weil der Jemand keine Tür benutzt hat. Ein Lächeln zupft an meinen Mundwinkeln.

»Linke Bettseite«, wispere ich.

»Ich weiß«, flüstert Shadow zurück. »Ich kann im Dunkeln fast genauso gut sehen wie bei Licht.«

Ich rutsche in dem riesigen Bett so weit zur Mitte, bis ich Katie beinahe berühre, und hebe die leichte Sommerdecke an. Shadow schlüpft darunter und schlingt beide Arme um mich. Mit einem leisen Seufzen schmiege ich mich so eng wie möglich an ihn.

»Warum ist Katie noch mal hier?«, murmelt er, während er eine Hand unter mein Shirt schiebt und mir über die Taille streichelt.

»Weil Cal sie darum gebeten hat«, murre ich. »Wenn meine Brüder sie bäten, ohne Rakete zum Mond zu fliegen, würde Katie Tag und Nacht an einer Lösung arbeiten. Sie würde quasi alles für sie tun! Das beinhaltet auch, auf uns beide ein Auge zu haben, damit wir keine Dummheiten machen.«

»Dummheiten, hmm?«

Dank des Raunens in seiner Stimme drücke ich automatisch den Rücken durch, doch ich erstarre sofort, als sich Katie hinter mir regt. Ohne Luft zu holen, lausche ich auf weitere Geräusche von ihr, aber sie scheint wieder eingeschlafen zu sein.

»Wir sollten Cal als kleine Wiedergutmachung tatsächlich Lumia während seines nächsten Besuches bei der Abtrünnigen vor die Nase setzen«, grummelt Shadow.

»Ich bezweifele, dass das alle Beteiligten lebend überstehen würden«, werfe ich leise ein. »Katie ist sauer, weil ich sie – so ihre Worte – nicht mit genügend Einzelheiten versorgt habe. Sonst hätte sie bestimmt so getan, als würde sie uns weder hören noch sehen.«

»Wenn wir beide nicht so hundemüde wären, würde ich ihr die Einzelheiten hier und jetzt unter die Nase reiben.« Er unterdrückt ein Gähnen. »Aber ich bin nur hier, weil ich nicht schlafen konnte ... Das ist die erste Nacht, die wir nicht zusammen verbringen, seitdem wir einen Pakt haben, und es fühlt sich ... falsch an.«

»Ich bin froh, dass du hier bist«, murmele ich. »Und sei es nur zum Schlafen.«

»Wir werden morgen jedes Quäntchen Energie brauchen, das wir bekommen können«, entgegnet Shadow. »Gleich in der Früh werde ich dein Kostüm zur Ausstatterin bringen und sie bitten, das Einschussloch zu flicken. Ich bezweifele, dass du mit einem durchlöcherten Kostüm vor die Magier-Allianz treten willst. Und danach müssen wir uns überlegen, worauf wir uns vorbereiten wollen.«

Morgen werden wir mindestens genauso fertig sein, denn den ganzen Tag steht Training auf dem Programm. Und zwischendurch werde ich ein wenig recherchieren. Irgendwo muss es doch Hinweise darüber geben, was in diesen Prüfungen abgefragt wird! Aber ich kann mich nicht daran erinnern, dass meine Brüder je darüber gesprochen hätten ... Mir ist klar, dass sie bestanden haben, aber welche Aufgaben sie zu bewältigen hatten, weiß ich nicht.

Da allerdings sogar Cal bestanden hat, der zur Zeit seiner Prüfungen nur Frauen und Motorräder im Kopf hatte, können die Anforderungen nicht allzu hoch sein. Dieser Gedanke beruhigt mich ein wenig. Mit Shadow an meiner Seite kann ich gar nicht scheitern!

»Ein bisschen Training wird nicht schaden«, flüstere ich dennoch.

»Bist du nervös?«, fragt Shadow und streichelt mir so sanft über die Taille, dass es kitzelt und ich zusammenzucke.

»Wie verrückt …«, gebe ich zu. »Ich kann es immer noch nicht glauben! Es ist die letzte Chance, meinen Traum zu verwirklichen.«

Er schweigt einen Moment, ehe er die Hand an meinen unteren Rücken legt und mich noch näher zieht. »Ich weiß, dass es dir schwerfällt, darüber zu reden, und ich bezweifele, dass wir es in Betracht ziehen müssen, aber … Hast du schon darüber nachgedacht, was du machen willst, falls du die Prüfungen nicht bestehst? Was willst du dann mit deinem Leben anfangen?«

Die Frage trifft mich unvorbereitet. Bisher scheiterte alles, was ich angefasst habe, weil ich mich nur auf das Nachjagen meines Traumes konzentriert habe. Hinzu kommt, dass es nicht mehr nur noch um mich geht. Ich kenne keinen mächtigen Familiar, der nicht einen Pakt mit einem Meister-Magier hat. Die letzten Tage über habe ich Shadow mehrmals mit viel zu viel Magie versorgt, die er irgendwie wieder loswerden musste. Wie soll das gehen, wenn ich nur einen normalen Job habe und von früh bis spät in einem Büro sitzen muss?

Je länger ich darüber nachdenke, desto mehr komme ich zum Ergebnis, dass mir kein Job einfällt, der mich interessieren würde. Mit Menschen kann ich nur bedingt arbeiten, denn unterschwellig wird meine Gabe immer zum Problem werden. Ich habe keinerlei Talente, die mich besonders auszeichnen, und auch keine speziellen Interessen. Wenn ich bei den Prüfungen durchfalle, stehe ich vor dem Nichts.

»Du musst mir nicht sofort antworten«, wispert Shadow und küsst mich auf die Stirn. »Es reicht schon, wenn du darüber nachdenkst.«

»Glaubst du denn, dass wir … scheitern könnten?«

»Nein«, sagt er schnell. Vielleicht etwas zu schnell … »Ich fand es nur merkwürdig, dass sowohl Zac als auch Cal davon überzeugt sind, dass wir es nicht schaffen können. Als gäbe es einen Grund, der uns ein Bestehen unmöglich macht.« Er seufzt. »Ich denke schon die ganze Zeit darüber nach, seit ich wach geworden bin, aber mir will nichts einfallen.«

»Vielleicht hat es etwas damit zu tun, wie lange Träger und Familiar bereits einen Pakt haben«, murmele ich. »Oder es ist etwas, was sie ihnen auf der Magier-Akademie beibringen und ich deshalb nicht wissen kann.« Ich kaue einen Moment auf der Unterlippe. »Ich werde sie morgen noch mal fragen. Wenn sie nicht mit der Sprache herausrücken, können wir auch Lumia und Terra in die Mangel nehmen.«

»Das klingt nach einem guten Plan«, raunt er. »Jedoch … könnte ich mir vorstellen, den morgigen Tag anders zu verbringen.«

Nun bin ich ganz Ohr und richte mich ein Stück auf. »Und wie?«

In der Dunkelheit meine ich, seine Zähne für einen Augenblick aufblitzen zu sehen. »Morgen sind wir Katie los, oder?«

»Wer weiß? Es würde mich nicht wundern, wenn Cal mit ihr so was wie einen Langzeit-Aufpasser-Vertrag geschlossen hat – im übertragenen Sinne. Er muss nur mit den Fingern schnippen und sie macht alles, was er will. Gut möglich, dass sie morgen wieder mit Argusaugen über uns wacht – zusätzlich zu meinen Brüdern.«

Shadow schiebt eine Hand in meinen Nacken und zieht mich zu sich herunter. »Ich könnte dich jederzeit hier wegbringen, das weißt du, oder?« Seine Lippen streifen meine und ich seufze auf. »Ein Schattensprung – und sie würden uns nicht finden.« Mit der anderen Hand schiebt er mein Shirt ein Stück hoch, um die nackte Haut darunter liebkosen zu können. »Und sie könnten uns nicht stören.«

»Verlockende Vorstellung«, wispere ich nur ein paar Millimeter von seinen Lippen entfernt.

Allein der Gedanke erhitzt mein Blut so sehr, bis ich Schwierigkeiten habe, gleichmäßig zu atmen. Zusätzlich bringen mich Shadows sanfte Berührungen fast um den Verstand. Wenn Katie nicht wenige Zentimeter von mir entfernt selig schliefe und wir nicht so hundemüde wären, dass wir kaum die Augen offen halten können, wäre jetzt der perfekte Zeitpunkt, um weiter zu gehen. Schon seit er meinen geheilten Rücken berührt hat, träume ich davon … und ich bin mehr als bereit dazu.

Seufzend schmiege ich mich an seine Seite und genieße mit geschlossenen Augen die kleinen Streicheleinheiten, mit denen er mich verwöhnt.

Fürs Erste müssen wir uns darauf konzentrieren, noch mal alles aus uns herauszuholen, um für die Prüfungen gerüstet zu sein. Morgen und übermorgen werden wir trainieren und am dritten Tag das Hauptquartier der Magier-Allianz aufsuchen, wo ich mich den Tests stellen werde. Selbst wenn ich nur daran denke, fürchte ich vor Nervosität das Abendbrot nicht mehr bei mir behalten zu können.

Doch das ist nicht alles. Mit der Frage, was ich mit meinem Leben anfangen will, hat Shadow mir eine Menge zum Nachdenken gegeben. Vor allem beschäftigt mich, was aus Shadow wird, wenn ich es nicht zur Meister-Magierin schaffe. Die Magier-Allianz hat mir verboten, je wieder auf Verbrecherjagd zu gehen oder öffentlich in Erscheinung zu treten, wenn ich versage oder mich vor den Prüfungen drücke. Wie soll ein mächtiger Familiar wie Shadow seine Energie loswerden, wenn er nicht kämpfen kann? Was ist, wenn ich tatsächlich irgendwann einen langweiligen Bürojob annehmen muss?

In den letzten Sekunden, bevor ich wieder ins dringend herbeigesehnte Reich der Träume abdrifte, klammere ich mich an den Gedanken, dass ich keineswegs durchfallen darf. Nicht nur meinetwegen. Auch Shadows Existenz steht auf dem Spiel, wenn ich versage.

KAPITEL 16

Felicity

»Hab ich's mir doch gedacht!«

Es ist das Erste, was ich am nächsten Morgen höre. Ich brauche eine Weile, um so weit wach zu werden, dass ich die Augen öffnen kann. Sofort schließe ich sie wieder, als ich Katies Gesicht nur wenige Zentimeter von mir entfernt sehe. Sie muss das Licht angeknipst haben, denn das Zimmer ist in eine grelle Helligkeit getaucht, die mir fast die Augäpfel aus den Höhlen ätzt.

Grummelnd und fluchend schmiege ich das Gesicht an Shadow, der sogleich einen Arm um mich schlingt.

»Ich wusste, dass er sich herschleicht!«, zetert Katie weiter. »Euch beide muss man in verschiedene Zimmer einschließen und danach die Schlüssel wegwerfen!«

Blind taste ich nach der Bettdecke, um sie mir über den Kopf zu ziehen und dadurch alles andere auszusperren. So ein Lärm am frühen Morgen zehrt an meinen Nerven! Nach einem solchen Start kann der restliche Tag nur bescheiden werden ...

»Wenn du kurz das Licht ausmachst«, sagt Shadow an Katie gewandt, »verschwinde ich wieder.«

Ich hebe den Kopf kurz an. Will er mich etwa allein lassen? Doch als er meinem Blick begegnet und mir zuzwinkert, weiß ich, dass er etwas plant.

Vor sich hin schimpfend tapst Katie zum Lichtschalter. Im nächsten Moment greift Shadow nach meiner Hand und wir fallen durch die Schatten. Das Letzte, was ich höre, ist Katies überraschten Schrei, als wir plötzlich verschwunden sind.

***

Weil uns Shadow nur in eines der Gästezimmer im selben Stockwerk bringt, sind die Nebenwirkungen des Schattensprungs auszuhalten. Dennoch würde ich es vorziehen, so früh am Morgen keine weiteren magischen Sprünge durchführen zu müssen.

Die Vorhänge sind zugezogen, sodass es noch stockdunkel im Zimmer ist und wir auf dem Bett landen können.

»Wie spät ist es?«, frage ich etwas benommen von zu wenig Schlaf und dem Sprung.

»Kurz nach Sonnenaufgang, würde ich schätzen«, antwortet Shadow und streckt sich neben mir aus, um mich gleich darauf wieder in die Arme zu ziehen. »Viel zu früh für eine Begegnung mit Katie.«

»Von mir aus hättest du sie auf irgendeiner einsamen Insel aussetzen können – gemeinsam mit meinen Brüdern und allen anderen, die hier im Haus wohnen«, brumme ich.

Shadows Körper erbebt unter einem Lachen. »Bring mich nicht auf solche Ideen! Am Ende mache ich das wirklich noch, um ein paar Minuten ungestört mit meiner Trägerin verbringen zu können.« Er streicht mir eine Haarsträhne aus dem Gesicht. »Wie hast du geschlafen?«

»Gut«, murmele ich. »Aber zu wenig. Der gestrige Tag steckt mir noch in den Knochen.«

Ich fühle mich regelrecht ausgepowert. Keine Ahnung, wie ich das geplante Training überstehen und dabei noch etwas lernen soll ... Aber ich darf mich jetzt nicht hängen lassen! Uns bleiben nur noch heute und morgen, bis ich mich den Prüfungen stellen muss. Die Zeit sollten wir so sinnbringend wie möglich nutzen.

»Ich mache dir nachher ein Frühstück«, sagt Shadow und schnuppert an mir. »Das wird dich wieder auf die Beine bringen.«

»Ich glaube nicht, dass es an zu wenig Magie liegt«, murmele ich. »Ich bin so viel Stress und Aufregung einfach nicht gewohnt.«

Er streichelt mir über den Rücken. »Du musst nur noch die nächsten drei Tage überstehen. Dann können wir irgendwo Urlaub machen. Wie klingt das?«

Ich richte mich ein Stück auf und kann seine Umrisse in der Dunkelheit ausmachen. »Urlaub?«, wiederhole ich. »Ich … war noch nie außerhalb der Stadt. Zumindest nicht, nachdem meine Eltern gestorben sind.«

»Du darfst dir aussuchen, wohin wir gehen«, sagt Shadow sanft. »Ans Meer? Oder doch lieber in die Berge?«

»Solange es kein Städtetrip ist, bin ich dabei«, murmele ich.

Urlaub klingt wundervoll. Urlaub allein mit Shadow klingt noch tausendmal besser! Keine nervenden Aufpasser. Keine Prüfungen, die ich bestehen muss. Keine Anforderungen, denen ich gerecht werden muss. Nur Shadow und ich, an einem ansonsten menschenleeren Strand oder auf einer einsamen Berghütte. Gibt es eine bessere Vorstellung des Paradieses? Ich schätze nicht. Allein daran zu denken lässt mich wohlig seufzen.

Shadow gibt ein Schnurren von sich, das mich von meinen Gedanken ablenkt und zurück ins Hier und Jetzt katapultiert. Jedes Mal, wenn er das macht, vibrieren meine Synapsen vor Wonne. Ob er diese Laute auch von sich gibt, wenn wir …?

»Ich kann doch nicht zulassen, dass meine Trägerin ein Burn-out erleidet«, sagt er. »Schon gar nicht, bevor sie die Möglichkeit hatte, nach den Sternen zu greifen.«

Herrgott, wie ich diesen Mann liebe!

Shadow greift nach meiner Hand und führt sie zum Mund, nachdem er mit dem Daumen über meinen Handrücken gestreichelt hat. »Sie werden uns bald finden«, murmelt er. »Ich kann jedoch auf Zuschauer verzichten, wenn ich mich nähre. Deinen Gesichtsausdruck, wenn ich mir von der Magie nehme, will ich allein genießen.«

Mein Herz scheint ins Stolpern zu geraten. Zwar kann ich ihn nicht sehen, aber ich weiß, dass er es umgekehrt kann. Wie eine Katze findet er sich selbst im Dunkeln zurecht. Langsam lässt er eine Hand an meinem Oberschenkel hinaufgleiten.

»Komm her«, raunt er, ehe er mich so zu sich dirigiert, dass ich rittlings auf ihm sitze und mich mit der freien Hand an seiner Brust abstütze.

»Wenn … wenn jemand hereinkommt …«, bringe ich hervor, doch die letzte Silbe geht bereits in ein Wimmern über, als ich ihn zwischen den Beinen spüre.

»Dann verschwinde ich sofort in deinem Schatten«, wispert er, bevor er eine Hand auf meinen Oberschenkel legt. Ich zucke zusammen, als er mit dem Daumen über die empfindliche Haut an der Schenkelinnenseite streicht. »Entspann dich.«

»Das tue ich«, flüstere ich heiser. »Ich befürchte nur, dass, sollte uns jemand unterbrechen, ich demjenigen – ohne Fragen zu stellen – direkt den Hals umdrehen werde.«

Mir wäre es gleichgültig, ob Katie oder meine Brüder oder deren Familiare durch die Tür spaziert kämen. Sie würden nur mich allein auf dem Bett vorfinden, doch ich würde sie dennoch meinen Frust mit Gewalt spüren lassen.

»So gierig?«, schnurrt Shadow gedehnt, während er auf jede meiner Fingerspitzen einen Kuss haucht.

»Wenn du wüsstest ...«, keuche ich.

»Dummerweise wüsste ich es tatsächlich gern.« Bedächtig bewegt er die Finger weiter an meinem Oberschenkel hinauf. »Ich habe mich schon mehrfach gefragt, ob sich hinter diesem unschuldigen Antlitz auch eine wilde und ungestüme Seite verbirgt«, raunt er. »Ein dunkler Abgrund, in dem du deine geheimen Sehnsüchte versteckst, die du bisher mit niemandem teilen konntest.«

Diesen Abgrund gibt es, doch bis vor Kurzem wusste ich selbst nichts von seiner Existenz – und seit einigen Tagen habe ich ernsthafte Probleme, meine wachsende Lust unter Kontrolle zu halten. Es würde mich nicht wundern, wenn ich in der vergangenen Woche öfter gekommen bin als im ganzen letzten Jahr.

»Wenn wir ...« Keuchend lege ich den Kopf in den Nacken, als Shadow mit dem Daumen über meinen Slip streicht und dabei wieder ein Schnurren von sich gibt. »... Urlaub machen und unter uns sind ... erzähle ich dir vielleicht davon.«

Wie von selbst bewege ich mich und dränge mich seiner Hand entgegen, wobei ich einige Laute ausstoße, die ich noch nie von mir gegeben habe. Shadow weiß genau, wo und wie er mich berühren muss, damit sich mein Gehirn und sämtliche für den Moment nicht essenziellen Vorgänge verabschieden. Eben war ich noch groggy und hätte lieber ein paar Stunden geschlafen, doch jetzt bin ich mir sicher, kein Auge zuzukriegen, bevor er sich nicht um meine vorrangigen Bedürfnisse gekümmert hat.

»Nur vielleicht? Das wäre aber ein schlechter Handel für mich.«

Als er die Hand zurückzieht, knurre ich frustriert auf. »Ich verhandele nicht mit Gefühls-Terroristen!«

Er weiß wirklich, wie er mich reizen kann! Leider ist mein Kopf bereits so vernebelt, dass ich ihm fast alles versprechen würde, was er hören will. Da er nie etwas täte, was ich nicht möchte, habe ich auch kein Problem damit.

»Gefühls-Terroristen?«, wiederholt er leicht spöttelnd. »So siehst du mich also? Mir kommt es nicht so vor, als würde ich hier irgendwelche Forderungen stellen. Sag mir nur eines …« Er legt die Hand zurück auf meinen Oberschenkel, nur einen Hauch von meinem Schoß entfernt. Ein Wimmern kommt mir über die Lippen, ehe ich es aufhalten kann. »Hatte Katie mit ihrer Vermutung recht?«

»W…welche Vermutung?«

»Dass du nicht so unschuldig bist, wie es den Anschein hat, wenn man dich betrachtet.«

Ich schaue ihn an, auch wenn ich ihn in der Dunkelheit des Zimmers nicht sehen kann, und brauche eine Weile, um seine Frage beantworten zu können. »Ich weiß nicht, ob ich je unschuldig war. Ich wollte die brave Tochter und Schwester sein, um niemandem unnötige Probleme zu bereiten. Aber seit ich dich kenne, hat sich alles verändert. *Ich* habe mich verändert, und ich danke dir aus tiefstem Herzen dafür. Ich befürchte nur, dass ich im Inneren nicht mehr die unschuldige und reine Felicity bin, die du ursprünglich kennengelernt hast.«

Sein Körper unter mir erbebt vor Lachen. »Als ich dich kennengelernt habe, wolltest du mich so schnell wie möglich loswerden, obwohl ich meinen ganzen Charme spielen ließ.«

Ich schnaube. »Charme nennst du das? Du warst ein Ekelpaket und ein

Großkotz dazu! Ich war mir sicher, nach spätestens drei Tagen wahnsinnig zu werden, wenn ich dich ständig in meiner Nähe haben müsste.«

»Dennoch sind wir beide hier«, sagt er sanft. »Du bist kurz davor, deinen größten Traum zu erfüllen. Und ich bin stolz darauf, dich auf deinem Weg begleiten zu dürfen.«

Ich taste über seine Brust, bis ich die Stelle finde, unter der sein Herz schlägt. Das stetige Pochen, das ich durch den Stoff des Shirts hindurch spüre, gibt mir die Kraft, die nächste Frage zu formulieren. Eine Frage, die mir seit gestern Abend, als er sie mir gestellt hat, auf der Seele lastet. »Was wirst du tun, wenn ich die Prüfungen nicht bestehe?« Ich schlucke krampfhaft, denn allein die Erwähnung eines möglichen Scheiterns verursacht mir Bauchschmerzen. »Wirst du dann trotzdem noch stolz darauf sein, bei mir sein zu können? Du wirst kaum eine Möglichkeit haben, die überschüssige Magie loszuwerden, weil wir nicht mehr kämpfen dürfen. Ich … kann mir nicht vorstellen, dass ein geregeltes und langweiliges Leben, das ich dann führen müsste, etwas für einen mächtigen Familiar wie dich ist.«

Wie schon zuvor wäre es noch immer vernünftiger, Shadow zurückzuschicken. Ihn freizugeben, damit er einen besseren und fähigeren Träger als mich finden kann. Doch das würde bedeuten, dass ich ihn wahrscheinlich nie wiedersehe. Allein die Vorstellung, dass er der Familiar eines anderen Trägers wird, macht mich gleichzeitig wütend und zutiefst traurig. Ich beiße mir auf die Unterlippe.

Shadow greift nach meiner Hand und schiebt sie unter sein Shirt, bis hinauf zu der Stelle, die ich eben schon berührt habe. Als ich über das Glimmen streiche, breitet sich eine beruhigende Wärme in mir aus.

»Ich habe dich in einem schier endlosen Leben gefunden«, wispert er. »Egal, wie oft ich die Wahl zwischen mächtigen und hochgeborenen Trägern hätte, ich würde immer wieder dich wählen. Es tut mir leid, aber so schnell wirst du mich nicht mehr los.«

Meine Finger zucken, während ich krampfhaft versuche ein Schluchzen zu unterdrücken. »Manchmal … kommt es mir vor wie ein Traum, dass du mich genauso akzeptierst, wie ich bin. Oder dass du überhaupt hier bist.«

Shadow richtet sich auf und schlingt beide Arme um mich. Fest an ihn gedrückt atme ich begierig seinen Duft nach lauen Sommernächten ein und berge das Gesicht an der Halsbeuge.

»Wenn das ein Traum ist«, flüstert er mir ins Ohr, »weck mich bitte niemals auf.«

Ich ziehe scharf die Luft ein, als ich die spitzen Eckzähne am Hals spüre, und umklammere seine Schultern. Eine Hand lässt er an meinem Rücken hinab zum Po gleiten, mit der anderen löst er meine verkrampften Finger.

»Mach dir um mich keine Sorgen«, murmelt er, bevor er sanft an meinem Handgelenk und dem Ansatz des Daumens knabbert. »Ich komme mit weit weniger Magie aus, als du mich versorgst. In solchen und ähnlichen Situationen neigst du dazu, viel zu viel abzugeben. Wenn ich nicht kämpfen oder dich verteidigen muss, genügt es mir, mich alle paar Tage zu nähren.«

»Wie schade«, wispere ich heiser. »Ich würde ungern auf die Verbindung verzichten.«

An meiner Haut spüre ich, dass sich seine Lippen zu einem Lächeln verziehen. »Geht mir genauso. Aber wir werden einen Weg finden. Ich wollte mit der Frage gestern Nacht nur erreichen, dass du dir darüber Gedanken machst, wie es mit dir weitergehen soll. Ich bezweifele zwar, dass wir tatsächlich scheitern, doch ich will nicht, dass du anschließend vor dem Nichts stehst, wenn der unwahrscheinliche Fall der Fälle doch eintreten sollte.«

Ich schiebe die freie Hand in seinen Nacken und lehne die Stirn an seine. »Ich werde niemals vor dem Nichts stehen, solange du bei mir bist.«

Unser Kuss ist zärtlich, beinahe vorsichtig und ganz anders als das, wonach ich mich sehne, und doch genau richtig.

Ich habe alles gesagt, was ich sagen wollte. Vor den Prüfungen war es mir wichtig, mit Shadow meine Zukunftsängste zu teilen, doch ich hätte nie für möglich gehalten, dass er so ruhig reagiert. Ich kann mir nicht vorstellen, dass Lumia oder Terra noch hier wären, wenn Cal und Zac ihr Dasein als Meister-Magier von heute auf morgen an den Nagel hingen. Doch meinen Brüdern würde es nichts ausmachen. Sie würden sich einen genügsameren

Familiar geben lassen, denn in ihren Augen sind die Wesen aus einer anderen Welt nichts weiter als austauschbare Werkzeuge.

Aber nicht für mich. Ich würde eher bis an mein Lebensende unter meiner Gabe leiden, als je mit einem anderen Familiar einen Pakt einzugehen.

***

Shadow schafft es, sich zu nähren, bevor einer der anderen uns findet. Wie gewohnt ist die Verbindung tief greifend und intensiv und wahrscheinlich gebe ich ihm wieder viel zu viel Magie. Doch sobald ich seine Magie in mir spüre, vergesse ich jede Zurückhaltung. Von mir aus könnte eine Verbindung ewig währen.

Als wir Schritte im Flur hören, löst sich Shadow jedoch von mir, haucht mir einen schnellen Kuss auf die Lippen, bevor er in den Schatten verschwindet. Im nächsten Augenblick reißt Katie schimpfend die Tür auf und knipst das Licht an, findet aber nur mich einsam auf dem Bett sitzend vor. Meine glühenden Wangen und das verrutschte weite Shirt, das ich nachts trage, sind ihr jedoch Hinweis genug, dass Shadow bis vor Kurzem noch hier war.

Ich höre ihren Vorhaltungen nur mit halbem Ohr zu, als ich mich an ihr vorbeidränge und zurück in mein Zimmer gehe, um mich fürs Training fertig zu machen. Shadow wollte das Einschussloch im Kostüm noch ausbessern lassen, damit ich es übermorgen, wenn ich mich meinen Prüfungen stelle, tragen kann. Wahrscheinlich legt keiner aus der Magier-Allianz Wert darauf, was ich anhabe, aber ich fühle mich besser. Wie immer hat Shadow ein Gespür selbst für solche Kleinigkeiten.

»Wie soll ich denn meine Aufgabe erfüllen, wenn ihr einfach verschwindet?«, hält Katie mir zum gefühlt hundertsten Mal vor. »Ich will keinen Ärger mit Cal, nur weil ihr die Finger nicht voneinander lassen könnt!«

Ich seufze. »So ist das nicht! Er brauchte nur neue Magie und mag es nicht, wenn er dabei Zuschauer hat.«

»Ach ja?«, fragt meine beste Freundin gedehnt. »Und warum hat er sich dann heute Nacht in unser Bett geschlichen?«

Ich drehe mich zu ihr um und schmunzele. »Weil wir, seit ich ihn bekommen habe, immer in einem Bett geschlafen haben.«

»*Oooh*, ich zwei seid wirklich zu süß! Und ich hab es gewusst!«

Ich ziehe eine Augenbraue nach oben. »Von dir als bester Freundin habe ich eigentlich erwartet, dass du uns nicht in den Rücken fällst.«

»He, ich hab euch schon am Abend der Party den Rücken freigehalten! Und wie hast du es mir gedankt? Gar nicht! Mir werden ja nicht mal Details erzählt! Kannst du dir vorstellen, wie überrascht ich war, als Cal bei mir vor der Tür stand und mich bat, Shadow von dir fernzuhalten? Ich meine, hallo? Cal stand vor meiner verdammten Tür! Abends! Ich wäre fast gestorben, so sehr habe ich hyperventiliert!«

»Es gibt keine Details, die ich dir erzählen könnte«, sage ich ausweichend. »Am Abend der Party habe ich Shadow gebeten, mich zu küssen. Er hat es getan und ...«

»Wie war es?«, unterbricht mich Katie.

»Ich habe nicht sonderlich viele Vergleichsmöglichkeiten«, murmele ich in der Hoffnung, vom Thema ablenken zu können.

»Komm schon! Wie war es?«

Ich wende den Blick von ihr ab. »Lebensverändernd, das trifft es wohl am besten.«

Katie wirft sich auf mein Bett und wippt mit dem Fuß. »Und was ist mit dieser Seelen-Geschichte? Glaubst du daran?«

»Ich kann das Glimmen sehen«, antworte ich. »Zehn Jahre lang hielt ich es für einen Fluch. Jetzt bin ich mir nicht mehr so sicher. Durch meine Gabe weiß ich, dass es eine Art von Zusammengehörigkeit gibt. Wahrscheinlich existieren viele Bezeichnungen dafür, und im Grunde ist es egal, wie man es nennt. Seelen, Gefährten, Partner, Gegenstücke. Das ist kein leeres Geschwätz. Also ja, ich glaube daran, obwohl ich für derlei Kram nie etwas übrighatte.«

Doch nicht nur daran glaube ich. Bereits bevor ich sein Glimmen gesehen habe, wusste ich, dass ich Shadow liebe. Und selbst wenn sein Glimmen ein völlig anderes oder nicht vorhanden gewesen wäre, hätte das nichts an meinen Gefühlen geändert. Ich beginne zu verstehen, was er damit meinte, als er davon sprach, dass nicht alle zueinanderpassenden Glimmen auch unbedingt zueinander gehören müssen. Ich hätte Shadow auch geliebt, wenn sein Glimmen anders wäre als meines.

»Ich hätte gerne Zacs Gesicht gesehen, als er davon erfahren hat.« Auf mein hartnäckiges Schweigen hin hakt Katie nach: »Er hat doch bereits davon erfahren, oder?«

»Nein«, gebe ich zu. »Cal weiß es, weil er uns am Pool erwischt hat. Aber er hat andere Sorgen. Zac ahnt sicherlich etwas und er hat auch schon ein paar Andeutungen in die Richtung gemacht, aber mit Sicherheit weiß er es noch nicht.«

»Wie lange willst du ihn noch im Ungewissen lassen?«

Ich ziehe mir eines der neu gekauften Shirts an, das enger am Körper liegt, und schlüpfe in eine frische Jogginghose. »Bis nach den Prüfungen«, antworte ich. »Ich hab ... gerade den Kopf so voll, dass ich nicht weiß, was ich zuerst angehen soll. Alles, was sich gerade entwickelt, kam so überraschend für mich, dass ich mir erst darüber klar werden muss, was das Beste ist.« Nachdem ich mir die Haare zu einem Zopf zusammengefasst habe, drehe ich mich wieder zu Katie um. »Wie lange gilt deine Übereinkunft mit Cal eigentlich?«

Sie hebt grinsend eine Augenbraue. »Dieselbe Antwort wie bei dir. Bis nach den Prüfungen.«

Irgendwas lässt mich daran stutzig werden. Die Prüfungen sind übermorgen, das bedeutet, dass Katie noch heute und morgen den Aufpasser spielt. Aber warum nur bis dahin? Wollte Cal ihr keine längere Zeit aufbürden? Oder gibt es eine andere Begründung?

Meine Brüder wissen mehr über die Prüfungen als ich und jeder andere in meinem Umfeld. Einzig ihre Familiare könnten mir noch Einzelheiten verraten, aber wahrscheinlich müssen sie genauso dichthalten wie Zac, Cal und alle anderen Meister-Magier, die je an den Prüfungen teilgenommen haben.

»Morgen Abend«, sagt Katie und reißt mich aus den Gedanken, »habe ich jedoch eine Verabredung in der Stadt.« Sie zwinkert mir zu. »Du und dein lebender Schatten könntet mich begleiten und dann ganz plötzlich verschwinden, ohne dass ich etwas bemerke.«

Ich verdrehe die Augen. »Darauf sind wir zwar nicht angewiesen, aber es ist nett, dass du mir davon erzählst. Morgen Abend sind wir dich also los?«

»Zumindest für ein paar Stunden. Was ihr daraus macht, liegt bei euch. Wobei ihr für was auch immer das Haus verlassen solltet. Diese Wände sind einfach zu dünn und ich bin mir sicher, dass Zac für jedes Zimmer einen Generalschlüssel hat.«

»Ja«, murmele ich, »das würde mich nicht wundern.«

»Ich weiß ja, dass du ungern über so was sprichst, aber wenn du willst, kann ich Shadow von einem netten kleinen Hotel am Stadtrand erzählen, das wirklich tolle Zimmer hat. Nur für alle Fälle.«

Als ich nur betreten zu Boden schaue, kommt Katie zu mir und schließt mich in die Arme.

»Du weißt, dass ich dich lieb habe, oder? Deshalb spüre ich auch, dass dir etwas auf der Seele lastet. Du kannst über alles mit mir reden. Ich fühle mich schrecklich wegen der Sache mit Justin, aber ich bin froh, dass du jemanden hast, der dich den Kerl vergessen lässt. Shadow ist wirklich einmalig! Nicht nur optisch, was allerdings auch nicht zu verachten ist. Nein, ich meine die Art, wie er mit dir umgeht. Wie er dir Freiraum gibt und dich trotzdem umsorgt. Wusstest du, dass er, als wir von der Party zurückkamen, den ganzen Abend vor deiner Zimmertür saß und darauf gewartet hat, dass du ihn sehen willst?«

»Nein«, murmele ich und habe plötzlich einen Kloß im Hals. Ich wusste zwar, dass er ein Tablett dabeihatte, um mich mit dem Nötigsten versorgen zu können, ohne dass ich aus dem Zimmer musste, aber ich hatte keine Ahnung davon, dass er die ganze Zeit über gewartet hat …

»Lass dir von niemandem einreden, Shadow sei schlecht für dich, nur weil er ein Familiar ist«, mahnt Katie. »Erst recht nicht von deinen Brüdern! Die beiden müssen erst mal vor ihrer eigenen Haustür kehren, bevor sie an dir herummeckern dürfen! Ich bin sicher, dass ihr zwei einen Weg findet, zusammen sein zu können, trotz eurer Unterschiede. Ich meine, ich muss euch nur ansehen und bekomme den Glauben an die Liebe zurück! Lass dir das bloß von niemandem kaputt machen, auch nicht von dir selbst!«

Ich lege ebenfalls die Arme um sie. »Was würde ich nur ohne dich machen?«

Sie grinst mich an. »Ohne mich hättest du deinen heißen Familiar gar nicht erst kennengelernt! Ich lasse mir noch etwas einfallen, was ich als Gegenleistung dafür akzeptiere.«

»Ich stehe auf ewig in deiner Schuld. Allerdings hätte ich da vorerst noch eine Aufgabe für dich, um die du dich kümmern könntest, während Shadow und ich trainieren. Wir haben da nämlich einen Gast bei uns, der nicht in der Trainingshalle bleiben kann.«

Katie legt den Kopf schräg. »Einen Gast? Wen?«

***

»Ihr habt eine Abtrünnige bei euch im Geräteraum der Trainingshalle eingesperrt?« Katies Stimmlage rutscht einige Töne höher. »Und ich soll auf sie aufpassen?«

»Nicht du allein«, versuche ich sie zu beruhigen, während wir zur Halle laufen. »Cal ... Nein, eher Zac wird dich dabei unterstützen. Cal und Lumia halte ich lieber während des Trainings auf Trab, und wenn ich Glück habe, wird sich Terra uns noch anschließen. Je mehr, desto besser.«

»Sorry, ich verstehe gar nichts.«

»Niemand weiß, was bei den Prüfungen auf uns zukommt. Oder vielmehr, niemand darf darüber reden. Deshalb wollen Shadow und ich auf möglichst viele verschiedene Szenarien vorbereitet sein. Einzelkampf, Symbiose, Teamwork.«

»Okay«, sagt Katie gedehnt. »Auch das hilft mir nicht sonderlich weiter.«

Ich seufze. »Einfach ausgedrückt, ich brauche so viele verschiedene Gegner wie möglich. Und die Abtrünnige – ihr Name ist übrigens Ilena – ist dabei im Weg, denn wenn sie in der Halle eingesperrt ist, werden sich alle mit ihren Kräften zurückhalten. Du und Zac müsst nur darauf achten, dass sie das Pool-Areal nicht verlässt.«

Katie zieht eine Schnute. »Wie gemein! Ich werde schon wieder zum Babysitten verdonnert. Erst für dich und Shadow, nun für irgendeine Abtrünnige. Dabei habe ich gehofft, dich und deinen Familiar endlich mal in Aktion zu sehen! Hat er eigentlich auch eine so coole wahre Gestalt wie Lumia und Terra? Die beiden habe ich ja schon ein paarmal im Fernsehen erspäht. Ansonsten sind die beiden ziemlich kamerascheu.«

Ich schmunzele. »Ja, hat er. Vielleicht bekommst du sie nachher noch zu Gesicht. Ich hab sie auch schon eine Weile nicht mehr gesehen. Und meine Brüder zeigen sich allgemein so gut wie nie öffentlich mit ihren Familiaren.«

»Versteh ich nicht«, murmelt Katie. »Ich bin sicher, dass die beiden einen fast genauso großen Fanklub hätten wie Zac und Cal.«

»Ich bezweifele, dass sie darauf Wert legen.«

Katie streckt die Hand nach ihrer Fee aus, die nah um uns herumschwirrt. Ich verziehe den Mund. Den kleinen Quälgeist habe ich die ganze Zeit über nicht vermisst. Ängstlich späht die Kleine mit dem unaussprechlichen Namen in alle Richtungen, während sie sich an Katies Finger klammert und sich anschließend auf der Handfläche zusammenkauert. Nun habe ich doch Mitleid mit ihr. Ein solches Verhalten zeigt sie nie, wenn ich Katie im Café besuche oder mit meiner besten Freundin etwas unternehme.

»Fürchtet sie sich immer noch vor den größeren Familiaren?«, frage ich.

Katie zuckt mit den Schultern. »Sie ist ungern hier und würde am liebsten zu Hause bleiben, wenn ich dich besuche. Manchmal lasse ich sie auch dort, aber nicht, wenn ich über Nacht bleibe. Ich weiß auch nicht, warum sie sich von Lumia und Terra so einschüchtern lässt. Leider kann sie nicht reden, deshalb bleibt es reine Spekulation, wovor sie Angst hat.«

»Sie fürchtet sich vor den Illusionen«, sagt Shadow, der quasi aus dem Nichts neben uns auftaucht.

Katie macht erschrocken einen Satz zurück, doch mir stockt nicht einmal der Atem. Ich bin es gewohnt, dass er aus nahezu jedem x-beliebigen Schatten auftauchen kann. Über Shadows Arm hängt eine Tüte, in der sicherlich mein repariertes Kostüm ist. Nachdem ich mich vergewissert habe, dass weder Zac noch Cal hier irgendwo in Sichtweite auf dem Anwesen herumstromern, gehe ich zu meinem Familiar und stehle mir einen schnellen Kuss.

»Was meinst du damit, dass sie sich vor den Illusionen fürchtet?«, hakt Katie nach.

»Dein Familiar benimmt sich nur so ängstlich, wenn menschenähnliche Familiare in der Nähe sind, oder?«, fragt Shadow. »Die geringeren Elementarwesen spüren zwar die Kraft eines anderen Wesens, können das aber nicht mit dem menschlichen Äußeren in Einklang bringen. Das verwirrt sie so sehr, dass sie Angst haben. Warte, ich zeig dir, was ich meine.«

Shadow reicht mir die Tüte und macht einen Schritt von mir weg. Im nächsten Moment wabern Schatten um ihn herum, bis sie ihn vollständig einhüllen. Nur einen Augenblick später höre ich das sanfte Grollen einer übergroßen Katze. Katie verfolgt das Schauspiel mit großen Augen, während ich ein Lächeln spüre, das meine Lippen umspielt. Ganz gleich, wie oft ich Shadows wahre Gestalt zu Gesicht bekomme, es ist immer wieder ein Erlebnis.

Mit einem tiefen Schnurren reibt der Schattenpanther kurz den Kopf an meiner Seite, bis ich mit den Fingern durch sein längeres und an den Spitzen in sämtlichen Grautönen schimmerndes Fell streichele.

»Wow«, haucht Katie.

Jedoch weicht sie einen Schritt zurück, als sich Shadow ihr zuwendet. Geschmeidig setzt er eine Pfote vor die andere, bis er direkt vor ihr steht. Katies Fee späht aus ihrem Versteck hervor und schwebt nach kurzem Zögern zu Shadow. Angst scheint sie nun keine mehr zu haben, obwohl der Schattenpanther mindestens fünfhundertmal größer ist als sie.

Katie kommt zu mir und gemeinsam beobachten wir, wie ihre Fee das winzige Ärmchen ausstreckt und den Schattenpanther, der sie mit einem Happs verschlingen könnte, vorsichtig an der gedrungenen Schnauze berührt. Einen Wimpernschlag später nimmt Shadow wieder seine menschliche Gestalt an und streckt ihr den Zeigefinger entgegen, den sie ebenfalls berührt.

»Seht ihr?«, fragt er leise an uns gerichtet, um die Kleine nicht zu verschrecken. »Man muss ihr nur zeigen, dass sie eine Illusion vor sich hat und es nichts gibt, wovor sie sich fürchten muss.«

Die Fee fliegt zu Shadows Hand und lässt sich auf der Handfläche nieder, ehe sie mit ehrfurchtsvoller Miene zu ihm aufblickt.

Ich gebe ein Grummeln von mir. »Das Wimpernklimpern kann sie sich sparen! Sonst ersäufe ich sie das nächste Mal wirklich in meinem Milchshake!«

Ich habe keine guten Erinnerungen an Katies Familiar. Ständig heckte sie Streiche aus, zog mir an den Haaren oder schmuggelte Reißzwecken in meine Schuhe, wenn ich bei Katie zu Besuch war. Bis heute weiß ich nicht, was sie gegen mich hat, aber es beruht definitiv auf Gegenseitigkeit.

»Sie ist noch jung«, sagt Shadow sanft. »In ein paar Jahrtausenden wird sie vielleicht auch so weit sein, eine menschenähnliche Form annehmen zu können. Bis dahin braucht sie eine Reihe mächtiger Träger, die ihr genügend Magie mitgeben.« Sein Blick huscht zu Katie und er hebt einen Mundwinkel zu einem schiefen Grinsen. »Mächtigere als dich.«

»Ach, was du nicht sagst!«, giftet sie. »Den letzten Kommentar hättest du dir schenken können!« Mit der freien Hand wirft sie ihr blondes Haar nach hinten über die Schulter. »Aber darauf lege ich keinen Wert. Ich bin zufrieden damit, wenn es mir und meinem Familiar gut geht. Ich strebe nicht nach Höherem wie gewisse andere Magier. Apropos, solltet ihr nicht langsam mal zum Training?«

Ich seufze. »Lumia und Terra scheinen noch nicht aufgestanden zu sein. Aber wir könnten Ilena schon mal aus dem Geräteraum holen und ihr erneut die Regeln erklären.«

Ich hake mich bei Katie unter und schärfe ihr ein, dass sie die Abtrünnige auf keinen Fall näher an die Villa heranlassen darf. Vom Pool aus konnte sie nicht auf die unterirdischen Wasserleitungen zugreifen, aber im Haus könnte sie es womöglich schaffen. Vor allem wenn sie ins Bad oder die Küche gelangt. Später werde ich Katie noch Zac oder Terra zur Seite stellen – je nachdem, wen von beiden wir zu einem Training überreden können.

Sorgen, dass Ilena fliehen könnte, mache ich mir seltsamerweise nicht. Ein Gefühl sagt mir, dass sie hierbleiben wird. Trotzdem gehe ich auf Nummer sicher. Wir könnten es mit ihr aufnehmen, falls sie wider Erwarten an Wasser gelänge, aber unsere Angestellten, die sich bereits um diese Uhrzeit im Haus tummeln, nicht. Und Katie könnte es ebenfalls nicht.

Als ich Shadow bitte, Ilena aus dem Geräteraum zu holen, verzieht er den

Mund. »Es macht mich immer noch nervös, sie hierzubehalten. Früher oder später wird es zu einer Katastrophe kommen.«

Ich lege ihm eine Hand auf den Arm. »Sie ist nicht die Magierin von damals«, versuche ich ihn zu beruhigen. »Sie ist nicht Helena, und Cal ist nicht Paris. Und selbst wenn sie sich ähneln – was soll schon passieren? Wenn irgendwer ein riesiges Holzpferd vor unserem Zaun abstellt, werden wir es verbrennen.« Da Shadow noch immer nicht überzeugt aussieht, greife ich nach seiner Hand und verschränke unsere Finger miteinander. »Du machst dir zu viele Gedanken. Bisher ist doch auch alles gut gegangen!«

»Ja, weil bisher kaum jemand davon weiß«, brummt er. »Wir haben keine Ahnung, wer ihr Meister ist. Und ich bezweifele, dass es Cal sein wird, für den sich die Abtrünnige im Fall des Falles entscheidet. Während unserer Kämpfe mit ihr kam sie mir sehr loyal vor.«

Ich zucke mit den Schultern. »Dann muss sich Cal eben etwas mehr anstrengen.«

»Du verstehst nicht.« Shadow seufzt. »Sobald sie eine Möglichkeit findet, ihren Meister zu kontaktieren, oder wenn dieser herauskriegt, wo wir sie gefangen halten, wird sie nichts und niemand mehr hier halten. Auch nicht Cal. Und das wird eine weitere Katastrophe auslösen.«

Ich beiße mir auf die Unterlippe, gebe ihm aber insgeheim recht. Wir wissen praktisch nichts über Ilena. Selbst ihr Name könnte gelogen sein. Am wichtigsten wäre es, zu erfahren, wer dieser ominöse Meister ist und was er plant. Und womit er Ilena in der Hand hat, denn ich bezweifele, dass sie aus freien Stücken für ihn arbeitet. Wobei ich bei einem Abtrünnigen nicht sicher bin, schließlich weiß ich viel zu wenig über diese fehlgeleiteten Magier. Hoffentlich ändert sich das, sobald ich zur Meister-Magierin aufgestiegen bin, denn dann darf ich auch in die Archive. Dort finde ich bestimmt ein paar alte Schriften, die uns weiterhelfen können! Und ich gehöre dem Netzwerk der Meister-Magier an und kann auch andere als meine Brüder um Rat fragen. Im Grunde steht mir dann endlich die gesamte Welt offen!

»Ein paar Tage können wir Ilena noch sicher hier verwahren«, sage ich mit mehr Zuversicht, als ich eigentlich besitze.

Ich würde gern sagen, dass es nicht unser Problem ist, schließlich hat Cal sie angeschleppt. Und Zac wird nichts gegen sie unternehmen, sosehr er auch damit droht. Mein ältester Bruder würde nie etwas tun, was unserer Familie schadet, deshalb sieht er auch über Shadow und mich hinweg. Doch das wird er nicht ewig tun; spätestens, wenn er vom gesamten Ausmaß erfährt, wird er handeln.

So schwer es mir fällt, das zuzugeben, aber Zac ist die große Unbekannte in meiner Zukunftsgleichung. Früher war er stets verlässlich und behielt einen kühlen Kopf, um für das Wohl seiner Geschwister und der Familie entscheiden zu können. Aber in letzter Zeit kommt es mir mehr und mehr so vor, als würde Zac unter der Last, die auf seinen Schultern liegt, zusammenbrechen.

Früher hätten er und Cal niemals so haushoch gegen einen Abtrünnigen verloren. Und dann geschieht es gleich zweimal hintereinander? Ich mag zwar wie Shadow an das Schicksal glauben, aber nicht an Zufälle. Fast gleichzeitig finden Cal und ich unsere Seelengefährten, die beide nicht das sind, womit wir gerechnet hätten.

Je länger ich darüber nachdenke, desto merkwürdiger ist die ganze Sache. Während Cal und ich noch einigermaßen mit der Situation zurechtkommen, muss es für Zac, der sein Leben lang sämtliche Regeln befolgt hat und zum Wohle der anderen zurückstecken musste, die Hölle sein. Ich befürchte, dass er durchdrehen wird, wenn er von Shadow und mir erfährt …

Erneut sage ich mir, dass alles gut werden wird, wenn ich die Prüfungen geschafft habe. Als Meister-Magierin steht mir die Welt offen, das bedeutet auch, dass ich mit Shadow in eine andere Stadt ziehen kann. Vielleicht tut uns Geschwistern ein wenig Abstand gut, zumindest bis sich alles wieder beruhigt hat.

KAPITEL 17

Felicity
Ich bitte Shadow, Ilena aus dem Geräteraum zu holen und zum Pool-Bereich zu bringen, wo Katie bereits auf sie wartet. Danach lüfte ich den Raum, bevor ich ein paar Dehnübungen mache. Hoffentlich treffen Cal und Lumia bald ein, damit wir mit dem Training anfangen können! Zwar weiß ich nicht, was wir genau trainieren wollen, aber ich fühle mich furchtbar dabei, einfach nur abzuwarten. Allein der Gedanke an übermorgen lässt mich rastlos und hibbelig werden, sodass ich kaum still stehen kann. Ich muss etwas tun! Und ich weiß, dass es Shadow ähnlich geht. Auch er sehnt sich danach, einen Teil der Magie, die in ihm schwirrt, loswerden zu können.

Als sich eine warme, große Hand auf meinen Po legt, während ich mich gerade weit nach vorn beuge, schnappe ich vor Schreck nach Luft.

»Wenn du mir den hier weiter so entgegenreckst, wird das heute nichts mehr mit Training«, raunt Shadow hinter mir und streichelt mir bedächtig über den Po. »Dabei wollte ich dir gerade sagen, dass deine Brüder wach und auf dem Weg hierher sind. Doch jetzt werde ich dich ganz weit wegbringen müssen, wo uns niemand stören kann.«

Ich schmunzele und richte mich auf, drehe mich aber nicht um. Viel zu sehr genieße ich das Gefühl seiner Hände an meinem Körper. »Katie hat mir etwas erzählt, was ich wiederum dir erzählen soll.«

»Und was wäre das?«, flüstert er so nah an meinem Ohr, dass ich wohlig erschauere.

»Ich ...« Ich presse schnell die Lippen zusammen, als er sich sanft knabbernd an meinem Hals nach unten arbeitet. »Ich befürchte ... das kriege ich jetzt nicht mehr zusammen.«

Shadow lacht leise. »Dann werde ich sie wohl selbst fragen müssen.«

Ich lehne mich nach hinten und schmiege mich so fest wie möglich an ihn. Ein tiefes Schnurren vibriert in seiner Brust und an meinem Rücken. Allein dieser Laut und das Gefühl seines harten Körpers an meinem reichen aus, um mir weiche Knie zu bescheren und ein Stöhnen zu entlocken.

»Ich bin eigentlich nur hier, um mir vor dem Training noch etwas Magie von dir zu holen«, wispert er, bevor er in mein Ohrläppchen beißt. Ich keuche und kralle die Hände Halt suchend an seinen Arm, den er um mich geschlungen hat. »Allerdings ...« Er schiebt die Hand, die eben noch an meinem Po lag, nach vorn und streicht mit den Fingern neckend über die Haut oberhalb des Hosenbunds. Mein Herzschlag beschleunigt sich. »... hätte ich nichts dagegen, wenn wir ...« Unendlich langsam arbeitet er sich mit den Fingern weiter nach unten vor. Ich gebe ein heiseres Wimmern von mir. »... da weitermachen, wo wir heute Morgen gestört wurden.«

»M...meine ... Brüder«, bringe ich etwas kurzatmig hervor.

Ich höre das Grinsen in seiner Stimme, als er wispert: »Dann solltest du leise sein.«

Wir stehen inmitten der Trainingshalle. Wenn jemand hier hereinkommt, wird er uns unweigerlich sehen.

Doch um ehrlich zu sein, interessiert mich das gerade herzlich wenig. Ein Wort von mir und Shadow bringt uns irgendwo anders hin – ins Haus, in eine fremde Stadt, ein völlig anderes Land oder auf einen anderen Kontinent. Und, verdammt noch mal, ich will ihn darum bitten! Ich will dem Stress und Druck entfliehen, die auf mir lasten. Bei keinem anderen als Shadow habe ich das Gefühl, dass ich einfach nur ich sein kann, ohne irgendwelche Anforderungen erfüllen zu müssen. Ihm gegenüber muss ich mich nicht verstellen oder eine Rolle spielen. Es ist so leicht, mich fallen zu lassen, wenn ich weiß, dass er da ist, um mich aufzufangen.

Ich wende mich ihm zu und umschließe sein Gesicht mit den Händen. »Ich liebe dich«, flüstere ich. »Und ich könnte mir gerade Schöneres vorstellen, als den ganzen Tag durch diese Halle zu hetzen. Aber wenn ich bei den Prüfungen durchfallen sollte, will ich hinterher wenigstens sagen können, dass ich mich bestmöglich vorbereitet habe.«

Ein sanftes Lächeln umspielt seine Lippen, ehe er sich vorbeugt und mich küsst. »Ich weiß«, murmelt er dann. »Und ich finde es bewundernswert, wie hartnäckig du für deinen Traum kämpfst.« Ich schließe die Augen, als er nur mit den Fingern über meinen Nacken streichelt. »Egal, was bei diesen Prüfungen passieren mag oder wie du abschneidest – ich werde immer hinter dir stehen und für dich da sein.«

»Und das bedeutet mir mehr als alles andere«, erwidere ich mit halb erstickter Stimme.

Shadow küsst mich auf die Stirn, bevor er nach der Hand mit dem Ring greift. Der Austausch ist nicht ganz so intensiv wie sonst und er nimmt nur wenig Magie, dennoch spüre ich noch den Nachhall unserer Verbindung in mir, nachdem er die Hand wieder losgelassen hat. Es beruhigt mich, einen Teil von ihm weiterhin spüren zu können.

Wir sind keine Sekunde zu früh, denn Cal, Zac und Lumia kommen in die Trainingshalle geschlendert. Keiner von ihnen sieht aus, als wäre er froh darüber, so früh bereits hier sein zu müssen.

Sofort huscht Cals Blick zur offenen Tür des Geräteraumes, doch noch bevor er ein Wort von sich geben kann, sage ich: »Katie kümmert sich um sie.«

»Terra ebenfalls«, fügt Zac hinzu und fängt sich dafür ein Brummen von Cal ein.

»Ich hätte auch …«, setzt mein Bruder an.

»Nein«, unterbrechen Zac und ich ihn gleichzeitig. »Hättest du nicht«, füge ich sanfter hinzu.

Bevor Cal mich noch mit Blicken töten kann, stellt sich Shadow vor mich. »Danke, dass ihr erschienen seid. Zuerst möchte ich eine Theorie überprüfen, anschließend würde ich vorschlagen, dass wir uns in Trainingsgruppen aufteilen.«

»Theorie?«, wispere ich ihm zu. Keine Ahnung, wovon er da redet.

Er zwinkert mir zu. »Cal, ich denke, du würdest dich am besten dazu eignen. Ihr anderen solltet einen Schritt zurück machen.«

Zac und Lumia verziehen sich ein paar Meter nach hinten, während Cal auf uns zugeschlendert kommt. Ich sehe ihm deutlich an, dass er mit den Gedanken ganz woanders ist und am liebsten auf dem Absatz kehrtmachen würde. Vielleicht hätte Shadow für die Überprüfung seiner Theorie doch lieber Zac wählen sollen …

»Sehr schön«, sagt Shadow grinsend, als mein Bruder vor uns steht. »Ich bin sicher, dass du gleich Gefallen am Training finden wirst, denn du wirst mich schlagen dürfen.«

Ich zucke zusammen. Hab ich mich da gerade verhört? Ehe ich meinen Familiar fragen kann, ob er noch alle Tassen im Schrank hat, verschränkt Cal mit einem breiten Lächeln die Arme.

»Ich gebe zu, das kommt unerwartet«, sagt er. »Nichtsdestoweniger werde ich es genießen, dich wieder mal zusammenzuschlagen. Hat dir das Veilchen vom letzten Mal etwa nicht gereicht? Dachte nicht, dass du auf so was stehst, Familiar …«

Shadows Grinsen wankt nicht eine Sekunde. »Wir werden sehen. Wenn ich dann also bitten dürfte?«

Cal schaut zu mir, während ich weiterhin fassungslos dastehe und nicht weiß, was hier gerade passiert. Aber ich kann doch nicht zulassen, dass sie sich vor meinen Augen einfach so prügeln! Diesmal gibt es doch wirklich keinen Grund …

»Okay, wenn du so freundlich darum bittest …«

Ohne weiter zu zögern, holt Cal mit der Faust aus und zielt direkt auf Shadows Gesicht.

»Nein!«, schreie ich, strecke eine Hand nach Shadow aus und mache einen Schritt nach vorn. Ich werde definitiv nicht zulassen, dass meine Brüder ihn erneut verprügeln. Notfalls werde ich mich zwischen sie werfen!

Ein Kribbeln rauscht durch meinen Körper. Für den Bruchteil einer Sekunde nehme ich meine hell glühenden Hände wahr, doch um meine Bewegung zu stoppen, ist es bereits zu spät. Als ich Shadow berühre, explodiert eine gleißende Kraft in mir, die Cal im hohen Bogen nach hinten schleudert.

Genauso schnell, wie sie erschienen ist, verschwindet die Kraft wieder und ich schnappe nach Luft wie nach einem Dauerlauf.

»Eins zu null für mich, würde ich sagen«, murmelt Shadow, der mir beruhigend über den Rücken streicht.

»Was ... war das?«, keucht Cal, der sich mit sichtlicher Mühe wieder auf die Füße hievt. Mit einer Hand reibt er sich über den Mund, aber ich kann keine Verletzungen erkennen. »Das ... Dieses Licht habe ich schon einmal gesehen. Damit hat Feli Ilena besiegt.«

Cal hat recht. Aber auch zuvor habe ich die leuchtenden Hände bereits einsetzen können. Als Terra Shadow zu nahe getreten ist, habe ich sie auf ähnliche Art davon abgehalten, meinen Familiar weiterhin zu betatschen.

»Wenn meine Theorie stimmt«, sagt Shadow und streicht mir flüchtig über den Arm, »handelt es sich dabei nicht um eine Angriffsmagie. Vielmehr ist es eine Art Schutzschild.«

Ich blinzele mehrmals hintereinander. Ich verfüge über Verteidigungsmagie? Warum wusste ich bisher nichts davon?

»Die Herkunft dieser Magie zu erklären, ist ein wenig kompliziert«, sagt Shadow mit einem verschmitzten Lächeln. »Ich möchte viel lieber meine Theorien diesbezüglich überprüfen.«

»Hast du das nicht gerade eben?«, murrt Cal.

»Einen Teil davon, ja«, gibt mein Familiar zu. »Ich möchte sehen, ob Feli ihren Schutzschild auch auf beispielsweise dich oder sich selbst ausweiten kann.«

Ich hab mich wohl verhört! Schnell greife ich nach Shadows Hand. »Ich weiß überhaupt nicht, wie diese Magie funktioniert! Ich ... hab das nicht unter Kontrolle!«

Er streichelt mir mit dem Daumen über den Handrücken. »Genau deshalb veranstalten wir doch ein Training, oder?« Mit der anderen Hand winkt er Cal heran. »Wir werden jetzt testen, ob dieser Schutzschild auch bei dir funktioniert. Feli, geh bitte zu Cal und berühre seinen Arm.«

Ich schlucke ein paarmal hektisch. »Ich weiß nicht, ob das eine so gute Idee ist ...«

Shadow ballt die Hände zu Fäusten. Das halb unterdrückte Grinsen, das seine Mundwinkel zucken lässt, verrät mir, dass er die ganze Sache vielleicht ein wenig zu sehr genießt. Und ohne dass wir es getestet haben, weiß ich, dass der Schutzschild nicht bei meinem Bruder funktionieren wird. Nicht ein Fünkchen des Kribbelns ist in mir zu spüren. Das Herz klopft mir bis zum Hals, als sich Shadow vor Cal aufbaut.

Ich verenge die Augen zu Schlitzen, doch ich zucke trotzdem zusammen, als Shadows Faust mit Cals Kiefer kollidiert. Mein Bruder wird ein Stück zur Seite geworfen und torkelt noch einen Meter, bevor er eine Hand an die getroffene Stelle legt und Shadow hasserfüllt anstarrt.

»Okay«, sagt mein Familiar, während er die Hand ausschüttelt. »Phase eins der Überprüfung wäre abgeschlossen.«

Cal schubst mich so schwungvoll zur Seite, dass ich taumele, und packt Shadow am Shirt. »Du dreckiger Familiar!«, knurrt er. »Wie kannst du es wagen?«

Doch Shadow achtet nicht auf ihn. Sein Blick liegt ausnahmslos auf mir, bis ich mich wieder gefangen habe. Ich will mir lieber nicht vorstellen, was er mit Cal gemacht hätte, wenn ich tatsächlich zu Boden gegangen wäre ... Erst als ich wieder stehe und er sieht, dass mit mir alles in Ordnung ist, wendet er sich langsam und mit tödlichem Blick Cal zu.

»Feli wird nicht immer da sein, um deinen verdammten Arsch zu retten!«, zischt Cal.

Augenblicklich wabern Schatten um ihn herum. »Ich fühle mich geehrt, wenn meine Trägerin mich verteidigt«, sagt Shadow so ruhig, dass mir ein Schauer über den Rücken rinnt und ich die Luft anhalte. »Aber gib dich nicht dem Irrglauben hin, dass ich das nicht auch selbst kann. Wenn ich es nicht erlaubt hätte, wäre es dir nie möglich gewesen, einen Treffer gegen mich zu landen.« Er hebt die Hand und beschwört einen Schattenblitz, der vor Energie knistert. »Feli hat im Moment genug Sorgen. Ich möchte ihr die um ihren Bruder gerne ersparen. Also sei so freundlich und nimm die Hände von mir. Ansonsten werde ich dich dazu zwingen müssen.«

Ich will eingreifen. Will es wirklich! Aber ich kann nichts weiter tun, als wie erstarrt den beiden zuzuschauen. Bei einem Kampf einer gegen einen wird Cal verlieren, daran habe ich keinen Zweifel. Ich sorge mich nicht um

Shadow, weil ich weiß, dass er seine Probleme allein regeln kann. Jedoch hatte ich gehofft, dass wir über diesen Punkt hinaus wären ... Mir war wichtig, dass meine Brüder Shadow akzeptieren, wenigstens als meinen Familiar.

»Kriegt euch wieder ein!«, grollt Zac, der mit ausladenden Schritten zu uns gelaufen kommt. »Das ist ja schlimmer als im Kindergarten mit euch!« Sein Blick heftet sich auf Cal. »Er hat dich doch vorgewarnt, dass es der Überprüfung einer Theorie dient. Jetzt mach kein Drama daraus!«

»Aber ... er hat mich geschlagen!«, begehrt Cal auf.

»Na und? Du hättest ihn auch geschlagen, wenn Felis Schutzschild nicht funktioniert hätte.« Zac schaut zu mir und ich zucke unter seinem abschätzenden Blick zusammen. »Wollen wir dann testen, ob der Schutzschild auch bei dir selbst anwendbar ist?«

Ich wage nicht zu atmen oder nachzufragen, was er damit meint.

Shadow streckt begütigend die Hand nach meinem ältesten Bruder aus. »Ich werde das übernehmen.«

Doch Zac schüttelt sofort den Kopf. »Du würdest es nicht wagen, sie zu verletzen, weshalb es sein kann, dass ihre Gabe nicht einspringt. Ich werde sie auch nicht verletzen, aber ...« Ein plötzlich aufkommender Wind zerrt an Zacs Haaren und seiner Kleidung. »... ich werde sie auch nicht mit Samthandschuhen anfassen so wie du. Was wäre denn ein Training ohne ein paar blaue Flecke und Kratzer?«

Ich habe keine Ahnung, wer oder was Zac heute Morgen bereits über die Leber gelaufen ist, aber es gefällt mir ganz und gar nicht, dass ich diejenige bin, die es ausbaden darf. Andererseits hat er recht: Shadow würde stets Rücksicht auf mich nehmen und das Training viel zu schnell absagen, wenn ich mich verletze.

Aber ich bin hier, um besser zu werden! Wenn ich mit dem Schutzschild Shadow oder mich selbst in einem echten Kampf verteidigen kann, bin ich nicht mehr nur zum Zusehen verdammt.

Ich nicke Zac zu. »Von mir aus können wir anfangen.«

KAPITEL 18

Shadow

Ich weiß nicht, wie lange dieses Training bereits dauert, aber jede weitere Sekunde strapaziert meine Nerven aufs Äußerste. Ich bin kurz davor, irgendwem ernsthaften Schaden zuzufügen. So habe ich mir das nicht vorgestellt, als ich Felis Brüder gebeten habe, uns zu helfen.

Getrieben tigere ich am Rand der Halle auf und ab, während ich dabei zusehen muss, wie meine Trägerin durch die Luft geschleudert wird und mit einem Keuchen wieder hart auf dem Boden landet. Jedes Mal kostet es mich eine ungeheure Anstrengung, nicht einfach dort hinüberzugehen, Zac zu packen und ihn so lange zu verprügeln, bis er nach seiner Mutter ruft. Der Drang, ihm jeden Schmerz, den er Feli spüren lässt, tausendfach heimzuzahlen, ist fast übermächtig.

»Beruhige dich!«, grummelt Lumia nicht zum ersten Mal. »Und setz dich hin! Du machst mich nervös.«

Ich gebe ein Schnauben von mir, ignoriere sie aber. Sie ist nur noch hier, weil sie draußen nicht Cal und Ilena über den Weg laufen will. Deshalb hat sie sich dazu entschieden, lieber mich im Auge zu behalten. Vielleicht hat auch Terra sie darum gebeten, darauf achtzugeben, dass ich ihren Träger nicht doch noch in seine Einzelteile zerlege.

»Wie lange willst du eigentlich noch mit ansehen, wie Zac Feli vorführt?«, fragt Lumia nach einer Weile. »Wenn dieser Schutzschild auch bei ihr wirkt, hätten wir ihn schon längst zu sehen bekommen.« Sie verschränkt die Arme hinter dem Kopf und lehnt sich nach hinten gegen die Wand. »Mich würde eher interessieren, warum der Schild ausgerechnet bei dir funktioniert.«

Ich habe Mühe, ein Lächeln zu unterdrücken. »Bist du noch nicht von selbst darauf gekommen?«

»Ich kenne Feli schon mehr als ihr halbes Leben«, sagt Lumia, anstatt auf meine Frage einzugehen. »Doch ich würde nicht behaupten, dass ich viel von ihr weiß. Sie war … nahezu unsichtbar neben ihren Brüdern. Abgesehen von den Aussetzern, wenn die Gabe ihr zu sehr zusetzte, habe ich oft vergessen, dass sie überhaupt existiert. Aber seit du hier bist, ist alles anders.« Ihre Miene verdüstert sich. »Und ich kann nicht sagen, dass sich alles zum Besseren gewandelt hat.«

»Du willst mir die Schuld dafür in die Schuhe schieben, dass ihre Brüder bei den letzten Kämpfen schlecht abgeschnitten haben?«, hake ich nach.

»Nicht nur dafür«, gibt sie zurück. »Wir alle scheinen vom Pech verfolgt zu sein und ich werde das Gefühl nicht los, dass noch mehr dahintersteckt, als wir bisher vermuten.«

Ich runzele die Stirn. »Wie kommst du darauf?«

Lumia zuckt mit den Schultern. »Nur ein Gefühl. Vielleicht habe ich auch zu viel Zeit, um mir über Belanglosigkeiten Gedanken zu machen, seit mich mein Träger kaum noch beachtet und es keinen Abtrünnigen gibt, dem ich Feuer unterm Hintern machen kann. Ich habe zwar nur wenig Magie in mir, trotzdem fühle ich mich rastlos.« Sie wirft mir einen Seitenblick zu. »Du hingegen strotzt nur so vor Magie. Hat Feli es immer noch nicht raus, mit wie viel sie dich versorgen sollte?«

Diesmal gelingt es mir nicht, ein Schmunzeln zu unterdrücken. »Manchmal ist sie etwas abgelenkt, wenn ich mich nähre.«

»Okay, so genau wollte ich es jetzt nicht wissen …« Sie seufzt, ehe sie zu mir aufsieht. »Also, du und Feli? Jetzt ganz offiziell oder wart ihr immer noch nicht in der Lage, es euch selbst einzugestehen?«

Ich lehne mich ebenfalls nach hinten gegen die Wand. »Feli hat gerade genug um die Ohren. Ich will sie nicht auch noch den Vorhaltungen ihrer Brüder aussetzen.«

»Es wäre einfacher, wenn es zwischen euch nur so wäre wie zwischen Zac und Terra. Zwar würde Zac dann trotzdem ein Fass aufmachen, aber er könnte es nicht verbieten, ohne sich selbst lächerlich zu machen. Doch alles, was darüber hinausgehen sollte ...« Sie stößt ein leises Pfeifen aus. »War jedenfalls nett, dich gekannt zu haben.«

Ich schnaube. »Ich habe nicht vor, mich erneut von dem großen bösen Bruder einschüchtern zu lassen.«

»Ich kenne die Geschichten über dich«, murmelt sie, ohne mich dabei anzusehen. »Es existiert, so weit ich weiß, kein anderer Familiar, der solch mächtigen Trägern gedient hat und immer noch lebt. Leider scheint dir weder dein Alter noch deine Macht sonderlich viel Weitsicht beschert zu haben. Feli mag sich jetzt darüber freuen, dass sie dich hat und dadurch endlich auch von anderen wahrgenommen wird, aber ich sehe es ja bei mir, wie schnell diese Phase vorbei sein kann.«

Ich gehe nicht darauf ein, sondern sage: »Du bist Cals Familiar. Er wird dich auch weiterhin brauchen. Und noch wissen wir nicht, was aus ihm und Ilena wird.«

»Ilena ...« Lumia speit den Namen angewidert aus. »Ich muss nicht wie deine letzte Trägerin in die Zukunft sehen können, um zu wissen, wohin es mit den beiden führt. Du hast ganz recht: Ich bin sein Familiar.« Sie steht auf. »Und du bist Felis. Das ist es, was wir sind. Es ist unerheblich, dass wir uns wünschen, es wäre anders. Wir sind keine Menschen, und ganz gleich, wie alt oder mächtig wir sind oder wie perfekt unsere Illusion ist, wir werden nie welche sein können. Zwar besitzen wir mittlerweile Herzen, aber das ändert nichts an unserer Illusion. Manchmal vergesse ich, dass ich kein Mensch bin und muss mich erst wieder daran erinnern, wie meine wahre Gestalt aussieht ... Aber dennoch: Wir sind Familiare! Zwar sehr weit entwickelte und angepasste, doch trotzdem Familiare. Ich werde Cal genauso überleben, wie du Feli überleben wirst. Wir werden zusehen, wie die Körper unserer Träger älter und älter werden und dahinsiechen, während sie uns nur noch mit so wenig Magie versorgen können, dass wir kaum am Leben bleiben. Und am Tag ihres Todes werden wir in die Nebenwelt zurückkehren und auf einen neuen Träger hoffen, der uns in unserem schier endlosen Leben eine Weile begleitet. Ich habe es bereits mitgemacht. Öfter, als ich zählen kann.«

Ich beobachte sie aus dem Augenwinkel. Ihre gerade Haltung drückt einen

Stolz aus, den ich in den letzten Tagen nicht bei ihr gesehen habe. Vielleicht ist es Felis Trank geschuldet, dass sie etwas Abstand gewinnen konnte, oder sie hat sich endlich mit der Situation abgefunden. Ich sollte mich für sie freuen, doch ihre Worte treffen mich härter, als ich es für möglich gehalten hätte.

»Ich bin weder so alt noch so wählerisch wie du«, fährt sie fort. »Sobald einer meiner Träger starb, folgte ich jedem Ruf eines Mediums nach einem Feuer-Familiar. Manch ein Pakt hielt fast ein Menschenleben, ein anderer nur wenige Jahre. Ich bezweifele, dass ich mich noch an alle Träger, mit denen ich einen Pakt hatte, erinnern kann.«

Während ich nach Worten suche, stößt sie ein hartes Lachen aus.

»Mach nicht so ein Gesicht! Es geht mir gut. Nicht jeder von uns kann solch ein Glück mit seinen Trägern haben. Ich wollte nur irgendwie überleben. Das will ich noch immer. In ein paar tausend Jahren werde ich nicht mehr an Cal und die erlernten Gefühle denken. Die Erinnerungen an ihn werden verblassen wie auch an die zahllosen anderen vor ihm.« Sie zuckt mit den Schultern. »Eine Zeit lang dachte ich, mit ihm könnte es anders sein. Er war stark und impulsiv und hielt sich nie zurück. Alles Eigenschaften, die mir gefallen. Aber wie es aussieht, hat es nicht sollen sein, trotz des fast menschlichen Herzens, das in meiner Brust schlägt.«

Ich fahre mir mit der Hand über meine. »Spürst du das menschliche Herz, das eigentlich nur eine Illusion sein sollte, auch in deiner wahren Gestalt?«

Nur kurz huscht ihr Blick zu mir. »Schon seit ein paar Jahrhunderten, ja. Es fühlt sich jedoch an wie ein Fremdkörper, und wenn ich könnte, würde ich es nicht in meiner richtigen Erscheinung haben wollen. Es bringt nur Probleme mit sich, genau wie diese dummen menschlichen Gefühle, die ich am liebsten vergessen würde.« Lumia seufzt. »Ich kann mich nicht daran erinnern, dass es bei einem anderen Träger so schlimm war wie bei Cal. Ich dachte wirklich, dass ... ich endlich verstanden hätte, was Liebe ist.« Sie stößt den Atem aus und zuckt dann mit den Schultern. »Vielleicht beim nächsten Mal.«

»Und dann?«, frage ich. »Was wirst du tun, wenn du beim nächsten Mal denjenigen triffst, für den du mehr empfindest als bloße Lust? Wirst du danebenstehen und ihm beim Sterben zusehen?«

»Was soll ich denn sonst tun? Menschen sind vergängliche Wesen. Daran kann ich nichts ändern. Genauso wenig wie du. Sofern du nicht in einem sinnlosen Kampf für sie stirbst, wirst auch du Feli überleben. Und den Träger nach ihr. Und den darauf. Das ist der Lauf der Dinge. Du kannst nicht ändern, was du bist. Keine Macht der Welt kann das.« Sie gibt einen abschätzigen Laut von sich. »Vielleicht waren die Magier in grauer Vorzeit stark genug, um Wunder zu bewirken, aber heutzutage sind sie froh darüber, wenn sie über ein einziges Element gebieten können. Es würde mich nicht wundern, wenn beim nächsten Zyklus wir Familiare die stärkere Rasse wären.«

Ich höre nur noch mit einem halben Ohr zu. Mir ist gleichgültig, wer stärker oder schwächer ist; ausschlaggebend ist nur, dass wir uns gegenseitig brauchen, denn nur gemeinsam können wir existieren. Die Menschen brauchen uns, um ihre Magie im Gleichgewicht zu halten, und wir Familiare ernähren uns von dem Magieüberschuss. So war es schon immer und so wird es immer sein. Lumia flüchtet sich in Tagträume, um ihren eigentlichen Problemen zu entkommen, aber ich mache ihr keine Vorwürfe deswegen. Ich will mir gar nicht vorstellen, wie ich drauf gewesen wäre, wenn es zwischen Feli und diesem Justin doch gefunkt hätte.

Noch einmal sehe ich dabei zu, wie Zac meine Trägerin mit einem Windstoß mehrere Meter nach hinten schleudert, bis mir endgültig der Geduldsfaden reißt. Ich habe gehofft, dass Felis Schutzschild auch bei ihr selbst wirkt, aber es hat keinen Sinn, sie noch weiter zu quälen.

Bevor sie wieder auf die Füße gekommen ist, will ihr Bruder einen weiteren Angriff starten. Zac hat nicht geblufft, als er meinte, er würde sie nicht mit Samthandschuhen anfassen wie ich. Ich gebe zu, dass es nötig war, um herauszufinden, inwiefern Feli den Schild kontrollieren kann, aber ich werde keine weitere Attacke zulassen. Noch bevor Zac ein Lüftchen beschwören kann, werfe ich ihm einen einzigen Blick zu, der ihn dazu veranlasst, seine Hand sogleich wieder sinken zu lassen. Dann gehe ich zu Feli, die mit großen Augen zu mir aufschaut. Ich knie mich neben sie, schiebe einen Arm unter ihre Kniekehlen, den anderen lege ich an ihren Rücken und hebe sie hoch. Mit einem überraschten Laut klammert sie sich an meinen Schultern fest.

Soweit ich es beurteilen kann, ist sie nicht ernsthaft verletzt. Einige Schrammen, vielleicht ein paar Prellungen. Nichts, was ich nicht in wenigen Sekunden wieder hinkriege. Allerdings nicht hier.

Kurz erwäge ich, mit ihr durch die Schatten zu springen. Es würde schneller gehen, aber sie verträgt es nicht. Da sie trotz Zacs Gründlichkeit keine Verletzungen davongetragen hat, die sofort geheilt werden müssen, kann ich mir Zeit lassen.

»Ich hätte noch eine Weile durchgehalten«, murrt sie, während ich sie aus der Trainingshalle trage. »Außerdem kann ich allein laufen.«

»Ich weiß, dass du noch durchgehalten hättest«, sage ich. »Aber es wäre vergeudete Zeit gewesen. Der Schutzschild wirkt nur bei mir. Zwar wäre mir wohler zumute gewesen, wenn du dich auch selbst mit ihm hättest schützen können, aber es ist besser als nichts. Nun müssen wir uns überlegen, wie wir das für uns nutzen können. Zac ist uns dabei vorerst keine Hilfe. Er wollte nur herausfinden, wie lange es dauert, bis mir der Kragen platzt und ich etwas Dummes tue.«

»Und mich aus der Halle zu tragen ist nichts Dummes?«

Nachdem ich die Tür hinter uns zugetreten habe, küsse ich sie auf die Stirn. »Weniger dumm, als ihm zu sagen, dass ich ihm mit Freuden die Kehle herausreißen werde, wenn er es wagen sollte, meiner Seelengefährtin noch einen Kratzer zuzufügen.«

Sie blinzelt mehrmals. Ich liebe dieses überrumpelte Funkeln in ihren grünen Augen.

»Ja ... Ich bezweifele, dass er das gut aufgenommen hätte ...« Sie stößt die Luft aus. »Aber wir müssen weiter trainieren! Ich will jede Stunde nutzen, die mir zur Vorbereitung noch bleibt!«

»Ich werde zuerst deine Blessuren heilen«, sage ich in einem Tonfall, der keinen Widerspruch duldet. »Danach wirst du etwas essen. Und dann können wir wieder zurück in die Halle gehen und mit dem richtigen Training anfangen. Bisher haben wir nur meine Theorie überprüft und etwas Neues erfahren. Jetzt geht es darum, das Wissen auch anzuwenden. Ich will ausprobieren, ob auch ich während der Symbiose irgendwie auf den Schild zurückgreifen kann – oder ob er tatsächlich nur funktioniert, wenn du mich berührst und vor einer Gefahr beschützen willst.«

***

Ich eile mit Feli auf den Armen die Stufen zu ihrem Zimmer nach oben. Zum Glück rekelt sich Katie unten am Pool und wir sind eine Weile ungestört.

»Du musst nicht so hetzen!«, murmelt Feli und lächelt mich an.

»Und ob! Noch ist uns kein Aufpasser auf den Fersen. Außerdem ...« Nachdem ich mich mit einem schnellen Blick vergewissert habe, dass wir allein auf dem Korridor sind, beuge ich mich ein Stück zu ihr hinab. »... werde ich besonders gründlich vorgehen müssen, um auch ja keine Schramme zu übersehen. Nicht auszudenken, wenn sich eine von ihnen vor deinem großen Tag entzünden könnte!«

Ihr Kichern ist Musik in meinen Ohren. Vor ein paar Tagen wäre sie noch rot angelaufen und hätte den Eindruck gemacht, sie hätte ihre eigene Zunge verschluckt. Doch mittlerweile fällt es ihr leichter, darüber zu reden, zumindest mir gegenüber. Zwar überzieht noch immer eine leichte Röte ihre Wangen, aber es ist genau das, was ich liebe: Nach außen hin wirkt sie unerfahren und unschuldig, doch in ihrem Inneren brennt ein Feuer, das mich ein ums andere Mal entfacht, wenn ich sie nur ansehe. Das Wissen, dass sie sich sicher und geborgen genug in meiner Gegenwart fühlt, um mich hinter ihre errichteten Mauern zu lassen, macht mich glücklicher als alles andere.

Als ich die Zimmertür schließe, greift Feli hinter meinem Rücken nach dem steckenden Schlüssel und schließt ab. Das Geräusch verursacht mir ein Kribbeln in der Magengegend.

Behutsam lege ich sie aufs Bett und beginne die Schnittwunden an den Armen zu versorgen. Keine sieht bedrohlich aus; nur aus ein paar quellen wenige Tropfen Blut, die aber bereits geronnen sind. Außer sie immer wieder hinfallen zu lassen, hat Zac doch Rücksicht auf seine kleine Schwester genommen. Mit voller Kraft hätten seine Winde ihr die Haut vom Leib reißen können.

Stück für Stück schiebe ich ihr Shirt nach oben. Zwar werde ich dort keine weiteren Schrammen finden, aber das muss mich nicht davon abhalten, oder? Feli windet sich einladend unter mir, während ich ihr mit den Fingerspitzen sanft über den Bauch und die Taille streichele.

»Wir haben ein Problem«, haucht sie in einem herrlich heiseren Tonfall. Fragend ziehe ich eine Augenbraue nach oben. »Den Geist wie vieler Personen kannst du gleichzeitig in Schatten hüllen?«

»Einen. Wieso?«

Sie drückt den Rücken durch, als ich sie knapp unter dem Bauchnabel küsse.

»Das ist zu wenig«, seufzt sie. »Du müsstest mindestens sechs Personen auf einmal ausschalten.«

Ich spüre ein Lachen in mir aufsteigen. »Und warum sollte ich das tun, selbst wenn ich es könnte?«

»Einerseits will ich mich für eine sehr lange Zeit hier mit dir verkriechen und brauche weder nervige Brüder noch eine neugierige beste Freundin, die uns dauernd stören.«

»Klingt nach einem sehr guten Plan«, murmele ich. »Und andererseits?«

Sie legt mir eine Hand an die Wange und ich schaue zu ihr auf. Der Blick aus halb geschlossenen Augen ist verschleiert und das Haar hat sich größtenteils aus dem Zopf gelöst. Mein Herz schlägt schneller bei diesem Anblick.

»Andererseits will ich, dass du dich nährst und dir so viel Magie nimmst, dass wir Zac und Cal so dermaßen in den Hintern treten, dass sie es nie wieder wagen, mich vorzuführen oder an uns zu zweifeln.«

Wenn es möglich wäre, Feli noch mehr zu lieben, würde ich es in diesem Moment tun.

Mit einem wohligen Schnurren, das ihre Augen funkeln lässt, krieche ich nach oben, bis wir auf einer Höhe sind.

»Du willst mich auf deine Brüder loslassen?«, raune ich.

Sie zuckt leicht mit einer Schulter. »Sie haben sich dazu bereit erklärt, mit uns zu trainieren, oder? Also müssen sie auch damit rechnen, selbst was abzukriegen. Du hast schon bewiesen, dass du ihnen gewachsen bist, aber ich bin es leid, immer nur am Spielfeldrand zu stehen. Was ist, wenn ich bei einer der Prüfungen allein gegen einen Feind antreten muss?«

Ich streiche ihr eine Haarsträhne aus dem Gesicht. »Das wird n[illegible] ren. Andernfalls würden sie auch Magier ohne Familiare zu den Pr[illegible] zulassen.«

»Aber du weißt es nicht mit Sicherheit!«, hält sie dagegen. »Das ist … wahrscheinlich meine letzte Chance und die will ich mir nicht verbauen, weil ich mich nicht ordentlich vorbereitet habe. Ich weiß, dass ich ohne deine Unterstützung nicht kämpfen kann, und das stört mich auch nicht mehr, aber …«

Ich küsse sie auf die Nasenspitze. »Aber du möchtest auch etwas beitragen.«

Sie nickt. »Ich fühle mich schrecklich dabei, dich allein in einen Kampf zu schicken und nur darauf hoffen zu können, dass du heil zu mir zurückkehrst. Dank des Schutzschildes kann ich vielleicht auf dich aufpassen.«

»Bisher funktioniert es nur, wenn du mich dabei direkt berührst. Und das würde bedeuten, dass du stets mitten im Kampfgeschehen sein müsstest.«

Sie hält mir die Hand mit dem Ring vors Gesicht. »Noch ist nichts spruchreif. Vielleicht schaffe ich es mit ausreichend Training, den Schild auszuweiten, ohne dass ich dich dazu berühren muss. Vielleicht falle ich auch durch die Prüfungen und werde nie wieder an einem Kampf teilnehmen. Doch jetzt würde ich wirklich liebend gern meinen Brüdern den Allerwertesten dafür aufreißen, dass Zac mich vorhin so oft auf selbigen hat fallen lassen. Und dazu brauche ich deine Hilfe.«

»Ein kleines bisschen machst du mir Angst, aber ich muss sagen, dass ich das verdammt sexy finde«, raune ich. »Was genau hast du vor?«

Das Lächeln, das sich auf meine Frage hin auf ihrem Gesicht ausbreitet, schickt ein heißes Kribbeln durch mich hindurch.

»Ich werde die Dunkelheit entfesseln«, wispert sie.

KAPITEL 19

Felicity

Nur einmal habe ich Shadow während einer Verbindung so tief wie jetzt in meinen Magiewirbel vorgelassen. Nicht weil ich mich davor fürchte oder nicht will, dass sich seine Magie auf eine solch intime Weise mit meiner vermischt, sondern weil die Verbindung sämtliche meiner Empfindungen und Sinne unter Strom setzt. Immer mehr aufgescheuchte Kraft zirkuliert durch mich hindurch, kribbelt bis in die Fingerspitzen und lässt mich keuchen.

Als ich mich aufbäume, schiebt mir Shadow einen Arm unter den Rücken und presst mich an sich. Ich kralle die Hände in sein Haar und den Nacken, um ihn noch näher an mich zu ziehen. Durch die dünne Trainingskleidung spüre ich ihn so überdeutlich, dass mir schier die Sinne schwinden.

Doch gleichzeitig ist es nicht genug.

Wir atmen stoßweise und keuchend, als Shadow die Verbindung beendet. Ich spüre seine Magie noch immer in mir wirbeln, ganz tief versteckt hinter meinem Herzen. Ich wünschte, ich könnte dieses wundervolle Gefühl auf ewig bewahren, damit ich von ihm in den Momenten zehren kann, in denen er nicht bei mir ist, oder wenn ich zweifele.

Wenn ich übermorgen allein einer Prüfung gegenüberstehen muss, brauche ich etwas, was mich daran erinnert, dass ich nicht wirklich allein bin. Etwas, was mich wissen lässt, dass Shadow immer bei mir ist, auch wenn ich ihn im Moment nicht sehen kann.

Zögerlich, als würde auch er den Augenblick noch länger genießen wollen, lockert er den Griff, mit dem er mich umklammert hält. Ich ziehe Shadow zu mir herunter und presse den Mund auf seinen. Hungrig und heiß und ungezügelt. Ich stöhne auf, als er mich sanft in die Unterlippe beißt, und genieße den kleinen Schmerz, der sich davon ausgehend in mir ausbreitet und dann bestehen bleibt.

Leicht benebelt von dem heftigen und innigen Magieaustausch und dem leidenschaftlichen Kuss öffne ich die Augen einen Spaltbreit. Sofort halte ich die Luft an. Zwar nahmen seine normalerweise schwarzen Iriden nach einer Verbindung bisher immer für kurze Zeit eine rauchgraue Farbe an, aber diesmal ist die Farbe noch strahlender. Es sieht wunderschön aus, sodass ich mich gar nicht daran sattsehen kann.

Rastlos huscht sein Blick umher, tastet mein Gesicht nach jeder noch so kleinen Regung ab. Er steht genauso unter Strom wie ich, ist aufgeputscht von zu viel Magie und prickelnden Gefühlen; beides staut sich mehr und mehr in uns beiden auf und nur für eine Sache finden wir ein Ventil.

»Lass uns Zac und Cal so dermaßen fertigmachen, dass sie nicht einmal denken werden, ich könnte versagen«, verlange ich atemlos.

Shadows Grinsen entblößt die blitzenden Eckzähne. »Es wird mir eine besondere Freude sein, Mylady.«

***

Als Shadow und ich zurück in die Trainingshalle kommen, stehen meine Brüder mitten im Raum, vertieft in eine hitzige Debatte. Ich muss keine Hellseherin sein, um ahnen zu können, dass es sich dabei entweder um mich oder Ilena dreht. Weil Katie noch keinen Alarm geschlagen hat, gehe ich davon aus, dass sich die Abtrünnige ruhig verhält – wäre es anders, wäre Cal nicht mehr hier, sondern würde sie suchen.

Lumia kommt auf uns zu, bleibt jedoch in einigen Metern Entfernung wie angewurzelt stehen und mustert meinen Familiar mit großen Augen. Dann huscht ihr Blick zu mir. »Was hast du denn mit ihm gemacht? So zum Bersten voll mit Magie habe ich ihn nie gesehen.«

»Wir sind noch nicht fertig mit unserem Training ...«, antworte ich vage.

»Ich befürchte nur, dass deine Brüder gerade anderes im Kopf haben«, murmelt der Feuer-Familiar.

Ich schaue nur kurz über die Schulter, um Shadows Grinsen zu begegnen, bevor er innerhalb von Sekundenbruchteilen die menschliche Illusion ablegt und in seine wahre Gestalt schlüpft. Fauchend und grollend schmiegt er den schwarzen, von wogenden Schatten umgebenen Körper an mich und ich lasse das längere, aber seidig-weiche Fell durch die Finger gleiten.

Zac und Cal drehen sich zu uns um. Ihre Mienen sind abweisend, als würden sie ein quengelndes Kind betrachten, das einfach keine Ruhe geben will. Auch Shadow scheint es aufzufallen, denn er bleckt fauchend die Zähne.

»Wir sind gerade in einer Besprechung«, murrt Cal und verschränkt die Arme vor der Brust. »Geh mit deiner Mieze woanders spielen!«

Ich weiß, dass er genervt ist – wegen der ganzen Situation mit Ilena, die noch nicht geklärt ist. Mir ist klar, dass er sich gerade nicht auf das Training mit seiner kleinen Schwester konzentrieren will. Wären unsere Rollen vertauscht und es ginge um Shadow, würde ich ähnlich gereizt reagieren. Aber ich werde es dennoch nicht tolerieren, dass er so mit mir redet.

Ich spüre Shadows Muskeln unter dem Fell und den wabernden Schatten zucken, während sein Blick auf mir liegt. Er wartet nur darauf, dass ich ihm die Erlaubnis gebe, anzugreifen. Seine kribbelnde Rastlosigkeit überträgt sich auf mich und nur zu gern gebe ich ihm mit einer leichten Kinnbewegung zu verstehen, dass er freie Hand hat. In einem Kampf werde ich mich stets auf Shadows Erfahrung und Stärke verlassen, daher erteile ich ihm keinerlei Befehle.

Kurz spannen sich die Muskeln unter meinen Fingerspitzen an, bevor Shadow zum Sprung ansetzt. Mit nur drei mächtigen Sätzen ist er bei meinen Brüdern angelangt, denen kaum genügend Zeit zum Ausweichen bleibt. Shadow entscheidet sich dafür, Cal zu verfolgen, der mit Eisgeschossen versucht sich die übergroße schwarze Raubkatze vom Leib zu halten, doch mein Familiar weicht jedem Angriff leichtfüßig aus. Ein metallisches Kreischen, als würde man mit Nägeln über eine Tafel kratzen, ertönt, als Shadow die Krallen in den Spezialboden der Halle schlägt, um ruckartig die Richtung zu ändern. Zac, der sich bisher bedeckt gehalten hat, schießt mehrere Windstöße hintereinander auf meinen Familiar. Shadow schafft es nicht, dem letzten Angriff auszuweichen, und wird ein Stück zurückgeschleudert. Ich halte die Luft an, doch er kommt sogleich wieder auf die Pfoten.

Nun ist ihm die Aufmerksamkeit meiner Brüder sicher, aber sie umkreisen ihn von unterschiedlichen Seiten. Ich haste zu Shadow und kann gerade die Hand nach ihm ausstrecken, als Cal hinterrücks einen Eisangriff starten will. Ein heller Lichtimpuls entlädt sich aus meiner Hand und schleudert Cal einige Meter zurück.

Shadow wirft mir einen Seitenblick zu und ich meine, ein zufriedenes Lächeln um sein Panthermaul sehen zu können. Die schneeweißen Schnurrhaare zucken amüsiert.

»Ihr wollt also Ernst machen?«, fragt Zac.

Ich wende mich zu meinem ältesten Bruder um, nachdem ich mich versichert habe, dass Cal bisher nicht auf die Füße gekommen ist. »Wir haben noch nicht mal damit angefangen, Ernst zu machen«, entgegne ich gut gelaunt.

Neben mir ertönt ein leises Schnurren, das ebenfalls ein Lächeln in mir aufsteigen lässt.

Zac gibt ein Schnauben von sich. »Terra muss auf die Abtrünnige aufpassen. Haltet ihr es für fair, zu zweit gegen mich anzutreten?« Mit einer Kopfbewegung deutet er hinter mich. »Cal ist mal wieder zu nichts zu gebrauchen.«

»Es ist mir gleichgültig, was du als ›fair‹ erachtest und was nicht«, grummele ich, um Cals Schimpfen zu übertönen. »Ich will einfach nur trainieren! Bei den Prüfungen wird es auch nicht immer fair zugehen.«

Zac verdreht die Augen. »Na schön! Da du ja nicht auf uns hören willst, werden wir heute und morgen trainieren. Komm dann aber nicht zu mir, wenn du trotzdem durchfällst!« Sein Blick heftet sich auf Shadow. »Dein Kater wird dich nicht jedes Mal rausboxen können.«

»Hmmm«, schnurre ich gedehnt und streichele über das Fell meines Familiars. Ich gebe es auf, Zac oder Cal mit Worten davon überzeugen zu wollen, dass sie falschliegen. »Lass das einfach unsere Sorge sein!«

Ich strecke auch die andere Hand nach Shadow aus, der wieder seine menschliche Gestalt annimmt und sie ergreift. Den Blick starr auf Zac gerichtet, führt er den Ring an die Lippen und nährt sich erneut an meiner Magie. Zwar habe ich nicht mehr viel in mir, aber ich werde ihm jedes Fünkchen geben, wenn es ausreicht, um meine Brüder so sehr in den Hintern zu treten, dass sie tagelang nicht sitzen können! Shadows andere Hand stützt mich, als ich zu schwanken beginne, und ich lehne mich dankbar gegen ihn. Zac scheint das, was er sieht, ganz und gar nicht zu gefallen, doch mir entlockt sein angespannter Gesichtsausdruck nur ein müdes Lächeln.

»Bereit, die Dunkelheit zu entfesseln?«, raunt mir Shadow ins Ohr.

Ich drehe den Kopf zu ihm und flüstere: »Jederzeit, wenn du bei mir bist.«

Er grinst, haucht mir einen Kuss auf die Stirn und verschwindet in meinem Schatten. Als ich sein Bewusstsein und einen sanften dunklen Impuls in mir spüre, schließe ich für einen Moment seufzend die Augen. Dann lasse ich mich fallen und genieße das unbändige Gefühl von Stärke und Schutz, das mich bis in die Fingerspitzen durchströmt.

***

Unter Shadows Leitung attackiert mein Körper zuerst Zac. Unablässig wirbeln Schatten um uns herum, die uns teilweise einhüllen und so verbergen, was wir vorhaben. Ich selbst bin im Grunde nur stiller Zuschauer, denn ich überlasse meinem Familiar die volle Kontrolle. Zwar ahne ich voraus, welche Bewegungen er ausführen will, damit er nicht zu viel Energie verbraucht, aber ich zweifele sein Handeln nicht an wie noch beim Training gegen Terra. Shadow wird keine waghalsigen Angriffe ausführen und meine Brüder werden mich schonen, doch selbst wenn ich verletzt werden sollte, weiß ich, dass Shadow sich übereifrig darum kümmern wird.

Zac erhebt sich in die Luft, um einem frontalen Fausthieb zu entgehen, doch Shadow schickt ihm sofort zwei Schattenblitze hinterher, die ihn zwar nur streifen, jedoch wieder nach unten trudeln lassen. Ohne zu zögern, kickt mein Körper ihm die Beine weg, noch bevor sie den Boden vollständig berühren. Mit einem Ächzen schlägt Zac der Länge nach hin, aber ehe ich einen weiteren Angriff ausführen kann, werde ich von einem Eisgeschoss zurückgeworfen. In meinem Inneren gebe ich ein unterdrücktes Wimmern von mir. Cals Angriff war nicht besonders vehement, aber sein Eis ist so kalt, dass es mir schier die Haut von den Knochen brennt. Shadow antwortet mit einem Grollen und sorgt dafür, dass ich blitzschnell zu meinem anderen Bruder herumwirbele. Schneller, als ich es je vermocht hätte, lässt er mich nach vorn sprinten, um die Entfernung zu überbrücken und einen Schattenblitz aus nächster Distanz abfeuern zu können. Cal bleibt nicht genügend Zeit, um auszuweichen. Der Zauber schleudert ihn nach hinten gegen die Wand.

Mittlerweile hat sich Zac wieder erholt und setzt uns nach. Es gelingt uns, ihn dauerhaft daran zu hindern, genug Magie für eine mächtige Windattacke zu kanalisieren, weshalb seine Zauber eher laue Lüftchen sind.

Zum ersten Mal erkenne ich, dass auch meine Brüder Schwachstellen haben. Ohne ihre Familiare, die die Abtrünnigen während eines Kampfes auf Abstand halten, bringen sie nicht viel zustande. Sie brauchen zu lange, um ihre durchaus mächtigen Elemente beschwören und einsetzen zu können.

Genau wie ich hätten sie allein die Prüfungen niemals bestehen können, denn ein Einer-gegen-einen-Kampf wird garantiert prüfungsrelevant sein. Gemeinsam mit Lumia und Terra, die den Gegner so lange beschäftigen, bis ihre Träger bereit sind, ist es ihnen jedoch gelungen – und dann sind meine Brüder absolut tödlich. Doch Shadow ist flinker und wendiger als sie, und dadurch bin auch ich es. Seine Zauber kanalisiert er schnell – noch schneller, seit er übervoll mit Magie ist. Selbst zu zweit sind uns Zac und Cal nicht gewachsen, denn mein Familiar ist sehr gründlich. Jeden von ihnen schickt er zu Boden, bis es sie mehr und mehr Kraft kostet, um wieder aufzustehen. Er lässt mich nie direkt zuschlagen wie gegen Ilena im ersten Kampf, sondern nutzt geschickte Drehungen oder schnelle Manöver, um sie in ihrem Stand oder der Konzentration zu stören, während sie einen Zauber beschwören. Erst dann lässt er seine Schattenblitze auf sie niedergehen. Meine Brüder verziehen zwar jedes Mal schmerzhaft den Mund, wenn sie getroffen werden oder zu Boden gehen, aber sie scheinen nicht ernsthaft verletzt zu sein. Doch ich registriere mit wachsender Genugtuung, dass es jedes Mal länger dauert, bis sie sich wieder so weit erholt haben, um uns erneut anzugreifen.

Obwohl das Training bestimmt schon länger als eine halbe Stunde dauert, spüre ich keinerlei Erschöpfungserscheinungen, auch bei Shadow nicht. Diesmal achte ich besonders darauf, taste in regelmäßigen Abständen nach seinem Bewusstsein, um mich davon zu überzeugen, dass es ihm gut geht und er noch weitermachen kann. Ich bin selbst erstaunt darüber, wie lange wir diesmal durchhalten, obwohl er mit Schattenblitzen nicht geizt. Unser Training scheint sich auszuzahlen, ebenso wie die intensiven Verbindungen zuvor. Langsam, aber sicher begreifen wir, wozu wir fähig sind, und es gelingt uns immer besser, unser Potenzial auch nutzen zu können. Während der erste gemeinsame Kampf nichts als reine Improvisation war, bilden wir nun eine Einheit, der selbst meine Brüder nicht gewachsen sind.

Doch sosehr ich diese Überlegenheit genieße, so sehr verunsichert sie mich auch. Zacs Warnung, dass ich unmöglich die Prüfungen bestehen kann, geht mir nicht aus dem Kopf.

KAPITEL 20

Shadow

Es wird bereits dunkel, als wir das Training für beendet erklären. Zac und Cal pfeifen aus dem letzten Loch und schnappen keuchend nach Luft, als ich mich aus Felis Schatten erhebe. Obwohl auch sie schwitzt und ihre Atmung schneller geht, lässt sie sich die Erschöpfung nicht so stark anmerken wie ihre Brüder.

»Morgen früh machen wir weiter«, verkündet sie in einem herrlich herrischen Tonfall, der mich schmunzeln lässt. »Wenn ihr zu spät seid, zerre ich euch eigenhändig aus euren Zimmern. Es gibt nichts, was ich noch nicht gesehen hätte.«

Bevor einer der beiden widersprechen kann, greift Feli nach meiner Hand und marschiert aus der Halle, verfolgt von den Verwünschungen ihrer Brüder.

Es ist Cal, der uns an der Tür einholt. Nachdem er eine Weile herumgedruckst hat, rückt er endlich mit der Sprache heraus.

»Ich würde gerne unsere Vereinbarung in Anspruch nehmen«, murmelt er, während er einen Blick über die Schulter wirft.

Feli seufzt. »Muss das wirklich heute sein? Ich will nur noch duschen, was essen und ins Bett.«

»Wir haben eine Abmachung!«

»Gegen die du verstoßen hast, indem du uns Katie auf den Hals gehetzt hast«, werfe ich ein.

Cals Miene verdüstert sich. »Die Abmachung bezieht sich nur auf Zac.«

»Also wäre es nur rechtens, wenn wir Lumia bitten, ein Auge auf euch zu haben, während wir Zac ablenken?«, will Feli mit süßlicher Stimme wissen.

»Wenn du das wagst, frage ich Katie, ob sie noch eine Weile den Aufpasser spielt!«, grollt Cal. »Sie würde sich bestimmt darüber freuen, für längere Zeit bei uns wohnen zu dürfen.«

»Schon gut, schon gut! Gib mir einfach zehn Minuten, damit ich unter die Dusche gehen und mir was Frisches anziehen kann. Dann kümmern wir uns um Zac.«

Ich bin überrascht über Felis Zugeständnis, halte aber den Mund.

»Warte kurz hier auf uns«, sagt sie, bevor sie sich umdreht und in die Villa hastet.

***

»Hältst du es für klug, Cal und Ilena ohne Aufsicht zu lassen?«, frage ich, während sich Feli aus den verschwitzten Klamotten schält und sie im Badezimmer achtlos zu Boden wirft. Ich lehne am Waschtisch und beobachte sie aus den Augenwinkeln.

»Klug nicht unbedingt«, gibt sie zu. »Aber wenn ich ihm entgegenkomme, macht er das vielleicht auch bei uns. Sollte ich ihm Lumia vor die Nase setzen, wenn er mit Ilena allein sein will, wird er sich garantiert beim nächsten Mal etwas noch Gemeineres als Katie ausdenken, um es uns heimzuzahlen.«

Ich drehe ihr den Rücken zu, als sie bei der Unterwäsche angekommen ist.

»Im Grunde ist es mir egal, was die beiden miteinander treiben«, murmelt sie. »Solange er auf dem Grundstück mit ihr bleibt und niemand etwas bemerkt, kann er tun und lassen, was er will. Es ist Zac, vor dem ich mich fürchte. Davor, was er machen wird, sobald er es herausfindet. Oder wenn es an die Öffentlichkeit gelangt. Oder wenn die Magier-Allianz erfährt, dass wir widerrechtlich eine Abtrünnige hier festhalten.«

Sie seufzt so herzzerreißend, dass ich mich doch umdrehe und sie in die Arme schließe. Einen Augenblick lang versteift sie sich, aber dann schmiegt sie sich an mich und presst das Gesicht an meinen Hals.

Ich verstehe ihre Ängste. Es steht so viel mehr auf dem Spiel, als es auf den ersten Blick den Anschein hat. Wäre Ilena irgendeine von *Ice Kings* Fans, würde es niemanden interessieren, wohin es mit ihnen führte, sofern beide damit einverstanden sind.

»Ich fühle mich schrecklich dabei, es vor Zac zu verheimlichen«, murmelt sie gegen meine Haut. »Nicht nur das mit Cal, sondern auch das mit uns. Er wird toben, wenn er es als Letzter erfährt.«

Beruhigend streichele ich ihr über den Rücken. »Konzentriere dich fürs Erste auf die Prüfungen. Danach überlegen wir, wie wir vorgehen wollen. Das Schlimmste, was wir tun können, ist, alles zu überstürzen. Außerdem ... weiß Zac garantiert mehr, als wir wahrhaben wollen. Und wir leben alle noch und der Himmel ist uns auch noch nicht auf den Kopf gefallen.« Ich lege ihr zwei Finger unters Kinn und drücke sanft ihren Kopf hoch. »Und selbst wenn die Wut deines Bruders so gewaltig sein sollte, dass die Erde bebt, ist es trotzdem nicht deine Schuld.«

Sie stößt den Atem aus, als hätte ich ihr mit den Worten eine Last von den Schultern genommen. Zärtlich streife ich mit den Lippen über ihre.

»Ich lass dich jetzt allein«, wispere ich nur einen Hauch von ihrem Mund entfernt.

Bevor ich mich umdrehen kann, krallt Feli eine Hand in mein Shirt und schaut mit großen Augen zu mir auf. »Bleib«, bittet sie. »Ich fühle mich besser, wenn du bei mir bist.«

Meine Mundwinkel zucken. »Ich wäre nur draußen vor der Tür oder in deinem Zimmer.«

Sie krallt die zweite Hand in mein Shirt. Ich bringe es nicht über mich, ihr einen Wunsch abzuschlagen, wenn sie mich so flehentlich ansieht.

Ich streiche ihr eine Haarsträhne hinters Ohr und deute mit einer Kopfbewegung auf die Dusche. »Beeil dich! Ich möchte vermeiden, dass Cal nach uns sucht und hier findet.«

Feli grinst, gibt mir noch einen schnellen Kuss und huscht dann zur Dusche. Als sie mit den Fingern nach dem BH-Verschluss angelt, drehe ich mich mit einem leisen Seufzen wieder um. Erst als ich das Wasser rauschen höre, schaue ich in ihre Richtung und betrachte die Silhouette hinter den angelaufenen Scheiben.

»Wie lange müssen wir Zac eigentlich ablenken?«, frage ich.

»Nur so lange, bis Katie wieder da ist«, antwortet Feli. »Dann kann sie das übernehmen und wir müssen nur noch dafür sorgen, dass Ilena wieder in den Geräteraum kommt.«

Ich reiche ihr ein Handtuch, als sie aus der Dusche steigt, wobei ich jedoch in die entgegengesetzte Richtung schaue.

»Ich bin die Schüchterne von uns zweien, schon vergessen?«, fragt sie kichernd.

»Mag sein«, antworte ich. »Aber ich habe trotzdem Manieren.«

***

Mit einer halbwegs trockenen und nach Vanille duftenden Feli mache ich mich auf die Suche nach Cal, der unruhig vor der Halle auf und ab läuft.

»Fünfzehn Minuten«, teilt sie ihrem Bruder mit.

Dieser zieht eine Augenbraue nach oben. »Das ist viel zu wenig! Du weißt, dass ich euch dann auch nicht mehr Zeit verschaffe, oder?«

»Cal, wenn du länger als drei Minuten dafür brauchst, verleihe ich dir einen Orden«, grollt sie und ich beiße mir schnell auf die Unterlippe, um nicht laut loszulachen. »Außerdem ist das die Rache dafür, dass du Katie gegen mich einsetzt. Sei froh, dass ich nicht Lumia Bescheid gebe, obwohl ich es gerne tun würde. Jetzt verschwinde endlich! Die Uhr läuft!«

Er brummelt etwas Unverständliches, trollt sich dann aber mit schnellen Schritten.

Nachdem er außer Sichtweite ist, schiebe ich eine Hand unter Felis Shirt und streichele über die noch leicht klamme Haut an ihrem Rücken. Sofort schmiegt sie sich an mich.

»Fünfzehn Minuten sind wirklich nicht viel«, murmele ich.

Sie schnaubt. »Für Cal wird es allemal reichen. Wir müssen dann nur vorsorglich alle Pool-Liegen verbrennen, auf denen sie es getrieben haben könnten. Es wäre so viel einfacher, wenn sie einfach in ein Hotel oder so verschwinden könnten, dann müssten wir auch nicht die Ablenker spielen. Katie hat da was erwähnt …« Sie bricht ab und schüttelt leicht den Kopf. »Nicht so wichtig. Lass uns zusehen, dass wir Zac davon abhalten, in die Nähe des Pools zu kommen.«

***

Zac finden wir kurz darauf im Wohnzimmer. Wir bleiben einen Moment unschlüssig im Flur stehen. Terra ist bei ihm und kümmert sich um seine oberflächlichen Verletzungen. Ein warmer Glanz geht von ihren Händen aus, während sie sie in leichtem Abstand über seine Haut gleiten lässt.

»Bei Terra sieht das irgendwie ganz anders aus, als wenn du mich heilst«, wispert Feli.

Ich schmunzele, als ich mich zu ihr beuge, um ihr ins Ohr flüstern zu können. »Ich könnte es auch so machen, aber dann bereitet es mir – und hoffentlich auch dir – weit weniger Spaß.«

Sie verzieht die Lippen zu einem wissenden Grinsen. »Da hast du allerdings recht.«

Dann betritt sie das Wohnzimmer und setzt sich an den Tisch. Ich folge ihr. Erst jetzt scheint Zac uns wahrzunehmen, denn der Blick verdüstert sich, während er erst Feli und dann mich mustert.

»Was wollt ihr hier?«, fragt er barsch.

Doch Feli lässt sich davon nicht beeindrucken. Am liebsten würde ich ihr dafür über den Rücken streicheln. Noch vor ein paar Tagen wäre sie unter dem harschen Tonfall ihres ältesten Bruders zusammengezuckt und vielleicht auch aus dem Zimmer geflüchtet. Ich bin so stolz auf meine Trägerin.

»Ich hätte da noch ein paar Fragen zu den Prüfungen«, sagt sie, während sie sich interessiert vorbeugt.

Zac stößt ein Schnauben aus. »Das kannst du dir sparen! Niemandem ist es möglich, darüber zu reden.«

Terra hält mit ihrer Arbeit inne. »Jeder, der die Prüfungen ablegt – sowohl Magier als auch Familiar –, wird unter einen Zauber gestellt.«

Das habe ich befürchtet. Spätestens, nachdem wir nicht nur ihren Brüdern Informationen entlocken, sondern auch nichts im Internet oder anderen Aufzeichnungen finden konnten, war mir klar, dass mehr dahintersteckt.

»Bevor du deine erste Prüfung bestreiten kannst, legst du einen Eid ab«, erklärt Zac mit sichtlichem Widerwillen. Er sieht noch ziemlich angeschlagen nach der Abreibung von vorhin aus und ich muss mir ein zufriedenes

Grinsen verkneifen. »Doch im Grunde ist dieser Eid ein Zauber. Er verbietet dir, mit irgendwem über den Verlauf der Prüfungen oder deren Inhalt zu reden oder dich in anderer Weise mitzuteilen. Ich könnte es dir auch nicht aufschreiben oder dir versteckte Hinweise geben. Alles ist abgedeckt, damit jeder die gleichen Ausgangsbedingungen hat und es unmöglich ist, sich gezielt auf die Prüfungen vorbereiten zu können.« Er zuckt mit den Schultern. »Vielleicht sind die Aufgaben auch unterschiedlich. Durch den Zauber weiß ich nicht mal, ob Cal die gleiche Prüfung wie ich abgelegt hat.«

Feli kaut einen Moment lang auf der Unterlippe, ehe sie fragt: »Aber nach dem, was Shadow und ich vorhin geleistet haben, glaubst du da noch immer, dass ich scheitern werde?«

Plötzlich wird Zacs Blick weich und wehmütig. »Ich glaube es nicht nur, ich weiß es.«

Ich gebe ein Grollen von mir. »Nachdem wir dich und deinen Bruder – die beiden gefeierten Meister-Magier – gleichzeitig nach Strich und Faden vorgeführt haben?«

»Ihr seid stark«, gibt Zac zu. »Viel stärker, als ich es euch je zugetraut hätte. Nach so kurzer Zeit hatten Terra und ich gerade einmal herausgefunden, wie viel Magie sie nehmen muss, um meine im Gleichgewicht zu halten. Von einem Team oder gar einem gemeinsamen Kampf waren wir meilenweit entfernt. Ich hätte mir niemals vorstellen können, dass du zu so was fähig bist, Feli. Scheint, als hätte ich dich all die Jahre unterschätzt.«

Zu meiner Überraschung schüttelt meine Trägerin den Kopf. »Du liegst falsch. Das ist nicht meine Stärke, sondern Shadows. Ohne ihn bin ich nur eine Magierin mit einer katastrophalen Gabe.« Unsere Blicke begegnen sich und beim Funkeln in ihren Augen muss ich mich mit Mühe davon abhalten, sie zu mir zu ziehen, um sie zu küssen. »Aber dank ihm bin ich zu ganz unglaublichen Dingen fähig und hasse meine Gabe nicht mehr. Ich kann auch ohne Elemente oder eigene Angriffszauber kämpfen und ich muss mich nicht fürchten, denn Shadow hat bereits mehrmals bewiesen, dass er auf mich aufpassen kann, selbst wenn ich Dummheiten mache. Ich bin sicher, dass wir auch die Prüfungen irgendwie schaffen werden.«

Kurz schließt Zac mit einem Seufzen die Augen. »Die Magier-Allianz ist die Vereinigung der mächtigsten Magier unserer Zeit. Sie sind alte Männer, die an angestaubten Traditionen festhalten. Beispielsweise der, dass Familiare nichts anderes als Werkzeuge sind. Gib dich nicht der Illusion hin, dass ausgerechnet ihr zwei sie vom Gegenteil überzeugen könntet, nur weil du durch einen Zufall auch einen menschenähnlichen Familiar bekommen hast. Sie sind die Ausnahme und sehr interessant für die Allianz. Was glaubst du, warum wir Terra und Lumia so gut wie nie in ihrer jeweiligen Illusionsgestalt in der Öffentlichkeit zeigen?«

Ich stutze – ebenso wie meine Trägerin.

»Cal und ich haben Angst davor, dass die Magier-Allianz sie uns wegnehmen könnte«, gibt Zac zu. »Und sei es nur, um herauszufinden, warum gerade wir sie haben. Wir sind stark, keine Frage, aber es gibt eine Menge starker Meister-Magier da draußen. Warum bekamen ausgerechnet Cal und ich – und nun auch noch du – je einen menschenähnlichen Familiar? Die Magier-Allianz wird sich ebenfalls diese Frage stellen, spätestens wenn du übermorgen dort aufkreuzt, ihnen Shadow präsentierst und sie herausfinden, in welcher Beziehung du zu uns stehst.«

Felis sorgenvoller Blick huscht zu mir.

»Und wenn ich mich nur in meiner wahren Gestalt zeige?«, frage ich. »Dann dürfte es keine Probleme geben.«

Zac wiegt den Kopf hin und her. »Möglich, sofern es keine Aufzeichnungen von euren kleinen Abenteuern in der Stadt gibt, auf denen ihr beide zu sehen seid.«

»Vielleicht fordern sie dich auch auf, deine an diese Welt angepasste Gestalt zu zeigen«, wirft Feli ein. »Was machen wir dann? Kannst du dich auch in etwas anderes, weniger Auffälliges verwandeln?«

Ich schüttele den Kopf. »Menschliche Illusion oder wahre Gestalt, was anderes ist nicht drin.« Ich strecke die Hand aus und streichele mit dem Zeigefinger leicht über ihren Arm. »Hey, das ist jetzt unser kleinstes Problem. Zuerst musst du die Prüfungen bestehen. Dann kann diese Magier-Allianz gerne versuchen uns auseinanderzubringen. Es wird definitiv bei einem Versuch bleiben. Das gelingt niemandem! Und wenn sie dich erst zu einer Meister-Magierin ernannt haben, brauchen wir sie eh nicht mehr, oder?«

Ein kleines Lächeln zupft an ihren Mundwinkeln, als sie kaum wahrnehmbar nickt.

»Ich würde es dir von ganzem Herzen wünschen, dass du bestehst …«, murmelt Zac.

Seine Lippen formen bereits das Aber, das spürbar in der Luft hängt, doch kein weiteres Wort verlässt seinen Mund. Ich schnaube. Dieser Zauber-Eid, den er ablegen musste, scheint wirklich ganze Arbeit zu leisten und verbietet ihm sogar, vage Andeutungen zu machen.

Ich wende mich an Terra, die Feli und mich beobachtet, während sie sich weiterhin um die Blessuren ihres Trägers kümmert. »Was ist mit dir? Könntest du mir einen Hinweis geben, was auf mich als Familiar bei diesen Prüfungen zukommt?«

Sie schüttelt den Kopf. »Auch ich bin an den Eid gebunden, und du wirst es auch sein, sobald ihr die erste Prüfung angeht. Der Schweige-Zauber ist sehr mächtig. Er reagiert sogar darauf, wenn ich mit Zac darüber sprechen würde und jemand Fremdes in Hörweite ist. Auch wenn ich auf Fragen von dir nur durch Nicken oder Kopfschütteln antworten sollte, werde ich daran gehindert. Wer auch immer sich den Zauber ausgedacht hat, hat wirklich alles berücksichtigt. Ihr werdet unwissend antreten müssen, wie alle anderen vor euch ebenfalls.«

»Glaubst du, dass Feli es schaffen kann?«, frage ich.

Terras Blick huscht von mir zu Feli und wieder zurück. Ohne eine Miene zu verziehen oder einen Ton von sich zu geben, kümmert sie sich wieder um ihren Träger. Neben mir höre ich Feli hart schlucken, ehe sie die Hände um die Stuhllehne verkrampft. Ich würde gern nach ihnen greifen und ihr irgendwie die dringend benötigte Zuversicht geben, die ihr mehr und mehr abhandenzukommen scheint. Das Training sollte dazu dienen, dass sie sich sicherer fühlt, sowohl mit ihren Gaben als auch mit meinen und dem, was wir gemeinsam schaffen können, doch ich habe das Gefühl, dass es eher den gegenteiligen Effekt hat.

Nachdem sie sich wieder gefangen hat, steht Feli auf und sagt: »Morgen nach dem Frühstück treffen wir uns in der Halle.«

Zac hebt die Augenbrauen, als wolle er sagen, dass es sowieso zwecklos ist, nickt dann jedoch.

Mit einem flauen Gefühl im Magen folge ich Feli nach draußen.

KAPITEL 21

Felicity

Ich beauftrage Shadow damit, Ilena zurück in den Geräteraum zu bringen, während ich Cals Zorn auf mich ziehe.

»Ihr hattet fünfundzwanzig Minuten, also krieg dich wieder ein!«, grolle ich, als er mir erneut vorhält, dass ich viel zu früh dran wäre.

Ilena ist da weitaus kooperativer; zumindest veranstaltet sie keinen Aufstand, als Shadow ihren Arm packt und mit ihr durch die Schatten springt. Das sanfte Lächeln, das ihre Lippen umspielt, und der Glanz in ihren hellen Augen versetzen mir jedoch einen Stich. Nachdem er sich wieder beruhigt hat, wirkt auch Cal weit ausgeglichener als noch heute Morgen. Nur ich scheine völlig neben der Spur zu sein.

»Katie hab ich in dein Zimmer geschickt«, sagt mein Bruder nach einer Weile. Ich antworte mit einem Grummeln. »Tut mir leid, okay? Als ich sie gefragt habe, hielt ich es noch für eine gute Idee. Immerhin bist du meine kleine Schwester und er ist ein ...«

»Lass es einfach gut sein«, unterbreche ich ihn. Ich verspüre nicht die geringste Lust, diese Art von Diskussion erneut führen zu müssen. »Ich halte dir schließlich auch nicht vor, dass Ilena eine Abtrünnige ist, ganz gleich wie sie dich ansieht. Du magst es nicht wahrhaben wollen und ich übersehe es auch hin und wieder, da sie sich ruhig verhält, aber Zac wird es nicht vergessen. Und die Öffentlichkeit auch nicht, sobald irgendwas davon nach außen dringt. Ich hatte gehofft, dass wenigstens du deshalb etwas mehr Verständnis für mich hättest, denn wir sitzen im selben Boot.«

Cal seufzt. »Ich weiß. Deshalb wollte ich mich entschuldigen. Ich werde Katie morgen nach Hause schicken, sobald unser Training vorbei ist und Ilena wieder in den Geräteraum kann.«

Unruhig warte ich darauf, dass Shadow zurückkehrt. Ich werde rastlos, wenn er für längere Zeit nicht in meiner Nähe ist. Um mich davon abzulenken, frage ich: »Warum hast du überhaupt durchgesetzt, dass Ilena bei uns eingesperrt wird? Selbst dir müsste doch klar sein, dass trotz allem eine Gefahr von ihr ausgeht. Wir haben nicht die Mittel, einen Abtrünnigen sicher zu verwahren. Wenn sie entkommt …«

»Es gab keinen anderen Weg«, fällt er mir ins Wort.

Ich runzele die Stirn. »Aber es gibt doch Gefängnisse für Abtrünnige. Einrichtungen, die darauf spezialisiert sind, die verschiedenen Arten von ihnen aufzunehmen und gemäß ihren Fähigkeiten sicher einzusperren.«

Seine Lippen zucken und der Kiefer wirkt mit einem Mal verkrampft. Das habe ich schon einmal gesehen – vorhin bei Zac, als ich ihn nach dem Inhalt der Prüfungen gefragt habe. Ein ungutes Gefühl kribbelt in meinem Nacken.

»Was passiert tatsächlich mit den Abtrünnigen, die ihr überwältigt habt?«, hakt Shadow nach.

Einen Moment hält Cal meinem Blick stand, wendet sich dann jedoch ab. Wieder zuckt ein Muskel an seinem Kiefer, als wolle er sprechen, während eine höhere Macht ihn jedoch daran hindert.

»Was verbietet euch die Magier-Allianz noch alles?«, frage ich schärfer als beabsichtigt. »Wie viele Themen gibt es, über die ihr mit niemandem reden dürft?«

Cal lässt den Kopf hängen. »Glaub mir, das willst du lieber nicht wissen.« Er greift nach meiner Hand und drückt sie kurz, bevor er wieder einen Schritt zur Seite macht, ehe meine Gabe anspringen kann. »Wir hätten dir das alles gern erspart, Feli. Ich wünsche mir von ganzem Herzen, dass du die Prüfungen nicht bestehst.«

»Was?«, zische ich. »Aber das ist mein Lebenstraum!«

Er nickt. »Ich weiß. Doch du wirst erst begreifen, was alles davon abhängt, wenn es bereits zu spät ist.«

Ehe ich fragen kann, was er damit meint, erscheint Shadow im Schatten der Hauswand. Erleichtert stoße ich den Atem aus. Als Cal sich verabschiedet, rufe ich ihm noch hinterher, dass wir uns morgen wie geplant an der Halle treffen.

»Alles okay?«, murmelt Shadow, während er mich in eine Umarmung zieht und die Lippen auf meinen Scheitel drückt.

»Jetzt wieder«, nuschele ich undeutlich, da ich das Gesicht fest gegen seine Brust schmiege. Er wartet geduldig darauf, dass ich weiterspreche. »Es nervt mich, dass niemand mir etwas sagen will oder kann oder was auch immer. Aber sie alle verhalten sich merkwürdig, und das macht mich erst recht vorsichtig. Vielleicht lasse ich mich auch nur zu sehr verunsichern und die Prüfungen werden ein Kinderspiel. Ich meine, andere Anwärter mit weit weniger mächtigen Familiaren bestehen sie doch auch!« Ich sehe zu ihm auf. Seine Augen sind beinahe so dunkel wie der Nachthimmel über uns. »Was gäbe es denn, was sie uns in den Weg stellen und wir nicht überwinden könnten?«

Er umschließt mein Gesicht mit beiden Händen und küsst mich. »Nichts«, wispert er mir gegen die Lippen. »Sie können es gern versuchen, aber sie werden scheitern. Ich schwöre dir, ich werde dafür sorgen, dass du deinen Traum erfüllen kannst.« Federleicht streicht er mit dem Mund erneut über meinen, ehe er sich wieder zurückzieht und an mir schnuppert. »Du brauchst noch etwas zu essen, bevor wir schlafen gehen. Und ich …« Er greift nach der Hand mit dem Ring und verschränkt unsere Finger miteinander. »… würde mich auch gerne noch ohne Publikum nähren, damit wir morgen ein gutes Training abliefern können.«

Ein Kribbeln rauscht vor lauter Vorfreude durch mich hindurch und wie von selbst schmiege ich mich enger an ihn.

***

Nachdem ich alles gegessen habe, was Shadow mir vorsetzte, verschwinde ich mit ihm in einem der Aufenthaltsräume des Personals. Um diese Uhrzeit sind alle bereits nach Hause gegangen und meine Brüder werden hier als Letztes nach uns suchen. Dennoch schließe ich ab.

Shadow beobachtet mich schmunzelnd, während er an dem großen Tisch in der Mitte des Raumes lehnt. »Ich weiß nicht, was du vorhast, aber ich möchte nicht allzu viel Magie. Abends lässt mich ein zu hoher Überschuss schlecht schlafen.«

Ich ziehe eine Augenbraue nach oben. »Du entscheidest, wie viel du nimmst. Ich bin meistens zu abgelenkt, um an solche Nebensächlichkeiten wie die richtige Dosierung zu denken.«

Sein Grinsen wird breiter, als er die Hand nach mir ausstreckt. »Willst du für den Rest der Nacht dort stehen bleiben?«

Ich eile zu ihm. Die Hand, die seine ergreift, zittert vor Vorfreude, ebenso wie der Rest von mir. Direkt vor ihm bleibe ich stehen. Jede Stelle, über die sein glühender Blick gleitet, kribbelt und prickelt, bis ich kaum noch still stehen kann.

»Manchmal möchte ich wirklich wissen, was in deinem Kopf vorgeht«, raunt er.

Dann fährt er mit dem Daumen neckend über die aufgerichtete Brustwarze, die sich durch mein Shirt abzeichnet. Ich keuche auf und lasse die Stirn gegen seine Schulter sacken.

»Ich habe mich völlig ohne Hintergedanken von dir in diesem Raum einschließen lassen.«

Seine herrlich raue Stimme so nah an meinem Ohr reicht aus, dass ich die Beine zusammenpressen muss, um das Ziehen und Brennen dazwischen zumindest ein wenig zu dämpfen.

»Wir sind nur hier, weil ich ebenfalls Hunger habe, doch dir scheint der Sinn nach etwas anderem zu stehen. Soll ich dich stattdessen essen?«

Ich spüre seine Eckzähne an der Halsseite. Ein leichter, aber gleichzeitig elektrisierender Schmerz breitet sich ausgehend von dort im restlichen Körper aus. Schnell beiße ich mir auf die Unterlippe, um nicht laut aufzuschreien. Kurz darauf küsst er die Stelle, in die er eben noch sanft die Zähne geschlagen hat.

»Sag's mir«, wispert er. »Sag mir, was du willst.«

»I…ich …«

Meine Stimme gleicht einem Krächzen und mein Hals ist wie zugeschnürt.

Ich weiß selbst nicht, was ich will – das ist mein Problem. Ich versuche es allen recht zu machen, und bleibe selbst dabei auf der Strecke.

Doch anstatt von meinem ständigen Zögern oder Zweifeln genervt zu sein, lächelt Shadow mich an und streichelt mir über die Wange.

»Ich möchte, dass du etwas begreifst«, sagt er sanft und wartet, bis ich ihn ansehe. »Ganz gleich, was du eben zu mir gesagt hättest – ich hätte es nicht getan. Nicht hier auf einem Tisch in einem Ruheraum oder mit der Sorge der ständigen Entdeckung durch deine Brüder im Nacken. Ich wünsche mir nur, dass du verstehst, dass es zwischen uns nicht so etwas wie unangemessenes Verhalten gibt. Egal, was du sagst oder wie du dich ausdrückst, du musst dich nicht schämen. Nicht mir gegenüber – niemals – und erst recht nicht, wenn es sich um etwas handelt, was nur uns beide angeht. Ich werde dich nicht auslachen oder damit aufziehen.«

Meine Unterlippe zittert bei seinen Worten. »Aber ich ... will nicht, dass du dich dazu gezwungen fühlst, nur weil ich es will. So wie bei ...«

Ich spreche ihren Namen nicht aus, aber er hängt überdeutlich zwischen uns. *Kassandra.* Die Trägerin, die ihn darum bat, mit ihr zu schlafen, und die ihn dann von sich gestoßen hat – oder ihm zumindest das Gefühl gab, er hätte alles falsch gemacht. So will ich auf keinen Fall sein!

Shadow hebt einen Mundwinkel zu einem schiefen Grinsen. »Ich bin alt genug, um selbst entscheiden zu können, was ich will und was nicht. Genauso wie ich deine Grenzen und dein Nein stets akzeptiere, wirst du es auch bei mir tun.«

Ich nicke. Mir wäre nie in den Sinn gekommen, ihn zu etwas gegen seinen Willen zu zwingen.

»Sehr schön«, raunt er. »Kommen wir nun zu dem Grund zurück, weshalb wir hier sind.« Er hebt die Hand, die noch immer in seiner liegt, und führt sie zum Mund. »Was soll ich tun, während ich mich nähre?«

Ich schlucke angestrengt und atme ein paarmal tief durch. »B...berühre mich.«

Seine Augen funkeln, ehe er ein Schnurren von sich gibt. Sofort werden mir die Knie bei diesem Laut weich.

»Und wo?«, fragt er rau, während er eine Hand unter mein Shirt gleiten lässt und die Haut liebkost. Ich versteife mich bei der Frage. Ehe ich erneut anfangen kann zu stammeln, fragt er: »Zu viel?«

Ich nicke zaghaft. »Ich … muss mich erst daran gewöhnen, über solche Dinge zu reden.«

»Kein Problem«, murmelt er. »Wenn es dir recht ist, suche ich mir die Stelle aus, okay?«

Diesmal fällt mein Nicken inständiger aus. Ich schließe die Augen, als er die Lippen um den Ring legt, und gebe mich dem Magiesog hin, auf den ich sehnlichst gewartet habe. Noch während ich spüre, wie sich unsere Magie vermischt, schiebt mir Shadow die freie Hand in die Hose. Keuchend schnappe ich nach Luft und lehne mich anschließend gegen seine Brust, weil meine Beine jederzeit unter mir nachgeben könnten. So fest ich kann, presse ich den Mund gegen seine Schulter, um jedweden Laut im Keim zu ersticken, doch gegen das Zittern bin ich machtlos. Ebenso wie gegen die Hitze, die mir jeden klaren Gedanken raubt. Bedächtig streicht er mit den Fingern über das feuchte Höschen, berührt nur die vor Lust pulsierende Stelle, ehe er den Slip Stück für Stück zur Seite zieht und mich weiter streichelt. Als er mit dem Finger über meine Schamlippen fährt und spürt, wie feucht ich bereits bin, gibt er ein Schnurren von sich, das allein beinahe ausreicht, um mich kommen zu lassen.

Shadow beobachtet mich aus den Augenwinkeln und ein versonnenes Lächeln zupft für einen kurzen Moment an seinen Lippen, während er quälend langsam einen Finger in mich schiebt und mit dem Daumen gleichzeitig in genau der richtigen Intensität über den Kitzler reibt. Mir entschlüpft ein Wimmern, ehe sich meine Hüften wie von selbst bewegen und sich der Bewegung seiner Finger anpassen.

Es dauert nur wenige Augenblicke, bis das Pulsieren im Schoß seinen Höhepunkt erreicht und ich beinahe explodiere. Shadow unterbricht die Verbindung und küsst mich, dämpft so die Laute, die ich von mir gebe, während mein ganzer Körper erschauert.

***

Am nächsten Morgen erwache ich noch vor Katie und Shadow. Meine beste

Freundin war nicht begeistert darüber, dass ich in Shadows Armen geschlafen habe, aber ich gab ihr ohne Umschweife zu verstehen, dass er sich sowieso wieder zu uns ins Bett schleicht, sobald sie eingeschlafen ist. Also konnte er auch von Anfang an bei mir sein. Wie ich es auf eigenen Beinen überhaupt zurück ins Zimmer geschafft habe, weiß ich im Nachhinein nicht mehr. Mein Verstand war so herrlich in Watte gepackt, dass mich auch Katies Gezeter nicht die Bohne interessierte und einfach an mir abprallte. Irgendwann gab sie genervt auf und rollte sich auf ihrer Bettseite zusammen, während ich mich an Shadow schmiegte, der immer noch vor sich hin grinste, wenn sich unsere Blicke trafen. Allein dieses Grinsen reichte aus, um mich länger als gewöhnlich keinen Schlaf finden zu lassen. Doch irgendwann dämmerte ich dahin.

Nun bin ich herrlich ausgeruht und ausgeglichen erwacht. Ich versuche gar nicht erst mich aus dem Bett zu schleichen, denn Shadows und meine Beine sind zu einem unentwirrbaren Knäuel verschlungen, sodass ich es unmöglich schaffe, mich zu befreien, ohne ihn aufzuwecken. Also streichele ich ihm über die Wange, bis seine Augenlider zucken.

»Guten Morgen«, flüstert er verschlafen, ehe er mich aus halb geöffneten Augen, die so dunkel sind wie ein sternenloser Nachthimmel, betrachtet. »Gut geschlafen?«

»Gut genug, um meinen Brüdern in den Hintern zu treten«, antworte ich leise.

»Erst wird gefrühstückt«, entscheidet er. »Du brauchst mehr Magie – und ich ebenfalls. Heute werden Zac und Cal keine weitere Niederlage hinnehmen und mit ihren Familiaren gegen uns antreten. Wir werden kein so leichtes Spiel mit ihnen haben wie gestern.«

Ich murmele eine Zustimmung. Dennoch kribbelt es mir bereits in den Fingern, wieder in die Trainingshalle zu gehen. Heute ist der letzte Tag vor den Prüfungen. Nur noch heute können wir neue Attacken ausprobieren und besser als eine Einheit zusammenwachsen, denn morgen müssen wir funktionieren.

Morgen muss alles perfekt sein.

***

Das Training ist fordernder als gestern; ich bemerke während unserer Symbiose, dass auch Shadow an die Grenzen seiner Ausdauer gerät. Zweimal müssen wir eine Pause machen, damit ich ihn mit neuer Magie versorgen kann. Die Verbindungen sind hastig und bei Weitem nicht so intensiv und prickelnd, als wenn wir allein wären, sondern Mittel zum Zweck. Wie es eigentlich auch sein sollte, doch bei uns war es von Anfang an anders.

Unsere einfachsten Gegner sind Cal und Lumia, die noch immer nicht zu ihrer alten Stärke zurückgefunden haben. Das bedeutet aber nicht, dass wir leichtes Spiel mit ihnen haben. Anders als Shadow und ich treten sie zu zweit gegen uns an, sodass Shadow meinen Körper an zwei Fronten kämpfen lassen muss. Feuer und Eis prasseln abwechselnd auf mich ein, bis ich nicht mehr weiß, ob ich frieren oder schwitzen soll. Wahrscheinlich kann ich froh sein, dass ich die äußeren Einflüsse nur gedämpft wahrnehme, denn ich erinnere mich noch gut daran, wie heiß sich Lumias bloße Nähe anfühlen kann. Doch Shadows Übernahme schirmt mich größtenteils von diesen Einflüssen ab – nicht jedoch von den Schmerzen.

Als Lumia mit einer Feuerattacke meinen Arm streift, schreie ich im Inneren auf. Der Gestank nach verbrannter Haut steigt mir in die Nase und verursacht mir Übelkeit, obwohl ich keine Kontrolle über mich habe. Shadow schaut sich nur einen Sekundenbruchteil die Verletzung an – ich verschließe derweil die Augen, damit ich es nicht sehen muss –, ehe er mit einem lauten Fauchen meinem Schatten entsteigt und als Schattenpanther auf Lumia losgeht. Sie braucht zu lange, um sich von dem Schreck zu erholen und in ihre wahre Gestalt zu wechseln, sodass Shadow sie innerhalb weniger Sekunden zu Boden geworfen hat und mit gebleckten Zähnen und grollend über ihr steht. Ohne sein stützendes Bewusstsein in mir spüre ich die Verbrennung nun überdeutlich und presse keuchend eine Hand auf den Arm, um die Schmerzen irgendwie einzudämmen.

Mit einem letzten warnenden Fauchen steigt Shadow von Lumia und marschiert auf mich zu. Im Laufen verwandelt er sich wieder in einen Menschen, ohne dass seine Bewegungen dabei die katzenhafte Eleganz eines Raubtiers verlieren.

Als er bei mir ist, wirft er meinen Brüdern und deren Familiaren, die abwartend um uns herumstehen, einen kurzen Blick zu, ehe er die Hand ausstreckt und eine Schattenwand um uns herum errichtet. Erst dann greift er nach dem verletzten Arm und dreht ihn sanft, sodass er sich das ganze Ausmaß ansehen kann. Seine Miene ist düster, die Muskeln sind angespannt.

»Es ist nicht so schlimm, wie es aussieht«, murmele ich, doch er ignoriert mich. »Wirklich, es tut … kaum weh.«

»Du musst mich nicht anlügen«, sagt er. »Ich habe dein Wimmern gehört.«

Ich seufze. »Es ist okay. Heile mich einfach, damit wir weitermachen können.«

»Ich hätte besser aufpassen müssen … Wenn ich mich mehr auf Lumia konzentriert hätte …«

Ich hebe die andere Hand und lege sie ihm an die Wange. Augenblicklich verstummt er und schmiegt sich dagegen. »Dich trifft keine Schuld und das weißt du auch. Du kannst mich nicht vor jeder Verletzung beschützen. Aber ich habe keine Angst mehr davor, verletzt zu werden, denn ich weiß, dass du mich hinterher wieder zusammenflicken wirst.«

Doch das ist nicht der einzige Grund, weshalb mir die Verletzungen nichts ausmachen. Dass ich überhaupt hier sein und mit Zac und Cal trainieren kann, hätte ich vor ein paar Wochen niemals für möglich gehalten. Nicht nur wegen meiner Gabe musste ich viel zurückstecken, sondern auch wegen der übertriebenen Sorge meiner älteren Brüder. Wenn Shadow es genauso macht … Wenn er mich ebenfalls behandelt wie ein rohes Ei, werde ich nie über mich selbst hinauswachsen können.

Ich schlucke angestrengt. »Zac und Cal haben mich mein ganzes Leben lang in Watte gepackt, mir nichts zugetraut und mich vor allem abgeschirmt. Bitte … mach das nicht. Tu mir das nicht auch an!«

Shadow stößt den Atem aus. Dann beugt er sich über den Arm und fährt sacht mit den Lippen über die Verbrennung. Ich zucke zusammen, als das Ziehen einsetzt, doch ich gebe keinen Ton von mir. Ich weiß, dass er so vorsichtig wie möglich vorgeht. Die letzten größeren Verletzungen – den Rücken und die Schussverletzung an der Schulter – hat er geheilt, während er meinen Verstand in Schatten gehüllt hat. Diesmal bin ich bei Bewusstsein und Shadow gibt sich so viel Mühe, sanft vorzugehen. Ich lasse die freie Hand durch sein Haar gleiten. Es dauert nur wenige Augenblicke, bis die kleinen Bläschen verschwinden und die verbrannte Haut durch neue ersetzt wird. Ich beuge mich zu Shadow und stehle mir einen schnellen Kuss.

»Diesmal machen wir sie fertig«, grollt er, als er sich wieder hinter mich stellt, um mit meinem Schatten zu verschmelzen.

»Ich bitte darum«, antworte ich.

KAPITEL 22

Felicity

Cal und Lumia besiegten wir kurz darauf, doch Zac und Terra sind ein ganz anderes Kaliber. Was wir auch versuchten, wir kamen nicht gegen sie an. Zwar wurde während des Trainings keiner von uns verletzt, aber es gelang uns auch nicht, ihre Verteidigung zu durchbrechen. Während Terra uns beschäftigte, errichtete Zac um sich und seinen Familiar eine Art Windschutzschild, an dem selbst Shadows Schattenblitze abprallten. Da wir alle Hände voll damit zu tun hatten, uns den massigen Gesteinsbären vom Leib zu halten, konnte Zac ungestört seine Windattacken auf uns abfeuern.

Nach Stunden, die die beiden uns quer durch die Halle gejagt haben, gibt mein Körper schließlich auf. Auch Shadow gelingt es nicht mehr, nur noch einen Muskel von mir zu rühren, und ich spüre seine Erschöpfung zusätzlich zu meiner. Ich breche auf dem Metallboden zusammen, während Shadow sich aus meinem Schatten löst und neben mir liegen bleibt. Wir schnappen beide nach Luft, trotzdem taste ich nach seiner Hand. Ich bin erleichtert, als er sie ergreift, denn ich hatte Angst, dass er wieder ohnmächtig werden könnte.

Zac kommt zu uns geschlendert; er bewegt sich so leichtfüßig, als hätte er nicht ein mehrstündiges Training hinter sich und massig Magie verbraucht. Werde ich auch irgendwann über eine solche Kondition verfügen? Sein Blick huscht von mir zu Shadow, bleibt einen Moment an unseren Händen hängen, ehe er wieder zu mir zurückkehrt.

»Keine schlechte Vorstellung«, sagt er schließlich. »Ein paarmal dachte ich wirklich, dass ihr uns gleich überwältigen würdet.«

Ich stemme mich auf die Unterarme. Selbst das raubt mir beinahe die restlichen Kraftreserven. »Heißt das, ich habe eine Chance bei den Prüfungen?«

Zac zögert. »Ich ... wünsche euch für morgen viel Glück. Mehr kann ich nicht sagen. Ihr solltet euch ausruhen. Die Aufgaben werden euch alles abfordern.«

Terra, die neben meinem Bruder steht, verzieht traurig das Gesicht, ehe sie sich abwendet. »Ich kümmere mich um die Abtrünnige.«

»Das ist der nächste Punkt auf meiner Liste«, grummelt Zac. »Sie kann nicht auf Dauer hierbleiben. Ich werde noch heute dafür sorgen, dass sie abgeholt wird.«

»Wohin würde sie kommen, wenn sie nicht hier untergebracht wird?«, fragt Shadow.

Mir entgeht nicht das leichte Muskelzucken unter dem rechten Auge und das Zögern, bis Zac die Frage beantwortet. »In eines der Gefängnisse, das extra für Abtrünnige gebaut wurde. Da ist man auf alle Eventualitäten eingestellt und kann sie sicher verwahren. Ein Entkommen von dort ist unmöglich.«

»Aber eine Rückkehr ebenso, oder?«, hakt mein Familiar nach. »Wenn ein Abtrünniger einmal an diesem Ort weggesperrt wird, kommt er da nie wieder raus.« Er lässt Zac nicht aus den Augen, ehe er hinzufügt: »Das heißt, sofern es diese Gefängnisse überhaupt gibt.«

»Was?« Verwirrt wende ich mich Shadow zu, doch er schaut weiter meinen Bruder an.

Warum sollten die Gefängnisse nicht existieren? Ich habe sie doch bereits mehrmals in den Nachrichten gesehen! Jeder weiß, dass überwältigte Abtrünnige dort sicher verwahrt werden können und so keine Bedrohung mehr darstellen. Cal ist dem Thema gestern bereits ausgewichen und konnte nicht darüber reden, und bereits da hat Shadow schon eine ähnliche Bemerkung gemacht, die ich nicht verstanden habe.

»Was interessiert dich das?«, grollt Zac, während mein Familiar ihn weiter mit finsterem Blick anstarrt. »Du kamst mir nicht so vor, als hättest du viel für sie übrig nach dem, was sie Feli angetan hat. Ihr scheint alle zu vergessen, dass diese Frau nicht nur das Leben meiner kleinen Schwester bedroht hat, sondern auch immer noch eine Abtrünnige ist. Nur weil mein Bruder eine

Schwäche für sie hat, macht mich das nicht blind für die Gefahr, die von ihr ausgeht.«

Auch Shadow verengt die Augen. Kurz zucken seine Lippen, als wolle er die Zähne blecken. »Ich habe gar nichts vergessen«, knurrt er. »Ich frage mich nur, warum es auf einmal derart schnell gehen muss. So gefährlich sie auch sein mag, sie hat bisher keinen Fluchtversuch unternommen, und seit sie das erste Mal auf Cal getroffen ist, schien sie mir ... recht umgänglich zu sein.«

Ich wage kaum, in Zacs Richtung zu sehen. Alles, was Shadow sagt, ist richtig. Müsste einer von uns um sein Leben bangen, wenn er sich Ilena nähert, würde ich Zacs Drängen verstehen. Auch ich wäre dagegen, unsere Familie einer unnötigen Gefahr auszusetzen. Aber Ilena verhält sich friedlich und erträgt ihre Unterbringung klaglos. Bisher haben wir auch keine Hinweise, dass die Magier-Allianz einen Verdacht gegen uns hegt.

»Warum willst du sie wegbringen?«, frage ich. »Cal ... Es wird ihn verletzen. Er wird ...«

»Ich weiß!«, presst Zac zwischen zusammengebissenen Zähnen hervor. »Aber ich will nicht riskieren, meine beiden Geschwister gleichzeitig am Boden zu sehen. Also gehe ich das Problem an, das ich am ehesten lösen kann.«

Es dauert einen Moment, bis ich begreife, was er da eben gesagt hat. *Ich will meine beiden Geschwister nicht gleichzeitig am Boden sehen.*

»Du ... bist immer noch der Meinung, dass ich scheitern werde«, murmele ich.

Der Schmerz, der durch diese Erkenntnis ausgelöst wird, trifft mich schwerer, als ich es für möglich gehalten hätte. Wie ein unsichtbares Gewicht drückt er mich zu Boden. Nach allem, was Shadow und ich geleistet haben ... Nach allem, was wir erreicht haben ... Ich habe gehofft, dass es auch meinem verbohrten Bruder die Augen geöffnet hätte. Stattdessen entreißt Zac mir durch die Äußerung jedes Fünkchen Hoffnung, das ich in den letzten beiden Tagen mühsam aufgebaut habe. Ganz gleich, wie gut Shadow und ich sind, in Zacs Augen sind wir nicht gut genug – und wir werden es auch nie sein. Weder als Magier-Familiar-Team noch als Paar. Plötzlich habe ich das Gefühl, ersticken zu müssen. Allein der Gedanke, morgen zu den Prüfungen zu gehen, lässt mich beinahe den Verstand verlieren, doch ich muss mich zusammenreißen!

Kurz huscht mein Blick zu Shadow, der mich mit sorgenvoll gerunzelter Stirn mustert, als könne er mir genau ansehen, was in mir vorgeht. Er hat so viel geleistet … Nicht nur jetzt während des Trainings, sondern auch davor bei der Geiselnahme. Er hat so viel riskiert und ständig meinetwegen zurückgesteckt – da darf ich nicht knapp vor dem Ziel einfach aufgeben! Ich werde Zac beweisen, dass mehr in uns steckt, als er zu sehen bereit ist. Mir ist nie aufgefallen, wie festgefahren die Ansichten meines Bruders tatsächlich sind … Nicht nur Shadow und ich bekommen das zu spüren, sondern auch Cal und Ilena. Vielleicht gelingt es mir, für uns alle eine neue Ausgangsposition zu schaffen.

Ich schlucke krampfhaft, ehe ich sage: »Warte noch, bis du Ilena ins Gefängnis überstellst. Ich werde dir beweisen, dass du falschliegst, sowohl was mich als auch sie angeht. Sie ist nicht gefährlich, sondern nur fehlgeleitet. Seit sie Cal näher kennenlernen konnte, hat sie ihren Meister …«

Zacs Miene verdüstert sich. »Was meinst du mit ›näher kennenlernen‹?«

Schnell klappe ich den Mund zu und halte die Luft an.

»Hat er sie etwa gegen meinen Willen aufgesucht?« Er seufzt und reibt sich mit der Hand über die Stirn. »Bitte sag mir, dass ihr zwei nichts damit zu tun habt … Bitte sag mir, dass du ihm nicht dabei geholfen hast!«

Trotz der schmerzenden Muskeln kämpfe ich mich auf die Füße und presse eine Hand gegen die Brust. »Ich *musste* ihnen helfen! Verstehst du es nicht? Es ist meine Gabe! Ich kann nicht tatenlos danebenstehen, wenn zwei …«

»Er ist dein Bruder!«, fällt Zac mir ins Wort. »Du kennst Cal genauso gut wie ich! Spätestens nächste Woche hat er sich schon wieder eine andere angelacht.«

Ich schüttele den Kopf. »Das glaube ich nicht! Sie ist …«

»Ich will den Blödsinn nicht hören!« Er stößt den Atem sowie einige gemurmelte Flüche aus, die ich lieber nicht genau verstehen will. »Du magst zwar dieses Glimmen sehen, aber das bedeutet gar nichts! Ihr bildet euch alle etwas ein und seht Dinge, die nicht da sind. Nur weil zwei Glimmen ähnlich sind, heißt das nicht, dass die beiden Menschen zusammengehören müssen. Sie ist eine Abtrünnige, verdammt noch mal!«

Die Enge im Hals lässt mich kaum noch atmen. Nur mit Mühe schaffe ich es, die Worte, die sich in mir aufstauen, zurückzuhalten und nicht zu Shadow zu schauen. Ich presse beide Hände auf mein eigenes Glimmen, um es vor denen zu verstecken, die es weder sehen noch verstehen können. Sosehr ich auch dagegen ankämpfe, bin ich doch machtlos gegen die Zweifel, die sich in meinen Gedanken einnisten. Was ist, wenn Zac recht hat? Wenn Seelengefährten tatsächlich nicht immer dazu bestimmt sind, zusammen zu sein? Wenn sie so verschieden sind, dass es einfach nicht funktioniert?

So verschieden wie ein Meister-Magier und eine Abtrünnige.

Oder eine Magiebegabte und ein Familiar.

Ich brauche mehrere Anläufe, um die wirren Gedanken in mir zum Schweigen zu bringen und gegen den riesigen Kloß im Hals anzuschlucken.

»Bitte unternimm heute und morgen nichts wegen Ilena«, presse ich heiser hervor. »Lass uns gemeinsam nach einem anderen Weg suchen! Wenn ich die Prüfungen bestanden habe, kann ich vielleicht selbst mit der Magier-Allianz reden und ihnen den Fall mithilfe meiner Gabe darlegen. Es wäre doch gut möglich, dass sie Verständnis hätten!«

Mehr Verständnis als du, füge ich im Stillen hinzu. Aber bis auf Katie ist uns bisher noch niemand mit Verständnis begegnet ... Auch Cal nicht. Er hält nur den Mund, weil er genug mit sich selbst zu tun hat.

Zac zögert einen Moment und seufzt schließlich. »Na schön. Solltest du die Prüfungen bestehen, warte ich ab, bis du mit der Allianz gesprochen hast, und beuge mich ihrem Urteil. Das verlange ich allerdings auch von dir. Sollten sie sich gegen Ilena entscheiden – was garantiert der Fall sein wird –, wirst du es hinnehmen und nicht gemeinsam mit Cal irgendwelche haarsträubenden Aktionen planen, ist das klar? Solltest du morgen scheitern, wird mich keiner von euch länger zurückhalten. Ich werde nicht zulassen, dass die Allianz von sich aus auf den Fall aufmerksam wird, denn das würde uns nur schaden.«

»Einverstanden«, murmele ich leise.

Zac nickt knapp. »Und jetzt verschwindet! Ihr müsst euch ausruhen.«

Als ich mich nicht vom Fleck rühre, streicht mir Shadow leicht über den Arm und ich folge ihm aus der Halle.

***

Cal fügt sich schneller als gestern, als ich schnurstracks zum Pool gehe und sein Gekuschel mit Ilena unterbreche. Ich bin mir sicher, dass Zac jeden Moment hier sein wird, um die Abtrünnige zurück in den Geräteraum zu bringen. Erst dann wird Terra für ihn übernehmen und die Grundversorgung der Gefangenen sicherstellen.

Katie und ihre Fee haben sich auf den Rückweg in ihre Wohnung gemacht, nachdem Cal Wort gehalten und ihr zu verstehen gegeben hat, dass ihre Beobachtungsdienste vorerst nicht länger benötigt werden. Ich müsste mich darüber freuen, unsere Aufpasserin losgeworden zu sein, doch meine Gedanken kreisen noch immer um das Gespräch mit Zac. Wie kann er so sicher sein, dass wir scheitern, wo doch andere Anwärter mit weit schwächeren Familiaren bestanden haben?

Ich stehe am geöffneten Fenster in meinem Zimmer und starre in die Nacht hinaus. An Schlaf ist nicht zu denken; dafür bin ich viel zu aufgekratzt. Ich brauche dringend eine Dusche und etwas zu essen, aber auch dazu kann ich mich nicht aufraffen.

Irgendwas übersehe ich ... Nur was? Bei welcher Disziplin könnten Shadow und ich scheitern? Selbst wenn wir keine Möglichkeit haben, auf die Symbiose zurückzugreifen, bin ich dank des Schutzschildes zumindest ein bisschen nützlich und nicht zum Zusehen verdammt. Ich finde, dass wir ein verflucht gutes Team abgeben.

Ich kralle beide Hände in den Fensterrahmen, als mich die Erkenntnis wie ein Blitz durchzuckt.

Wir sind ein verflucht gutes Team, aber was wäre, wenn ich in der Prüfung ganz allein dastehe? Ohne Shadow ... könnte ich niemals einen Kampf bestreiten. Ich würde ... versagen. Und Zac weiß das. Jeder weiß es. Fieberhaft gehe ich in Gedanken jene Meister-Magier durch, von denen ich im Fernsehen etwas gehört habe. Verfügen sie alle über Elementarmagie oder Angriffszauber? Oder gibt es wenigstens einen unter ihnen, der ohne seinen Familiar genauso aufgeschmissen ist wie ich? Ich schüttele den Kopf. Warum kann ich mich gerade an keinen einzigen von ihnen erinnern? Dann kommt mir wieder in den Sinn, was Shadow sagte, als wir eine ähnliche Überlegung angestellt haben. Wenn es eine Aufgabe gibt, die ich allein meistern müsste, würde die Magier-Allianz auch Magiebegabte ohne eigenen Familiar zu den Prüfungen zulassen. Frustriert stoße ich den Atem aus. Wahrscheinlich lasse ich mich nur zu sehr von Zacs Äußerungen verunsichern und der morgige Tag wird ein Kinderspiel!

Doch was, wenn nicht?

Ich seufze, als ich Shadows Präsenz hinter mir spüre. Augenblicklich entspanne ich die verkrampften Hände und lehne mich gegen seine Brust, als er mir beruhigend über die Arme streichelt.

»Was ist los?«, murmelt er mir ins Ohr. »Du siehst bedrückt aus.«

»Ich habe Angst«, wispere ich, ohne zu zögern. Ihm gegenüber muss ich mich nicht verstellen oder die Sorgen, die mich umtreiben, herunterspielen. Ich hätte nie für möglich gehalten, wie wichtig es mir sein könnte, mit jemandem über meine Ängste reden zu können, ohne mich für sie zu schämen.

»Das musst du nicht.« Er haucht mir einen Kuss auf die Schläfe. »Wir werden nicht scheitern. Ich werde die ganze Zeit über bei dir sein und ...«

Ich drehe mich in seinen Armen und schaue zu ihm auf. »Und was, wenn nicht? Wenn ich eine Prüfung ohne dich bestehen muss ... Wenn du nicht bei mir bist, werde ich niemals ...«

Zwar bin ich eben zu dem Schluss gekommen, dass ich höchstwahrscheinlich keine Aufgabe allein ablegen muss, doch die Furcht hat sich so tief in mir festgesetzt, dass ich sie mit logischen Schlussfolgerungen nicht abschütteln kann. Wie ein Geschwür frisst sie sich immer weiter in die kreisenden Gedanken vor, bis ich kurz davor bin, völlig in Panik auszubrechen. Das Atmen fällt mir mit jeder Sekunde schwerer und meine Hände zittern, weshalb ich sie zu

Fäusten balle, um es zu verstecken. Ich kann mich auf nichts anderes mehr konzentrieren.

Shadow umschließt mein Gesicht mit beiden Händen und zwingt mich, ihn anzusehen. »Selbst wenn du eine Aufgabe allein bewältigen musst – was ich nicht glaube –, werde ich bei dir sein.«

Er legt eine Hand auf mein Herz und augenblicklich werde ich ruhiger. Doch das reicht mir nicht. Im Moment steht er vor mir; ich kann ihn sehen und spüren und weiß, dass er bei mir ist, um mich zu unterstützen. Aber wenn ich wirklich eine Prüfung ohne seinen Rückhalt ablegen muss ... werde ich wieder in Panik verfallen und alles, was eigentlich logisch ist, vergessen, so wie jetzt auch.

Ich brauche etwas, was mich daran erinnert, dass wir ein Team, eine Einheit sind. Dass wir zusammengehören – nicht nur als Träger und Familiar.

Ich räuspere mich, während ich all meinen Mut zusammenkratze und Shadows Blick begegne. »Soll ich dir sagen, was ich will?«

Er legt den Kopf schief und beugt sich ein Stück zu mir herunter. »Immer.«

»Wenn du ... es nicht willst ...«

Shadow legt mir zwei Finger unters Kinn und hebt sanft meinen Kopf. »Sag's mir.«

Ich schlucke angestrengt und schließe die Augen. »Kennzeichne mich«, wispere ich. »Markiere mich. Irgendwo, wo es keinem anderem auffällt. Ich will es spüren, wenn ich dich nicht sehen kann. Wenn ich kurz davor bin, wieder an mir zu zweifeln. Wenn ich vergesse, dass wir mehr füreinander sind als Träger und Familiar. Es soll mich daran erinnern, dass ich zu dir gehöre – und du zu mir. Und ...« Ich atme zittrig ein. »... mach es so, dass ich es nie wieder vergesse.«

Als ich endlich wage, Shadow wieder anzusehen, schaut er mich mit großen Augen an. Verwirrung, Unglauben und Überraschung blitzen gleichermaßen in seinem Blick auf, wirbeln so schnell durcheinander, dass ich nicht sagen kann, welches Gefühl gerade vorherrscht. Ich komme mir dumm vor ... Ich hätte das niemals sagen sollen! Doch um es zurückzunehmen, ist es zu spät.

Als er mich loslässt und einen Schritt zurück macht, bin ich mir sicher, einen riesigen Fehler begangen zu haben. Fieberhaft überlege ich, wie ich die Situation noch retten kann, doch jedes weitere Wort bleibt mir im Hals stecken.

Verwirrt und gleichzeitig beschämt beobachte ich Shadow dabei, wie er in meinem Zimmer von einer Ecke in die andere eilt und verschiedene Dinge in die Tüte packt, in der sich das reparierte Kostüm befindet. Ich erkenne keinerlei Muster in seinen Bewegungen oder dem, was er zusammensucht. Wahrscheinlich gibt es eines, aber ich bin zu sehr damit beschäftigt, nicht wieder anzufangen zu flennen und mich geradezuhalten, um genau darauf zu achten.

Als er wieder zu mir zurückkommt, hält er mir die prall gefüllte Tüte entgegen. Ich bin verwirrt, denn darin erkenne ich Unterwäsche von mir sowie ein paar Hygieneartikel. Aber was soll ich damit? Will er mich etwa aus meinem Zimmer werfen?

»Festhalten«, sagt Shadow sanft.

Ich strecke die Hand nach der Tüte aus und presse sie mir schließlich wie einen Schild gegen die Brust. Vielleicht gelingt es mir so, den unsteten Herzschlag zu beruhigen. Jederzeit rechne ich damit, dass er mich entweder auslachen oder sagen wird, dass er nie wieder etwas mit mir zu tun haben will, nachdem ich solch einen abwegigen Wunsch geäußert habe.

Nach wenigen Sekunden, die sich für mich wie eine Ewigkeit anfühlen, greift er nach meiner Hand, verschränkt unsere Finger miteinander und führt mich hinüber in die Schatten eines Schrankes. Dann küsst er mich auf die Stirn, die Nasenspitze und schließlich auf den Mund. Ich erschauere wohlig und breche beinahe vor Erleichterung in Tränen aus.

»Augen zu«, flüstert er.

Und ich gehorche, ohne zu widersprechen.

KAPITEL 23

Felicity

Als ich nach dem Schattensprung wieder festen Boden unter den Füßen spüre, lasse ich mich gegen Shadow sinken und zwinge mich dazu, gleichmäßig zu atmen. Mein Magen ist sich sicher, dass wir eine Achterbahnfahrt der ganz üblen Sorte hinter uns haben.

Beruhigend streicht mir Shadow über den Rücken und gibt mir die Zeit, die ich brauche, um die Kontrolle meines Mageninhalts zu erlangen. Dann spähe ich nach links und rechts.

Das Zimmer, in dem wir uns befinden, habe ich noch nie gesehen. Nur eine kleine Tischlampe erhellt den Raum, in dem gerade genug Platz für ein großes Doppelbett, einen Tisch und zwei Stühle ist. Ein schmaler, keine zwei Meter langer Flur geht von dem Zimmer, in dem wir uns befinden, ab und ich entdecke eine weitere Tür zu einem angrenzenden Raum. Die Einrichtung wirkt weder edel noch neu, trotzdem verströmt das Zimmer etwas Heimeliges und ich fühle mich wohl, obgleich ich noch nie hier war.

»Ein … Hotelzimmer?«, frage ich.

»Katie«, sagt Shadow nur, als würde das alles erklären, und ich erinnere mich daran, dass sie auch mir gegenüber ein nettes Hotel am Stadtrand erwähnt hat.

Ohne ein weiteres Wort entwindet mir Shadow die Tüte und wirft sie achtlos neben uns zu Boden. Mit dem Zeigefinger hebt er mein Kinn an und zwingt mich so ihn anzusehen. Ein aufgeregtes Kribbeln überlagert die Nachwirkungen des Schattensprungs im Bauch.

»Du hast jederzeit die Gelegenheit, das hier zu beenden«, sagt er ruhig. Die Frage, was ›das hier‹ ist, stellt sich mir nicht. Ich weiß genau, warum wir an diesem Ort sind, und ich denke nicht eine Sekunde lang daran, das Hotelzimmer zu verlassen. »Ich erfülle dir gern deinen Wunsch von vorhin und ich bitte dich darum, das Gleiche mit mir zu tun. Ich hoffe, dass ich dir nicht allzu sehr wehtue, denn ich werde die kleine Verletzung danach nicht heilen.«

Das aufgeregte Kribbeln im Bauch nimmt beängstigende Ausmaße an, während ich seine Worte einen Moment auf mich wirken lasse. Dann schüttele ich den Kopf. »Das musst du auch nicht, sonst wäre es ja sinnlos. Woran ... hast du gedacht?«

Als ich vorhin die Bitte, mich zu markieren, ausgesprochen habe, kümmerte ich mich nicht um die Details. Es brannte mir nur auf der Seele, ihn danach zu fragen und wenn nötig anzuflehen. Ansonsten würde ich morgen den Verstand verlieren, wenn er nicht bei mir ist. Es fiel mir schwer, die richtigen Worte zu finden – und vielleicht habe ich sie nicht gefunden –, doch Shadow hat gleich verstanden, worum es mir ging. Obwohl ich in den letzten Tagen viel Selbstwertgefühl gewonnen habe, fühle ich mich nicht sicher genug, einen der wichtigsten Tage meines Lebens ohne Shadows Unterstützung bestreiten zu können. Ich ertrage es kaum, an einem normalen Tag länger als ein paar Minuten von ihm getrennt zu sein. Wie soll ich dann eine Stresssituation bewältigen?

Shadow lässt die Hand an meinem Hals hinabgleiten und streicht mit den Fingern über den Punkt, unter dem mein Herz viel zu schnell pocht.

»Es gibt eine Stelle, die du niemandem zeigst – außer mir«, murmelt er, während er mit dem Blick der Bewegung seiner Finger folgt.

Ich überlege kurz und gehe in Gedanken die Momente durch, in denen wir uns nähergekommen sind.

»Aber dir ... habe ich es auch noch nicht gezeigt«, wispere ich. »Nur beschrieben, wie es aussieht.«

Sein Blick wird weich. »Das stimmt, und ich kann es sowieso nicht sehen. Doch ich habe dich schon mehrmals umgezogen, nachdem ich dich geheilt habe. Dennoch ...« Mit den Fingerknöcheln fährt er an meiner Brust hinab zur Taille. Ich beiße mir auf die Unterlippe, trotzdem entweicht mir ein leises Stöhnen und die Stellen, die er durch das Shirt berührt hat, kribbeln vor Verlangen nach mehr. »... habe ich nicht allzu viel von dir zu sehen bekommen.«

Ich zwinge meine Gedanken, die bereits einige Schritte weiter waren, sich auf unsere letzten Verbindungen zu konzentrieren, die leicht ... anders verliefen, als ich es mir je vorgestellt hätte. Shadow hat recht: Stets war ich dabei angezogen oder er saß hinter mir.

Meine Hände beben leicht, als ich nach dem Saum des verschwitzten Shirts greife und es mir über den Kopf ziehe. Einen Moment lang presse ich es gegen die Brust, um wie gewöhnlich mein Glimmen zu verstecken, doch dann lasse ich es sinken. Als ich Shadows Blick auf mir spüre, der sich förmlich in meine Haut brennt, gleitet es mir aus den Fingern. Sofort ebbt das Zittern ab, ebenso wie die Nervosität, die nun purer prickelnder Aufregung weichen muss. Langsam, beinahe genüsslich, streicht Shadows Blick an meinem Oberkörper, der nur noch durch den BH verhüllt wird, entlang. Dann greift er sich mit einer Hand in den Nacken und zieht sein Shirt in einer fließenden Bewegung aus. Mir entweicht ein Seufzen, als ich sein Glimmen direkt vor mir sehe – die exakte Kopie meines eigenen. Kurz verliere ich mich in dem beruhigenden Pulsieren des hellen Strahlens, das auch den Rest meiner Nervosität beruhigt. Ich könnte ewig hier stehen und es einfach nur betrachten.

Da ich mich nicht rühre, greift Shadow nach meiner Hand und führt sie zu seinem Herzen. Ich schließe die Augen und genieße das warme Kribbeln, das mir den Arm hinaufrauscht. Meine andere Hand legt er ebenfalls auf seine Brust und wartet, bis ich ihn wieder ansehe.

»Darf ich dir auch sagen, was ich will?«, raunt er und ich fühle mich sofort an gestern Abend erinnert. Zaghaft nicke ich, während mir das Herz bis zum Hals pocht. Ohne den Blickkontakt zu verlieren, beugt sich Shadow ein Stück zu mir herab, bis sich unsere Nasenspitzen beinahe berühren. »Berühre mich«, wiederholt er meine Worte, jedoch gerät er dabei weniger ins Stocken als ich. »Das machst du viel zu selten. Dabei ... verzehre ich mich doch mindestens genauso sehr nach deinen Berührungen wie du dich nach meinen.«

Ich schlucke angestrengt und starre auf meine Hände. Als ich ihn vor ein paar Tagen nach der Geiselnahme und der hochgegangenen Bombe gewaschen habe, stand ich genauso vor ihm und habe die Finger über seine weiche

Haut und die festen Muskeln gleiten lassen. Doch abgesehen davon fällt mir keine Begebenheit ein, in der ich etwas Ähnliches getan habe. Stets war ich die Passive. Nun von ihm zu hören, dass er mindestens ebenso sehr wie ich von mir berührt werden will, gibt mir den nötigen Mut, über meinen Schatten zu springen.

Zwischen uns gibt es kein unangemessenes Verhalten. Bei Shadow muss ich mich nicht verstellen oder darauf achten, den Erwartungen gerecht zu werden, die andere an mich richten.

Federleicht lasse ich die Hände nach unten gleiten, genieße das Zucken seiner sehnigen Muskeln unter den sachten Berührungen und nehme mir all die Zeit, die ich will, um mich mit seinem Körper vertraut zu machen. Unablässig ruht Shadows Blick auf mir – dunkel und verschleiert –, während er mich mit einem versonnenen Lächeln dabei beobachtet, wie ich seinen Körper erkunde. Den Bauch, die Brust, die Schultern, gegen die ich mich so oft lehne, und die starken Arme, die mir den nötigen Halt geben, wenn ich stolpere.

Als ich schließlich bei den Händen ankomme, umschließt er meine mit seinen und zieht mich hinüber zum Bett, wo er sich auf der Kante niederlässt. Ohne zu zögern, klettere ich auf seinen Schoß und setze mich mit gespreizten Beinen auf ihn. Mit beiden Händen fahre ich ihm durch das dunkle und an den Spitzen heller werdende Haar, genieße das seidige Gefühl unter den Fingern und ziehe anschließend seinen Kopf zu mir, während ich mich ein Stück zurücklehne.

Ich stöhne auf, als ich seine Lippen auf meinem Glimmen spüre. Das Kribbeln, das unablässig durch den Körper rauscht, wird stärker und heißer und pumpt mit jedem Herzschlag versengendes Feuer statt Blut durch mich hindurch. Einen Arm um meinen Körper geschlungen zieht Shadow mich noch fester an sich, während er die Haut direkt über dem Glimmen zwischen die Zähne nimmt und daran saugt. Was anfangs nicht mehr als ein leichtes Ziehen ist, verwandelt sich mit jeder verstreichenden Sekunde in einen bittersüßen Schmerz, der mich nicht mehr still sitzen lässt. Ich bewege die Hüften vor und zurück, bis Shadow die freie Hand auf sie legt und mich nach unten drückt. Mir entweicht ein Keuchen, während all meine Sinne verrücktspielen, und genau in diesem Moment beißt Shadow zu. Die spitzen Eckzähne durchdringen mühelos die an der Stelle dünne Haut. Nur kurz flammt Schmerz auf, doch anstatt vor ihm zurückzuschrecken, facht er meine Lust nur noch weiter an. Ich kralle beide Hände in Shadows Haar, um ihn noch einen Moment länger genau dort zu halten. Jeder flatterhaft pochende Herzschlag, der gegen die kleine Verletzung hämmert, schickt winzige Wellen dieser intimen Verbindung durch mich hindurch, die sich mit der Hitze, die in mir schwelt, vermischen.

Als er über die wunde Haut leckt, ziehe ich scharf die Luft ein und ein erneutes Prickeln rauscht durch mich hindurch, das schließlich in eine schier unzähmbare und lustvolle Ruhelosigkeit übergeht. Ich kann nicht länger still sitzen, die Hände nicht bei mir behalten, denn die Hitze, die durch die Adern pulsiert, verlangt nach mehr, weit mehr!

An der Schulter stoße ich Shadow nach hinten aufs Bett. Kurz reißt er überrascht die Augen auf, ehe er mit einer Mischung aus Bewunderung und unbändigem Staunen zu mir aufsieht. Seine Hände ruhen an meiner Taille, die Finger liebkosen unablässig meine Haut und geben mir stets die Gewissheit, dass nichts, was ich tue, falsch sein könnte. Ich rutsche ein Stück nach hinten, bis ich gerade noch auf der Matratze knie, und bahne mir mit kleinen Küssen einen Weg über seinen Bauch hinauf zur Brust. Jedes Mal, wenn meine Lippen auf seine Haut treffen, stößt er keuchend den Atem aus.

Über dem Glimmen halte ich inne, betrachte es erneut einen Moment, ehe ich zu Shadow aufsehe und mich im Funkeln der dunklen Augen verliere. Dann senke ich den Mund auf die Stelle, an der das Leuchten seines Herzens am stärksten ist, und sauge, so fest ich kann, an der umliegenden Haut. Unter mir spannt er die Muskeln an, während er eine Hand an meinen Nacken legt, um mich an Ort und Stelle zu halten. Das leise Zischen, das er dabei von sich gibt, schickt ein Kribbeln direkt in meinen Schoß.

Langsam löse ich die Lippen von ihm, setze mich auf und betrachte mein Werk, ehe ich sacht mit den Fingern über das kleine, in einem dunkelroten Violett schimmernde Stück Haut streiche – inmitten des hellen Glimmens.

Dann schaue ich an mir hinab und sehe das nahezu identische Gegenstück über meiner Brust an, nur dass bei mir noch vier Bissspuren von Shadows Eckzähnen zu erkennen sind.

»Bei dir wird es nicht so lange halten«, murmele ich entschuldigend.

Shadow schmunzelt. »Dann wirst du es erneuern müssen, sobald es verschwindet.«

Ich muss leise lachen und für eine Weile vergesse ich die Sorgen und Ängste, die mich überkommen, wenn ich an morgen denke. Ich reibe mit den Fingern über das Mal und freue mich über den leichten Schmerz, der mich auch während der Prüfungen daran erinnern wird, dass ich nicht allein bin.

Shadow setzt sich wieder auf und legt beide Hände an meinen Po. »Festhalten«, wispert er mir ins Ohr.

Ohne Fragen zu stellen, komme ich seiner Aufforderung nach. Mühelos hebt er mich hoch und trägt mich in das kleine angrenzende Badezimmer. Erst dort lässt er mich herunter. Das Bad ist zweckmäßig eingerichtet: eine Toilette, zwei Waschbecken und eine Dusche, deren Rückwand mit einem Mosaik aus verschiedenen Blautönen gestaltet ist.

Als ich mich wieder auf ihn konzentriere, streicht mir Shadow das Haar über die Schulter nach hinten. »Wir kamen noch nicht dazu, nach dem Training zu duschen.«

Viel zu schnell und aufgeregt wummert mein Herz in der Brust, als ich die Hand ausstrecke, die Finger über Shadows Bauch gleiten lasse und die Schleife am Bund seiner Jogginghose öffne. Ich habe ihn schon einmal ausgezogen, doch diesmal ist es völlig anders. Er schlüpft aus den Turnschuhen und kickt sie anschließend weg, ehe ich die Finger in den Hosenbund hake und sie nach unten ziehe. Als ich vor ihm hocke, habe ich seinen Schritt direkt auf Augenhöhe. Ich schlucke trocken und lecke mir über die bereits kribbelnden Lippen. Diese Beule in seinen Shorts war das letzte Mal definitiv nicht da ... Mein Herzschlag legt noch einen Zahn zu, während ich wie hypnotisiert auf sein Glied starre.

Er umschließt mein Kinn mit der Hand und drückt es ein Stück nach oben.

Das hungrige Funkeln in seinen Augen und das atemlose Grinsen, das er mir schenkt, schicken wahre Stromstöße durch mich hindurch, bis sich erneut das bereits bekannte Pulsieren zwischen den Beinen sammelt.

»Du überraschst mich jeden Tag aufs Neue«, raunt er mit so herrlich kratziger Stimme, dass ich ein Stöhnen unterdrücken muss. Sacht streicht er mir mit den Fingerknöcheln über die Wange. »Es ist noch gar nicht so lange her, da wärst du rot angelaufen wie eine Tomate und hättest keinen Ton herausgebracht, geschweige denn mich so verlangend angesehen wie jetzt. Zwar ist da noch immer eine zarte rosige Färbung auf den Wangen, aber dein Blick ist völlig anders.«

»Auf eine gute Weise anders?«, hake ich nach.

Shadows Lächeln wird breiter. »Auf eine *sehr* gute Weise. Bisher hielt ich dich für zu schüchtern und zu rein, als dass du mich je auf eine solche Art ansehen könntest. Offenbar habe ich dich falsch eingeschätzt.«

»Ja«, wispere ich, während ich die Hand ausstrecke und federleicht an seiner Härte entlangstreichele. »Das hast du wohl.« Ich schmunzele, als ich ihn nach Luft schnappen höre. »Aber daran bist du nicht ganz unschuldig.«

»Ich bezweifele, dass ich mich je dafür entschuldigen werde«, raunt er und steigt aus der Hose.

Unsere restliche Kleidung folgt schnell und landet ebenso unbeachtet wie der Rest auf den Badfliesen. Ich widerstehe dem alten Drang, mich bedecken zu wollen, und genieße stattdessen Shadows Blick, der jeden Zentimeter meiner Haut in sich aufzusaugen scheint, während er sich genießerisch in die Unterlippe beißt.

»Wunderschön«, wispert er, als er mir bedächtig über den Körper streichelt, dabei aber die Stellen, die er, wenn es nach mir ginge, dringend berühren soll, außer Acht lässt. Beinahe hätte ich frustriert aufgeseufzt.

Dann steigen wir gemeinsam in die Dusche. Das warme Wasser spült mir die letzten Spuren des Trainings von der Haut und lockert die verspannten Muskeln. Shadow greift nach dem Duschgel und beginnt mich einzuseifen. Diesmal widmet er sich auch den bereits begierig kribbelnden Körperteilen, die nach seiner Aufmerksamkeit lechzen.

Als ich nach ihm greifen will, packt er mich jedoch am Handgelenk und schüttelt den Kopf. »Später. Jetzt bist du dran.«

Nachdem er mich großzügig eingeseift und anschließend den Schaum abgespült hat, lässt er die Hand zwischen meine Beine gleiten, während er gleichzeitig kleine Küsse auf meine Brust verteilt. Stöhnend versuche ich mich an seinem nassen Körper festzuhalten. Genau in dem Moment, als seine Finger erneut meinen empfindlichsten Punkt finden, nimmt er eine Brustwarze zwischen die Lippen und saugt daran. Kurz befürchte ich, dass mich die Beine keine Sekunde länger tragen werden. Die Empfindungen, die zeitgleich durch mich hindurchrauschen, sind so überwältigend, dass ich meine, jeden Moment den Verstand verlieren zu müssen – und wenn diese unbändige Lust der Preis dafür ist, bin ich mir nicht sicher, ob ich ihn zurückhaben will.

Halt suchend lehne ich mich nach hinten und versuche die Finger in das aufwendige Fliesenmosaik zu krallen. Kurz lässt Shadow von mir ab, doch noch bevor ich enttäuscht protestieren kann, kniet er sich vor mich und drückt sanft meine Beine auseinander. Wie bereits am Pool, als er mich abgeschirmt vor den Blicken der anderen eingecremt hat, legt er mein rechtes Bein über seine Schulter. Ich vergesse zu atmen, während ich vor Anspannung zitternd auf seinen dunklen Haarschopf starre. Wie in Zeitlupe lehnt er sich nach vorn; sein warmer, nur stoßweise kommender Atem streift über meine feuchte Mitte und lässt mich jedes Mal zusammenzucken. Als er schließlich mit der Zunge meinen Schoß liebkost und dabei gleichzeitig ein genüssliches Schnurren ausstößt, schickt die Vibration zusammen mit unzähligen anderen Empfindungen solch elektrisierende Wellen durch mich hindurch, dass Sterne vor meinen Augen tanzen, obwohl ich sie weit aufgerissen habe. Ich bin mir sicher, dass irgendwelche Worte meinen Mund verlassen, doch sie ergeben nicht einmal für mich Sinn. Ich nehme nichts anderes um mich herum wahr: weder das raue Mosaik, das mir in den Rücken drückt, noch die glitschigen Fliesen unter dem Fuß, mit dem ich kaum Halt finde. Abwechselnd saugt Shadow an meinem Kitzler und stößt mit der Zunge in mich hinein. Wie im Rausch wiege ich die Hüften, komme der Zunge und dem Mund entgegen und werde dafür mit einem weiteren wollüstigen Schnurren belohnt.

Gleißende Hitze jagt mein Rückgrat hinab und bündelt sich im Schoß. Eine Hand in Shadows nassem Haar vergraben, um ihn ein letztes Mal fest an mich zu drücken, lehne ich den Kopf nach hinten gegen die Wand und schreie auf, während sich sämtliche Muskeln in mir gleichzeitig verspannen. Nur am Rande nehme ich wahr, dass ich wegrutsche, doch Shadow fängt mich auf und lässt mich behutsam auf den Boden der Dusche gleiten, wo meine Muskeln noch einige Male kontrahieren und mich zusammenzucken lassen. Keuchend schnappe ich nach Luft und genieße begierig die Nachwirkungen dieses Höhepunktes, während ich alles um mich herum nur verschwommen wahrnehme.

Shadow streicht mir das nasse, wirre Haar aus dem Gesicht. »Bisher war ich süchtig nach dem Geschmack deiner Lippen und Magie«, raunt er. »Nun bin ich süchtig nach allem von dir.« Als ich nicht reagiere, drückt er leicht mein Kinn nach oben. »Bist du okay?«

Herrje, ich muss wirklich einen bemitleidenswerten Anblick abgeben. Selbst mein Nicken fällt schwach aus. Nicht, weil etwas nicht in Ordnung wäre, sondern weil ich nicht das Bedürfnis habe, wieder in der Realität anzukommen. Mein Kopf ist herrlich benebelt, ein sachtes Pulsieren verbleibt zwischen den Beinen – und als sie endlich aufhören zu zucken, sind meine Muskeln wundervoll gelockert.

Ich japse ein wenig, als Shadow mich hochhebt und mit mir auf den Armen aus der Dusche steigt.

»Was …?«

»Wir sind noch nicht fertig«, raunt er, während er mich zum Bett trägt.

Mehr als den Klang der rauen Stimme und das Gefühl seines harten Körpers an mir braucht es nicht, um ein erneutes Ziehen im Unterleib auszulösen.

»A…aber ich dachte …«

Er bleibt stehen und schaut auf mich herab. Beim Anblick des Funkelns in den abgrundtief dunklen Augen verschlägt es mir den Atem und ich vergesse, was ich gerade sagen wollte. Es war ohnehin nicht wichtig.

»Kleines, das war nichts weiter als das Vorspiel! Oder machst du etwa schon schlapp?«

Kurz fahre ich mit den Fingern über das Mal auf seiner nackten Brust und das Glimmen, das sich darunter verbirgt. Dann begegne ich erneut Shadows Blick und erwidere das herausfordernde Grinsen, das den Mund umspielt, mit einem aufgeregten Kribbeln im Bauch.

»Nicht im Geringsten.«

Ich habe kaum zu Ende gesprochen, da presst er die Lippen auf meine und küsst mich so leidenschaftlich, dass ich mich in seinen Armen winde. Ohne den Kuss zu unterbrechen, legt er mich aufs Bett. Das Laken und die dünne Decke kleben an unserer klitschnassen Haut, doch keiner von uns stört sich daran. Ich winde mich unter ihm, während er eine Hand über meinen feuchten Körper gleiten lässt. Schnell findet er mit geschickten Fingern wieder den Weg zwischen meine Beine. Unser Kuss dämpft das Stöhnen, das ich nicht zurückhalten will, und leider auch sein tiefes Schnurren.

Herrgott, dieser Laut macht mich dermaßen an!

Als ich kurz davor bin, erneut zu kommen, zieht Shadow jedoch die Hand zurück und unterbricht den Kuss. Mit einem verwirrten Blinzeln und auch ein wenig frustriert schaue ich zu ihm auf. Er schenkt mir ein kleines Lächeln, ehe er ein Stück von mir abrückt und zwischen meine angewinkelten Beine gleitet. Mit den Lippen streift er zunächst über den Oberschenkel, dann über den Bauch, den Rippenbogen und die Brüste, während er sich langsam wieder nach oben arbeitet. Wohlig recke ich mich diesen zärtlichen Berührungen entgegen und stöhne auf, als er kurz über die Brustwarze leckt. Seine Hand findet meine und unsere Finger verschränken sich wie von selbst.

Mir stockt der Atem, als er mit dem Gesicht wieder auf meiner Höhe ist und ich seine Härte zwischen den Beinen spüre, ebenso heiß und pulsierend vor Lust wie mein Schoß. Ich wimmere, berauscht von diesem neuen Gefühl. Doch Shadow betrachtet mich nur mit dunklem, verlangendem Blick, als warte er auf etwas. Schnell und voller Vorfreude wummert mein Herz in der Brust, während ich die freie Hand ausstrecke und ihm über die Wange streichele.

»Ich will dich spüren«, wispere ich. »Mehr noch als zuvor.«

Sein Körper erschauert und er schließt die Augen, ehe er den Mund wieder auf meinen senkt und ihn mit zarten Küssen bedeckt. Langsam dringt er in mich ein, dehnt mich so weit, dass ich scharf die Luft einziehe. Ich versteife mich, als ein stechender Schmerz den Nebel aus Lust und Wohlbehagen durchbricht. Shadow streichelt mir mit der freien Hand über die Stirn und flüstert mir beruhigende Worte zu, während er absolut still hält und mir die Zeit gibt, die ich brauche, um mich an ihn zu gewöhnen.

So plötzlich der Schmerz auftrat, so schnell verschwindet er wieder. Meine inneren Muskeln zucken um ihn herum, woraufhin er keuchend den Kopf nach vorn auf meine Schulter sinken lässt. Sein Körper bebt, wehrt sich gegen die Zurückhaltung – und ich glaube, das Knirschen seiner Zähne bis zu mir hören zu können. Ich fahre mit den Fingern durch sein feuchtes Haar und hebe die Hüften an. Das gepresste Stöhnen, das er daraufhin ausstößt, lässt mein Blut vor Lust beinahe überkochen. Als er den Kopf wieder hebt und mich ansieht, ist sein Blick verschleiert und die Pupillen sind so geweitet, dass sie die Iris nahezu verschlingen. Stumm scheint er um Erlaubnis zu bitten, die ich ihm mit einer weiteren einladenden Bewegung der Hüften nur zu gern erteile.

Die ersten Stöße sind zögerlich, wobei er stets meine Mimik im Blick behält – und erst als ich die Beine um seinen Unterleib schlinge und ihn dadurch weiter in mich drücke, gibt er jegliche Zurückhaltung auf. Tiefer und tiefer dringt er in mich ein, bis sich unser Stöhnen vermischt und ich den Rücken vor Wonne durchdrücke. Schnell schiebt Shadow den freien Arm darunter und presst mich so fest an sich, dass kein Blatt Papier zwischen uns hindurchpassen würde. Ich genieße das Gefühl seiner warmen, feuchten Haut an meiner, ebenso wie die Vibration eines erneuten lustvollen Schnurrens, als sich meine inneren Muskeln immer weiter um ihn herum zusammenziehen. Ich wiege die Hüften, komme den Stößen entgegen und keuche auf, während er wieder und wieder sämtliche mir bisher unbekannten Nervenenden in Schwingung versetzt.

Als ich erneut unkontrolliert am ganzen Körper zu zucken beginne, weil sich ein weiterer Orgasmus ankündigt, führt Shadow die Hand mit dem Ring an die Lippen. Auf zwei Arten mit ihm verbunden explodiere ich förmlich, bäume mich auf und schreie, weil ich nicht weiß, wohin mit all diesen Empfindungen, die mich an den Rand des Wahnsinns treiben. Im Moment, als ich von der Lust überrollt werde, spüre ich in mir ein Pulsieren, dann stößt er noch einmal tief in mich hinein, ehe auch er mit einem lauten Stöhnen nach vorn sackt und dabei die Verbindung unterbricht.

Schwer atmend stützt er sich über mir ab, die Augen halb geschlossen. Wasser tropft aus seinen Haaren auf mich herab. Ich streichele ihm über die Wange. Vorsichtig zieht er sich aus mir zurück und hinterlässt eine pochende, aber gleichzeitig angenehme Leere im Inneren. Mein ganzer Körper kribbelt und fühlt sich herrlich wund an, doch ich spüre bereits die bleierne Müdigkeit nahen und von mir Besitz ergreifen. Shadow küsst das Mal über meiner Brust, ehe er den Kopf darauf bettet und einen Arm um mich schlingt, damit er mich ganz nah an sich ziehen kann.

»Ich liebe dich«, flüstert er.

Ich kraule ihm den Nacken, bis er wieder zu schnurren anfängt. »Und ich liebe dich.«

Innerhalb von wenigen Augenblicken drifte ich in einen tiefen und erholsamen Schlaf ab.

KAPITEL 24

Felicity

Noch bevor ich richtig aufwache, spüre ich Shadows Hände an mir, anschließend seine Lippen, die offenbar jedem Zentimeter meiner Haut huldigen wollen. Mit einer Hingabe, die mir das Herz beinahe vor Liebe überquellen lässt, erinnert er mich daran, dass der gestrige Abend kein Traum war. Ich winde mich wohlig und schlinge die Beine um ihn, als er behutsam in mich eindringt und mich so langsam liebt, als hätten wir alle Zeit der Welt. Selbst ich vergesse in diesem Moment, dass heute der wichtigste Tag meines Lebens ist.

Nicht eine Sekunde lang denke ich daran, wieder in alte Muster zu verfallen und mich über Dinge, die mir seit gestern klein und unbedeutend vorkommen, zu schämen. Es ist so einfach, alles andere auszublenden, wenn man von jemandem wie Shadow geliebt wird.

***

Nachdem ich halb verhungert über das Frühstück hergefallen bin, das der Zimmerservice gebracht hat, nimmt mich Shadow ein weiteres Mal unter der Dusche. Er hebt mich hoch und wie von selbst klammere ich mich mit den Beinen an ihm fest. Warmes Wasser, das jedoch kälter ist als unsere erhitzte Haut, rinnt ohne Unterlass über uns, während er mich mit dem Rücken gegen die kalte Glasabtrennung drückt und gleichzeitig an dem Mal über meiner Brust saugt. Der leichte Schmerz feuert meine Erregung nur noch weiter an. Als er davon ablässt, löse ich die Hand von seinem Nacken und halte ihm den Ring vor die Lippen. Ein übermütiges Funkeln liegt in den Augen, als er die Lippen darum schließt und mich aufmerksam betrachtet, während er wieder und wieder in mich hineinstößt und seine Magie gleichzeitig tief in mich eindringen lässt. In diesem Moment scheint er sowohl meinen Körper als auch mein Innerstes in Besitz zu nehmen und für alle Zeit markieren zu wollen – und ich verzehre mich nach diesem Gefühl, während ich gleichzeitig nicht weiß, wie ich je wieder ohne diese Verbindung leben soll.

Ich vergesse jedwede Zurückhaltung, als mich nur wenige Augenblicke später der Höhepunkt davonträgt.

***

»Verdammt, zieh dir bitte was an!«, grollt Shadow mit einem Grinsen, als er mich von der Badtür aus betrachtet, wie ich mich mit den Knoten im Haar abmühe. Mit nassen Haaren zu schlafen, war nicht meine beste Idee. Kurz begegne ich seinem Blick, der an meiner nackten Rückansicht auf- und abgleitet, im Spiegel und unterdrücke ein Schmunzeln. Bisher habe ich es nur geschafft, mir Slip und BH anzuziehen; das Kostüm liegt noch auf dem Stuhl neben mir.

»Ja, gleich«, murmele ich und rücke einem besonders hartnäckigen Knoten zu Leibe.

Shadow verdreht die Augen. »Wenn du so herumläufst, bettelst du doch förmlich darum, dass ich mich erneut um dich kümmere.«

Die Mundwinkel meines Spiegelbildes zucken. »Und wenn es so wäre?«

Sofort verdunkelt sich sein Blick und gleicht nun dem eines Raubtiers auf der Jagd. Ein wohliger Schauer rauscht mir den Rücken hinunter. Ich straffe mich augenblicklich und werfe mich unbewusst in Pose. Das habe ich noch nie gemacht; ich wusste nicht einmal, dass ich so etwas kann, doch mein Körper übernimmt das Handeln für mich und klinkt den Verstand aus.

»Fordere es nicht heraus, Kleines«, raunt er. »Sonst kommen wir womöglich noch zu spät.«

Bei der Erwähnung unseres Termins sinkt meine Laune sofort. Das Kribbeln verschwindet und ich lasse die Haarbürste sinken. Eine Angst, deren Ursprung ich nicht genau benennen kann, schnürt mir die Kehle zu. Heute sind meine Prüfungen. Gleich werden wir aufbrechen und ich werde wenig später der Magier-Allianz gegenüberstehen. Warum löst etwas, wovon ich mein halbes Leben lang geträumt habe, plötzlich solche Panik in mir aus? Ich würde nahezu alles dafür geben, mich für den Rest des Tages in diesem winzigen Hotelzimmer einzuschließen und die ganze verdammte Welt einfach aussperren zu können.

Shadow tritt hinter mich und streichelt sanft über das Mal knapp über meiner linken Brust. »Ich bin bei dir«, wispert er. »Ganz gleich, was passieren wird. Ich werde alles dafür geben, um deinen Traum zu erfüllen.«

Ich lehne mich gegen ihn und genieße das sanfte Knabbern seiner Zähne an meinem Hals. Noch immer fühle ich die Stärke seiner Magie in mir. Ich glaube nicht, dass es eine Aufgabe gibt, bei der wir versagen, wenn wir zusammen sind. Doch egal, wie oft ich mir einrede, dass alles gut wird, das nagende Angstgefühl will einfach nicht verschwinden.

Um mich davon abzulenken, frage ich: »Brauchst du noch etwas Magie? Wir müssen einen Schattensprung durchführen und ich weiß nicht, ob du dich dort noch einmal nähren kannst.«

Er schmunzelt, ehe er mich auf die Schläfe küsst. »Du merkst echt nicht, mit wie viel Magie du um dich wirfst, wenn du abgelenkt bist. Noch ein Fünkchen mehr und ich würde platzen!«

Ich ziehe einen Flunsch. »Ist das ein Nein?«

Er schlingt beide Arme um mich und zieht mich in eine feste Umarmung. »Du brauchst auch ein paar Reserven. Vielleicht musst du den Schutzschild einsetzen.« Kurz streift er mit den Fingern liebkosend über meine Haut, ehe er sich wieder zurückhält und mich freigibt. »Und jetzt zieh dir bitte was an!«

Ich drehe mich halb zu ihm um und neige den Kopf. »Sonst?«

Beim fast schnurrenden Klang meiner Stimme weitet er für einen Moment die Augen und schluckt krampfhaft. Ich weiß selbst nicht, woher ich auf einmal den Mut dazu nehme, schließlich konnte ich vor drei Tagen kaum über eine gemeinsame Zweisamkeit und alles, was damit zu tun hat, sprechen, ohne rot anzulaufen und ins Stottern zu geraten. Doch nach gestern Abend und dem heutigen Morgen ist alles, was zuvor Peinlichkeit bei mir ausgelöst hat, verschwunden. Ich habe endlich verstanden, was Shadow damit meinte, als er sagte, dass es zwischen uns kein unangemessenes Verhalten gebe.

Da Shadow mich nur wie hypnotisiert anstarrt und mich schier mit Blicken verschlingt, sich jedoch nicht von der Stelle rührt, mache ich einen Schritt zurück, setze mich auf den Waschtisch und spreize die Beine.

***

»Wir kommen zu spät!«, schimpfe ich, während ich mir hastig die Haare kämme und sie anschließend zu zwei Zöpfen teile.

»Ach, und wessen Schuld ist das?«, kommentiert Shadow mit einem Glucksen. Lässig gegen den Türrahmen gelehnt beobachtet er meine hektischen Versuche, mich anzuziehen.

»He, ich habe nicht eingeplant, dass wir anschließend noch im Bett landen!«, halte ich dagegen.

Tatsächlich war unsere Vereinigung hier im Bad nur ein hastiges Zwischenspiel. Shadow benötigte keine weitere Aufforderung, sondern war mit einem großen Schritt bei mir, schob den Slip beiseite und drang mit einem harten Stoß in mich ein. Wir brauchten beide nicht lange, doch es genügte uns nicht. Ohne ein Wort oder eine Absprache trug mich Shadow wieder zum Bett und widmete sich in aller Ruhe meinem gesamten Körper, bis ich ihn darum anflehte, seine Härte endlich wieder spüren zu dürfen. Dummerweise warf das den gesamten Zeitplan durcheinander, aber in dem Moment interessierte es mich nicht. Ich war viel zu sehr davon fasziniert, was Shadow alles mit den Fingern und der Zunge anstellen kann, als mich auf irgendwelche Termine konzentrieren zu können.

Shadow gibt ein tiefes Schnurren von sich. »Wovon auch immer du vorhin besessen warst, es sollte viel öfter von dir Besitz ergreifen.«

Ich verdrehe die Augen, bemerke aber, dass meine Wangen anfangen zu brennen. Nicht wie sonst, als ich am liebsten vor Scham im Boden versunken wäre und keinen klaren Satz mehr herausgebracht hätte, sondern auf eine Shadow und mir vertraute Weise. Es ist ein angenehmes Gefühl, an das ich mich durchaus gewöhnen könnte.

Hektisch binde ich mir die Schnürsenkel der roten Sneakers, wobei meine Finger so sehr zittern, dass ich nicht einmal eine Schleife zustande bekomme.

Fluchend versuche ich vergeblich den entstandenen Doppelknoten wieder zu lösen. Mit einem leichten Kopfschütteln kniet sich Shadow vor mich, schiebt meine Hände beiseite und widmet sich dem Knoten.

»Was würdest du nur ohne mich machen?«, murrt er gespielt. »Du kannst dir nicht mal allein die Schuhe binden!« Ich schrumpfe auf dem Stuhl zusammen und bin kurz davor, eine Entschuldigung zu stammeln, als sein Blick meinen findet und er mir ein Lächeln schenkt. »Aber das ist okay. Ich liebe dich trotzdem.«

Mein Hals ist wie zugeschnürt, während ich mich nicht zum ersten Mal frage, womit ich jemanden wie Shadow verdient habe.

Als hätte er meine Gedanken gelesen, sagt er: »Ich freue mich darüber, dir selbst bei solch alltäglichen Dingen helfen zu können. Dadurch fühle ich mich gebraucht.« Er zuckt mit den Schultern. »Bei Fortuna war ich einer von vielen Familiaren und Kassandra hatte Dienerinnen, die ihr in allen alltäglichen Belangen halfen. Sie hätte mich niemals ihr Haar kämmen oder ihre Sandalen schnüren lassen!« Erneut verhaken sich unsere Blicke und er lächelt. »Und ich hätte nie gedacht, dass es mir so viel bedeuten könnte, jemandem bei solchen Kleinigkeiten zu helfen.« Er küsst mich auf die Stirn, ehe er sich wieder erhebt und mir die Hand hinhält. »Wir müssen los. Bist du bereit?«

Normalerweise würde meine Antwort Nein lauten, sowohl wegen des Schattensprunges als auch wegen der Prüfungen. Ich bin meilenweit von »bereit« entfernt. Dennoch stehe ich ebenfalls auf und lege die Hand in seine.

»Immer, wenn du bei mir ist«, wispere ich.

***

Shadow bringt uns so nah wie möglich an das Gebäude der Magier-Allianz am anderen Ende der Stadt heran. Als wir uns in einer Seitengasse aus den Schatten materialisieren, habe ich Mühe, das Frühstück bei mir zu behalten.

Meine Hände sind eiskalt und feucht, und ich bin dankbar dafür, dass Shadow sie zwischen seine nimmt und warmen Atem darauf haucht, während ich langsam wieder die Kontrolle über meinen Magen zurückerlange. Doch die Panik kann ich nicht abstreifen. Als ich mich umdrehe und einen Blick auf das hohe moderne Gebäude mit der verspiegelten Fensterfassade werfe, befürchte ich, mich gleich doch noch übergeben zu müssen. Ich bin drauf und dran, Shadow auf Knien zu bitten, uns von hier wegzubringen. Zurück ins Hotelzimmer oder meinetwegen auch nach Hause – Hauptsache, weg von hier.

Aber ich beiße die Zähne zusammen und schelte mich eine Närrin. Es gibt nichts, wovor ich mich fürchten muss! Im allerschlimmsten Fall bestehe ich nicht. Das würde mich zwar in ein tiefes Loch fallen lassen, doch es wäre nicht das Ende der Welt. Wegen Cal und Ilena würde ich sicher eine andere Lösung finden. Auch ohne Meister-Magierin zu sein, hätte ich Shadow weiterhin an der Seite und ich würde alles dafür tun, um ihn auch ernähren zu können.

Was ist es also, was mich in Panik versetzt?

Sosehr ich auch nach einer Antwort auf meine stumme Frage suche, ich finde sie nicht.

Shadow legt mir zwei Finger unters Kinn und wartet, bis ich ihn ansehe. »Es wird alles gut werden. Ich werde mich in deinem Schatten verbergen, bis sie mich sehen wollen. Und dann stellen wir uns gemeinsam den Aufgaben, die sie für uns bereithalten.«

Mein Nicken fällt schwach aus, das merke ich selbst. Zwar gebe ich mein Bestes, mir nichts weiter anmerken zu lassen, doch Shadow kann ich nichts vormachen. Seine Augenbrauen zucken, ehe er mein Gesicht mit beiden Händen umschließt und mich hart und roh, aber gleichzeitig voller Leidenschaft küsst. Unsere Zähne prallen gegeneinander und ich stöhne auf, als er mir die Eckzähne sanft und doch unerbittlich in die Unterlippe schlägt. Ich dränge mich ihm entgegen, kralle die Hände in sein Haar, um ihn noch näher zu ziehen und ihn überall an mir spüren zu können.

Als er von mir ablässt, brennen und prickeln meine Lippen und ich bin kurzatmig. Doch es war genau das, was ich gebraucht habe – ein weiterer Beweis dafür, dass er bei mir ist und ich mich nicht allein dem Unbekannten stellen muss. Ich lächele dankbar, als er mich sacht auf die Stirn küsst und mir anschließend die Kapuze des Hoodies hochschlägt.

»Da drinnen ist es wahrscheinlich das Beste, wenn wir uns nicht anmerken lassen, dass wir mehr füreinander empfinden, als es bei Träger und Familiar üblich ist«, murmelt er, während er mir mit dem Daumen über die leicht geschwollenen Lippen streicht. »Das bedeutet aber nicht, dass du in der Zeit vergessen sollst, dass ich immer hinter dir stehe, ganz egal welche Aufgabe sie uns stellen.«

Ich nicke, lehne den Kopf gegen seine Schulter und inhaliere den Duft nach dunklen Sommernächten, bevor ich den Rücken straffe und all die Ängste – so gut es geht – abschüttele.

Stolz flammt in seinem Blick auf. »Braves Mädchen.«

Dann tritt er hinter mich und verschmilzt mit meinem Schatten. Eine Sekunde nehme ich mir, um die Verbindung mit ihm zu genießen, ebenso wie den kurzen sanften Impuls, den er als Antwort durch mich hindurchschickt.

Mehr brauche ich nicht, um den ersten Schritt auf das Gelände des Hauptquartiers der Magier-Allianz zu machen.

KAPITEL 25

Felicity

Die Glastüren gleiten mit einem Zischen auf, als ich mich ihnen nähere. Neben dem Eingang weist ein großes Schild darauf hin, wo ich mich befinde – als wüsste das nicht jeder, der hier lebt. Allerdings habe ich mit einer geschäftigen Betriebsamkeit gerechnet, die in und um das Gebäude herrscht, schließlich ist die Magier-Allianz *die* Zentrale für alle Fragen, die Magier und Magie im Allgemeinen betreffen. Stattdessen empfangen mich ein hoher Eingangsbereich und leise Musik der Marke »Aufzugsgedudel«. Meine Sneakers quietschen auf dem gewienerten schwarzen Marmorboden, als ich mit einem Knoten im Magen auf den Tresen am anderen Ende des Raumes zusteuere. Rechts und links neben mir stehen ein paar teuer aussehende Ledersofas und von der Decke hängen verschnörkelte Lampen, von denen ich nicht weiß, ob mir ihr Stil gefällt oder mich eher abschreckt. Alles um mich herum wirkt kalt, beinahe steril und auf Teufel komm raus auf modern getrimmt. Das habe ich mir komplett anders vorgestellt … Irgendwie mystischer.

Hinter dem Empfangsschalter steht eine Frau mittleren Alters, die mich unverbindlich anlächelt. Mir läuft es kalt den Rücken hinunter, ehe ich mich räuspere und versuche mich ebenfalls zu einem aufgesetzten Lächeln durchzuringen.

»I…ich bin …«

»Lady Luck«, fällt sie mir ins Wort und neigt leicht den Kopf, bevor sie etwas in den PC vor sich eintippt. »Sie werden bereits erwartet.« Sie greift nach einem Klemmbrett und einem Kuli und legt beides vor mir auf den Tresen. »Bitte füllen Sie dieses Formular aus und unterschreiben Sie die Verzichtserklärung. Dazu haben Sie zehn Minuten Zeit. Dann bringe ich Sie umge-

hend in den ersten Stock, wo die Magier-Allianz bereits begierig darauf wartet, Sie kennenlernen zu dürfen.«

Ich starre auf den Berg Papier vor mir, der kaum unter die Klemmvorrichtung passt, während ich mich durch hektisches Schlucken davon abhalten muss, mich auf den glänzenden Boden zu übergeben.

»Ruhig atmen«, mahnt mich Shadow und sendet einen leichten Impuls durch mich hindurch.

Mit zitternden Fingern greife ich nach dem Kuli. Unmöglich, dass ich mir das alles in nur zehn Minuten durchlesen kann! Und was meinte sie mit »Verzichtserklärung«? Wozu brauchen sie hier eine Verzichtserklärung, verdammt noch mal? Gerade als ich die Dame danach fragen will, dreht sie sich um und verschwindet in einem hinteren abgetrennten Raum.

Hektisch überfliege ich die oberste Seite. Allgemeine Abfragen zu meiner Person – Name, Wohnort, Alter, magische Begabung. Seite zwei und drei widmen sich meinem Familiar.

Zwei Seiten für den Familiar?, schießt es mir sofort durch den Kopf. Die meisten Magier haben da nicht viel einzutragen. Bisher habe ich keinen Hinweis darauf, dass die Magier-Allianz von Shadow weiß. Während der Aufnahmen nach dem Banküberfall und der kleineren Verbrecherjagd war nur ich zu sehen. Es sei denn, die Geiselnehmerin hat geplappert. Sie war die Einzige, die Shadow zu Gesicht bekommen hat. Oder sind das die Standardfragen, die jedem Anwärter vor den Prüfungen gestellt werden?

Ich blättere weiter und habe Mühe, den winzig kleinen Text, der in mehrere Spalten aufgeteilt ist, überhaupt entziffern zu können. Auf mehreren Seiten fällt mir eine Linie mit einer Textmarker-Markierung auf, wo meine Unterschrift gefordert ist.

Ich bin gerade auf Seite zwei angekommen und fülle aus, welchem Element mein Familiar angehört, als die Empfangsdame wieder auftaucht.

»Die Zeit ist um«, verkündet sie, ehe sie fordernd die Hand ausstreckt.

»Ich bin noch nicht fertig!«, erwidere ich stirnrunzelnd.

»Unterschreiben Sie einfach an den vorgesehenen Stellen, damit wir weitermachen können«, wischt sie meinen Einwand beiseite. »Die Einzelheiten zu Ihnen und Ihrem Familiar können Sie persönlich übermitteln.«

Ich verziehe den Mund. »Ich unterschreibe doch nichts, was ich nicht vorher gelesen und verstanden habe! Für wie blöd halten Sie mich eigentlich?«

»Die Uhr tickt«, entgegnet sie nur. »Entweder ich melde Sie innerhalb der nächsten Minuten oben an oder Sie können gleich wieder gehen, so einfach ist das. Der Terminplan der Allianz ist prall gefüllt und ich werde Verzögerungen nicht dulden. Ihnen steht genauso viel Zeit zur Verfügung wie allen anderen Anwärtern auch.«

Ich knirsche mit den Zähnen. »Können Sie mir dann wenigstens in ein paar verständlichen Sätzen sagen, was in diesem Pamphlet steht?«

Sie wedelt mit der perfekt manikürten Hand. »Das allgemeine Blabla. Dass Sie freiwillig hier sind und sich den Prüfungen unterziehen und die Magier-Allianz nicht für etwaige davongetragene Schäden verklagen können. So was in der Art.«

»Etwaige Schäden?«, echoe ich.

Die Dame nickt. »Die Prüfungen sind zwar nichts weiter als Simulationen, die den Ernstfall darstellen sollen, aber es ist wohl bereits vorgekommen, dass ... Anwärter nicht zwischen Realität und Fiktion unterscheiden konnten.« Sie zuckt die Achseln. »Das war jedoch vor meiner Zeit hier.« Dann greift sie nach dem Papierstapel, blättert kurz durch und breitet vor mir all die Seiten aus, die eine Unterschrift von mir verlangen. »Wenn Sie jetzt so gütig wären ...«

Ich zögere noch einen Moment, ehe ich den Stift an die erste Linie setze. Alles in mir sträubt sich dagegen, den Wisch ungelesen zu unterschreiben, aber ich habe keine Wahl! Entweder ich unterschreibe oder ich gehe – womit ich auch meinen Lebenstraum aufgeben müsste, denn eine erneute Chance wird mir die Allianz nicht geben. Bleibt nur zu hoffen, dass die Dame mir bei der Inhaltszusammenfassung nichts verschwiegen hat ...

Bevor ich erneut eine Frage stellen kann, entwendet sie mir den Stift und die Zettel und umrundet den Tresen. »Wenn Sie mir bitte folgen würden?«

Mit einem flauen Gefühl im Magen betrete ich hinter ihr einen gläsernen Aufzug.

***

Die Dame führt mich, ohne ein weiteres Wort an mich zu richten, in einen Konferenzraum im ersten Stock des Gebäudes. Der minimalistische, aber sehr moderne Einrichtungsstil setzt sich auch hier oben fort, und wieder begegne ich keiner Menschenseele. Arbeitet denn niemand hier?

Als sie die doppelflügelige Tür zum Konferenzraum aufstößt, stockt mir für einen Moment der Atem. Unzählige Monitore hängen an den Wänden und auf mehreren Schaltpulten blinken Knöpfe in verschiedenen Farben auf. In der Mitte steht ein Stuhl, der mich entfernt an den beim Zahnarzt erinnert. Auch die vielen Drähte, die von dort zu den Monitoren verlegt sind, wecken in mir keine positiven Assoziationen. Ich bin kurz davor, auf dem Absatz umzukehren und schleunigst das Weite zu suchen, weil dieser Raum und die darin befindlichen Gerätschaften mir eine Heidenangst einjagen. Auch Shadow ist merklich still geworden.

Bevor ich dieses Vorhaben jedoch in die Tat umsetzen kann, wird die Tür hinter mir geschlossen; die Empfangsdame ist verschwunden. Ich schlucke hektisch.

»*Lady Luck*«, sagt eine tiefe Männerstimme. Ich zucke vor Schreck zusammen und wirbele herum. »Es freut mich, dass du unserer Einladung gefolgt bist.«

Fünf Gestalten stehen am anderen Ende des Raumes. Ihre Körper sind in weite Kutten gehüllt, deshalb kann ich nur anhand ihrer Größe und Statur darauf tippen, dass es sich bei allen um Männer handelt. Den mittleren erkenne ich als den Mann aus dem Fernsehen, der mich aufforderte, mich innerhalb von drei Tagen zu den Prüfungen einzufinden. Sein Bart spitzt unter der Kapuze, die er wie die anderen auch tief ins Gesicht gezogen hat, hervor.

»Wir freuen uns darauf, dich kennenlernen zu dürfen«, fährt er fort, »doch wir erachten es als unhöflich, den jeweiligen Anwärter nicht mit seinem richtigen Namen ansprechen zu können. Nimm bitte deine Maske ab und verrate uns, mit wem wir das Vergnügen haben.«

Das Herz klopft mir bis zum Hals, als ich die Hände hebe, die Maske löse und sie anschließend in die Bauchtasche des Hoodies stecke.

»Hab keine Angst«, wispert Shadow in meinen Gedanken.

»Mein Name ist Felicity«, sage ich mit erstaunlich ruhiger Stimme und schaffe es, den Blick nicht abzuwenden.

Einer der vermummten Männer macht einen Schritt nach vorn. »Sagtest du Felicity? Bist du die Schwester von Zachary und Calvin?«

Seine Stimme kommt mir seltsam bekannt vor, doch sosehr ich auch in meinen Erinnerungen krame, kann ich mich doch nicht daran entsinnen, je mit der Magier-Allianz zu tun gehabt zu haben. Aber ich bin mir absolut sicher, die Stimme bereits gehört zu haben, mir will nur nicht einfallen, wann das war. Es muss schon lange her sein ...

Ich nicke auf seine Frage hin. Die Prüfungen meiner Brüder sind zwar schon einige Jahre her, aber ihre heldenhaften Einsätze als Meister-Magier sind selbst der Allianz sicher weiterhin im Gedächtnis. Schließlich sieht man Zac und Cal regelmäßig im Fernsehen und in sämtlichen Zeitschriften.

Ein anderer Mann mischt sich ein. »Sie sollte doch gar keinen Familiar haben. Wie kann sie dann hier stehen?«

»Wahrscheinlich handelt es sich um einen Fehler«, wirft der Mann, der mich nach meinen Brüdern gefragt hat und dessen Stimme mir so bekannt vorkommt, ein. »Oder siehst du hier irgendwo einen Familiar?«

»Er könnte so klein sein, dass er sich in ihrer Kleidung versteckt«, hält der andere dagegen.

Der mittlere Mann hebt begütigend die Hände. »Aber, aber, meine Herren! Ihr verschreckt das arme Mädchen noch! Sicher ist sie sowieso schon nervös genug.« Die beiden anderen wenden sich mit einem Schnauben wieder mir zu. »Nun, Felicity, besitzt du einen Familiar?«

Ich schaffe es kaum, die Panik, die in mir hochkocht, weiter unter Verschluss zu halten. »Ja«, antworte ich deshalb nur.

Einer der Männer zieht hörbar die Luft ein, doch ehe er etwas sagen kann, wird er vom ersten mit einer weiteren Handbewegung zum Schweigen gebracht. »Und würdest du ihn uns zeigen?«

»Ich habe ein ganz mieses Gefühl dabei«, denke ich und Shadow antwortet mit einem Impuls.

»Uns bleibt keine Wahl. Denk dran, was wir abgemacht haben!«

Ich nicke kaum wahrnehmbar und spüre kurz darauf, dass er sich aus meinem Schatten löst. Am liebsten würde ich ihn anflehen, sich nicht zu zeigen, doch ich beiße die Zähne zusammen und versuche meine Miene zu einer gleichgültigen Maske erstarren zu lassen. Nachdem mein Start hier alles andere als glattging, will ich nicht riskieren, dass sie von den Gefühlen zwischen Shadow und mir erfahren. Jedes Quäntchen Wissen könnten sie gegen uns einsetzen. Ich weiß nicht, woher dieser Gedanke kommt, aber ich bin mir sicher, dass mir keiner der Männer wohlgesonnen ist.

Als Shadow hinter mir Gestalt annimmt, schnappen alle fünf Männer – auch die, die bisher geschwiegen haben – gleichzeitig nach Luft. Mehrere Sekunden vergehen, in denen sich keiner von ihnen rührt, sondern sie uns einfach nur anstarren.

Der mittlere Mann fängt sich zuerst. »Ein ... menschenähnlicher Familiar! Wie ... ungewöhnlich.«

»Dafür, dass sie gar keinen Familiar haben sollte, kommt mir der da doch ziemlich mächtig vor«, grummelt der andere. »Gibt es dafür eine Erklärung?«

Keine Ahnung, ob die Frage an mich gerichtet ist, aber ich antworte trotzdem. »Ich habe ihn erst seit Kurzem. Gegen den Willen meiner Brüder bin ich auf eigene Faust zum Medium gegangen und habe um einen Familiar gebeten, um meine Gabe in Schach halten zu können.«

»Welch unerwartete Entwicklung!«, ruft der mittlere Kapuzenträger aus. »Zum Glück sind wir auf Exemplare wie ihn ebenfalls vorbereitet.«

Beim Wort »Exemplare« balle ich unwillkürlich die Hände zu Fäusten. Ich habe damit gerechnet, dass sie Shadow hier wie ein Werkzeug behandeln werden, dennoch sträubt sich alles in mir dagegen, dabei den Mund halten zu müssen.

»Du kannst uns sicher verstehen, nicht wahr?«, fragt der Mann weiter und deutet auf eine Tür hinter sich. »Bitte folge mir! Wir werden alles vorbereiten.«

»Moment!«, sage ich. Diesmal gelingt es mir nicht, meine Stimme ruhig zu halten. »Ich … ich dachte, dass mein Familiar und ich wegen der Prüfungen hier sind.«

Er nickt. »Natürlich seid ihr das! Wie du dem Erfassungsbogen am Empfang sicherlich entnommen hast, sind die Prüfungen eine Simulation. Dafür benötigen wir sowohl das«, er deutet auf den Zahnarztstuhl in der Mitte des Raumes, »als auch eine Extravorrichtung für die Familiare der Anwärter, die sich im Nebenraum befindet.«

Panik schnürt mir die Kehle zu. Ich habe nicht damit gerechnet, dass sie uns schon vor dem Beginn der eigentlichen Prüfung trennen! Wie soll ich …?

Als Shadow an mir vorbeigeht, streift er wie zufällig meine Hand. Mein Blick huscht zu ihm und ich sehe, wie er sich mit der anderen Hand über die Brust reibt – direkt über das Mal. Augenblicklich beruhige ich mich ein wenig und erwidere die Geste so beiläufig wie möglich.

Vor den fünf Männern bleibt Shadow stehen und erträgt die morbide Neugier, mit der sie ihn begaffen, mit stoischer Gelassenheit, während ich vor Nervosität kaum still stehen kann.

Ehe sie ihn in den angrenzenden Raum führen, fährt er erneut mit der Hand über die Brust und ich berühre ebenfalls die Stelle, in die er seine Zähne geschlagen hat. Ein Teil der Unruhe fällt von mir ab, als er mir ein winziges Lächeln schenkt, bevor sich die Tür hinter ihm schließt.

Zwei Männer bleiben bei mir im Raum zurück. Ich recke das Kinn vor und hoffe, nach außen hin nichts von der Angst, die in mir wütet, preiszugeben.

»Die Prüfungen sind ein essenzieller Bestandteil auf dem Weg, ein Meister-Magier zu werden«, sagt der eine Mann, während er auf mich zukommt. »Bevor wir beginnen, wirst du einen Eid ablegen und durch meinen Zauber anschließend nicht imstande sein, mit irgendwem außer deinem Familiar über die Aufgaben und das, was hier geschieht, reden zu können.« Er deutet mit einer gönnerhaften Handbewegung auf die Tür hinter mir. »Solltest du damit nicht einverstanden sein, hast du nun zum letzten Mal die Chance zu gehen.«

»Was passiert da drüben mit meinem Familiar?«, will ich wissen. Sein blöder Geheimnis-Zauber interessiert mich nicht im Geringsten! Was machen diese Fremden mit Shadow? Warum haben sie ihn bereits jetzt weggebracht?

»Du musst dir um ihn keine Sorgen machen«, antwortet mir der andere Mann. Seine Stimme klingt jünger als die der übrigen Mitglieder der Magier-Allianz. »Er wird ebenfalls auf die Prüfungen vorbereitet und dem gleichen Eid unterzogen.« Er stößt ein hartes Lachen aus. »Diesmal kann der Familiar sogar für sich selbst antworten. Normalerweise begegnen wir hier nur niederen Familiaren, die sich dem Willen ihrer Träger beugen müssen. Aber was rede ich da? Nur weil deiner auf zwei Beinen läuft und eine menschliche Illusion aufrechterhalten kann, bedeutet das nicht, dass er einen freien Willen hat.«

Meine Lippen zucken und ich muss mich davon abhalten, die Zähne zu blecken und den Typen anzuschreien, ob er noch ganz dicht ist.

»Was macht ihr mit ihm?«, wiederhole ich, schärfer diesmal.

»Wir bauen ihn in die Simulationen ein, damit du auf ihn – sofern das dein Wunsch ist – während der Prüfungen zurückgreifen kannst«, erklärt mir der ältere Mann. »Aber mehr kann ich dir nicht sagen, denn noch unterliegst du nicht der Schweigepflicht. Was ist nun, Felicity? Bist du bereit dich unseren Aufgaben zu stellen?«

Mein Blick fliegt zu der geschlossenen Tür, hinter der sich Shadow befindet. Was passiert, wenn ich Nein sage? Lassen sie ihn dann einfach wieder gehen, als wäre nichts gewesen, oder ... behalten sie ihn hier? Der Mann sagte nur, dass *ich* die Chance zu gehen habe – Shadow wurde mit keinem Wort erwähnt. Ich knirsche mit den Zähnen, ehe ich kontrolliert ruhig ein- und ausatme.

»Worauf warten wir noch?«, presse ich hervor.

»Sehr schön«, sagt der Mann gedehnt und streckt die Hand nach mir aus. Ich weiche unweigerlich zurück, als er sich mit den Fingern meinem Gesicht nähert. »Ganz ruhig, das ist nur der Zauber. Du wirst kaum etwas spüren.«

Kaum?, schießt es mir durch den Kopf, bevor er die Finger an meine Stirn legt. Augenblicklich entweicht mir ein Keuchen und ich habe Mühe, nicht zusammenzusacken. Seine Fingerspitzen scheinen sich durch die Haut und anschließend ins Gehirn zu brennen. Wellenartig rauscht der Schmerz durch mich hindurch, arbeitet sich immer weiter vor, bis ich das Gefühl habe, mein Kopf verwandele sich in einen brodelnden Kochtopf.

Als ich glaube, die Schmerzen keine Sekunde länger aushalten zu können, zieht er die Hand zurück und ich sacke nach vorn. Schweiß rinnt mir die Schläfen und den Nacken hinunter und meine Sicht ist verschwommen.

»Ich bin beeindruckt!«, raunt der Mann, während er die Fingerspitzen aneinanderreibt. »Dein Bruder Calvin ist dabei schreiend zusammengebrochen.«

»Viel ... hat nicht ... gefehlt«, speie ich aus. Dann richte ich mich wieder auf und zwinge mich dazu, gerade stehen zu bleiben.

Er zuckt mit den Schultern. »Trotzdem, ich hätte nicht damit gerechnet. Genauso wenig wie mit deinem Auftauchen hier. Schließlich warst du für etwas anderes vorgesehen.«

Nun werde ich trotz der pulsierenden Schmerzen hellhörig. »Was meinen Sie damit?«

»Es gibt einen Grund, warum du von Anfang an keinen Familiar haben solltest«, erzählt er. »Dummerweise hat keiner von uns damit gerechnet, dass du dich über die Anweisungen deiner Brüder hinwegsetzen könntest. Wir haben dich unterschätzt, könnte man sagen.«

»Es ... gab einen Grund? Und ... Sie kennen ihn?«

»Natürlich! Aber es steht mir nicht zu, dir alle Einzelheiten zu berichten. Außerdem bist du deswegen nicht hier, oder? Es ist ohnehin zu spät.«

Ich verstehe gar nichts mehr. Zwar habe auch ich nicht daran geglaubt, dass Zac und Cal mir aus purer Bosheit einen eigenen Familiar verboten haben, aber warum weiß die Magier-Allianz davon? Und wofür ist es nun zu spät?

»Leg dich nun bitte auf den Stuhl und schlag die Kapuze zurück«, weist mich der andere Mann an und reißt mich dadurch aus den Gedanken. »Wir werden dich jetzt für die Simulation vorbereiten.«

Ich weiß, dass ich es nicht tun sollte. Ich weiß, dass ich schleunigst in den Nebenraum stürmen, Shadow schnappen und mit ihm von hier verschwinden sollte. Dennoch bewege ich mich auf den Stuhl zu und nehme nach kurzem Zögern darauf Platz. Das Leder ist so eisig kalt, dass ich eine Gänsehaut bekomme. Geschäftig kleben sie mir zu zweit mehrere Elektroden an die Stirn, die Schläfen und den Hals. Auch sie sind kalt.

»Während wir uns noch mit den Vorbereitungen befassen, erkläre ich dir schon mal den Ablauf«, sagt der jüngere der Männer. »Wie erwähnt, handelt es sich bei den Prüfungen um Simulationen. Alles wird sich für dich und deinen Familiar echt anfühlen, aber die anderen Personen, mit denen ihr interagiert, sind nicht real. Bei einer falschen Entscheidung kommt also niemand zu Schaden; auch du nicht. Du wirst während der ganzen Zeit hier auf diesem Stuhl liegen. Nur dein Geist wird denken, er wäre an einem anderen Ort. Du wirst auf deine komplette Magie zugreifen können – also alles wie normalerweise. Jedoch musst du bedenken, dass wir jeden deiner Schritte und jede Handlung von dir auf diesen Monitoren verfolgen und analysieren werden. Sobald wir den Eindruck haben, dass du die ganze Sache nicht ernst nimmst, werden wir die Prüfungen abbrechen und dich vorzeitig disqualifizieren. Ist das klar?«

Ich nicke leicht, um die Elektroden nicht zu verlieren.

»Insgesamt wirst du dich vier Aufgaben stellen. Bei keiner einzigen darfst du scheitern. Wir werden dich Situationen aussetzen, die dir jederzeit als Meister-Magierin widerfahren können. Sei also auf alles gefasst!«

»Mein ... mein Familiar ...«, sage ich rau. »Wird er mir bei den Aufgaben zur Seite stehen?«

Kurz schweigt der Mann und ich habe das Gefühl, mich gleich übergeben zu müssen.

»Sonst würden wir ihn nicht ebenfalls für die Simulation vorbereiten, oder?«, gibt er nach einer halben Ewigkeit zurück und ich atme erleichtert aus.

Die Tür zum Nebenraum öffnet sich automatisch und einer der anderen vermummten Männer kommt herein. »Wir sind so weit.«

»Wir auch«, sagt der Mann neben mir. »Also dann, Felicity. Viel Glück!«

Kaum dass er zu Ende gesprochen hat, wird alles um mich herum schwarz.

KAPITEL 26

Felicity

»WILLKOMMEN ZUR ERSTEN AUFGABE«, verkündet eine nüchterne Computerstimme.

Die Schwärze um mich herum verschwindet und ich blinzele gegen die plötzliche Helligkeit an. Ich stehe in einem gleißend weißen Raum ohne Wände, Fenster oder Möbel. Panik kriecht in mir hoch. Wo bin ich hier? Hektisch drehe ich mich um und stoße erleichtert den Atem aus, als ich Shadow hinter mir entdecke.

»Bist du okay?«, flüstere ich.

Er schenkt mir ein schiefes Grinsen und nickt. Die Hand nach ihm auszustrecken, um ihn zu berühren und wieder spüren zu können, wage ich nicht. Sie beobachten jede meiner Bewegungen ... Shadow scheint wieder einmal zu wissen, was ich denke, und reibt sich mit der Hand über die Brust. Ich schließe die Augen, genieße das warme Gefühl, das sich in mir ausbreitet, während ich die Geste, die nur wir beide verstehen, erwidere.

Nur wenige Augenblicke später meldet sich die Computerstimme wieder zu Wort. »DIE ERSTE AUFGABE LAUTET: BESIEGE DIE ABTRÜNNIGEN!«

Aus dem Nichts tauchen rings um uns herum fünf Menschen auf, die sich nähern. Ihre Gesichter sind verzerrt vor Wut und Schmerz, während Blitz- und Feuerzauber scheinbar unkontrolliert aus ihren Händen hervorschießen.

»Symbiose oder einzeln?«, frage ich.

Shadows Blick huscht über die Abtrünnigen, die uns mehr und mehr zu Leibe rücken. »Die Magier-Allianz will etwas zu sehen bekommen, oder? Außerdem sind wir in der Symbiose stärker, weil ich auf unsere beiden Magien zurückgreifen kann.«

Ich fühle, dass sich ein breites Lächeln auf meinen Lippen ausbreitet. In mir kribbelt es bereits vor Vorfreude darauf, sein Bewusstsein wieder in mir spüren zu dürfen.

»Keiner von denen scheint auch nur ansatzweise so stark zu sein wie deine Brüder«, murmelt Shadow, als er hinter mich tritt. »Wir sollten die erste Prüfung zügig angehen.«

»Lass dir nur Zeit«, flüstere ich und hoffe, dass meine Worte leise genug waren, um nicht über die Monitore übertragen worden zu sein.

»Zeit nehme ich mir für dich, wenn wir hier endlich fertig sind«, wispert Shadow, ehe er mit meinem Schatten verschmilzt. Ich erschauere wohlig bei seinen Worten.

Sobald ich sein Bewusstsein in mir spüre, lasse ich mich fallen und werde sofort aufgefangen. Shadow lässt meinen Körper nach vorn sprinten und schickt die ersten beiden Abtrünnigen mit Schattenblitzen zu Boden, ehe die überhaupt realisiert haben, was vor sich geht. Einer der Gegner schießt einen Feuerball auf mich ab. Obwohl Shadow mich ausweichen lässt, streift mich die Attacke am Arm und versengt den Hoodie am Ärmel. Die Hitze frisst sich bis in die Haut und ich keuche im Inneren auf. Shadow antwortet mit einem dunklen Grollen, bevor er mit der Faust die Nase des Abtrünnigen einschlägt und anschließend aus kürzester Distanz einen Schattenblitz abfeuert.

»Schone deine Kräfte!«, mahne ich ihn. *»Wir haben nach dieser Prüfung noch drei weitere vor uns und ich habe keine Möglichkeit, dich zwischendurch zu nähren. Wahrscheinlich ist es auch ein Teil der Prüfung, zu sehen, wie lange der Familiar durchhält und wie stark er ist.«*

»Nach gestern Abend und heute Morgen bin ich in Topform«, raunt er, während er auch den vierten Abtrünnigen mit spielender Leichtigkeit besiegt. *»Es wundert mich, dass du überhaupt noch Magie in dir hast.«*

»Trotzdem«, entgegne ich. *»Das hier ist die erste Prüfung. Sicherlich steigern sich die Anforderungen von Mal zu Mal. Wir sollten kein Risiko eingehen!«*

»Du gönnst mir auch kein bisschen Spaß«, murrt Shadow, als er den letzten Abtrünnigen mit einem Schattenblitz ausschaltet. Dann schickt er einen sanften Impuls durch mich hindurch. *»Bis später, Kleines!«*

Kurz darauf steht er wieder neben mir, wendet sich jedoch betont von mir ab. Ich weiß, warum er es tut, aber es verstärkt die innerliche Leere, die sein Weggehen hinterlassen hat, nur noch mehr.

»AUFGABE ABGESCHLOSSEN!«, verkündet die Computerstimme.

Die Abtrünnigen, die stöhnend und jammernd am Boden liegen, verschwinden und auch unsere Umgebung ändert sich schlagartig.

***

»Beeindruckend!«, sagt der Mann in der Kutte neben mir, als ich auf dem Zahnarztstuhl wieder zu mir komme. »Das dürfte sogar eine neue Bestzeit sein!«

Ich verziehe den Mund. Ein seltsam pelziger Geschmack haftet auf der Zunge, und obwohl ich liege, ist mir schwindelig.

»Habe ich … die erste Prüfung bestanden?«, frage ich leicht lallend.

»Bestanden?«, wiederholt der Mann. »Das war eine Punktlandung! Du und dein Familiar, ihr scheint mehr draufzuhaben, als wir dachten. Die genauen Auswertungen liegen noch nicht vor, aber ich freue mich außerordentlich darauf, mir den Ablauf noch einmal haarklein ansehen zu dürfen. Und jetzt geht es schon weiter mit der zweiten Prüfung. Ich wünsche dir gutes Gelingen!«

Wie auf Knopfdruck wird wieder alles schwarz.

***

»WILLKOMMEN ZUR ZWEITEN PRÜFUNG!«, verkündet erneut die monotone Computerstimme.

Shadow und ich landen wieder in dem hellen leeren Raum. Diesmal kostet es mich mehr Mühe, mich aufrecht zu halten. Das Hin und Her zwischen Realität und Simulation schlägt mir verdammt auf den Magen, schlimmer noch als ein Schattensprung. Als ich zu taumeln beginne, greift Shadow nach meinem Arm und stützt mich.

»Geht es wieder?«, fragt er, während er sanft den Daumen bewegt. »Was ist mit der Verletzung von vorhin?«

Ich sehe an meinem anderen Arm hinab. Das Loch ist verschwunden; auch die Haut, die vorhin in Mitleidenschaft gezogen wurde, fühlt sich heil an. Was hier in der Simulation geschieht, scheint auch zu bleiben.

»Alles in Ordnung«, antworte ich. »Ich fühle mich nur wie nach einem Schattensprung. Es geht gleich wieder.«

Ein Piepen kündigt eine weitere Durchsage der Computerstimme an. »DIE ZWEITE AUFGABE LAUTET: RETTE DIE GEISELN!«

Ich runzele die Stirn. »Welche Geiseln?«

Noch bevor ich zu Ende gesprochen habe, ändert sich unsere Umgebung. Auf einmal stehen wir mitten in der Stadt. Pistolenkugeln zischen nur wenige Zentimeter an meinem Kopf vorbei; Sirenen von Polizeiautos heulen auf; Menschen bellen Befehle. Ich drehe mich um die eigene Achse, überfordert mit dem plötzlichen Szeneriewechsel und der Lautstärke, und versuche mich zu orientieren. Wie erstarrt stehe ich mitten in einer Schießerei, außerstande auch nur einen Muskel zu rühren.

Shadow packt mich am Arm, zerrt mich hastig zur Seite, ehe genau an der Stelle, an der ich stand, mehrere Kugeln einschlagen, und bugsiert mich in eine Gasse. Keuchend presse ich mich gegen die kalte Steinwand und ringe die aufkommende Panik nieder.

Nur eine Simulation, bete ich mir in Gedanken vor. *Es ist nur eine Simulation.* Doch die Frage, was mit mir passiert wäre, hätte mich eine Kugel erwischt, bleibt. Ich erinnere mich leider noch sehr lebhaft daran, wie es sich anfühlt, eine Kugel in der Schulter zu haben – eine Erfahrung, die ich nicht so schnell wiederholen will. Die Brandwunde von vorhin ist zwar verschwunden, aber die Schmerzen habe ich dennoch gespürt – zumindest solange ich in der Simulation war.

»Kommen Sie mit erhobenen Händen raus!«, schallt es durch ein Megafon nur wenige Meter von uns entfernt.

Ich spitze um die Hausecke. »O nein«, murre ich, nachdem ich mich gefangen und die Umgebung erkannt habe. »Nicht schon wieder die verdammte Bank in der Innenstadt ...«

»Hältst du das für einen Zufall?«, fragt Shadow und zieht eine Augenbraue nach oben. »Oder haben sie diese Simulation extra für uns angefertigt, nachdem sie die Aufzeichnungen im Fernsehen gesehen haben?«

»Diesmal sind wir aber nicht im Gebäude«, murmele ich. »Und bei uns gab es weder eine Schießerei noch ein solch großes Polizeiaufgebot. Gut möglich, dass es ein Standard-Szenario für angehende Meister-Magier ist und wir nur das Pech hatten, vor Kurzem in eine ähnliche Situation zu stolpern.«

Shadow verzieht den Mund. »Dummerweise glaube ich nicht an Zufälle ...«

»Ich auch nicht«, sage ich. »Ich möchte das alles nur schnell hinter mich bringen. Die Geiseln werden sich im Bankgebäude befinden, also müssen wir da rein.«

»Der einfachste Weg wäre ein Schattensprung.« Shadow runzelt die Stirn. »Aber wir befinden uns in einer Simulation. Ich kann weder abschätzen, ob diese Fähigkeit hier überhaupt funktioniert, noch, ob wir tatsächlich am richtigen Ort landen. Es wäre denkbar, dass die Simulation anders aufgebaut ist als die richtige Stadt oder das Gebäude und wir schlussendlich ganz woanders rauskommen.«

»Du meinst also, wir müssen auf die altmodische Art zu den Geiseln gelangen«, schlussfolgere ich und spähe hinüber zu dem mit Säulen gesäumten Eingang des mehrstöckigen Bankgebäudes. »Wahrscheinlich wollen sie auch sehen, wie wir im Ernstfall mit der Polizei zusammenarbeiten. Wir müssen alles bedenken! Fehler führen zu Punktabzug.«

»Mir genügt es schon, wenn du dir nicht wieder eine Kugel einfängst«, murrt er.

»Ich gebe mein Bestes, versprochen!« Mein Blick fällt auf einen Polizisten in den hinteren Reihen, der ohne Unterlass in das Megafon brüllt. »Ich denke, das ist unser Mann. Mit dem sollten wir reden, wenn wir ins Gebäude wollen.«

»Um die Schützen am Eingang auszuschalten, könnten wir auf deinen Schutzschild zurückgreifen«, sagt Shadow. »Wenn du ihn nutzt, um mich abzuschirmen, könntest du die umgeleitete Energie auf sie abfeuern. So kommen wir wenigstens hinein.«

»Klingt nach einem guten Plan!«

Ich überprüfe schnell den Sitz meiner Kapuze und Maske, bevor ich kurz mit den Fingern über mein Glimmen streiche. Aus dem Augenwinkel sehe ich Shadow eine ähnliche Bewegung ausführen, ehe er die menschliche Illusion ablegt und als Schattenpanther neben mir steht.

So, dass er uns schon von Weitem kommen sieht, nähern wir uns dem Polizeibeamten, um ihn nicht noch zusätzlich in Panik zu versetzen. Ich habe beide Hände leicht erhoben, damit ersichtlich ist, dass von mir keine Gefahr ausgeht, und Shadow hält sich dicht hinter mir. Nachdem ich uns vorgestellt und versichert habe, dass wir hier sind, um zu helfen, lasse ich mir von ihm die Sachlage erklären.

Noch während der Polizist redet, komme ich nicht umhin, die Komplexität dieser Simulation zu bewundern. Auf jede meiner Fragen – beispielsweise nach der Anzahl und Ausrüstung der Täter oder dem Zustand der Geiseln – antwortet er präzise und wie aus der Pistole geschossen.

»Wir werden uns um die Schützen am Eingang und im ersten Stock kümmern«, sage ich, sobald er geendet hat. »Ihre Männer übernehmen anschließend die Festnahme – nachdem die Übeltäter kampfunfähig sind.«

Der Polizist stutzt. »Festnahme?«, wiederholt er. »Ihr ... werdet sie nicht töten?«

Kurz verschlägt es mir die Sprache. »Nein, natürlich nicht! Wie kommen Sie darauf?«

Als der Beamte mir nicht sofort antwortet, huscht mein Blick zu Shadow. O je, hoffentlich besteht ein Teil der Aufgabe nicht tatsächlich darin, die Ganoven auszuschalten! Aber die Aufgabe lautete nur »Rette die Geiseln« und nicht »Rette die Geiseln und töte die Übeltäter«. Simulation hin oder her – ich werde niemanden umbringen können!

Shadows Prioritäten liegen etwas anders, das weiß ich spätestens seit der Geiselnahme mit der Bombe. Er würde – ohne mit der Wimper zu zucken – über Leichen gehen, um meine Unversehrtheit zu gewährleisten.

»Ich dachte nur, dass ihr Meister-Magier keine Kompromisse eingeht«, sagt der Beamte schließlich, »und lieber einen Einsatz schnell abschließt, anstatt möglichst viele Leben zu retten.«

»Ich bin anders«, versichere ich ihm. »Sofern es in meiner Macht steht, wird jeder, der hier ist, auch lebend diesen Platz verlassen. Und jetzt sagen Sie Ihren Männern, dass sie aufhören sollen herumzuballern!«

»Aber ... braucht ihr zwei keine Rückendeckung?«

Ich streichele Shadow über den Kopf und werde mit einem Schnurren belohnt. »Wir kommen zurecht.«

Der Polizist sieht zwar alles andere als überzeugt aus, befiehlt jedoch seinen Männern mit knappen Befehlen, dass sie sich zurückziehen und in den hinteren Reihen sammeln sollen. Zögerlich kommen die anderen Polizisten seinen Anweisungen nach und beäugen Shadow und mich – aber vor allem Shadow – mit großen Augen.

Nachdem auch der letzte von ihnen vor dem Bankgebäude verschwunden ist, lasse ich eine Hand in Shadows Nacken gleiten, fühle die angespannten Muskeln unter seinem dichten Fell und suche nach der Kraft in mir. Hoffentlich gelingt es mir diesmal, sie zuverlässig einsetzen zu können ... Ansonsten enden wir beide womöglich löcherig wie ein Schweizer Käse!

Shadow schmiegt den Kopf an meine Seite und nickt mir dann kaum merklich zu. Mir zittern leicht die Knie, als wir uns gleichzeitig in Bewegung setzen. Die Angst zu versagen lässt sich einfach nicht abschütteln. Wenn ich den Schutzschild nicht kontrollieren kann, werden wir erschossen. Zwar werden wir dadurch – hoffentlich! – nicht sterben, aber es wird verdammt wehtun. Und ich habe meine Prüfung vergeigt.

Wir haben die Stufen, die zur Eingangstür des Gebäudes hinaufführen, beinahe erreicht, als ich das Geräusch einer Waffe höre, die gerade durchgeladen wird. Ich beiße die Zähne zusammen, bis mir der Kiefer schmerzt, und kralle eine Hand in Shadows Fell, während ich die andere nach vorn ausgestreckt halte.

Bitte, bitte, Kraft!, flehe ich innerlich. *Gehorche mir nur dieses eine Mal!*

Ich zucke zusammen, als mir der Knall des ersten Schusses aus nächster Nähe in den Ohren dröhnt. Meine Fingerspitzen kribbeln und kurz darauf rauscht Schmerz den Arm hinauf bis zur Schulter. Dann höre ich das klimpernde Geräusch einer zu Boden fallenden Patrone. Eine weitere folgt nur Sekunden später, wieder einhergehend mit Schmerz.

Ähnlich wie bei einer kugelsicheren Weste, schießt es mir durch den Kopf. *An der prallen die Schüsse zwar auch ab, aber darunter bilden sich fiese Blutergüsse.*

Bei meinem Schutzschild scheint es sich um etwas Vergleichbares zu handeln. Ich spüre jeden einzelnen Einschlag der Kugeln bis hinauf in die Schulter, doch ich kann sie abwehren. Allerdings weiß ich nicht, wie lange ich das noch durchhalte. Hektisch fliegt mein Blick nach oben, sucht im ersten Stock des Gebäudes nach den Schützen. Unter den Fingern der anderen Hand spüre ich Shadows Muskeln zucken – er macht sich ebenfalls zur Attacke bereit und wird sich um die Schützen hier am Boden kümmern.

Nachdem ich zwei Männer mit Schusswaffen an den Fenstern ausgemacht habe, bündele ich meine Kraft und schleudere sie ihnen entgegen. Im selben Moment verlässt auch Shadow die schützende Barriere. Sobald ich den direkten Kontakt mit ihm verliere, fällt auch der Schutzschild in sich zusammen, doch zum Glück habe ich die beiden Männer erwischt.

Umgeben von wabernden Schatten stürzt sich Shadow mit seinen messerscharfen Krallen und spitzen Zähnen auf die vier Männer, die ihre Gewehre im Anschlag halten und auf ihn zielen. Drei von ihnen stehen nah beieinander, sodass er sie zügig zu Boden schicken kann, doch der vierte hat sich hinter einer Säule am anderen Ende der Treppe postiert. Ich hechte Shadow hinterher und schaffe es in letzter Sekunde, ihn am Hinterlauf zu packen und erneut einen Schild zu beschwören, ehe die Kugel des vierten Mannes dagegenprallt. Ich keuche auf, als sich der Schmerz erneut bis hinauf in die Schulter frisst, mobilisiere aber die letzten Kräfte, um die Energie auf den Angreifer zurückzuschleudern. Ich lasse Shadow los und sinke schwer atmend auf die Steintreppe, während er mit zwei Sätzen bei dem Mann anlangt, der gerade erneut auf uns schießen will. Mit einem grollenden Fauchen holt er mit der Pranke aus, schlägt ihm die Waffe aus der Hand und bringt ihn dank seines massigen Körpers zu Fall. Schräg neben mir höre ich das Stöhnen der anderen Männer, die sich die Hände auf ihre Verletzungen pressen.

Ich kämpfe mich zurück auf die Füße und gebe dem Beamten das zuvor vereinbarte Zeichen, damit er seine Männer wieder nach vorn schicken und die Ganoven festnehmen kann.

Shadow stupst mich mit der Schnauze an und hält sich nah neben mir, um mich zu stützen.

»Es geht schon«, wispere ich.

Er gibt ein Schnauben von sich und ich kann deutlich das *Ich glaub dir kein Wort!* in seinem Blick lesen. Doch dafür haben wir jetzt keine Zeit! Ich kann stehen und laufen – das muss reichen, um diese verdammte Aufgabe zu vollenden. Laut Aussage des Beamten handelte es sich nur um sechs Attentäter – und sechs haben wir überwältigt.

Ich schleppe mich die letzten Stufen hinauf, während die ersten Ganoven bereits mit Handschellen versehen in die Polizeiautos verfrachtet werden. Mit Shadows Hilfe gelingt es mir, die Tür zum Bankgebäude aufzustoßen, und sogleich kommen uns die Geiseln entgegen.

»AUFGABE ABGESCHLOSSEN!«, teilt uns die Computerstimme mit und wir werden augenblicklich zurück in die Realität katapultiert.

***

Würgend beuge ich mich über den Zahnarztstuhl und spucke bittere Galle auf den Boden. Ich zittere am ganzen Körper, während ich mich gleichzeitig so geschwächt fühle, als hätte ich an drei Marathonläufen teilgenommen. Kalter Schweiß rinnt mir den Nacken hinab. Ich klammere mich an der Armlehne fest und versuche vergeblich die Kontrolle über meine Atmung zurückzuerlangen.

Wunden scheine ich nicht aus den Simulationen mitzunehmen, aber die Schwäche bleibt. Ich habe eine Menge Magie verbraucht, um die Schutzschilde aufrechtzuerhalten und sie gegen die Angreifer einzusetzen – das rächt sich nun. Doch ich bezweifele, dass ich eine Pause oder etwas zu essen bekomme, um meine Reserven auffüllen zu können.

»Lehne dich wieder zurück«, weist mich einer der Männer an. »Wir müssen weitermachen.«

Ich stoße geräuschvoll die Luft aus. So viel also zur Pause ... Obwohl meine Muskeln protestieren und der Magen erneut rebelliert, gehorche ich. Hoffentlich erwartet mich in der dritten Prüfung nicht wieder ein Kampf, denn ich bezweifele, dass ich genügend Magie in mir habe, um ihn zu überstehen.

»Viel Erfolg in Prüfung drei«, sagt der andere Mann. »Und richte Grüße aus.«

Grüße?, durchzuckt es mich, ehe ich von einer bodenlosen Schwärze verschluckt werde.

KAPITEL 27

Felicity

Noch bevor ich mich in dem weißen Nichts befinde, spüre ich eine eisige Kälte, die sich bis auf die Knochen zu fressen scheint. Als ich wieder etwas sehen kann, suche ich instinktiv zuerst nach Shadow, der zum Glück an meiner Seite auftaucht. Er bläht die Nasenflügel und zieht sorgenvoll die Augenbrauen zusammen. Ich weiß, dass er meinen Magiemangel riecht, doch daran können wir im Moment nichts ändern.

»WILLKOMMEN ZUR DRITTEN PRÜFUNG!«, teilt mir die Computerstimme mit und ich verdrehe die Augen. Ich kann selbst zählen und weiß, wie viel wir bereits hinter uns haben, vielen Dank! »DEINE AUFGABE LAUTET: MACHE DEN FEHLGELEITETEN MEISTER-MAGIER UNSCHÄDLICH!«

Mein Blick huscht zu Shadow. »Welchen Meister-Magier?«

Diesmal ändert sich die Umgebung nicht; wir bleiben in dem weißen Nichts, bekommen jedoch Gesellschaft.

Gesellschaft, die mir die Härchen im Nacken zu Berge stehen lässt. Auch Shadow neben mir versteift sich, als er die Person, die einige Meter vor uns entfernt auf Knien kauert und sich nicht bewegt, erkennt.

»Cal«, hauche ich. »Aber was … macht er hier?«

»Die Frage lautet eher, wieso er hier ist«, grollt Shadow, den Blick starr auf die Simulation meines Bruders gerichtet. »Warum setzen sie uns nicht irgendeinen dir unbekannten Meister-Magier vor? Warum ausgerechnet einen deiner Brüder?«

Die Antwort ist denkbar einfach: Weil sie mich brechen wollen. Sie wollen, dass ich scheitere.

Neben Cal tauchen zwei weitere Gestalten auf, die jedoch reglos ausgestreckt auf dem Boden liegen bleiben. Ich zögere, dann mache ich einen

Schritt auf sie zu und schlage beide Hände vor den Mund, als ich auch sie erkenne.

An Cals Seite liegen Lumia und Ilena. Während sich unter Ilenas verdrehtem Kopf eine Blutlache bildet, die einen krassen Kontrast zu dem blütenreinen Weiß, das uns umgibt, darstellt, ist Lumias erloschener Blick ins Leere gerichtet, während ihr Blut aus Nase und Ohren läuft.

»Ach du Scheiße«, zischt Shadow und schiebt mich genau in dem Moment hinter sich, als Cals Kopf nach oben ruckt und uns fixiert.

Cals Miene ist schmerzverzerrt, die eisblauen Augen sind glanzlos und trüb vor Tränen, die ihm in Strömen die Wangen hinunterlaufen und zu winzigen Eiskristallen werden, ehe sie an seinem Kiefer ankommen. Taumelnd mache ich einen Schritt zurück, noch immer starr vor Entsetzen darüber, was ich vor mir sehe. Lumia und Ilena – tot zu Cals Füßen, und mein Bruder, der kurz vor dem Wahnsinn steht.

O Gott, hat die Allianz doch von Ilena erfahren? Ist das ihre Art, uns für das Brechen der Gesetze zu bestrafen?

»Er ist nur Teil der Simulation!«, erinnert mich Shadow mit scharfer Stimme. »Wehe, du verfällst jetzt in Panik! Er ist genauso wenig echt wie die Leichen, die neben ihm liegen. Zwar sieht er aus wie dein Bruder, aber er ist es nicht! Die Allianz will dich verunsichern.«

Ich schlucke krampfhaft. Natürlich hat er mit allem, was er sagt, recht, aber sobald ich Cal anschaue, sehe ich meinen Bruder vor mir – keine Simulation. Genauso wie ich keine Illusion sehe, wenn ich Shadow anschaue.

Mühselig kommt Cal auf die Füße, den Blick auf die beiden Frauen vor sich gerichtet, ehe er einen markerschütternden Schrei ausstößt, der mir das Blut in den Adern gefrieren lässt und gleichzeitig die Tränen in die Augen treibt.

»Feli!« Shadow wirbelt zu mir herum und packt mich an den Schultern. »Konzentriere dich! Ohne dich komme ich nicht gegen ihn an. Du musst dich zusammenreißen!«

»Aber er ist ...«

»Es ist wie beim Training«, sagt Shadow sanfter und schiebt die Hände höher, um sie an meine Wangen zu legen. Seufzend schließe ich die Augen und er wischt mit dem Daumen die einzelnen Tränen weg. »Wir haben schon öfter gegen *Ice King* gekämpft und gegen ihn gewonnen. Das hier ist nichts anderes! Die Aufgabe lautet, ihn zu überwältigen. Das schaffen wir! Doch dazu müssen wir zusammenhalten.«

Ich lege eine Hand auf seine, öffne die Augen und nicke. »Wie gehen wir vor?«

Erneut bläht er die Nasenflügel. »Mit dem Schutzschild werden wir nicht mehr weit kommen, ohne dass du völlig entkräftet bist. Wir sollten ihn mit der Symbiose ausschalten.«

»Aber das verbraucht bei dir sehr viel Magie«, halte ich dagegen. »Und wir haben sie bereits bei der ersten Aufgabe eingesetzt.«

»Uns bleibt keine Wahl!«

Ich will zu einem Widerspruch ansetzen, als ich im Augenwinkel etwas aufblitzen sehe. »Pass auf!«, schreie ich und stoße Shadow zur Seite. Die Zeit reicht nicht aus, um mich selbst vor dem Eisgeschoss in Sicherheit zu bringen. Die Spitze schlitzt mir den Arm auf. Ich kreische, als die Kälte auf die blanke Haut trifft und mich in ihrer frostigen Glut zu verbrennen scheint. Schnell umklammere ich mit der anderen Hand die Verletzung und fixiere meinen Bruder, der sich nur wankend auf den Beinen hält. Die Schultern zucken unter stummen Schluchzern und der Blick, den er auf mich gerichtet hat, ist so eisig und leer und voller Wut, dass es mir kalt den Rücken hinunterläuft.

Ohne sich mit weiteren Debatten aufzuhalten, tritt Shadow hinter mich und verschmilzt mit meinem Schatten.

»Bitte, tu ihm nicht weh«, sage ich, als ich sein Bewusstsein in mir spüre. Als Antwort erhalte ich nur ein unwirsches Grollen, das mich wohl daran erinnern soll, dass wir uns nur in einer Simulation befinden.

»Ich werde ihn nur ausschalten, wie es die Aufgabe vorgesehen hat«, murrt Shadow. *»Obwohl ich ihm dafür, dass er dich verletzt hat, am liebsten jeden verdammten Knochen einzeln brechen will!«*

Ich lasse mich fallen und Shadow stürmt nach vorn. Scheinbar ungerührt ignoriert er die Leichen und setzt meinem Bruder nach, der sich mit einem

Sprung in Sicherheit gebracht hat, damit ihm genügend Zeit bleibt, um einen erneuten Angriff vorzubereiten.

»So nicht, Freundchen!«, knurrt Shadow mithilfe meiner Stimme und schleudert einen Schattenblitz ab, der Cal zwar verfehlt, aber ihn wenigstens in seiner Konzentration stört.

»Wir müssen näher an ihn heran«, sage ich, obwohl mir bereits beim Gedanken daran die Zehen abfrieren.

Die unnatürliche Kälte, die Cal umgibt, ist noch eisiger als normalerweise. Als würde man den Winter in Afrika mit dem in der Antarktis vergleichen. Aber wir können nicht ewig mit ihm Katz und Maus spielen, sondern müssen unsere Kräfte für die letzte Aufgabe aufsparen.

Shadow scheint der gleichen Ansicht zu sein, denn er sprintet in den Schatten meines Körpers vorwärts, setzt Cal nach und kontrolliert die Richtung, in die er sich bewegen soll, mit gezielten Zauberattacken. Da es hier in der Simulation keinerlei Wände oder sonstige Gegenstände gibt, die uns behilflich sein könnten, müssen wir ihn entweder so lange jagen, bis er außer Puste ist, oder ihn zu Fall bringen. Vermehrt zielt Shadow auf Cals Beine, verfehlt ihn jedoch ein ums andere Mal. Während des Trainings war Cal unser leichtester Gegner, was wahrscheinlich auf die Unstimmigkeiten mit seinem Familiar zurückzuführen ist, doch hier in der Simulation bewegt er sich zehnmal schneller und verfügt über sehr viel mehr Kraft.

Nach einigen Minuten gelingt es Shadow jedoch, Cal mit einem Schattenblitz zu treffen. Mein Bruder wird zurückgeschleudert und sein Shirt wird zerfetzt. Viel zu schnell rappelt er sich wieder auf und feuert ein Eisgeschoss auf uns ab, dem Shadow zum Glück ausweichen kann.

Doch während Cal den Zauber kanalisiert, erhasche ich einen kurzen Blick auf seine blanke Brust und das nahezu schwarze lichtlose Glimmen, das langsam darin pulsiert.

Ich ziehe scharf die Luft ein, was Shadow dazu veranlasst, stehen zu bleiben.

»Was ist los?«, fragt er.

»Cals Glimmen ... Es ist anders als gewöhnlich – dunkel und leblos. Wahrscheinlich wegen Ilenas und Lumias Tod.«

Mir widerstrebt der bloße Gedanke, erneut an einem Glimmen herumzupfuschen, jedoch ist es besser, als weiterzumachen wie bisher. Wenn wir die Symbiose noch länger aufrechterhalten, werden sowohl Shadow als auch ich komplett geschwächt in die letzte Aufgabe gehen.

»Bring mich nahe genug an ihn ran und verschwinde dann aus meinem Schatten«, weise ich meinen Familiar an.

Er schickt ein Grollen durch mich hindurch. *»Das ist gefährlich! Du könntest …«*

»Es ist unsere beste Chance!«, falle ich ihm ins Wort.

Shadow zögert noch einen Moment, dann setzt er unter einer Reihe von Flüchen meinen Körper wieder in Bewegung. Diesmal stürmt er direkt auf Cal zu, weicht einem Eisgeschoss aus, wird aber von einem zweiten an der Schulter getroffen. Ich schreie im Inneren auf, woraufhin Shadows Bewegungen ins Stocken geraten.

»Weiter!«, presse ich zwischen zusammengebissenen Zähnen hervor. *»Die Verletzungen verschwinden, sobald wir die Simulation verlassen. Hör auf, Rücksicht zu nehmen!«*

»Manchmal möchte ich dich erwürgen und so lange schütteln, bis du wieder zur Vernunft kommst!«, knurrt er, gehorcht jedoch.

In unmittelbarer Nähe geht von Cal eine noch klirrendere Kälte aus, als ich vermutet habe. Meine Kleidung bietet mir kaum Schutz und ich bekomme überall Gänsehaut. Wir sind ihm nun so nah, dass Cal keine Zauber mehr wirken kann, ohne Gefahr zu laufen, dass wir ihn während des Kanalisierens überrumpeln. Also geht er in den Nahkampf über. Shadow gelingt es, die meisten Fausthiebe abzublocken, doch ein paar treffen mich dennoch an der Seite oder im Bauch. Ich gebe mein Bestes, keinen Ton von mir zu geben, und beiße mir so fest auf die Zunge, bis ich glaube, Blut zu schmecken. Aus kurzem Abstand schleudert Shadow einen weiteren Schattenblitz ab und bringt dadurch Cal zu Fall. Augenblicklich löst sich mein Familiar aus dem Schatten, kniet sich auf Cals Schultern und drückt ihn zu Boden.

»Beeil dich!«, zischt er mir zu.

Ich schwanke einen Moment. Die Leere, die Shadows plötzliches Verschwinden ausgelöst hat, vernebelt mir schmerzhaft die Sinne. Schnell schüttele ich den Kopf, um das Geschehen wieder fokussieren zu können, und hocke mich neben Cal. Übelkeit steigt in mir auf, als ich die Hand nach dem dunklen Glimmen ausstrecke.

Ich wimmere und sacke anschließend nach vorn, während ich mich darauf konzentriere, die Hand unter gar keinen Umständen zurückzuziehen. Cal bäumt sich auf im Versuch, Shadow abzuschütteln, und wirft schreiend den Kopf hin und her. Wieder laufen ihm Tränen die Wangen hinunter. Ich fühle seinen Schmerz und die bodenlose Verzweiflung, die in ihm toben. Die Trauer und die Wut auf sich selbst rauben mir fast die Luft zum Atmen und auch mir schießen Tränen in die Augen.

Viel zu lange brauche ich, um mich durch die Emotionen zu wühlen, die mich schier erdrücken. Ich sehe den Moment vor mir, in dem er die beiden Frauen findet. Spüre den Schock, dann die Qual, die sein Herz mit dunklem Eis überziehen und ihn den Verstand verlieren lassen. Immer wieder rede ich mir ein, dass es nicht echt ist. Dass Lumia und Ilena leben und wie Cal wohlbehalten bei mir zu Hause sind, doch es ist angesichts der negativen Gefühle, die ungehemmt auf mich einprasseln, nur ein schwacher Trost. Jedes einzelne zieht mich tiefer und tiefer in den Sog aus Hass und Wut und Elend, bis ich umgeben bin von purer Schwärze.

Ich zittere unkontrolliert; Kälte kriecht mir in jede Pore und nistet sich auch in meinem Herzen ein, das plötzlich in einem seltsamen, mir unbekannten Takt schlägt. Ich will aufschreien, mich dagegen wehren, doch mein Körper verweigert jeden Befehl und gibt sich stattdessen der lockenden Dunkelheit hin. Mein Bewusstsein flieht an einen Ort, wo es nicht mehr kämpfen oder stark sein muss … und ich muss es auch nicht sein. Es wäre so einfach …

Ein einziges Wort durchdringt die Schwärze, die mich umgibt.

»Feli!«

Ein flackernd aufblitzendes Licht, das mir für einen Moment wieder Orientierung gibt. *Shadow.* Wenn ich jetzt aufgebe, war alles umsonst. Mit letzter Kraft konzentriere ich mich auf das dunkle Pulsieren unter meinen

Fingerspitzen, unterdrücke ein Keuchen und verdränge all die negativen Gefühle, die das Herz meines Bruders belagern.

Ich schreie auf, als die Schwärze auf mich überspringt, presse jedoch die andere Hand auf die, mit der ich bereits Cals Glimmen berühre. Ich darf jetzt nicht schlappmachen! Ein reißender Schmerz schießt meinen Arm hinauf und breitet sich in der Brust aus, doch als ich die Augen einen Spaltbreit öffne, sehe ich Cals eisblaues, normales Glimmen zwischen meinen Fingern.

Kraftlos sacke ich zur Seite, falle jedoch nicht zu Boden, sondern werde aufgefangen. Dunkle Augen, die mir seltsam bekannt vorkommen, ich jedoch nicht einordnen kann, starren auf mich herab, aber das Einzige, was ich höre, ist die monotone Computerstimme.

»AUFGABE ABGESCHLOSSEN!«

***

»Lassen Sie mich durch!«, höre ich, doch die Stimme scheint von ganz weit weg zu kommen. Ich kenne sie irgendwoher. Dieser tiefe, raue Klang wirkt vertraut, aber ich komme einfach nicht drauf, wo ich sie bereits gehört habe. »Ich hab gesagt, dass Sie die verdammte Tür öffnen sollen, sonst übernehme ich das! Und ich störe mich nicht daran, dass Sie mitten in der Schusslinie stehen!«

Blinzelnd schlage ich die Augen auf, bereue es aber sofort und drehe stöhnend den Kopf zur Seite. Mir ist kotzübel, doch gleichzeitig fühle ich mich wie vernebelt. So als ... wäre mir alles egal. Wo bin ich hier eigentlich? Fremde Hände tasten über meinen Körper, dann über den Kopf, aber es stört mich nicht wirklich. Ich nehme es kaum wahr. Viel störender finde ich den Krach, der um mich herum herrscht.

Eine Tür wird aufgerissen, ein wütendes Stimmengewirr folgt.

»Weg da!«, grollt die Stimme von eben. »Ich sagte, Sie sollen die Hände von ihr nehmen oder ich werde sie Ihnen mit Freuden brechen!«

Augenblicklich verschwinden die Hände, die mich eben noch abgetastet haben, von mir. Ich blinzele erneut und sehe, dass sich jemand über mich beugt. Wieder diese dunklen Augen ... Es liegt mir auf der Zunge, wo ich sie schon einmal gesehen habe, doch jedes Mal, wenn ich nach der Antwort greifen will, verschwindet sie im dichten Nebel, der mich umhüllt.

Die Augenbrauen sorgenvoll zusammengezogen mustert mich der Mann, den ich irgendwoher kenne.

»Hey, Kleines«, murmelt er, während er mir über die Wange streichelt. »Mach jetzt ja nicht schlapp, hörst du? Komm zurück zu mir!«

Er greift nach meiner Hand und führt sie an seine Brust, hält sie dort umklammert. Die andere Hand legt er knapp über meine, dort, wo mein Herz schlagen sollte. Dann lehnt er sich nach vorn und küsst mich. Neben mir zieht irgendwer scharf die Luft ein, doch das interessiert mich nicht.

Ich konzentriere mich nur auf den Geschmack, der sich auf den Lippen ausbreitet, und das Gefühl des schlagenden Herzens unter meinen Fingerspitzen. Er schmeckt … nach dunklen Sommernächten. Und das gleichmäßige Pochen ist mir so vertraut, dass ich kaum atmen kann.

Auf einen Schlag lichtet sich der Nebel, der mich bis eben in seinen Klauen hielt, und die Schwärze, die ich in mein Herz aufgenommen habe, löst sich auf.

»Shadow«, wispere ich heiser, als er sich zurückzieht.

Ein Funkeln erscheint in den dunklen Augen, ehe er sie mit einem Seufzen schließt und die Stirn an meine lehnt.

»Ich hatte schon Angst, ich hätte dich verloren«, flüstert er. »Sie wollten mich nicht zu dir lassen …«

Ich hebe die Hand und fahre ihm mit den Fingern durchs Haar. Er gibt ein Schnurren von sich. »Danke, dass du mich zurückgeholt hast.«

»Jederzeit«, murmelt er.

Dann wird sein Blick plötzlich hart und Shadow richtet sich auf. Kalt und gleichzeitig herausfordernd fixiert er die Männer der Allianz, die in sicherem Abstand um uns herumstehen und uns anstarren. Ein Zittern erfasst mich, als mir klar wird, dass wir uns verraten haben. Sie wissen es … Sie wissen von mir und Shadow. Ich umklammere Shadows Hand fester und er erwidert den Druck. Was werden sie jetzt mit uns machen?

Shadows Blick ist mörderisch, und als doch einer der Männer den Fehler begeht und einen Schritt auf uns zu macht, kräuseln sich Shadows Lippen und entblößen seine Eckzähne. Die Botschaft ist klar: Rührt sie an – und ich reiße euch in Fetzen! Jedoch bezweifele ich, dass das bei der Magier-Allianz gut ankommt.

»Wie hast du es gemacht?«, will einer der Männer wissen. Ich habe den Überblick verloren, wer von ihnen bei mir im Zimmer und wer bei Shadow war. »Sie war völlig weggetreten, nachdem sie das Herz in der Simulation geheilt hat. Das hätte niemand rückgängig machen können!«

»Doch«, entgegnet Shadow mit harter Stimme. »Ich kann das.« In der darauffolgenden Stille kann ich die Spannung im Raum beinahe mit den Händen greifen. »Und wenn mir einer von euch noch einmal verbietet, zu meiner Trägerin zu gehen und ihr zu helfen, werde ich mich nicht mehr zurückhalten!«

»Trägerin, hmm?«, wiederholt einer der anderen spöttisch. Bei dem Tonfall möchte ich mich am liebsten zu einer Kugel zusammenrollen. »Für mich sah das eben nicht so aus, als wäre sie nur deine Trägerin.« Ich spüre, wie er den Blick auf mich richtet. »Was hast du zu deiner Verteidigung zu sagen?«

Ich verziehe den Mund und recke das Kinn vor. »Ich wüsste nicht, warum ich mich verteidigen sollte. Können wir dann weitermachen? Eine Aufgabe muss ich noch bestehen.«

Shadow sieht alles andere als glücklich darüber aus, mich noch einer Prüfung auszusetzen, doch er sagt nichts, sondern starrt weiterhin die Männer nieder. Keiner von ihnen wagt es erneut, das, was sie eben gesehen haben, anzusprechen.

»Fein«, sagt einer von ihnen nach einer halben Ewigkeit. »Wir können dann mit deiner letzten Aufgabe beginnen. Wenn dein Familiar uns wieder in den Nebenraum folgen würde, damit wir alles vorbereiten können …?«

Ein Grollen vibriert in Shadows Brust, doch er erhebt sich mit sichtlichem Widerwillen. Kurz findet sein Blick meinen und er streicht mir mit dem Daumen über den Handrücken, ehe er mich loslässt und den drei Männern zurück in den Nebenraum folgt.

Mit einem flauen Gefühl im Magen lehne ich mich zurück auf den Stuhl und umklammere die Armlehnen.

Nur noch eine Aufgabe, sage ich mir. *Danach bin ich eine Meister-Magierin. Das werde ich auch schaffen!*

Zwar lief nicht alles wie geplant, aber das kann ich nicht mehr ändern. Ohne Shadows Hilfe wäre ich jetzt immer noch ein lethargisches Wrack und hätte die letzte Aufgabe unmöglich angehen können. Es gab keinen anderen Weg, deshalb verbiete ich mir, mir weiterhin den Kopf darüber zu zerbrechen. Die Angst, was sie mit uns machen werden, bleibt jedoch bestehen.

»Viel Glück bei deiner letzten Aufgabe!«, sagt der Mann neben mir mit einem Unterton, der mich frösteln lässt.

Ein letztes Mal tauche ich in die Schwärze ein.

***

Diesmal lande ich in einer dunklen Umgebung. Nur in einem Umkreis von etwa drei Metern kann ich etwas erkennen; der Rest liegt in blanker Schwärze.

Ich wende mich um, suche nach Shadow, der sonst an meiner Seite auftauchte. Doch ich finde ihn nicht. Ich springe auf die Füße, drehe mich mehrmals um die eigene Achse, während mir Panik langsam die Kehle zuschnürt.

»Shadow?«, krächze ich.

Wahrscheinlich wollen sie jetzt testen, wozu ich allein in der Lage bin. Damit habe ich gerechnet, deshalb gelingt es mir, die Panik auf ein Minimum niederzukämpfen und gleichmäßig zu atmen.

Als ich mich erneut umsehe, entdecke ich etwas auf dem Boden und gehe darauf zu. Ich bücke mich, erkenne, dass es sich dabei um ein längeres Messer handelt, wie es Köche verwenden. Lang und spitz zulaufend und – wie ein kurzer Test beweist – auch verdammt scharf.

Wenigstens geben sie mir eine Waffe, wenn ich schon über keinerlei Angriffsmagie verfüge! Allerdings wäre mir eine Pistole oder so weitaus lieber gewesen als ein Messer, mit dem ich sehr nah an meinen Gegner heran muss.

»WILLKOMMEN ZUR VIERTEN UND LETZTEN PRÜFUNG!«, ertönt die bekannte Computerstimme.

Letzte Prüfung! Auf geht's! Wenn ich das schaffe, werde ich eine Meister-Magierin sein!

Ich umklammere den Messergriff fester und warte darauf, dass die Computerstimme mir meine Aufgabe mitteilt, als ich plötzlich hinter mir ein Geräusch höre. Instinktiv halte ich das Messer vor mich und wirbele herum, während mir das Herz bis zum Hals klopft. Doch so angestrengt ich auch lausche, das Einzige, was ich höre und spüre, ist das Rauschen meines Blutes in den Ohren und der viel zu schnell galoppierende Herzschlag in der Brust.

Es vergehen nur Sekunden, bis ich das Geräusch erneut vernehme. Diesmal löst es keine Angst aus, denn das grollende Fauchen ist mir bekannt. Ich spüre, wie sich ein Lächeln auf meinem Gesicht ausbreitet.

»Da bist du ja!«, sage ich. »Ich hatte schon Angst, dass ich diesmal ohne dich die Aufgabe lösen müsste.«

Wieder ertönt ein tiefes Fauchen, ehe sich eine dunkle Gestalt langsam aus dem Schatten schält. Während diese eine riesige Pranke mit ausgefahrenen Krallen vor die andere setzt und die runden Ohren flach an den Kopf legt, pirscht sich Shadow in seiner wahren Gestalt näher an mich heran. Die langen Zähne sind gebleckt und die silbergrauen Raubtieraugen registrieren jede noch so kleine Bewegung von mir. Ich meine sogar, die massigen Muskeln unter seinem Fell trotz der wogenden Schatten zucken sehen zu können.

Eiskalter Schock lähmt mir die Glieder, als ich seinem Blick begegne, in dem keinerlei Erkennen liegt. Kein Funkeln, kein Leuchten kann ich entdecken – nur die kühle Berechnung eines Raubtiers auf der Jagd im Angesicht seiner Beute. Das grollende Fauchen, das ich sonst so liebe, löst plötzlich blankes Entsetzen in mir aus. Das Messer entgleitet meinen zitternden, schweißnassen Fingern. Ich stehe da wie angewurzelt, außerstande das, was ich vor mir sehe, zu begreifen. Nein, das … das kann nicht sein! Warum sollte er …?

»Shadow … bitte …«, krächze ich, doch die Computerstimme übertönt mein Gestammel.

»DEINE LETZTE AUFGABE LAUTET: TÖTE DEINEN FAMILIAR!«

ENDE von Band 2

DARK
DIAMONDS
Jeder Roman
ein Juwel
fantastisch
romantisch
faszinierend
sinnlich
dramatisch
Das Imprint für New Adult Fantasy
www.darkdiamonds.de

Von Elfen, Drachen und Phönixen ...

Finde den Elfenprinzen und werde zur Königin ...

Jess A. Loup
Elfenspiel
(Enchanted 1)
Softcover
ISBN 978-3-551-30114-7

Eine Liebe, die stärker ist als die Gesetze der Natur

Eyrisha Summers
Wenn Tag und Nacht sich finden
Softcover
ISBN 978-3-551-30133-8

Wie der Phönix aus der Asche ...

Christina M. Fischer
Durch Magie erwacht
(Die Magie-Reihe 1)
Softcover
ISBN 978-3-551-30113-0

www.darkdiamonds.de

Die Dunkelheit ist in dir …

Diana Dettmann
Celesta: Asche und Staub
Softcover
ISBN 978-3-551-30104-8

Emma war noch ein kleines Mädchen, als ihre Mutter verschwand und ein Leben voller Risse zurückließ, die niemand jemals zu flicken vermochte. Mit kaum mehr als einem kläglichen Schulabschluss in der Tasche, fristet sie Jahrzehnte später ihre Abende hinter der Theke einer ranzigen Bar, teilt sich die Wohnung mit einem Mann, den sie nicht liebt, und träumt davon, eines Tages all das hinter sich zu lassen. Bis ihr eines Morgens auf dem Weg nach Hause eine furchteinflößende Kreatur begegnet, die ihrem Leben fast ein Ende setzt. War es der unvermittelt im Nebel auftauchende Fremde, der sie gerettet hat, oder das Feuer, das plötzlich aus ihren Handflächen schoss? Die bittere Wahrheit gibt Emmas Dasein eine jähe Kehrtwendung. Denn von einem Tag auf den anderen wird sie zur Gejagten, mit dem Schicksal ihrer Mutter im Nacken. Doch sie ist nicht allein …

www.darkdiamonds.de

Dark Diamonds
Jeder Roman ein Juwel

Dark Diamonds
Ein Imprint der CARLSEN Verlag GmbH
Juni 2019

Lektorat: Dietlind Koch
Umschlagbild: shutterstock.com / © Rudchenko Liliia / © 123rf.com / © Leo Lintang / © klotz
Umschlaggestaltung: formlabor, ungecovert – Buchcover und mehr (Kim Leopold)
Satz und Umsetzung: readbox publishing, Dortmund
Druck und Bindung: CPI Books GmbH, Birkach
ISBN 978-3-551-30179-6
Printed in Germany
www.carlsen.de/darkdiamonds

Alle Bücher im Internet: www.carlsen.de